i

为了人与书的相遇

梁鸿 著

出梁庄记

当代中国的细节与观察

台海出版社

给父亲

突然空旷了。

像深秋来临，寒意突然侵袭你的身体，你张开眼来，发现落叶卷地，太阳虚浮，万物在离你远去。你站在风中，不再感受到凉爽和流动，你看着花朵，不再体验到鲜艳和芬芳。一切都远了。流动和芬芳，都飘浮在空间之中，离你很远很远。

就这样，走着走着，你前面的人少了。走着走着，你前面没有人了。父亲去了。和父亲差不多年龄的村庄老人，也一个个走了。

从来没有意识到有一天自己会走到前面。因为有父亲。他是一个天然的屏障，为你挡住那空旷，让你忘记时间，任性嬉闹。一切都还在热闹忙乱之中。每年春节，大包小包，千辛万苦，犹如逃难。于是宣称，明年决不再回。可是，到明年，还是回了。家，是必须要回的。父亲在的时候，你意识不到，他是你回家最根本的理由。他不在了，才惶然发现，你没有理由了。

父亲，我不知道今年春节我如何回去，我不知道如何在村庄行走，我找不到真正的理由，找不到召唤我回家的凝聚点——那个我从来没有意识到的凝聚点。在您走了之后，它的光芒和重量才一点点显示出来。

已经看见了那个尽头。一路相伴的人，丢失的丢失，离开的离开，遗忘的遗忘，大地空落，树木萧条。那么多人都忘记了，消散了。可是，父亲，我不想忘记啊。我想记住您的脸，想记住母亲的脸。我很害怕，我已经忘记了母亲的脸，我不想忘掉您的。

　　父亲。我不知道，在您走之后，我会如此空旷。

　　死亡不再是挂在嘴边的概念，它是一个客观事实，没有温情，没有咏叹。就是寂灭。生命从华丽的空想终于回归到最朴素的形态：活下去，是死亡。奇怪，在意识到这点时，涌起来的竟然不是悲伤和空虚，而是庄严，一种肩负着某种重任的庄严。新的人生开始了。

　　我亲爱的父亲，如果说我和您之间有不同于通常父女之情的，那就是，我们还是亲密的合作伙伴。我庆幸，我们曾经一起，为了梁庄，共同跋涉，走遍大半个中国。因为有您的指引，梁庄的历史和现在，才鲜活而真实地呈现出来，因为您，梁庄才得以成为梁庄——那个尘土飞扬的、悲欢离合的梁庄。

　　而最庆幸的是，因为这两本书，那里面的一个个场景，把我一次次带向您，走近您，倾听您的声音，呼吸您的气息。

　　前面已无人。而儿子，紧紧跟在我身后。我只能担负起同样的庄严，走过一代代人走过的路，像您一样，挡住那永恒的空旷，让身后的人尽情体会人间的热闹和欢愉。

　　父亲。我把这两本书献给您。我们同在梁庄。

目 录

第一章　梁庄

在将近三十年中，梁庄人的足迹几乎遍布了中国的大江南北。西边最远到新疆的阿克苏、阿勒泰，西南到西藏的日喀则、云南曲靖、临越南边界的一些城市，南边到广州、深圳等地，北边到内蒙古锡林浩特，国外最远有到西班牙打工的。他们在城市待的时间最长的有将近三十年，最短的才刚刚踏上漂泊之程。

闲话

2011 年的夏天，穰县持续暴雨。湍水又涨了。

暴雨之中，浊浪滚滚的湍水把连接南城和北城的两座石桥冲得摇摇欲坠。有好几天时间，河水漫过石桥，河岸两边的树也终于抵挡不住洪水的力量，纷纷倒在了河中。大水过后，石桥重又露出水面，石基已经有些动摇，护栏也被冲得无影无踪。一辆农用车在过桥的时候掉了下去，车毁人亡。政府在桥边立了一个鲜红的牌子："禁止车辆来往。"

一天早晨，人们发现，又一具尸体挂在桥边不远处那裸露的交错的树根中。尸体被捞了上来，特征如下：

男性，50—55 岁，枯瘦，头发、胡须皆长至颈部，嘴巴塞满泥沙，牙齿全无，腿部溃烂。

死者被拍了照，贴在各乡镇派出所的广告栏处。很快，有人传回信儿来，那死者好像是梁庄的梁军。梁军，和我同辈，他们兄弟三个，大哥是兴，他是老二，老三已记不起名字，是一名惯偷，常年坐监狱。兄弟三人都是单身汉。他们的姐姐接到信儿，赶紧往派出所跑，看到照片，一屁股坐在地上，哭了起来。跟随而来的兴哥却沉着脸，一言不发，拨开同去的村里人，一个人先回家了。随后，派出所让他们去城里停尸处认尸，兴哥死活不去。任谁劝说，只是坐在梁庄小学他那借来的房子里，抽着纸烟，挠着花白头发，一动不动。

兴哥不去，尸体就无法确认。毕竟，他是最直系的亲属。况且，经过长期饥饿的洗礼，与人隔绝的孤独和河水的浸泡，那尸体确实具有模糊性。他们的姐姐偷偷去城里认尸，哭了一场，因为弟弟不认，也不敢擅自确认。更何况，真的确定下来，火化还要花钱。最后，民政局出资火化了尸体，以"无名尸"结案。

关于梁军如何淹死，梁庄人的说法不一。有人说是饿昏了，栽到了河里。2008年我最后一次在田埂上见到军哥时，他已经是流浪汉，靠捡垃圾为生。在和我对视的时候，他陌生的、惶恐的和躲避的眼神曾让我颇为迷惑。也许是天生愚笨，他捡到的东西并不多，也卖不到什么钱，常常是饥一顿饱一顿，有时候几个月都没人看见他，大家并不在意。也有人说，可能是去河边捞东西吃，淹死的。还有人说是晚上睡在堤岸上，被冲下去的。不一而足。

至于兴哥为什么不去认，大家的看法倒非常一致。一旦认了，军哥就要被销户。作为户主的兴哥，要遭受两重损失：第一，军哥的低保不能再向国家要了；第二，军哥的地他也不能种了，一亩地呢。现在，军哥虽然不见人影，但也没有人能证明他死亡，国家就不能随便销户，兴哥就可以名正言顺地种弟弟的地，吃弟弟的低保了。

我回梁庄的时候，军哥的尸体刚刚火化，关于这件事的闲言碎语正在村庄密密流传。梁庄人对兴哥的行为很是看不惯，有责备之意，但并没有进行过多的道德评价。是兴哥太穷了？他，和军哥在村庄都太微不足道了？抑或是他那未老先衰的花白头发，他孤苦一人的生活让梁庄人的同情大于批判？不管怎样，这仍然是本埠新闻里的重要事件。梁庄人边重复地说了多遍的观点，边摇晃着脑袋，表示着不可思议。

在村庄住了一段时间后，我发现，兴哥拒认军哥只是梁庄的小闲话，背后隐藏着一个大闲话。小闲话只是个引子，是戏剧里的丑角，是一部小说的过渡，是草蛇灰线，最后拉扯出来的才是真正的目标和指向。

建昆婶的小儿子红伟的房子就盖在梁庄新老公路的交叉口，这个交叉口是进出梁庄的主要通道。红伟前几年从深圳回来，盖了房子，又贷款买了一个货车，搞起了运输。红伟好客，村里人，或是邻村去吴镇赶集的熟人来回的时候都会到他家坐下喝会儿茶，聊聊天，说会儿闲话。也因此，以他家为中心，辐射周边几家，成了梁庄新闻传播中心。

我回村庄的时候，一群人正坐在红伟家的大门口，两个小桌子，一桌在打牌，另一桌在喝茶，七八个小孩子各自一堆儿散落在周边的沙堆旁玩耍。红伟在他那辆大货车下，叮叮当当地修补。

初看到我，大家仍然是一脸的怔忡，好一会儿，才夸张地和我打招呼。在接触到他们眼神的一瞬间，我发现，他们对我还是陌生的，就好像我不是梁庄的闺女，好像我从来不曾回来过，我从来都没有与他们的生活发生过交集。

或许，事实也是如此。2008 年和 2009 年那几个月的村庄生活，即使在我，也很遥远且模糊了。对于梁庄的乡亲们而言，那几个月甚至连涟漪都没有泛起，这样的来来去去太多了，政治、经济、亲人，都是自管自地来了又走，走了再来。

一刹那的陌生之后，我这些哥、叔、婶、嫂、爷的表情马上变得丰富起来，一边打量着我，一边和我开起玩笑来。人群逐渐围拢过来，尤其是年龄大些的嫂子、婶子、奶奶，看着我，不断地感叹，又一次提到我早已去世的母亲，慨叹"麦女儿"人有多好，如果活着该多有福气。麦女儿，我母亲的名字，她那一辈的梁庄人都这样叫她。

红伟家左边斜对面，旧公路的另一边，是已去世的光河的大房子。院子一角的刺玫、月季、大丽花，在夏雨的不断浇灌下，正肆意开放，繁密的花朵把枝条压得朝向四面八方伸展。大门上贴着黄色的对联：

迎新春倍思亲人
贺佳节缅怀前辈
德高望重

光河是绝食而死的。在死前的两个月，他就拒绝进食。他每天斜躺在床上，眼睛直直地盯着门口，仿佛在期盼着什么，又仿佛什么也没看，眼神空茫，没有焦点。他不吃不喝，也不说话，一直这样一个姿势，直到虚弱得不能动弹。光河的老婆花婶把一个吸管插到光河的鼻孔里，每天用针管注入流食。只有此时，光河才把头转过来，绝望地看着花婶，他拒绝吞咽，可是，吸管直接进入他的胃里，他无力抗拒。梁庄人都说，他是在等着他惨遭车祸死去的一儿一女来接他。这座宏伟的、用赔偿钱盖起来的房子，是他宝贝女儿和儿子的象征。他每天躺在儿子和女儿的心脏里，悲伤地怀念他们。据说最后半个月，他忽然又想活了，拼命地吃东西，每天乞求花婶给他弄东西吃。他吃完就吐，吐完再吃，吃完又吐，最后，还是死了。2010 年 11 月 21 日，光河去世。享年四十八岁。

花婶也在门口站着。她仍然笑笑的，只是笑容有些勉强和凄凉，说话的底气也没有原来那么足了。她特意站在花丛前让我照相，笑盈盈的。透过镜头，那笑容有一种涣散了的深深的空洞，还有些许一闪而过的羞愧和心虚。她这样活着，似乎太过强悍。把自己的儿子、女儿、丈夫都活死了，自己还活着。

清立过来了，他的头发呈蜂窝状和铁锈色，衣衫破烂肮脏，那把不离身的刀不见了。看到我，咧开嘴，笑了起来，露出了黑洞一样的嘴巴，他的牙齿几乎全掉了。去年冬天的时候，他和自己的弟弟发生了冲突，弟弟照着他的脸一拳过去，就成了这个样子。他的嘴巴朝我动了动，似乎喊了一声"姑"，但又似乎什么也没有说出来。那六七个玩耍的孩子，最大的不过十岁，最小的两三岁的样子，追着清立，用小手划过自己的脸，羞清立，一边唱着喊，"清立不要脸儿，清立不要脸儿。"

以后一段时间，我在村里走，和别人聊天，在沟渠，在村头的小房子那里，都会不期然遇到他。他就像一个魂灵，在梁庄到处闪现。他远远站在人群的外圈，满含期待地看着大家，但是，一旦我把眼神转向他，他马上躲避开去。

这将是另外一个军哥。没有人朝他看一眼，没有人在意他，甚至，根本没有人看到他。奇怪的是，他的脸又有一种平和，没有那种穷凶极恶的紧张。已经沦为乞丐的清立，嵌在梁庄的内部，被人遗弃，却又平和地生活。他的神情是安然的、平静的。

傍晚五点多的时候，几辆三轮车从镇上方向往村庄这边来。最前面的是我一个堂哥的老婆，我们都叫她凤嫂。车里面坐着三个大小不一的孩子。看到我在路边站着，凤嫂从三轮车上跳了下来，上下打量着我，嘴里啧啧感叹着。凤嫂，在年轻时候就已经苍老，头发枯黄，脸盘宽大扁平，不修边幅，整天都在忙碌干活，在我的印象中，她从来没穿过干净整齐的衣服。现在，也未见更老，只是个头矮了好多。车上坐着的是她的三个孙子，三个儿子一人一个，不偏不倚。他们刚从镇上幼儿园放学回来。凤嫂的车极脏，这是她的卖菜车，泥块、土堆、沙粒到处都是，孩子们就坐在这灰堆里，惊奇地望着我。

紧接着来的是一个极瘦的老太太。三轮车里坐两个孩子，一个大点的孩子坐在车挡的平板上，这个孩子的体格已经是成年人的形态了。这三个孩子把车塞得满满的，显得骑车的老太太格外孱弱。她看到我，停了下来，惊喜地抓住我的手，张着嘴，出来的却是嘶哑、含混的声音。我诧异地望着她，这是建昆婶。2008 年还在为老母亲被强奸杀害一事风风火火到处告状的建昆婶，两年之间，竟然衰老成这个样子。而她的声音是怎么了？建昆婶比比划划，指着脖颈下面长长的伤疤让我看，凤嫂在旁边解释。好一会儿，我才明白，建昆婶去年得了食道癌，在穰县做完手术之后，几乎失去了说话的能力。她拉着我的手，急切地说着，眼睛紧紧地盯着我，一会儿就含满了泪水。我知道，她又想起了我的母亲和她的小女儿。我母亲在世时，她们是好朋友。她的小女儿和我相差一个月出生，在五岁的时候夭折了。死亡的阴影已经盘旋在这个老人的身体上。下次回来，我可能再也见不到她，再也听不到她讲我母亲和她女儿的故事了。[1]

回到红伟家门口，围坐在茶桌旁的那几个哥、叔、伯辈的人，正压低着嗓子，神情紧张、意趣盎然地谈着什么事情。这是真正的闲话时刻。重大新闻正在形成。这是梁庄每天午休时间、傍晚时分或打牌聊天时的必修课。

一个村庄里的闲话意味着什么？"闲"，从词源学上讲，原指"木栏的遮拦物"，逐渐引申为道德和法度的规范。《论语·子张》云："大德不逾闲。""闲"加上"话"即在特定的时空环境中"背后对别人的批评、议论"。从社会学上讲，在一个生活共同体中，"闲话"就是一个公共空间，具有限制力和约束力，通过闲话，共同体中的成员的道德边界被不断加强、界定并得以维持，对于一个村庄而言，闲话就是村庄人际关系、社会存在的监控网络，对村民具有一定的威慑力量，人们可能会考虑到闲话的道德评价而去修正、改变自己的行为。而对于在一个村庄里缺乏政治和经济地位的人，"闲话"是制造舆论，进而影响其他村民的基本方式。[2]

果然，他们正在议论兴哥不认弟弟尸体的事情。

"要不是为了那 1750 块，兴哥会恁不像话，连亲兄弟也不认了？"

---

1 2012 年 2 月 4 日晚，建昆婶因食道癌于梁庄去世。
2 参考薛亚利：《村庄里的闲话：意义、功能和权力》，上海书店出版社，2009 年版。

"还不是为那个老女人？一看就不是正经和他过日子的，来了连个门都不出，到兴那儿串个门，连个招呼都不打。"

"说的可是，还是亲兄弟呢！不过话又拐回来说，要真是认了，军哥的地就要收了，那这赔偿钱该归谁？"

"归谁？那还用说，反正兴哥是使不上。再说，那可不是一亩地的事儿！"

"一亩地？十亩地，二十亩也不拉倒！人家南水北调是按整块算的，咱们是按户头算的，多出多少地？你敢算一下，光从坟园到公路上那段路能多出来多少地？"

"也够他们忙的，得编多少假户口。"

"那凭啥？应该是全村人的地，全村人的钱，凭啥他们几个占了？说是南水北调，大工程，谁占住光了？还不是他支书一个人买的搅拌车、粉碎机可以去，平头百姓谁占住光了？"

兴哥不认弟弟尸体这件事本身有悖于人伦道德，固然会被村庄的人议论，然而，当有更重要、更切己的利益迫在眉睫需要解决的时候，这一闲话立马就有了新的所属。这涉及南水北调工程占梁庄土地并赔偿的问题。军哥事件在以新的角度展开。这新的闲话正在以密谋的方式使梁庄充满了躁动。

如果军哥不死，就应该有一亩地。军哥长期流浪，这一亩地实际上为兴哥拥有，是兴哥的重要收入补贴。这里面还牵涉兴哥的一件不光彩的事。前几年，一个"老女人"（梁庄人的形容）和兴哥住到了一块儿，那个女人时来时去，来的时候钻在兴哥的屋子，从来不与梁庄人打交道，但兴哥的伙食在那段时间就要好多了。梁庄人一见兴哥去吴镇割肉买菜，就会意味深长地相互看几眼。兴哥花销大了，一人地两人吃，当然不够，他需要弟弟这一亩地。现在，他更不能放弃这一亩地，因为南水北调工程就占住了军哥的地。政策已经确定下来，梁庄占地，按一亩一年1750元的标准赔偿农户。一亩1750元，不用种地，不用担心旱涝歉收，简直是天上掉馅饼了。所以，军哥不能死，兴哥也不能认。

南水北调占梁庄多少土地，由国家丈量，占多少赔多少，每户农民都设一个账户，钱直接打到农民账户里，防止截流。这清清楚楚，没有问题。但是，问题在于，占地面积是整体测量的，按整体面积赔偿，而梁庄分到村民的地是一块一块的，路，沟，渠，角角落落，属于村庄的公共空间，没有分给具体哪一位村民。这样，当土地被整体测量使用时，就会多出来一些面积。

此后的十几天时间，我每到一家，只要坐那么一下午，无论谈论的是什么话题，最后，都会归结到这件事上。首先是怀疑，对一亩地1750元能否顺利到手非常质疑，进而愤怒地说到多出的公共面积和多出的钱。其实到底多出多少，谁也搞不清楚，彼此算出的面积差距也很大。话题由此展开，说到村庄里的其他事情，这个时候，已经到了破口大骂的程度。

离开梁庄

夏天的村庄中午，总是有着地老天荒的安静。热气蒸腾之中，所有的生物都收声噤口，疲乏愚钝。

沿着梁庄的新公路，走过两边密集的新房子，走过梁庄小学，走过老煤场，走过王家胜娃的石灰砖厂，再走过一大片绵延的绿色烟叶地，一条直直的、平整的、向远方无限延伸而去的开阔地，突然从茂盛的庄稼地里开出，呈现在大地的中心。它如此宽阔，以至于一眼望过去，两边的村庄房屋和庄稼都显得非常遥远和矮小。那惊人的宽阔充满着神秘的威力和不可思议的创造力，把大地、植物、时间和空间都逼得狭小且短暂，显示出一个庞大国度的浩然之气。举世瞩目的、被称为"世界上最大调水工程"的南水北调工程正横穿湍水，跨过梁庄，向大陆腹地延伸而去。

但是，在村庄内部，连续的暴雨肆虐地冲刷着房屋、地基、路、树木、杂草和庄稼，一切都处于无序之中。最明显的就是村庄内部道路的损伤和混乱。新房不断建起，路却越来越难找。从公路进梁庄的主路根本无法辨认，道路已经被两旁的杂草完全遮蔽。我家老屋的左边原来是一条直路，可以通往村后的庄稼地和韩家，现在，也都被周边各家的新房分割，路变成了弯弯曲曲的一条缝儿。

老老支书兴隆家的院子半边已经坍塌，看到我路过，坐在院中树下乘凉的老老支书站了起来，大眼一瞪，喊我："小清过来坐啊！"旁边的大奶奶扶着拐杖，也艰难地站起来。我看到她脸上的神情，吓了一跳。她的整张脸都垮了下来，就好像里面的骨头挂不住外面的肉，五官完全错位。整个眼珠都散了，看起来很恐怖。她的嘴巴嚅动着，呜咽着不知道说的是什么。我心里像塞了一块冰，冷得要窒息，急急地逃跑了。老老支书仍然声如洪钟，在我们身后喊着，"再来玩啊。"

村东坑塘中间的那条大路地基已经塌陷，一边低一边高。坑塘旁边丰定家门口停着一辆拖拉机，一个轮子几乎悬在了坑塘的边沿上。如果单看路的现状，你无法明白他是怎么把这个庞然大物开进来的。

丰定和老婆去年从中山市回来，买了拖拉机和旋耕耙，挣钱养家，打算不再出门。我好奇地问起他的拖拉机是怎么进来的，他即刻骂起来，说有钱的在公路边盖房子，车想咋放咋放，村里的路越来越没人管。这段路是他和哥哥、父亲自己拉的石子垫的，勉强把车开了进来。几场暴雨之后，路又塌了，他还得再垫路。丰定一直想在公路旁找新的宅基地，想盖新房。但是，村委会怎么也不给他批地。

找丰定，除了想听听他的打工史，想了解他为什么要回来之外，主要还是想通过他找一找在广州一带打工的梁庄人。梁庄在南方打工的人几乎都是他们兄弟两人带出去的。他知道好几个人的电话，当即打了过去，只联系到其中三个，另外两个手机已经停掉。

在随后的十来天里，我一家家地走访，打听电话，进行联系，始终没有我想象的那么顺利。我没有想到，梁庄在外的打工者，他们和家人、村庄的联系，如此之少，彼此之间竟然如此隔膜。

有些家庭整体离开村庄，多年不回村庄，至多春节到坟园上坟烧纸，根本不作停留，只能猜测谁有他们的联系方式，这些电话非常难找。有些家庭在村庄的人缘不好，出去打工几乎不与村庄联系，村里出去打工的人也不会找他们帮忙，久而久之，大家也就遗忘了他们。那些有孩子留在村庄上学的青年夫妻，原来会在春节回来，现在，则在暑假托人把孩子送到打工地点（每到暑假，都有专门做这样生意的长途汽车，车费要高于正常车费一倍），孩子在那儿玩一个暑假，再托运回来，自己也不耽误打工时间。

有的在外打工多年，会忽然回来，起一座"豪宅"，接儿媳，在家过一个春节，然后，又在梁庄消失，继续在外打工。但这样的中年打工者，在不久就会回到村庄，因为很快，他们就要开始下一个任务：照顾孙子或孙女儿。万青和巧玉就是这样的情况。2008年我回来的时候，万青的儿子结婚。2009年，万青有了第一个孙女，在汕头拉三轮车的万青和在电子厂打工的巧玉只得回来。巧玉照顾孩子，万青在梁庄砖厂干活，儿子和儿媳则继续在外打工。

难以联系的另外一个重要原因则是打工者工作调换太快，尤其是年轻人，常常在不同城市干不同的活儿。每到一个地方，就会废除之前的号，换当地的手机号。每换一次号码，就会与一批人失去联系，慢慢地，也就越来越少人知道电话。福伯家，梁庄的大家庭，五个儿子，两个女儿，他的几个儿子和众多孙子分布在新疆、西安、郑州、北京、深圳等各地打工，福伯把儿子孙子们的电话都记在墙上。我按照电话一个个打过去，结果，有一半都打不通，福伯搞不清楚他的儿子们和孙子们都在哪里。我问福伯到没到西安或北京去看过儿子孙子，知不知道他们在那儿生活得怎么样？他诧异地反问我："谁去那儿干啥？打个工，还能住啥样吃啥样？"

有一种奇怪的感觉，留在梁庄的人对在外打工的亲人、族人好像没有特别的感觉，似乎他们认定在外打工的梁庄人整个心还在梁庄这里，从来没有离开过。他们会饶有兴致地讲谁谁回来娶媳妇，割痔疮，做手术，盖房子，也会以一种特别陌生、惊讶的口吻谈谁谁校油泵发财了，谁谁又赔了，现在回梁庄在做什么。梁庄始终是中心。在外，只是暂时的，讨生活的，最终都会回来。也因此，他们没有认真地去思考自己的亲人在外打工的状况，即使谈起来，也以一种非常模糊的、完全逆来顺受的态度。

关于村庄里出去的一些女孩子，我听到了很多闲话。一贯高声大调的梁庄人在谈起她们时连说话的声音都会放低许多，暧昧而不屑。在红伟家里，我碰到万生，他先是在吴镇开饭馆，生意非常好，却因政府欠账太多，难以为继，就关了饭馆到西安，在那里的城中村卖河南烩面，结果还是开不下去。据说是他老婆太不会事儿，得罪了去吃饭的老乡。我问万生要他两个妹妹玉英和玉花的电话，他却支支吾吾。周围的人也满含暧昧之色。在经过一段铺垫之后，这些女孩子的故事才慢慢地在闲话中，在破碎的证据和相互的争执中浮现出来。

回乡的梁庄打工者并非因为本地的经济吸纳力转好。他们几乎都是受伤者或病患者，或因为孩子、家庭的问题不得不回乡。丰定、永树兄弟先在广州郊区打工，后来在中山的鞋厂和高温塑胶厂一干好多年，都是严重的胃溃疡患者；丰定的老婆是从十五岁起在鞋厂干活，2005年左右，她的头开始有轻微的颤抖，应该是轻度中毒或中风的标志。在云南校油泵的书明被摩托车撞飞，伤了左腿，引起肌肉萎缩，不能再从事任何劳动，回到梁庄，吃老本儿，天天以打牌为乐。而万青，我在梁庄砖厂看他干活时，才发现他的左胳膊已经瘫痪，严重萎缩。他一直隐瞒得很好。那是1994年他在山西一个煤厂干活时，煤窑倒塌伤了小脑留下的后遗症。

万青媳妇巧玉和丰定老婆对城市的打工生活非常怀念。巧玉给我算了一笔她和万青在家生活的成本账，他们两口子回来不到一年时间已经花出去了将近两万块钱，而在打工的地方，人情很少，"每个月到时间就有十几张红红的票子发下来，心里可美"。丰定老婆已经成为鞋厂鞋样室的员工，比在大车间干活要干净很多，有风扇吹，有水喝。更重要的是，厂里对她非常重视，工资涨到了两千五百块钱一个月。但是她们对于打工的城市、乡镇却异常陌生，在说起打工的镇子时，丰定老婆竟然想不起来小镇的名字，而她在那儿生活了将近二十年。巧玉在说起汕头的那个小镇时，也着急地求助于丈夫万青，她想不起来。

实际上，留在梁庄的梁庄人一部分也成了打工者。南水北调把梁庄的一部分土地占用，坟园前后、河坡上那千余亩地也已经被吴镇的两个种烟大户给租去种了烟叶。梁庄的妇女打工队队长喜娟组织了梁庄的十几个妇女和老弱男人，以一天三十块钱算。因为干活快，人又热心，打工队慢慢吸引了周边村庄的一些人，男女都有，三十几个人，每天在不同的地方干不同的活儿。他们并不认为自己是在"劳动"，他们直接说自己是"打工"。还有就是在砖厂干活的，道义砖厂和韩家红贵砖厂吸纳了三十几个梁庄的劳力。其他家庭有如丰定那样买了旋耕耙、挖掘机、拉沙车在附近找活儿干。

梁庄内部的经济生活正在发生真正的改变。有一定规模的资本经营者正在进入梁庄，土地被集中起来，被那些有金钱能力和销售渠道的人所控制。相关政策部门、金融机构也因利益关系以各种方式参与到这样的集中化和集约化过程之中，这加快了资本集中的速度。在分田到户四十几年后，梁庄人开始在属于自己的责任田里给别人打工。

在村庄的十几天里，我一家家走访，一个个打电话，联系、寒暄、落实，牵出另外一些人，再打电话，这样才逐渐理出一些头绪，并开始确定所要采访的基本路线。

在将近三十年中，梁庄人的足迹几乎遍布了中国的大江南北。西边最远到新疆的阿克苏、阿勒泰，西南到西藏的日喀则、云南曲靖、临越南边界的一些城市，南边到广州、深圳等地，北边到内蒙古锡林浩特，国外最远有到西班牙打工的。他们在城市待的时间最长的有将近三十年，最短的才刚刚踏上漂泊之程。

离开家乡，来到城市，梁庄人也依据官方的说法，认为自己是"盲流""打工的""进城务工人员""进城农民""农民工"。[1] 但是，更多的时候，他们会自嘲就是一个"要饭的"，"就是进城要碗饭吃，啥好不好的"。

---

1 网上流行这样一个段子，"请叫我公民——本名农民工，小名打工仔，别名进城务工者，曾用名盲流，尊称城市建设者，昵称农民兄弟，俗称乡巴佬；绰号游民，书名无产阶级同盟军，临时户口社会不稳定因素，宪法名公民，党给的封号主人，时髦称呼弱势群体。"

村中老屋

第二章　西安

农民的终结？这样带着点迟疑，也更审慎。

——H·孟德拉斯《农民的终结》

德仁寨

2011 年 7 月 10 日，晨，阴雨。我们一行四人，从吴镇出发，目的地为西安市灞桥区。福伯家的万国大哥、万立二哥和王家二年在那里蹬三轮车；梁家正容在那儿开店铺做小生意；韩虎子姐弟四个在那里卖菜。梁庄人来来去去，前后不下几十人在灞桥打过工。

托高速公路的福，一路顺畅，下午不到两点，我们就到了沪陕公路在西安的收费口。依据万立二哥提示的路线，下高速，走纺北路，到幸福路，沿着幸福路，就可以看到华清立交桥。他在华清立交桥下等我们。

说得非常清楚，表哥一路开车，结果却在纺北路上偏离方向，待觉得路不对，已经过了官厅立交桥。给二哥打电话汇报，他在电话里大叫，错了，错了。二哥在电话里以极高分贝讲着路，还是"幸福路""纺织路""华清路"，可我们就是不明白。他说不清楚，我们也搞不清楚东南西北。城市里的每一个立交桥都一模一样，即使是同一座桥，在不同的方向，也同样可能碰不到面。又折腾了一阵子，最后决定，二哥站着不动，我们这边坐上出租车去接他，让二哥在电话里给出租车师傅说路。

下午四点多钟的时候，一辆出租车停到了我们的车前。二哥从车上下来，紫膛色的大脸，肚子挺得很高，腰带在肚子下面虚挂着，裤子几乎要坠下去。二哥胖多了，少说也有一百七八十斤，倒是那两颗几乎突出到嘴唇外的大门牙不那么突了。我有快二十年没有见过二哥了。他曾经是我的小学老师，梁庄小学四年级的班主任。那时候，二哥还不过三十岁，是梁庄小学的教学骨干。他对学生非常严厉，说话尖刻，不管男生女生，只要犯错，一律痛骂。还记得一次上课，我和同学说小话，被他发现，"哗啦"一声，那个裹着铁皮的黑板擦直冲我飞过来，重重击中我的额角。我抬眼看他，正碰到他如牛一样的圆眼睛直直地盯着我，怒气冲天。接着，一堆唾沫夹杂着急速运转的话朝我铺天盖地而来。那时，他的两颗大门牙还触目惊心地往外突着，从那里面喷出来的唾沫比话多。

看见我们，二哥大声嚷着："日他妈，变化太大了。前些年在这儿还拉过三轮，这几年都没来了，到哪儿都不认识了，路硬是说不清。"然后，上前一把抱住父亲，"二大 [1]，你可来了，说多少次叫你来你不来。"看着我，咧开大嘴，也开心地笑着，"听二大说你来，我都不相信，多少年没见你了？"

父亲笑着骂道："万立啊万立，你在西安几十年了，连路都认不得了？挣钱挣迷糊了？"

我们开着车，沿着二哥指的方向，终于走上了幸福路。远处是一个小山包，下面是很深的河，从山包到河这边，是一条极具弯度的、高且瘦的高架桥。二哥说："九几年来的时候，根本没有这条桥。我拉着三轮车从城里往山那边送过货，得绕二十多里地，上千

1　二大："大"，叔，专指父亲的堂兄弟，有些地方也指父亲的亲兄弟。

斤，二十块钱。就这样，还得认识人才让你拉。"

在一片欢笑声中，父亲和二哥合编了一个顺口溜：

> 万立西安二十年，蹬起三轮来挣钱，
>
> 大街小巷都转遍，城里马路弄不转，
>
> 人人都说我迷登，一心挣钱供学生。

从华清桥下来，转一个弯，是一段有围墙的长长的路。围墙刷的是劣质白粉，比临时工地围起来的要高一些，结实一点，但又比作为固定建筑的墙差很多，上面加着一个青瓦的顶，歪歪扭扭，围墙的高度、长度和那粗鄙厚重的形态，结合在一起，有一种很微妙的压抑感。围墙里的路说宽不宽，说窄不窄，有点像乡村的老公路，年久失修，被人遗弃。路是老的，但围墙却显然是新近加的。然后一个右拐弯，一条长长的、铁锈色的街出现在面前。街的一边是全是卖钢材的，长长的、铁锈色的钢管铺在店面里，溢到街道上。店主坐在同样呈现着铁锈色的房屋里，或倚在门口，神情冷漠地看着我们的车开过。另一边是一大片开阔的废墟地，废墟上堆着各种各样的建筑垃圾。再向左转一个弯，是一条小道，路的左边是一个个独门小院，右边是各种零散的垃圾堆。再往里走，右边出现了一堆堆巨大的垃圾，生活垃圾，也有回收的废品，废铁、废铜、玻璃瓶、废纸，各种奇形怪状的物品，随意堆放、蔓延在空地上和路上。在这一堆堆垃圾之间，有一条歪斜的小道，通向里面，几条狗在刨食，一个十几岁的小伙子正骑着三轮车出来。异味在刚下过雨的空气中凝结、发酵，非常刺鼻，一种腐烂的东西长期沤在里面变坏的味道，让人想呕吐。直行再往里面走，经过一个小铁路，空间豁然开朗，一个村庄形状的聚集区出现在我们面前。

这就是德仁寨。二哥二嫂，还有其他几位乡亲现在的居住点。他们搬到这里有一年多。这几年西安城中村改造的力度越来越大，有相当一些村子完全被买断、开发，二哥们只好频繁搬移，寻找新的城中村、新的居住地。看着这个破旧的地方，突然想起进村时那围墙给我的奇怪的不舒服感，我想到了一个词：隔离墙。我们在电影上见到的二战时期犹太人的隔离墙，美国黑人白人的隔离墙，都与那道墙有相似的气质。

德仁寨是西安灞桥区的一个村庄。说拆迁已经好几年了，但总是有各种原因没有动迁。本村居民早已搬出村庄，把房子租给如二哥这样的外来打工者。二哥居住的这条街，卖菜的、小吃店、五金店、移动通讯店、手机店，所有做生意的都是外地的，就连那个稍大型的超市也是外地人开的。德仁寨，西安的老村庄，却几乎没有西安户籍的居民和原始村民。

二哥二嫂住在一栋斑驳的两层小楼里，上三下二的开间。下面一间租给了做移动通讯生意的人，另外一间房连着客厅，租给一家做夜市小吃摊的夫妇俩。我们到的时候，这夫妇俩正坐在阴暗的房间门口忙着择菜、洗菜、切菜。

二楼三间房。二哥二嫂租了左边的一个大间，月租一百五十元，中间一间租给同是吴镇的另外一对年轻夫妇，面积稍小一点，月租一百。右边是一个两间房的小套间，没有租出去。挨着二哥房间左边，是一个公用厕所。

二嫂也早早收工，正在房间门口切菜做饭。记忆中的二嫂又黑又瘦，但眉眼和脸庞很俊俏。利索、勤快、下力气，是梁庄著名的"干家子"之一。二嫂略有点发福，但回身招呼，说话倒茶，利索劲儿丝毫未减。房间约有十五平米大小，地面是灰得发黑的老水泥地。进门左首是一张下面带橱的黝黑的旧桌子，橱门已经掉了，能够看到里面的碗、筷子、炒锅、干面条、蒜头、佐料等零散东西。桌面上放着一个木头案板，案板上放着一大块红白相间的五花猪肉。

往房间里面看，对面那堵墙一溜排着纸箱子、席子、包裹、破沙发、桌子和一张大床。大床上的苇席被陈年的汗渍浸得光滑发亮，四面都有补过的痕迹，靠墙堆着几床棉被。床的另一端也放着一堆纸箱子，一层层摞着，可以看到里面的衣服和杂物。房间的各个角落都纵横着绳子，上面搭着衣服、毛巾，挂着伞、帽子、塑料袋等等。整个房间唯一有着固定家居意味的是口厚重的、上着深色朱漆的木箱子。箱子四角用带有装饰的铁皮包着，前面正中部位印着红白相间的喜鹊和牡丹，颜色有些脱落，透着年深月远的喜庆。旁边一个废弃的电脑桌上，摆着一尊财神像，前面堆着厚厚的香屑。

大家谈起梁庄，提到梁庄的很多人。万龙家女子结三次婚，又离婚了；光义老婆逼着儿子离婚，媳妇没了，生意也垮了，算是家破人亡；清明显摆，在西宁校油泵，前些日子来西安买车，非要住宾馆；韩家谁谁校油泵发大财等等。二哥、二嫂、父亲两眼放光，大家都很兴奋，呈思考状、紧张状和幸福状。梁庄才是他们精神的中心，梁庄里的人和事闪闪发光。

吃完饭，我们去找住的地方。拖着行李，往街里面走，街上的各种小摊延伸到路的中间，使得本不宽敞的路显得更加拥挤。我看到二哥楼下的邻居在街的拐角处摆出了摊儿，一个两平米左右的轮子车，上面放着各种凉菜，用塑料壳遮着。塑料壳上面挂着一个白色横幅，上面写着鲜红的几个字："凉菜米线河南烩面。"

我们在"如意旅社"住下。"如意旅社"不如意。房间积尘满地，鞋子走过，能劈开地上的灰尘。床上可疑的物品、拉不上的窗帘不说，到卫生间，那水池里的污垢让人气馁。小心翼翼上完厕所，一拉水箱的绳子，绳子断了。转而庆幸，幸亏还有个热水器，虽然面目可疑，但总算还可以洗澡。这一天的奔波，全身早就像刷了一层厚厚的橡胶。仔细研究之后，发现该热水器是一个绳子控制出水的热水器（从没在市场上见过，估计是自制的），一拉，热水出来，再一拉，水停。流量虽小，毕竟还有。涂了一身的香皂，一拉，结果，这房间里的第二根绳子也断了。

早晨五点半，闹铃准时响起。匆忙穿上衣服，往二嫂那儿赶。刚到楼下，就听二嫂在楼上窗户边说："不用上来了，我这就下去。"

二嫂从客厅里推出她的三轮车。这个三轮车的确服役很久，车把、铁的车身都磨得光溜溜的，电镀完全没有了，轮子、轮条都裹着厚厚的铁锈。车座后面的架上绑着水壶，拴着塑料袋，里面装着纸、手套、帽子和其他小杂物，丝丝缕缕的，像一个小型垃圾车。

发动机的声音格外大，"突突突"，在寂静的清晨猛然响起，非常刺耳。过了那条长长的围墙路，往右转，穿过华清立交桥，过一个斜坡通道，再拐到地下通道，就到了路的另一边。过斜坡的时候，二嫂告诉我，前几天万国大哥的车就是在这个地方被抓的。这是一个大拐角，很容易把人、车挤到死角去。三轮车夫早晨六点左右出门去拉活，抓人的交警和他们一样，也六点左右出发，专逮他们。

从德仁寨到二嫂拉活的梦幻商场，约有七八里地。紧靠商场后门的地方，排着好多辆三轮车，旁边三三两两聚集着和二嫂穿着一样夹衫的人。女人们一堆儿，有的坐在车上，大口吃着包子，有的斜倚在车把上发呆，有的吐着唾沫在数零钱；男人们一堆儿，在一块儿大声地相互说笑。其中一个瘦小的、戴高度近视镜、五十岁左右的男人特别显眼，看起来很文弱，很有落魄书生的感觉。

二嫂为我一一介绍她的伙伴们，又用手指着男人堆，说那是谁的丈夫，那是谁一家的，家在吴镇哪边。她招呼他们过来，那些男人们反而走得更远了，有使坏的把其中一个白脸年轻男人推出来，往这边女人的身上推，大家哄笑起来。拉三轮车的，多是夫妻两个一起。他们还保持着农村的习惯，在公开场合里，从不在一起站着。

不到九点钟的时候，二哥骑着三轮车过来找我们。他早晨的活已经拉完了，挣了三十多块钱。"日他妈，生意不好，淡季，没人来。"他嚷嚷着，马上加入了那一堆聊天的男人中去。

十点多的时候，人流渐渐增多，后面广场各种进货出货的人越来越多，门前停着的三轮车越来越少了，大家都忙了起来。二哥说："走，咱们到健康路去。"早已和万国大哥约好，下午一起到二哥家喝酒。他一个人在西安拉车，大嫂留在梁庄看孙儿孙女。

健康路是灞桥区著名的服装批发街，街长约有三里地。这是一条有些年头的街道。路面坑坑洼洼，路口是一个外观已经非常陈旧的商场，往里两边是两排年代久远的老楼房，颜色灰暗、样式落后，楼顶上竖着被风雨侵蚀得面目全非的各类广告牌子。它的左右不远处都是气势汹汹俯视而来的崭新的高大楼群，衬得健康路格外寒酸、狭小。

　　不时有三轮车"咣咣"响着飞驶过来，这些三轮车前面都绑着一个小铁棍，打在三轮车的梁上，发出清脆的声音，以提醒前面走的人让路。三轮车开得飞快，不时擦过行人的身边，眼看就要撞住，却"咻溜"一声滑了过去，技术高超至极。看到我在旁边照相，骑车者就配合地朝我张大嘴巴，露出笑容，车也不减速，"哗"地一下潇洒地骑了过去。欢快而流畅，非常写意。

　　万国大哥拉着人朝我这边骑了过来，因为速度快，他的头发被风往后吹着，衣服也鼓了起来，腰挺得笔直，保持着昔日的军人风采。看到我，他开心地笑起来，脸一下子像被揉皱了，巨大的眼袋几乎顶住了眼睛。我喊他一声，大哥，慢一下，照张相。他的腰挺得更直了，目视前方，像个统领千军万马的将军。

　　大哥很快回转过来，三里地，对于他们这样的熟手来说，就是十来分钟的样子。在健康路拉车的全是老乡，说话没有丝毫障碍。王二年不停地拉他的同伴过来，让我和他们聊天，"都是自己人，问啥都行"。和梦幻商场一样，他们对我的出现很好奇，不停地问这问那，而当我要给他们照相时，又哄笑着纷纷躲开。最后，大家聚拢在一起，站在三轮车的旁边，后面的人站在车上，有几个年轻一点的还摆着姿势，照了一张集体照。照片里的人个个笑容满面，意气风发。其中一个双手插进裤袋里，刚好把酱色马夹揽到后面，露出里面干净的白色 T 恤，他双眼含着笑意，凝视着镜头的外面，脸庞方正，轮廓清晰，儒雅而威武。

流转

下午四点钟，收工了。万国大哥、万立二哥和二嫂蹬着三轮车，载着我们，浩浩荡荡地回德仁寨。大哥二哥都铆足了劲儿，晚上要和父亲喝一场。万立二哥更健谈些，几杯酒下来，打开了话匣子。

1991年、1992年的时候在河北、安阳都干过，咱没技术，年龄也大，只能出苦力，挣不来啥钱。小柱（大哥二哥的小弟）、咱们韩家几个人在河北邢台铁厂那儿干活，我就去了。是翻砂，环境差哩很。一堆堆铁在地上烧，铁末子乱飞，我们用铁锨扒拉，又烤又烧，每个人都像鬼娃儿一样，嗓子成天像被烤糊了一样，受罪得很。我忘了我是干一个月，还是不到，反正没拿到钱。我给小柱说，走，咱必须得走，这活干不成，到最后非死人不行。厂里坏得很，去之前还得先押两百块钱，工资也是好几个月结一次，就是防止你提前跑。最后，我和小柱走了，押那个钱也不要了。韩家几个娃儿还在那儿干一段，后来也走了。

小柱还在安阳那个啥刨光厂干过，也是铁末子满屋飞，噪音大得很。就是把自行车、手电筒打磨成光哩。声音一直响，刺耳刺心，我听着头都晕。在那个厂里小柱一直流鼻血。小柱十几岁都出门，受住亏了。

1993年阴历六月，我来西安。在健康路"蹬脚"（拉人），拉货，当时是人力三轮车，六百六十块买的新车，利民牌。早晨四五点钟就得起来替出摊的摊贩装货拉货，咱租的房子离人家出摊的地方三里地，过三府湾，到健康路二里多地，单趟六七里地。然后再回来，再出一家。一早晨帮人家出四五个摊，晚上再帮人家收摊，来来回回，百十里地，挣八九块钱。一车货都是七八百斤，千把斤。我是捡轻省的，再轻省也有三百斤。租的房子最多十个平方。咱们梁家年娃儿当时还在这儿，我们在一块儿干。住的地方脏哩很，都是收破烂的，烧那个电线乌烟瘴气的，难闻死了，见天早晨三四点钟都烧东西。

那时候我的想法是，一天挣五块钱，一个月挣二百块钱都行。干有两年，慢慢一次涨到两块、三块，后来，一天能挣一二十块钱，那时候不出税，但是，没有牌照，出来得晚了，被看见了，二话不说，罚三十块。把车子收了，在煤厂里搁着，在治安办开个票，先罚二十五元，到停车场再交五块钱。经常被罚，票刚开罢，出来又罚。都是派出所下面的合同警干的事儿。后来又出了一个事儿，三府湾村子不让俺们这些三轮车走了，但是那是必经之路，必须得从那儿过，人家要俺们办通行证，也是想要钱。有一次，我送红伟回家，刚从车站回来，三府湾村里治安办的人从厕所出来，提着裤子把我叫住了，罚我六十块，要我办证。你说，邪得很，估计他是专在厕所盯人，也不嫌臭。

从南窑地、余家寨那边拉被套到城西农村去，是九五年的事，有几十里地，上午十点钟去，下午四点钟回来，三十里，二十块，那还是认识了才让蹬。我记得可清，那是过过秤的，拉过五百斤的、六百斤的。拉回来累得很，浑身都散架了。还拉过摩托车，两个三个的都装过，千把斤，嘉陵牌的，从大雁塔出发到另外一个地方，估计得有二十里，十块钱，一个摩托车五块，这是九四年的事。这还是虎子认识经二路那边的人，才让我去拉这活。

1995年和1996年，还在铁路上干过活，南窖地我们房东的女婿做私活，俺们早晨帮人家出罢摊，回来就去铁路干活，帮人家挖地下的电缆线，晚上回来再收摊。那个人不给钱，就是剩点电缆给我们，我们拿去卖，一米都几十块钱。那时候咱三十四五岁罢，正能干，一天到晚干，也不觉得累。那年挣哩最多，往屋里捎四千二百块。那两年挣过一千多、两千多的。你二嫂说挣不来钱不让回家。

1997年开始干生产队长，孩子外婆死时我回去，一埋罢，叫我当村长。那时候一个月干队长是四十块，还是欠账。想着当个官怪厉害，多少人争还争不到，人家主动让我干，那我肯定干。当队长管交提留，交公粮。那两年，交提留可是重要得很，那时候是以队里名义借高利贷，一个队得交几千块钱，好像都上万。队里把多出的地再赁出去，再还高利贷。社员们少分那点地，起个名叫"预留地"，咱们北岗地几乎全卖完了。一年四百八十块，两年九百六十块。干了几年，2000年，才不干了，没意思。

2000年，和你二嫂去新疆摘棉花，南疆阿克苏，八九月份，去一百天，摘一斤四毛钱，手快能摘五六十斤，手慢的四五十斤。挣有一千多块钱。那儿蚊子多哩很，"南疆的蚊子，伊犁的蝇子"都是有名的。蚊子多哩很，钻过蚊帐，爬在脸上，脸都爬满了，得不停地用手拍，早晨起来，脸都扇肿了。

后来又在阿勒泰那儿，种哈密瓜，你二嫂的姐、嫂子、妹子都在那儿，打一天药，一天十几桶，下来肩都磨破了，摘，种，锄，黑瘦黑瘦，干一年下来，俺俩挣一万块钱。

第二年去克拉玛依，打井，一个月一千块。一个月后，库房里让我回来看库，觉得我人老实，倒料，装袋，码码，活还不算多重。但是，井喷的时候不能睡觉，整夜对料。你二嫂在那儿挖树窝，种草，摘花。干到十月份，活干完了。

春节买票回家难死了。白天上班干活，到黑了去火车站排队，硬排半个月，最后买的还是站票。总共挣有万把块钱。发誓再也不去新疆了，受罪哩很。那两年算是把罪受完了。

小柱是2001年阴历三月十九黑晌去世，二月初五那天生病。他骑车子去上班，路上突然就昏倒了，当时去青岛医院，都想着镀金厂有影响，光亮他们在电话里还在说想到北京找咱们老乡去告状，意思是厂里的责任，看能不能赔偿一些钱。我们也打听了，咱是外地的，打官司根本都打不赢，第一经济不行，第二也没有那个人，找不到有权力的人。人家还说小柱有先天性心脏病。净放屁，活这些年也没听说他有这病。从青岛到南阳，还是梁贤生弄个车送回到咱们穰县医院。

俺们到南阳车站去接他时，脸都不像样，蜡黄，人都没劲走了，梁峰和光亮搀着他，腿都直不起来了。在医院时，大便都发腥，拉的都是血汤子，最后转成并发症了，内脏全都坏了。当时花三万两千多块钱，姊妹们都出了钱。都是借的，那时候挣哩少，出来打工都只是顾住家。

2002年你大婶去世，是食道癌，发现时医生诊断已经是晚期了。一直吃不下去饭，到最后忽然通了，喝茶轰隆下去了，一下去马上就不行了。那是七月二十七，死时六十八岁。人好，也可怜。一辈子没管过家，都是奶奶把着钱。

2005年又去新疆种哈密瓜，说是不去了，不去不行，那时候想着梁磊（二哥的儿子）要上大学，一年要好多钱，中间这几年家里事儿多，花销大，没存住一分钱。俺们是6月1号去的，10月份回来直接到西安，那年不行，在新疆没挣来钱。磊子考上重点大学，高兴得很，就是为学费熬煎。记得那年学费是三千八百块，开学走时连学费都拿不出来。俺们都没回家，在新疆挣钱，你福伯在家到处借，娃儿是自己去上的学。2006年又去克拉玛依，去一年，在井队上仓库上发个货，你二嫂在绿化队里干，我一个月七百块。11月份又到西安了。过来就再也没走了。那年去最亏了，这边健康路生意好了。出去跑跑都不如健康路，这个钱是活钱，自由得很。到那边端人家饭，受人家管，拉三轮挣这个钱不受气。

为娃儿上学，俺们奔波的地方多得很。

这儿的生意最好是正月间到五一、六一以前，五一中间有十来天一天能挣二百多。六月到八月十五以前生意淡。每年从8月20号以后，生意好哩很，正好学生娃儿上学，买书包、笔，衣服也该换季。生意好的时候，我们俩一个月能挣七八千，邻居这家俩人年轻，出狠力，一个月有时能拉上万块钱，在这儿拉人最认熟人，来来回回，就都认准了。现在我记不住人了，原先还行。不过，现在是电动三轮，轻松哩很，车子一发动，就走了，也不出力。比种庄稼强多了。穷人也有穷人的快乐。

在梦幻大商场，俺们每年要交三千六百块的管理费，如果你没交钱，就不让你进；在健康路，一个月一百块，还得给黑钱。健康路管三轮车的队长，不交黑钱就办不来牌照，明的一年要交两千两百五十块，暗地里还要交一些，逢年过节还要去看他，烟啊酒啊一年下来也得四五百块钱。去年办牌照，我以为不要钱，就去了，人家说，"恁容易，那你不给王哥弄条烟？"日他妈，明着讹钱。还是底层，他们欺负你。他一年至少挣几十万块钱。俺们办回牌子至少得给他两百块。往上报二百把车子，实际上至少四百把车，这暗藏的二百把车的钱他和所长分了。不是我好说，日他姐，要是健康路在咱们吴镇，那钱不都挣疯了。

二哥说到"挣疯了"，大家都充满向往，连声附和，"那可是，那可是"。仿佛大哥二哥真的回到了吴镇，也做了那里瞒外骗的车队队长，真的"挣疯了"。场面很是滑稽。

晚上八点左右，二哥邻居的那对夫妻也回来了，加入了谈话。

二哥问他们今天咋样，男的说不咋样，他拉了八十几块钱，老婆拉有四五十块钱。二哥对我说，这已经不少了，这是淡季，他们俩是有眼色人，才能拉这么多。邻居夫妻看起来很年轻，一问，和我同岁，是吴镇南头一个村庄的人。他们来西安十年，两个孩子，女儿十三岁，儿子九岁，都在吴镇读书，爷奶在家看着。隔一两年，暑假期间孩子会来西安住一住。今年孩子们没来。女孩子大了，不愿意坐三轮车跟着父母到处跑，要不然，就得待在家里看一天电视，没人玩，没人管，连饭都吃不上。

没有想到，大哥比二哥还善喝。喝醉了的大哥满脸通红，一会儿低头叹气，一会儿抹着眼睛，流下了眼泪，长叫一声："我的日子不好过啊。"二哥非常不屑："哭啥哭，就你贱眼泪多，人家都不难，就你难。"哥俩一直是呛茬儿说话，这是兄弟间惯常的说话方式。

我1958年生，1976年元月，十八周岁，去当兵，在郑州当警卫兵，属于郑州警备区独立一团，四年兵，农村娃也没啥机会，也没钱送礼，当几年就又回来了。那时候长哩年轻，个子高，精精神神，是个"圣人蛋"[1]，转业回家，每天早晨还跑步，从王家出去，绕着北岗地，跑十来里，坚持了两三年。为生活，啥小生意都做过，收过废品，收过塑料，卖过鞋底子、凉粉，宰过羊。一只羊赚十块八块钱都高兴得不得了。

1992年上北京，小孩他姨夫在那儿搞装修，我刚开始也是在搞建筑，帮小工，一个月我记得好像是六七十块钱。干几个月，我看这个活不行，太苦了，就想走，厂里不给

---

1 圣人蛋：爱卖弄某方面的能力，不合时宜的人。

我工资。老三万科当时在北京当保安，他们去了两个人，穿保安服，才把钱要过来，就这还欠一百多块钱。包工头是河北的，钱清是[1]不想给了。

小工不干了，自己找了个厂，搞铁焊，才开始去给师傅敲敲打打，后来自己干。我自己又换了个厂，到家具公司，学气焊、电焊，自己摸索着学，咱不是笨人，很快就学成了。在那儿干了两年多，当车间主任，那时候一个月都千把块钱，最高一个月拿到一千六七。这是1992、1993年的事。这钱在当时都不得了。后来，小柱也在那个厂干，他主要是帮着搬木头原料。

你哥、小柱那回打架是为大姐夫哥打的。打姐夫哥那个人是他们一个村的，他们两家在村里就生过气，在北京那人找人把姐夫哥打一顿。咱们知道之后，当然不愿意了，小柱就喊了咱们梁庄一帮人，那回是清明，年娃儿，老二老三老四，咱们这边去八个人，去都拿个片刀，我拿个钢管，没找住那个娃儿，把他们村另外一个娃儿打一顿。

大哥讲到这里，二哥忍不住发出感叹："那次幸亏没找到那个人，不然，非出人命不可。那时候咋啥也不怕？出去了，就像换个人。都野蛮得很，泼死哩打，好像没个啥约束。"

为啥不干了？我车间主任那个位置被老板亲戚占了，

1　清是：真的是，的确是，强调之意。

心里有点不顺，刚好又和甘肃一个人闹矛盾。老板看见小柱掂个刀在车间里晃，不让小柱干了，只叫我在那儿干。我给老板说，我兄弟是为我的事，你把我们钱一清，我们一块儿走。这是1995年的事。

回来干农活不行，关键是不挣钱。在梁庄停有半年，又去北京。小柱和老三原来一直在北京，当过保安，也到化工厂打过工。我看他那儿空气不好，才把他弄到家具厂。当时听小柱说在煤厂干活时摔过一跤，里面有个下水井，摔住腰了，好些天没起来，估计是怕有啥事，工厂就不让他干了。后来又干过刷漆，也没见过戴口罩。生病估计都与这有关。

从北京借的钱，六百块钱，直接来到西安。和我在北京挣的反差很大，但是我就满足了。没人管没人整，自由。我是1995年阴历九月份来的，就没有动。整整十六年，一直没有动。我没有投资，投资不起。那真是出住力了。二百斤的包，毛毯包，往楼上扛，一包一块钱，一口气扛了十六包，最轻一百六十斤，最重二百三十斤。那还是信任咱，才让咱扛，不是那个人还不让你扛。

现在少出力了，比原来多挣钱了。钱还是不够用，一块分十块都不够用。梁东上学，一年四千多学费，再加上吃喝，一年一万多。先上大专，又上本科，上了五年。你大嫂一年到头吃药，至少得几千块钱。家里人情世故也大，行的人情多，我是一人挣钱全家人花。

不过也有高兴事。2008年12月24日，圣诞节，梁东给我发了个信息，你看，我给念念："圣诞将至，不知你又和佳友们到哪儿去畅游？无论你在哪里，请别忘记了我对你的深深祝福！"我回了四句："佳节美景无心游，披星戴月健康路，挣钱为儿完学业，是为父的大任务。"

今年，梁东在郑州要结婚，买房需要四十多万，五十多平米，四十万，吃人啊，还说是在郊区。你说咋办？好不容易供出来，还得管，你说不管行吗？就他那工资，多长时间能攒几十万？我给他借了八九万块钱，还借你万科三哥三万块。儿子又给我发短信，"亲爱的老父亲！儿子让您受苦了！已经二十多岁的儿子却仍然让我那儿五十多岁的老父亲出力！受苦！心里很受伤！"我看了心里也难受啊。说实话，就咱们这个收入，供一个、两个大学生，这个家算完了。

大哥说着说着眼泪又流了出来，拿出他那个破手机给我翻看他二儿子梁东给他发的短信和他回的短信，喃喃地念着，一边摇头、诉苦、叹气，可是那语气中却带着骄傲、炫耀和软弱。三年过去了，他一直没有删那三条信息，就他那个破旧手机，他得花多大功夫才能留住那三条短信啊。最后那条短信是 2011 年 4 月 17 日发的。儿子心疼他，这使他几乎有些受宠若惊了。

二哥一直白着眼瞪他，不时拿纸塞到大哥手里，口气很冲地说："赶紧擦擦，流啥眼泪。"转过脸对我们嘟囔着："大哥大嫂有些偏心，稀罕老二娃儿，想着老二在郑州过得好，将来能指望住，啥钱都贴给老二了。"

没想到大哥听见了，大声嚷着："我偏啥心了，梁峰能顾住自己，家里房子都盖了，老二啥也没有，不指望我指望谁啊？"

将近十一点的时候，大哥醉醺醺地站起来，说得走了。他住的地方离这儿有将近十里地。二哥也没有留他住下，因为他的三轮车电瓶晚上必须充电，另外一个替换电瓶还放在家那边。说好了，明天下午再过来。二哥已经打电话给韩家虎子，韩家虎子听说我们来了，激动得很，说不做生意了，明天上午就过来。我说我们到他那边去，他一定要先过来看我们，然后，再把我们接过去。我知道，这是礼数，表示郑重。

抢劫

第二天早晨，二嫂带着我们去梦幻商场和健康路转了一圈。还刚刚和大家聊上，二哥电话来了，说大哥已经到德仁寨家门口了。二嫂笑着说："你大哥可真难得，一般是舍不得耽误拉活的。"回到二哥家里，很自然地，我们谈起大哥前段时间三轮车被扣的事件。没想到，不是简单的被抓被罚再放人的事情，大哥组织了一场示威，很有现代英雄的意味。这与大哥喝酒就哭的软绵绵的形象颇为不符。喝了酒的大哥开始讲事情的经过，隔壁一些老乡也陆续过来二哥家聊天凑热闹。十一点多的时候，虎子和他老婆也过来了。在梁庄时的虎子是一个瘦弱内向的年轻人，现在，依然瘦削，但神情活跃，开朗异常。虎子的左小腿用几个厚厚的木板夹着，外面缠着一层层的布，走路一瘸一拐的。一个下雨天，虎子上车下菜，滑了下来，小腿骨摔断了。

我记哩可清，6月23号早晨不到六点半的时候，我就骑到了华清立交桥，那是俺们这些拉三轮的最警惕的地方。我每天早晨五点半起床，快六点开始走，到那个地方最多十几二十分钟。那个地方车少，又有一个大斜坡，挤你好挤，是他们作案的好地方。看见三轮车，里面装着黑狗子的大金杯车就开始往路边挤，挤成一个三角，把人车圈住，看你往哪儿跑！逮人可好逮，一般是女的抱住车哭，男的死拉住车不放，嘴里还跟他们论理。论啥理啊，明知道没指望。蹬三轮的，十个有九个都被抓住过。我一直在想，他们不穿制服，我可不可以打他一顿？他没穿制服，那可不可以把他当作鬼来抢劫我们的？

一到立交桥下，我就习惯性地心跳加速，想着加快油门，赶紧骑过这一段。可是，怕鬼鬼到。金杯车不知啥时就跟着我了，把我往里挤。要是年轻那会儿，我就非闯过去，跑了就跑了，不行轧死算了。现在老了，不敢了，一犹豫，就被挤死了。他们下来一群人，最少七个人，就一个穿警服的，其他都没穿，把我车子往那儿一拦，把我钥匙拔了，也没亮警官证。他们抬着我的车就往金杯车上扔，我肯定不放手，我想着他是抢劫的（那也是骗骗自己），我死不放。我记哩可清，金杯车车牌号最后三个数字是×××。我不放手，我说你们反天了，也没有证，凭啥抓我？他们坏得很，把我的电瓶箱打开，想把我的电瓶拿走，三轮车最值钱的就是这电瓶。幸亏我平时都锁着，他没拿走。我护着车，死死拽着，就是天王老子来了我也不放手。这是我的车。

那五个人连拧胳膊带拧腿，把我胳膊都拧肿了，又死死掰我的手，硬是把我掰开了。把我用手铐铐住，扔到金杯车里。我又挣出来，拿胳膊去拦我的车，他们抱住我，其中一个人死将我胳膊，胳膊当时就麻了。他们把我的车抬上车，门一关。又把我推出去，赶紧跳上车也跑了。我在后面追一截儿，骂了一通，也没啥用。

回来一看，妈呀，胳膊肿得像萝卜一样，铐手铐的地方皮都溜了一层。你看，这都十来天了，还肿着，上面的皮也脱着。日他妈，得用多大劲啊，是非要把我车弄走不可。

后来我就去找"托儿"，我打电话以后，他说你等着，过一会儿回来，说，老梁，你这个车不行，拿不回来，一点希望没有了。人家说了，你太犟了，还敢还手？还敢打我们？就是不给，如果不犟，三百四百，就可以拿回来。并且，人家还说了，反正没开票，就没有这个车。你说，当时他们连抓带打，把我三轮车抢了就跑了，上哪儿开票啊？他们是想把我的车昧下。连等三天，还是不给。又等到星期六，"托儿"回过来话，人家给不了。我是想着，掏点钱算了，哪怕多花俩。我准备了五百块，给我们队长老张打电话，老张问完之后，也这样说，人家坚决不给了。

我打了三次"都市快报"热线，接通了，人家也说，我给你联系记者。但是，始终没有人来。

我日他妈，我气啊，我这个车子值两千块钱，要是买个新车至少得三千多块钱。我又准备了七百块钱，去找"托儿"，给人家说，你再去说说，我多掏几个钱，把车赶紧给我，耽误一天都是一天的钱，咱耽误不起啊。平时"托儿"肯定是行的，因为我们给他的钱，他要和交警分成的。可是这次就不行了，估计是抓我的人有领导，我骂住人家了。我去停车场去看我的车，他们把电瓶箱都撬开了。看来真是想黑我的车了。我又去找"托儿"，我拿一千块钱，说都给人家，到时你的再给你，看行不行。"托儿"回来说，那不行，人家是不认这个账了，要黑你这个车了。到星期一早晨八点多钟，我还在给"托儿"商量，我舍得花钱。咱不想闹，想着还是挣钱重要。

星期一早晨九点多，我给你二哥打电话说这个事儿，我说不行了，咱们到交警队门口去，看能不能要过来。老二一听，马上联系这儿的老乡们。几个邻县的老乡都去了，我想着二十多个都中了，后来，去了五十八个人。包了三个面包车，人家人情得很，只要个油钱。我们把平时拉车的那个布衫子脱掉，都穿的平常衣服，省得人家说三轮车又在闹事。

站在交警队门口，大家都举着手，喊着"还我车子""还我天理"。声音不大，稀稀拉拉的，但也是口号。我差点哭了，想起了我在军队里喊过的口号。最后，我对大家说："今天这个事，我老大一人承担，天塌下来我顶着。"

刚好一辆小轿车进去，抓我车的那个人就坐在车里，他也抓过别人的车。人们都说，就是他，就是他。车上那个人吓得脸发白，说不是我，不是我。俺们在交警队门口站有两个小时，才开始没有人理俺们。到了十点多，围观的人越来越多，人多，这个一句那个一句，围在门口，里面的车都没法出来。他们顶不住了，开始派人叫我们进去。他也害怕，本身他这个事是违法的。我说，俺们不进去，叫你们大队长出来说。

后来，就把俺们叫到门卫室，说商量商量。我和老二进去。说是不罚钱了，叫我补个停车费。我说，我不补，你当时抢我车时，为啥不开票？那个大队长就在门卫室的里面，就是没出来。我离门里面近，听见他们在说，"我正在接待"。可能是上面领导在问情况。他们也害怕。

最后，车停了六天，让我交六十块，罚四十，总共一百块。停车场那些人都和交警串通一气，他们为了挣这个停车费，专门找黑狗子去抓俺们。从"托儿"、队长、交警，连停车场的人都想拔俺们一根毛。这社会还有没有公道？

车算要出来了。老乡们也心情好，耽误了一上午没干活，啥话也没说。后来，咱们那儿的中间人说，请大家吃顿饭吧，才开始说每人拿一盒烟。我说行。后来在华清路吃的饭，一人一瓶啤酒，一碗拉面。大家都呼呼噜噜吃着，开心得很。连烟、油钱、饭，算下来，总共下来花了一千多块钱。吃饭时我说，今天高兴，心里舒畅，树活皮，人活脸，咱也算争口气。

前几天，就是上星期六早晨，连出了两起事。先是咱们裴营那儿的老乡红星，早上五点多的时候，车叫黑狗子抓走了。没多长时间，一个人开着大三轮机动车，拉着满车桃，没有牌，交警开着车把人带车挤到华清立交桥路边，把车挤倒了，那个人的腿也轧断了。他是长安县的人。那人桃子不要了，只喊"救命"，看的人可多了。最后还是红星开着那个三轮机动车把那人送回老家。人家感激得很，送红星很多桃子。

真是三轮车逆行了，违法了，还是干什么了，抓住你也行。你走得好好的，他都过来抓你。当时也开过会，我还问过，有事没事，俺们这蹬三轮车的算不算违法？人家说，你好好走，没人管你。但是，我就是好好走着被抓住的。

有办法了还是回家。有钱了，啥事都办完了，我就走。在家里，没人敢说这个那个。在外面挣个钱真难啊。那两年叫别人让路，敲一下车上的杠子，让人家让一下，人家开口都骂。谁都想骂你，都觉得你下等人，可以欺负你。可偏偏咱们穰县人不吃这一套。那都是打出来的，跟电影上一样，都是砖头乱飞。都是想着你是蹬三轮的，好欺负你。

"托儿"最坏，两边吃，势力大。专门替三轮车夫要车，得的钱两边分。光俺们这一片就有两个"托儿"，啥活不干，养活一家子，还买有车。

邻居一位三十多岁的妇女沉浸在大哥讲述的被抓的事情中，几乎是情不自禁地讲起自己的遭遇："你是不知道啊，他们真是狠哩很。前年春天，我家孩子来这儿，才三岁，想着跟着我车走，也没事。那天还不是在华清立交桥那儿，是个中午，在另外一条路上，我忘了是啥路，没拉人，我家小孩儿坐在车里。忽然从一个大面包车上下来一群人，朝我这边过来。我赶紧躲，蹬着跑，那些黑狗子往我这边追，我就蹬啊蹬，骑得可快，结果，朝左转时，转猛了，车厢一下子斜过去，我小孩儿从车上摔下来。孩子流了一脸血，哇哇哭着。我吓蒙了，不知道孩子咋样了，抱着孩子哭。还是过路人说，别哭了，赶紧去医院看看孩子咋样。好在事情不大，眼睛划伤了，脸只是擦伤，在诊所缝了好几针。那些黑狗子早就没见了，估计是看见出事了，就跑了。吓死我了，再不敢让孩子来了。"

大哥讲的这段话里有几个关键词："黑狗子"，"托儿"，"抢劫"，这是他们三轮车夫生活的重要内容。"黑狗子"，就是不是警察、却被警察雇来行使警察职责的人，协警、城管、治安员、拆迁队员，都是类似身份和职能的人。他们的工资由所雇单位发，身份虽然暧昧，但却可以公开执法。在西安，他们被三轮车夫们称为"黑狗子"。"托儿"，就是两边吃的中介人。一头和警察联合，分工合作，你抓人罚钱，我在中间说合让人交钱；另一头又假装站在三轮车夫的立场上，因为三轮车夫只有这一条途径要回自己的车子。这样，"托儿"就成了最忙碌也最得势的人。"抢劫"，这是三轮车夫们对抓他们的警察行为的总结。他们辛苦挣钱，小心谨慎，提心吊胆，却总是被抓，被罚钱。更有甚者，他们想不给你车，就可以不给你车，你没有任何办法。

在网上看到这样一个帖子，面对城市三轮车的混乱状况，一位官员给相关部门下了命令，"每座城市有每座城市的通行标准，城市道路资源是有限的，电动三轮车、自行车、摩托车占用道路资源，就限制了群众的交通出行，这是政府绝不允许的；同时它也影响了西安作为国际旅游目的地的城市形象。下一阶段要坚决取缔在城区各旅游景点、繁华十字、城区主干道行驶的电动三轮车、自行车、摩托车等。"

　　这位官员的话非常清晰地回答了"城市为什么禁止三轮车"这一问题，纠正了大哥们对"抢劫"一词的不合适使用。但是，这里面又有一些关键问题很让人困惑：为什么不能让三轮车、自行车占用"道路资源"，否则，就"限制了群众的交通出行"？城市属于谁？谁才有资格占用这道路资源？什么样的车辆、什么样的人才能够行驶、行走在这城市的大道上？这里的"群众"又是谁？显然，它不包括如万国大哥和万立二哥这样的三轮车夫们。

打架

　　从上午回来到下午一点多钟，三四个小时过去，我一直忍着，没有上厕所，不是不想去，而是无法去。那个漆黑的厕所，让人无法进去。中午时分，我出来上厕所。二嫂和虎子老婆正在厕所里面靠门边的水池里洗菜，边洗边起劲地聊天。水池是脏的白色，上面横着一个湿漉漉的黑色木板。我进去一看，一切都是黑的、暗的。厕所没有窗户和抽风机，灯泡是坏的，屋里昏暗不明。水泥地板上是厚厚的、颜色暧昧的污垢，抽水马桶的盖子、坐板、桶体都是黑的，微透着原来的白色。靠墙的角落放着一个垃圾桶，被揉成各种形状的卫生纸团溢出来，散落在四周的地面上。马桶前放着一个看不出颜色的大塑料盆，里面盛着半盆黑色的水，正上面斜拉着一个绳子，绳子上挂着一条男式裤子。满屋让人憋气的污浊的气味。我极快地扭头往外走。水池的木板上，放着那几个鲜艳的塑料盆，盆子里放着新鲜的豆角、芹菜、青菜、木耳等，这是一会儿我们要吃的菜。

　　我回到房间，听大家继续聊天，不再喝茶，又忍了一个小时，马上就要开饭，实在忍不住了，只好再进到厕所。掀开马桶，黑乎乎的塑料垫子，马桶里面还有没冲干净的便物。实在没有勇气坐上去。出去下楼，沿街转了一圈儿，没有找到公共厕所，只好再回来，用一层层卫生纸垫着，咬着牙，半蹲着，艰难地完成了这个过程。

饭桌上，我竭力避免对我们吃的菜展开联想。我吃得很起劲，以一种强迫的决心往下吞咽。为了向自己证明：我并不在意这些。粗粝的食物横亘在喉咙，我的眼泪被憋了出来。

讲到黑狗子抓人，又讲到打架，气氛更加热烈起来。饭后，二哥主讲，大哥、二哥、二嫂、虎子，还有隔壁的老乡（这几天他也很早收工，和我们一起聊天），另外一栋楼上的三四个老乡在一旁不时补充。

原来是市容罚款，"黑市容"也多得很，不让人车混装。有时罚货主，有时罚三轮车夫。在健康路，吸个烟罚五百，保安也参与诈骗。最后见报纸了，那也不行。商场里的小偷小摸都是保安养的。这两年要好得多。

原来"黑市容"厉害的时候，大家的日子都没法过了，罚一次抵住你干半个月。健康路需要三轮车，上面不取缔，但是哪年都得送礼，最低五百块钱。就这，还是抓你，用车硬挤，如果出事故了，就赶紧跑了。城管打得太狠了，罚得太厉害，老乡们就组织起来，趁人不注意的时候，在僻静处，逮住其中一个人，一群老乡围上去打他们，把他们也打怕了。

那两年没少打架，打了就打了，跑几天，再回来。跟公交车司机也打架。公交车司机牛得很，也坏得很，开腔都骂。你在路上走得好好的，他硬把你往路边挤，有时候，拉一大车货，硬生生地被挤倒，咋也扶不起来。气急了，没人的时候，就拿着砖头、铁棍去砸公交车的玻璃，砸得稀烂。逮住一个牛气的司机把他打得起不来。

现在有110，打个电话就来了。打群架按黑社会定性质定案，咱这儿的人们也不敢打了。这一来，公交车又疯了，看见骑三轮车的硬往边儿挤。有好几次都出事。出事儿跟人家也没关系，反正又没有直接证据，没人管。总的来说，你是个蹬三轮车的，人家都看不起你。

虎子那儿也打架。他们在菜市场卖菜，齐抓是多少钱，挑着买是多少钱，有些菜不让挑，挑之后就卖不成，那些本地人非要挑。虎子也是个别子[1]，干脆不卖给他了，本地人开口都骂。说要叫多少多少人打虎子。虎子给我打电话，俺们开着面包车，去了三四十人。那个人早跑没影了。

二哥讲到这里，虎子老婆插话，带着非常明显的不屑表情："城市人说话傲慢，西安市里人，啥也不干，摆个脸子。一般都为啥打架？安康人好说，'你臭蹬三轮的'，'你就个卖菜的，还怎么怎么？'咱这儿人受不了。真打架了，城市人即使叫人，也最多能叫三四人，农村人一叫一帮子。说明还是穷帮穷。城里老婆儿们拾烂菜的也很多。俺们那个菜市场，有个女人穿得非常光鲜，天天晚上去拾烂菜叶子。"

1　别子：倔强的人。

　　当年梁峰（大哥的大儿子）来蹬三轮，从健康路里面拉出来，说好是三块钱，结果只给两块钱。就为这一块钱。话说不对，那人把梁峰打哩顺嘴流血，对方仨人。咱们老乡到里面一喊，来有十好几个人。鞋、砖头、棍子乱飞，给人家打伤了，脸都肿到一块儿了。最后人家来叫治病，全是私了。老大拿着多粗的木棍子，甩开胳膊，扬起来都打，幸亏我拦住了，否则把人都打死了。那次涉及的人多，对方要让赔钱，还指认了一些人。咱就想，大家都是帮忙的，不能帮咱了还让人家赔钱，咱自己掏。那边也是河南人，鲁山的，找哩中间人，说合一下，赔了两千多。老大说，花两千多，我心里美。这是前年的事，老寨西庄。都是为一块钱。

　　健康路人多，骑三轮车，"咣咣"敲着杠子，让人让路，那些人开口都骂。咱都想着算了，下苦人，骂他骂，咱挣咱哩钱。大哥就是忍不下，人家一骂，他就忍不下，为这惹下多少事。成天都有人说："快，快，你们老大又在哪儿给人家打架了，快去快去。"我一听心里就慌了。老大说话难听，容不得一点气，人家稍微傲一点，他就说："他算他妈那个×。"我说："人家都在那儿立着，你骂人家。"他说："咋，我骂了，咋了，我叫你管哩。"

　　有一回打得最最恶哩。还是为一块钱。那是2005年左右的事，和你二嫂上新疆种哈密瓜那年，刚又回西安。那两个坐车的人是咱那儿一个隔壁县的老乡拉的，讲好了，从南头拉到北口，俩人三块钱，到那儿了，不给了，只给两块。咱也不行，双方僵持一会儿。后来这个女的打电话，叫他爱人来。他爱人叫来四五个像黑社会一样的人，都是五尺多高的个子，来就说，谁？谁？恶得狠，就开始打。把两个老乡打哩头破血流。咱当时人少，吃亏了，一个老乡头都被打烂了，用衣服缠缠继续打。另外一个老乡被人家一棍子闷到头上，就睡到地上了，脸都变成黄白纸色，起不来了。那些人和那两个女的开始走了。

这时候，咱那个县的老乡来了几十号人，咱们穰县人也去了，都是互帮互助。那个女的都上到车上了，要走了，人们都说："就是那个女的，就是那个女的。"把她拉下来，又打。把那个女的打得尿裤裆，男的打了满身是血，都是拿着棍子硬打的。打完之后，参与打架的人都躲起来了，躲两三天，再来。有的回去都认不得，打哩眼都晕了，有些都是闪电式地跑了。车都事先搁好，后来健康路派出所评理，各治各的病。

二嫂在一旁慢悠悠地插言：

打架也分前方后方，女的帮不了忙，就在后面看车子。那年也出个事，那时我和你二哥是刚去梦幻商场拉三轮。有人从商场出来问老乡，到鞋城多少钱？老乡说一人两块钱，俩人四块。那个人说俩人三块，行不行？你看，还是为一块钱。咱们这边人说不行，就一人两块。那人开始说不好听话，给你十块钱你去不去？咱这边人顶他，说，你只要给就去，一百块都敢拉。那人脸子黑着，说，谁说哩？

谁说哩？手指着俺们说，愿意在这儿干不干，不愿意干说一声。他就开始打电话，不一会儿，从商场里出来十来个人。咱们这边人都出去拉活了，梦幻商场这儿就五六个人，后面人都还没来。那些人抓住一个人就往里面去，咱们一看不行，就开始打，五六个打十来个，拿铁链子打的，打哩顺头往下流血，最后，那儿的人拿着钢板开始抢，咱们那儿涛子把钢板夺过来，把那个人的肋骨都打断了。那边的人们看打不过，都不敢上。他不知道咱这儿的人都拼命。

男的打架，女的赶紧把大家的三轮车都开到背处。打完了，该跑的跑了，连一个人都找不着，车俺们再一辆辆骑回家。那次咱们老乡中兴没跑开，他的三轮摩托上有血，他车放在背处，当时俺们女的推车时没看见。那边人报110，把车推到办公室，不给了。最后咱们这儿的人一个凑三十五十，给中兴又买个摩托车，对方在医院住着，找不到人。

二哥接过二嫂的话茬儿，接着讲起来：

那回是我主事哩。我给老乡们说，中兴也是为大家，车被收了，咱们再帮他买一辆。大家都是积极，自愿哩，最低出三十，情意重哩五十。都出了，没有不出的。只要在这儿，都出。后来听说对方有黑道保护，刚交了保护费，所以才那么横。他不知道穰县人是生红砖[1]，不怕死。你敬我一尺，我

1　生红砖：脾气暴烈的，打架不怕死的人。

敬你一丈，你要是不敬我，对不起，咱咽不下这口气。

打架，都是为一块钱。有些人根本都是看不起三轮的。他认为我骂你一句你也没办法。那些和咱们打过架的知道，这帮人心齐，惹不起，都不敢惹。有些人偶尔来一下，看你是蹬三轮的，看不起你，想在你面前吃个尖。他要是知道，他肯定不惹你。说明他心里还是看不起你。

那次一个卖书包的在我面前露能，非要少给我一块钱，还骂骂咧咧，一个大男人家的。后来，就打架，那个卖书包哩至少挨一百下拳头。把我也打了个满脸花，咱们那儿的人都上来了。结果，那个卖书包的偷偷走了，不在这儿干了，嫌丢人。

梁峰大概是2000年来的，先来蹬三轮，在这儿有个西安本地女子看上他了，梁峰样子随大哥，长得好，俩人还谈上了。我们都打他烂锣，说这个女子风流，他爹也是那一片儿的黑社会头子，你就是个拉三轮的，以后真结婚了，还有没有你日子过啊？梁峰也听话，后来就去到北京打工，不来西安了。我成天说，小娃儿们别来蹬三轮车，干个技术活，有个门路，这都是出死力，别人也看不起。

说起来，我可是高中毕业，正儿八经上个学，起个屁用。出门还得靠老乡，得不怕死，要不是，你活都活不下去。

大家都七嘴八舌，急着讲自己的故事和感想。虎子别着脑袋，高声嚷着："出门，老鳖一不行。卖菜也一样，菜市场一个老乡吵架，一群人都上来了。不抱团不行。社会自古以来都是出力人受苦。

西安那些老婆儿、老头儿要管这事。经常有过路人说，这简直就是土匪。谁想当土匪啊？你们不尊敬人，还不叫人反抗一下？你罚款、收车也得有个秩序和法律吧？一个城市离不开农民工去做具体的事情，不可能每个人都能买起小轿车，没有卖菜的，拉三轮的，城市也不可能方便。不过，有一天要是真取缔了，咱也没啥说的。"

二哥二嫂和邻居们的讲述很激动，但也很平常。对他们来说，这是他们生活的一部分，但对我来说，却是完全新鲜而震惊的经验。好像只有在电影上见过那样的场景：一群人混战，砖头、铁链、木棍、砍刀乱飞，相互不要命地撕打，随时都有可能被打倒，随时可能要人命。真的难以置信。眼前的一张张脸，我的大哥、二哥、二嫂和邻居们，哪一个不是和善、羞涩、质朴而又内向的人？

"打架，都是为一块钱"，既是为一块钱，又不是为一块钱。多数是因为尊严，尊严的被践踏和一种不甘。也因为他们必须如此，否则，他们就无法在此地生存。因为共同的命运，三轮车夫们紧紧抱团，一个有事，集体呼应。

还有另外一种话语叙事。在这一叙事里，二哥们的历史形象又是另外一种存在。有这样一则报道：

三轮车夫耍赖致交通瘫痪 3 小时

万余辆黑三轮成 ×× 市顽疾

×× 市交警支队一大队的民警们没想到，他们的一次常规执法居然遭到三轮车夫抗法，引来数千人围观，致使市区 ×× 路交通瘫痪 3 个小时。事情已过去七八天，许多

××市民仍在热议这一话题。人们之所以关注，是因为在××市区，目前大约有1万辆无牌无证三轮车在横冲直撞，严重影响市民出行安全，成为××城市交通管理一大顽疾。

2010年12月1日下午4时30分，××市交警支队一大队民警在××路发现了3辆无牌无证电瓶三轮车在非法营运。执法过程中，协警和三轮车夫发生肢体接触，三轮车夫躺在地上要赖，试图通过堵塞交通要挟交警还车。由于数千人围观，××路交通瘫痪了3个小时，直到大批增援民警赶到，才恢复通畅。

××市交警支队副政委向《法制日报》记者介绍，××市区共有4000多辆合法三轮车。而目前无牌无证三轮车至少在一万辆以上。×××介绍，目前，××市无牌无证三轮车已呈三大趋势：一是集团化。有的甚至凑钱成立了"基金会"，如果被查，"基金会"拿出钱给他再买一辆。二是信息化。三轮车夫基本上加入"谍报组织"，一旦有人被查扣，众多三轮车夫通过对讲机快速聚集，前往阻挠执法。三是暴力化。即使发生交通事故，三轮车夫也仗着人多势众，漫天要价，恐吓威胁开汽车的另一方高价赔偿……

××市交警支队提供的资料表明，2007年1月至2008年12月间，无牌无证三轮车违法肇事共造成严重交通事故122例，致死亡27人，重伤147人。××市许多网民认为，无证无牌三轮车不仅严重影响交通秩序，还成为严重危害社会稳定的一个社会问题。

　　"目前，××市每百户人家拥有汽车数量 25 辆，已进入堵车时代，黑三轮车乱停放、乱行驶、乱拉客，加剧了××行车难。"××市政协委员×××认为，根治之策是学习省城，不管有牌无牌，全部取消市区营运三轮车。当然，对有牌的要给予适当补偿安置。

　　这是一篇毫无问题、司空见惯的报道。在这篇报道中，可以清晰地看到大哥二哥们在官方眼中的形象。报道的最后一段，最终真实原因出来了，三轮车夫为什么必须被清理？因为该市"每百户人家拥有汽车数量 25 辆，已进入堵车时代，黑三轮车乱停放、乱行驶、乱拉客，加剧了××市行车难"。

　　三轮车必须给小汽车让路。城市及城市阶层已经发展到要堵车的阶段了，怎么还能容许三轮车的存在。结论是：必须"清理"掉三轮车。正如西安那位官员所言，他们影响了城市市容，扰乱了公共交通，占用了道路资源，严重降低了一个试图和国际城市接轨的城市的品质。

　　"清理"，这是城市管理对二哥他们经常使用的字眼。这就是大哥二哥们的历史形象，是属于要被清理掉的那一部分。然而，在二哥们眼里呢？那些协警，那一次次的"肢体接触"，那一次次的抓捕又是什么呢？同样是"肮脏的"、是"人渣"、是"光天化日下的抢劫"。一个场景的两种叙述，其面貌、形象和各自的立场却完全不同。几乎有点引人入胜了。

　　在规则、惩罚和羞辱之中，那个漆黑的厕所，把二哥们内在的伤心、内心的被损害及对这种被损害的麻木承受赤裸裸地呈现出来。

最后，它变成了一种生活方式和一种象征。

我们正在聊天，隔壁老乡跑过来说，赶紧打开电视看看，"都市快报"正在播寻人新闻。一个邻县老乡的老婆和孩子在西安走丢了。他的老婆脑子稍微有点傻，有一天自己带着两个孩子出去，还怀着孕，可能上公交车上错了，就走丢了。老乡找到陕西电视台的"都市快报"，已经播报了好几天，始终没有找到。二哥以非常轻蔑的态度回了一句："管那些闲事干啥？不是咱们这儿的事，不要管那些事。××县人不给人交心。再说，回家了谁也不认识谁，谁还跑到××县去找他们玩。"

二哥的冷漠让我很意外。刚才还在讲打架时大家的互相支持，转眼间就变成"不干我事"。这是怎么回事？是怎样的心理运动轨迹？也许，在打架的时候，他们是一个群体，非常抱团，不管是谁惹的事，大家齐心协力，共同战斗。但是，一落实到生活中，则是这种"不多管闲事"的态度，非常自然的冷漠。"打架"必须参与，因为你必然有"被打"的时候，而"找人"则与他人无关，只是闲事一桩。

小天使

天气闷热，空气湿度很大，黏在人的身上，浑身难受。出去跑两三小时，回来又连续坐在二嫂家那极低的小凳子上七八个小时，聊天时很兴奋，忘了时间，忘了变换姿势，一放松下来，发觉竟累得不能动弹。"如意旅社"的热水器让我颇为懊恼，和房主交涉，毫无结果，我只好买个盆子，将就着洗洗。房间里的空调打开，吹进来的仿佛是灰尘，不知道有多久没有开过了。这充满细菌的空气拂过我的脸，我不堪一击的皮肤迅速严重过敏，痒痛难忍。我用手"啪啪"地拍打着，像是打在一个橡胶皮上，厚厚的，隔着好几层才传到我的感觉神经上。

后来几天，我都是将近七点钟才到二嫂家。二嫂总是笑吟吟的，看我疲惫的样子，劝我说，有啥看的，别去了，不就是那几个人，见天干一样的活。我不敢承认自己内心的念头：我其实已经在盘算着什么时候走了，过敏只是给自己的一个借口。但好像是为了完成任务一样，我坚持早晨的例行功课：到市场和老乡们聊天。

刚到梦幻商场，就听其他老乡说，早晨又逮人了。其中一个老乡的车被拖走了。一会儿，那个老乡走过来，就是这几天经常和我聊天的王营人，爱说爱逗，非常活跃。问他情况，和大哥被抓的过程差不多，看得出他很生气，但也有自认倒霉的态度在里面。"抓"是常态，但不是每人每天都要被抓，排排坐，分果果，轮到谁谁倒霉。二嫂用一种劫后余生的语气告诉我，她很幸运，拉三轮车这些年，才被抓过三次。

十点左右，虎子打来电话让我和父亲到他那边去玩。听到这件事，说可能是全市统一行动，金花路那边也在大规模查车，一早晨就查了十几辆车。他们今天进菜少，开回市区早些，躲过一劫。这次是专抓机动车，理由种种：没戴头盔，穿拖鞋，没带运营证、车牌证、驾驶证、行车证等等。总之，肯定能找到一个理由罚你。

我想起《华商报》的一位记者，他采访过我，我们聊得还比较投机，不知他能否帮上一些忙。我给他打了个电话，说了这位老乡的情况。他非常同情，但同时直接表示，这事儿不好办，他只能帮着去新闻处问一下。

十一点左右，我们坐上出租车，到虎子那儿去。虎子住在金花路那一片的一个拆迁村里。虎子早就站在路口等我们。看见我们，一蹦一跳地要过路这边给我们开车门，被二哥骂了回去。村头是一条长长窄窄的石板小路，下面排水沟的味道时时冲上来，非常难闻。向右转，一个狭长的石板小道，宽不到三米，长却至少有一两百米。小道中间停着一辆三轮车，一边紧靠着墙，另一边还剩下窄窄的小缝，只是一个人的宽度。这是虎子的拉菜车。走过车，路似乎越来越窄。路的中间立着一些长长的钢管，直伸到二楼，支撑着二楼往外延伸的那些房间的地板。在这些林立的钢管下面，一个小女孩坐在一张小凳子上，拿黑黑亮亮的眼睛看着我们。

她左边是一个简易的三合板钉的小桌子，桌子上放着黑色小锅、作业本和文具盒，旁边散落着几个薄薄的木制简易小凳。右边，楼梯的墙体石灰完全脱落，露出一种充满油腻感的黑色。她的后面，是封死了的小路尽头，一个高大的土堆严严实实地堵着，几乎和这二层的楼房一样高。阳光从一线天的上方洒下来，单薄、稀少，在小女孩儿身后形成模糊的亮光，而在小女孩的前面有重重的阴影。高大、阴沉的夹缝中，这个眼睛黑亮、茫然的小女孩坐在那里，像一个孤独的、流落人间的小天使。

"这是强的女儿，今年十岁。"强，虎子的大弟弟。虎子朝屋里喊了一声，一个皮肤苍白，有着阴郁眼神的青年人从屋里走出来，和这周边的氛围非常协调。他朝我们看了一眼，表情淡然，对我们的身份没有探究的兴趣，也没有交流的愿望。

虎子家在二楼。踏上楼梯，一拐弯，突然进入完全的黑暗之中。

此时是中午十一点半左右，正是青天白日。这是怎么回事？我吓了一跳，在前面走的虎子（我完全看不见他）一边不断招呼我"要小心啊，小心哪"，一边骂房东，"房东坏得很，给他说过多少次这楼梯灯泡坏了，就是不来修。"

站在二楼的楼道里，我明白了楼梯为什么那么黑。二楼所有的空间全部被封闭了起来，银色的铝皮，从栏杆到楼顶，从楼道的这头到那头，严严实实地围住了这一切。这有六间房长度的地方，只挖了三个小窗户，露进微弱的阳光。比牢房还牢房。虎子说，这是三年前说要拆迁的时候，房东为了能够多出一些面积（拆迁的规定，是封闭空间都算面积），临时钉起来的。楼下钢管所支撑的楼上的房间，也是那时搭建出来的。全村所有的房屋都这样改造过。这二楼，住了四户人家，虎子姊妹三个和另外一家老乡。

虎子进屋，先拉亮房间的灯。这是一个里外间的两间房，外面是厨房，放着简陋的做饭家什。里面那间侧墙用石灰潦草地刷了一层，白白的，透着里面的黑色墙体，有种分外的凄凉，房间潮湿、阴暗、憋闷。唯一散发着明亮气息的是一个崭新的金属色音响。黑色的地面，低矮的凳子、桌子，纸箱子，塑料袋，随意拉的绳子，一切透露着马虎、潦草和暂时对付着的气息。

虎子在这个村庄的这两间房整整住了二十年。他今年四十三岁，换句话说，他在西安和在梁庄的时间几乎是均等的。在梁庄，他花了将近三十万，盖了一栋华美的房子，先进的抽水马桶，大理石的地面，空调、冰箱、热水器，一应俱全，去年他的儿子就是在那座房里结的婚。可是，到现在为止，他们在那座房子里总共住了不到一个月。

虎子一定要请我们在路口一家饭店吃。出来的时候，他的姐夫哥在门口站着，和我们打招呼。我招呼他一起去，他拒绝了。这时，迎面走过来一个瘦小的女性，稍微看了一眼之后，我的记忆马上恢复了，这就是虎子那位长辫子的姐姐，极其温柔的、腰稍微有点探的、沉静的姐姐。现在，她的大眼睛变得往外突着，腰更加弯了，还是一根长辫子，但前面的头发明显少了，稀了，几乎可以看见头皮。穿得最劣质的涤纶衬衫，空空荡荡的，不见乳房，也不见躯体，如幽灵一样。好像有什么深深地压着她，一直压着，最后，这压力内化为她身体的一部分，再也摆脱不了。她手里拿着一束面条，并没有看我们，低垂着眼睛，还是那样温顺，只是脸上多了一丝微微的笑意，算是打招呼吧。

走在路上，虎子口气以一种轻视的口气说："他（姐夫哥）肯定不会去吃，不跟人来往，来往了还要还人情，他舍不得。一分钱都看得可紧。你知道他们手里现在有多少钱？至少百十万。这我可有数，这些年他们是只进不出。不吃不喝，不和人来往，一门心思挣钱。他们现在还在老市场卖菜，比我生意还好。儿子上大学，重点大学，还想着要在农村给儿子说个人（给儿子找老婆）。真是不知道咋想的。"

和虎子、二哥在他家门口的面馆吃饭。突然听到外面吹吹打打的唢呐声和司仪的唱喊声，跑到门口，看到一群穿白色麻布、戴孝帽的人正跪在饭店门前的路上，低着头哭泣。队伍最前面放一张四方形桌子，桌子四周用布撑起来搭成小房子模样，里面放着一张老年妇女的遗像。一个中年妇女正趴在桌子前做哭泣状。执事的人拿着喇叭喊着，大家起来，再跪，再起来。过一会儿，在几个唢呐手的喇叭声中，几个人抬着放遗像的桌子和那桌饭，孝子们跟在后面，继续往前走。

葬礼的执事像玩笑一样，看到我照相，对着我，摆弄着姿势，又以夸张、表演式的声调喊声着各种口号。年轻一辈有低着头不好意思看人的，有四处张望的，有相互交谈的，很少专注于葬礼本身。唯有那个中年妇女扶着桌子在认真而悲怆地流泪。在城市的车水马龙和机器的嘈杂声中，葬礼变得轻浮、陈腐，毫无尊严。没有大地、原野的背景，这些仪式成为无源之水。

人家不要咱

再次回到虎子的出租屋。我很想再碰到他的姐姐，或者去和她说几句话，我一直被她沉静的温顺吸引，但虎子和二哥却很不积极。虎子家姊妹四个，在虎子来西安站住脚之后，两三年内，他把他们都弄到了西安，也卖菜，同住在这个村子的这栋楼里。但说也奇怪，这么近，姊妹们的关系却不十分亲密，也没有吵架，即使过年过节，也很少一起吃饭、聊天。以二哥的观点，其他姊妹不满意虎子太喜欢与人交往，尤其是过往的老乡，牵扯太多，花钱手太大。虎子老婆则意味深长地说："反正别想在她家吃个饭。"

快言快语的她先说了他们来西安的经历。

"俺们来西安都快二十年了。1992 年收罢苞谷来的。女儿红红一个多月，我抱上来了。娃儿（儿子）一岁三个月，留在他外婆外爷家。我卖菜，女儿跟着我，冬天也可冷，我弄个小被子一包，抱上去，立在火边烤着，冻哩浑身发抖。

"那两年多可怜，下午去咸阳蹬一车菜，来回得六七十里，七八百斤，到晚上十一二点才能到家。早晨五点多就得到市场。一车能赚二三十块钱。风里来雨里去。当时觉得不错。

"中间三年都没回去，三年都没见娃儿。第四年回去，把庄稼收收，地不种了，给人家，不回去了。好几年，一年都是挣个两三千块钱，就这也行。条件好一点，你虎子哥他们姊妹都来了。前几年生意好，从七点半到十一点半，就不住秤，一天净利润有三百块钱。现在又不行了。弄个新市场，看着可好，市场不行，要钱的地方倒是不少，四块地板砖的地方，一个月九百六十块，卫生费垃圾费又一二百块钱。不干也得掏，就这还得开后门送礼。

"俺们娃儿老埋怨俺们俩，说从小不管他，扔到外婆家。还和他爸吵架，说俺俩对他和红红不一样。我说，房子给你盖盖，老婆给你接接，那还不算稀罕你？那也是形势逼哩，那时候可怜，没办法。要说现在的娃儿们真是可怜，一年到头见不着爹妈。

"后来娃儿为啥不上学？他说，人家上学爹妈跟着，买这买那，我就一个人，我不上了。也是我们常年不在家造成的。贵贱[1]就不上。我说，你上吧，不行我回来算了，你好好上，反正不管咋着能供起你上学。他又说，好大学考不上，不好的大学上着没啥意思，还不如去学个手艺。也是，好多上大学的娃儿也没见有个啥好工作。他不上就算了。农村人就这样，你上了上，不上就算了。不过还是有距离。俺们也有感觉。看起来父母跟孩子不能离，时间长也不行。这也是打工带来的。

"对西安也没啥感觉。反正就挣个钱，好坏跟咱也没啥关系。要是有一天不抓咱了，那说不定好一点。"

---

1 贵贱：无论如何。

我问虎子："虎子哥,你挣的钱也不少,咋就没想着在西安买房?现在涨了,又买不起了。有没有点后悔?"

虎子耍赖似的嚷道:"谁在背后编排我?哪挣多少钱?你看我这花销多大,迎来送往,攒不住钱。不过,咱根本都没想过在这儿买房。涨多少跟咱也没关系。反正咱也不在这儿住。"

"那就没有想着老了住西安?"

"打死也不住西安!"虎子以异常坚决的口气回答我。

"都在这二十年了,在这儿待的时间和梁庄都差不多了,还不算西安人?"

"那不可能,啥时候都不是西安人。"

"也没一点感情?"

"有啥感情?做梦梦见的都是梁庄。"

"为啥不住这儿?"

"人家不要咱,咱也没有想着在这儿。"

"那多不公平啊,凭啥咱就得回去?"

"啥公平不公平?人家要啥有啥,要啥给啥。城市不吸收你,你就是花钱买个户口也是个空户口,多少人在这儿办的户口都没用。分东西也没有你的。连路都不让你上,成天撵。路都不是你的,那啥能是你的?农村人本来啥也没有,只要能挣钱糊个口就行,没想着啥。对西安没一点感情,清是干够了。一不美(生病)就想回家。咱就没想着在这儿买房子。在这儿再美,就是有保险,也不在这儿。我给你说个实话,要是有吃哩有喝哩,我就不出来了。"

据二哥讲,虎子在七八年前已经有几十万元的存款。当时,西安的房子并不贵,他们完全可以拿着钱买到一套不错的房子。现在,那点钱什么也不是了，虎子又一次被甩出城市的轨道。但是，他们似乎并不在意这些，城市金融的涨落、好坏与他们的内心完全没有关系，他们的内心一直停留在梁庄。我不理解的是，一个在西安住了二十年的人，谈起西安来，竟然如此陌生，甚至充满敌意。但不管怎样，自己的小环境应该更舒适一点，这总没有错吧。像虎子这样的情况，儿女都已结婚，家里盖了一栋豪华大宅，他们的基本任务已经完成，生意也不错。应该租一个好一点的房子住，这样阴暗、憋闷的环境，对身体健康太不利。

"这一片儿都是这样的房子，也实惠。你要是进到正规的家属楼，你出车弄啥都不方便，你想，你拉着一车菜出出进进，别人咋看你啊。这民房干啥都行。咱干这个活也不适应住高楼。就想着在家盖个房子弄得美美哩，将来回家住。"

"看着那好小区，就没想过自己也住那儿？"

"就没想过住那些地方，我感觉，十个有九个打工的都没有想过。不是说的，我那房子在梁庄是数一数二的。城市工人看不起卖菜的，说实话，他们一个月两千块钱，我们随便五千块钱都挣来了。还不受谁管。不过闺女就不一样了。闺女对这儿有感情，人家买房要在这儿买，她同学都在这儿，从小在这儿生活，都有来往。"

"那如果城市也给你三险五金、户口啥的，你住这儿吗？"

"给医疗保险啥的？那也不在这儿，日他妈，给个啥也不在这儿。在这儿奔波这些年，也够了。你看着，只要是做生意的，都在老家弄有房子，主要咱这打工还不是稳定工作。说走就走。对西安没感情，一回去就心里美。你们梁家兴龙来看我，特意给我说，咱们兄弟将来都要落到家里。住到城市有啥用意？没有三朋四友，空气也不好。它请我住这儿我也不住这儿。"

虎子以一个农民的倔强谈着西安，仿佛西安就是他的敌人，谈起来满腔的怒气和怨气，同时，又因为它与他毫无关系，而不愿去真的生气。

"在城市买个房子干啥？那个消费咱根本养不起，暖气费、卫生费、还有放车子、上个厕所都要钱。农村人都是想着有个温饱就行。做这生意买个商品房没啥意思，连个车都没地方放。

"还有，就说我这腿，在这儿就是治不起。主要是因为这医院贵，越是大医院越是贵。稍微大一点的病都回去了。到华山医院，先是挂号，一检查，先让上四楼打石膏，让住院，照 X 光，让交一万块钱押金。我一听，简直是怕人，第二天就坐车回去了。在穰县一个私人医院看病，总共花了一百五十块。在家里住了二十一天，又检查了三次，说没事，养着就行了，伤筋动骨一百天呢。回家也没少花钱，可回家高兴，吃饭、喝酒、打牌，也花了四五千。就是多花俩心里美。"

二嫂听到这里，拍着腿笑起来，指着二哥说："哈，可一样。你二哥六月份回去。回去之前一天小便十四五次，觉得不美气得很，干吃不上膘，怀疑是糖尿病。后来在北方医院检查一下就是糖尿病，人家直接叫住院，说严重。你二哥说自己带的钱少，跑回来了。我看你二哥压力可大，心里不高兴，就说，要不回家一趟，一是治病，二是家里人多，可以岔开一下。"

二哥神情激动，抢着二嫂的话头说："说到回家，心里猛一热家伙。你二嫂说，不行你回家，我一听，高兴得很，说那可行。回去到穰县中医院看的，那天夜里一吃，晚上马上就好转了。开的中药，喝了九天，中西药一共花了一百八十五块，检查血糖，恢复正常了。又抓九服，一共一百七十四块钱。这是来西安吃的。咱们那儿医生说，你九服中药吃完之后，长期吃这个药就行，茯苓山药片。药费总共就花了三百五十九块。不过，回家带路费总共也花了好几千，可想着回家就是花多了也畅快。一说回去心里猛一畅快，病感觉立马就好了，感情深得很。家里人也高兴得不得了。不喝不喝，弄了一件酒，喝得一点不剩。"

二哥唾沫飞溅，颠三倒四地表达自己"回家心里清是美"，把自己的好喝酒也归结为"心里美"的表现，惹得二嫂又瞪了他好几眼。但是，谈到回家，她同样激动："我们几个女的在一块儿说话，只说要回家，前几天都没心干活。只想着回家咋样咋样。说到回去清是心里美气。"

虎子还特意提到几年前发生在西安的一个车祸。同一车祸引起的死亡，同样两个二十岁左右的姑娘，城市户口和农村户口的姑娘被赔偿的钱不一样，城市姑娘赔三十多万，农村姑娘只赔十几万。虎子愤愤地往地下吐口唾沫，"同命不同价。你说啥时候能一样？同样的命，硬是不一样。"

作假

梁家正容和老婆在德仁寨的这条街上开了一个小店铺，卖服装和一些针头线脑。我来西安的时候，他回梁庄。他的生意不好，铺子准备转让。我快要走的时候，正容又回来了。他比二哥稍晚一些来到西安，做了很多种生意。奇怪的是，别人做那个生意都能赚钱，他却总是赔钱。先是卖熟肉，卖有几个月，市场查得厉害，不敢做了。接着卖菜，干几年，虎子夫妻两个赚有几十万，他们夫妻却只赚几万块钱。正容老婆嫌太辛苦，就改弦更张，开个小店，不用风吹雨打。但是，开了两年多，不赔不赚，再难维持。高大的正容一脸茫然和认命，是那种死受的神情。虎子用一句话总结正容："他就是胆子太小，啥都不敢弄，啥时也发不了财。"但是，在说到食品如何造假时，正容倒是表情活跃，说话流利通顺。

食品作假我最清楚，我做了几个月，知道一点门道。咱们有老乡做得非常大，赚脓了[1]。啥都是假的。假牛肉你知道咋做的？买来死老母猪肉，一煮，一上色，就变成牛肉了。熟肉那花样可多了。都是工业用盐，火硝、火碱，这是发的，发大、注水，可以加大重量。用的化学原料是石红，做肉都兑有马尔福林（福尔马林），不容易坏啊，往外一发，肯定要坏。像肠子一类的，买来的时候是黑的，用硫酸、双氧水一泡，就变白了。你去买肠，买毛肚、海鲜，那白花花的肯定都有问题。咋可能恁白？咱在农村，又不是没见过猪肠子？可是人们喜欢那样子好看的，你真是一点门儿都没有。

家家后面都是一个大作坊，那真是脏得很。放几个大桶、高桶，一百多公斤肉，一点白面往里面一放，一两个小时后，用手一捏，就碎了，就像熟了一样。再稍微加工

---

1 赚脓了："脓"，形容赚得很多很多。

一下，上点色，就可以吃了。完全不用煮，熟了，可以吃了，你说，这是啥概念？

那肘子肉，把大骨头一去，打食用胶，兑点淀粉，生的时候打进去，一煮就缩到一起，看起来像是个整体。杀猪的人把坏猪肉往皮里一塞，把死猪肉兑进去。一开始，我们去老乡家玩，老乡就不让我们吃他的熟食品，专门去街上买一点新鲜肉，做着吃。我还不知道为啥？后来自己一做，妈啊，打死我也不吃了。我到现在都不吃熟肉。不敢想，一想起来就恶心。

一斤肘子肉能做一斤二三两。牛肉一斤能煮一斤。都是用多大的气泵，打胶打进去的。火硝淹的，蘑芋粉全是化工品，毒性太大，咱们有老乡被抓住了，拉走那一车，值二十万。化验以后，全是毒性。这些东西，都是对准火锅店的。有一种粉，加一点，硬做出来。羊血都是做出来的，用血粉做的，吃着像棉花套子一样。咱们吴镇街上都是真的，人家是清真。那吃着是真好吃，脆脆的，滑滑的，可细致，鲜得很。记得俺们小时候一碗羊血汤是八分钱，羊血红红的，上面放几棵香菜，绿生生的，冒着热气，想起来都流口水。豆腐是葡萄糖酸钠打的，石膏打出来的斤数少。

做啥事都可不容易。卖熟肉，看着赚钱，那卫生上、防疫上，啥部门都要钱。不管你一个月做不做，你都得给人家钱。钱一给，他们就不管了，其实是拿钱买个包庇。咱为啥发不了财，咱做不了那个假，也不会像虎子一样，给人家搞关系。拿着钱也不敢送，不知道咋塞给人家。可是不作假、不送礼还真发不来财。社会走到这儿了，也没办法。主要是底下人弄坏了。经是好经，下面的人弄坏了。

越打假，人们越做。国家也没办法。都以罚款为主，越罚我越干。罚到最后，罚的人和被罚的人都成朋友了。你来罚，我给你钱，就睁只眼闭只眼过去了。罚了钱，就多了成本，不作假，就挣不来钱。作假也是为了生存。管事的也有问题，逮住也不说不让你做，以罚钱为主。你要是逮住让他坐监狱两天，他就不做了。小偷也是，罚俩钱，又让他走了。出去了继续偷。

现在做的人少了。那两年做哩可多，隐蔽哩很。咱们穰县有几十家都是做这的，都发财了，管得严，也不干了。好几个老乡在老家盖两座房子，在灞桥盖两座房子。干二十多年了，钱挣够了，去卖汽车配件去了，配件也都是卖的翻新产品，也是假的。他卖真的不挣钱。必须卖假的，私人的，不正规，便宜得多。

你不知道，城里人好骗，图便宜。你说说看，羊肉卷十几块钱一斤，羊肉都二十多块钱一斤，那咋可能是真的？

其实人们都有问题，特别是城里人，也不知道咋想的。他来买肉，光买那着色好的，他认为那好。你是真的，啥也没加，着色肯定不如那些好，不加还不行。他就是不买。你说我这是真的，没加过色的，他看你那样子就像看怪物，不相信。既然你不相信，那我就算了，以后也上色，看着可好看。像卖菜，也是学问大得很。藕是用柠檬酸泡的，我们都泡，前几年进了原色的都没有要，只好也泡。黄瓜打哩药之灵，直挺挺的不弯。谁不知道那直挺挺的有问题？但是，人们去挑，光挑这种，你说啥门儿？那弯曲的，长得不好的可不好卖。

咱们梁家芳娃们在嘉峪关卖轮胎，校油泵，卖的都是旧轮胎，一个净赚几百块。那校油泵是啥？只要人家车停到他门口，没有千八百块那根本走不了。一个配件五十块钱都能卖到五百块钱，能不发财？依靠这，人家买了上百万元的工程车、挖掘机，雇个司机，专当老板了。

不管卖啥都有假。修个三轮，换个带，都能换个假带。鸡蛋也作假。我都在想，费恁大的事，做一个小鸡蛋，到底能多赚多少钱？真是想不通。赚那个钱还不够费事钱。

羞耻

那个年轻的三轮车夫脸上突然呈现的"羞耻"让我很难过。那红晕在他脸上持久地存留，仿佛一朵无法凋谢的花。他的背影也给我一个坚定的拒绝。

第一天和二嫂一起去市场，老乡们非常惊异，又很好奇，远远地看着我。给他们照相时，"哗"地一下全跑了，那些调皮的人把自己的伙伴使劲往前推，自己则躲到后面，于是，就有那么两三个站出来，"照就照"，像赴刑场一样，大义凛然。第二天、第三天再去，大家已经非常熟悉，相互推让着，羞怯地，但又大胆地走到我面前，摆着各种姿势，让我照相。一些见过世面的年轻车夫过来，和我聊起了政治等等问题。那个戴着眼镜的老落魄书生根本没有上过学，是先天性弱视，说话粗俗直接得可爱，来西安拉车已经二十几年。我说起对他的第一印象，大家都哈哈大笑，一直笑他。

在一片欢快的喧闹声中，他拉着装满货的拖轮进入了我的视线。一个年轻人，上身穿着紧身的黑色 T 恤，下身一件腰间有金属链的深蓝色牛仔裤，额前的头发挑染出一撮鲜亮的黄色，脚上穿着一个人字拖。铁架子上放着六个巨大的尼龙包，他像其他三轮车夫一样，一手抓着把手，弯着腰，胳膊上、脖颈上的青筋往外涨着，依稀看到脸上白皙的皮肤和散落其间的鼓鼓的青春痘。那双穿着人字拖的脚几乎脱出了鞋，一步步拼命吸住光滑的地面。

他突然看到我，我手中举着的相机，正在拍摄这群他也熟悉的、没心没肺的、嬉笑的三轮车夫。他的脸"刷"地一下涨红了，好像突然被裸露在空旷的广场之中，被置于舞台之上。几乎是一种激愤、羞耻，他迅速扭过头，速度加快，腰弯得更低，往那一排排的货车缝隙里走。正在镜头前作怪大笑摆姿势的那位中年人朝他喊："儿子，儿子，民中，过来，咱俩照个相。"这位中年人，非常活跃，每次拉着车过去，都会喊我："妹子，来，给我照张相。"然后，摆出弯腰的、蹬腿的、拉纤的姿势，做着夸张的怪脸，招来一阵又一阵的笑声。这个叫民中的年轻人本能地略略停顿，朝他的父亲严厉地瞥了一眼，更快地走向大货车沉重而庞大的阴影。他的父亲一再喊他，他始终没有回头，也没有看我，只是倔强地往里面走，无比坚决地避开我的镜头和我的眼睛。他不愿和我对视，那一瞥而来的眼神似乎还包含着某种敌视。

这是三轮车队伍中少见的年轻人。那位父亲，指着孩子的背影，讪笑着对我说："不知吃啥枪药了，就不和我说话。"

二哥在旁边说："哈，就是一个二球娃儿，别看他不说话，可不少给咱们惹事。"在那位父亲和二哥相互补充的叙述中，我大致了解了这位年轻人的经历。年轻人今年十八岁。十五岁下学，先是到新疆跟着姨夫们学校油泵，干了一年，嫌太累太寂寞，姨夫的店铺前不着村，后不着店，就孤零零地设在路边，平时连个人影都见不到。接着到广州、东莞打工，在电子厂和服装厂里，不到一年，说啥也不干了，再加上金融危机，他在的那个厂倒闭了。今年四月份来到西安，开始拉三轮。人沉默异常。要么不说话，要么就是和坐车人或不相干的路人吵架。天黑收工后，和一帮小老乡——都是和他年龄差不多的年轻人——走在街上，腰里各揣一把锋利的小匕首，鼻子不是鼻子眼睛不是眼睛地到处找茬打架。

在接下来的几天里，我对这个年轻人产生了极大的兴趣，我很想和他聊聊。可是，他根本不看我。他对他父亲在镜头面前的热情、巴结和热衷极其愤怒，总是在远处用很严厉的眼神看着他。等我想走近的时候，他就消失在货车背后，或给我一个脊梁。我和他父辈的三轮车夫们聊得越开心，混得越熟，他离我越远。那倔强的脊背向我昭示着某种排斥，甚至是某种仇恨。我看着他和人谈价格，那涨红的脸，一起一伏的呼吸，充满着愤懑，一言不合，似乎就要吵起来，拳头就要过去。实际上，他单薄瘦弱，打架未必能赢。他的父亲马上过去打圆场，最后，他才开始装货、捆车、拉车。他低着头从我前面走过，那一撮黄头发遮住了他的眼睛，他深深地低着头，不看我。

我把相机装进包里，假装和别人说话，好让他知道，我没有关注他。我没有再找他说话。

这个叫民中的年轻人，他恨梦幻商场，恨那梦幻的又与他无关的一切。他恨我，他一瞥而来的眼神，那仇恨，那隔膜，让我意识到我们之间无比宽阔的鸿沟。

他为他的职业和劳动而羞耻。他羞耻于父辈们的自嘲与欢乐，他拒绝这样的放松、自轻自贱，因为它意味着他所坚守的某一个地方必须被摧毁，它也意味着他们的现在就必须是他的将来。他不愿意重复他们的路。"农民""三轮车夫"这些称号对这个年轻人来说，是羞耻的标志。在城市的街道上，他们被追赶、打倒、驱逐，他愤恨他也要成为这样的形象。

羞耻是什么？它是人感受到自身存在的一种非合法性和公开的被羞辱。他们被贴上了标签。

但同时，羞耻又是他们唯一能够被公众接受和重视的一种方式，也几乎是他们唯一可以争取到权利的方式。媒体为那些矿难所选的照片，每一张都带有巨大的观赏性和符号性：呼天抢地的号啕，破旧、土气的衣服，乞怜、绝望的表情和姿态，满面的灰尘，这些图片、表情都是羞耻的标签。河南矽肺工人不得不"开胸验肺"，虽然现代医学早已能够通过化验来证明矽肺。可是一而再、再而三的投诉失败，使他明白，为了得到自己的权利，他必须选择羞耻的方式，必须如此羞辱、破坏、贬损自己的身体。否则，他得不到公正。

他们作假、偷窃、吵架，他们肮脏、贫穷、无赖，他们做最没有尊严的事情，他们愿意出卖身体，只要能得到一些钱。他们顶着这一"羞耻"的名头走出去，因为只有借助于这羞耻，他们才能够存在。

直到有一天，这个年轻人，他像他的父辈一样，拼命抱着那即将被交警拖走的三轮车，不顾一切地哭、骂、哀求，或者向着围观的人群如祥林嫂般倾诉。那时，他的人生一课基本完成。他克服了他的羞耻，而成为了"羞耻"本身。他靠这"羞耻"存活。

要走的前一天晚上，我让二哥帮我请民中和他的父亲到一家小饭馆吃饭。他父亲早早就来了，端着酒杯不停地敬，不停地喝，一会儿就有些醉了。九点左右的时候，民中才到，他不是来吃饭，而是来接他父亲回去的。一看到他父亲的神情，他就厌恶地皱起了眉头，夺过父亲手里的酒杯："走，回家，天天喝，早晚都要喝死。"二哥在一旁说："咋，民中，架子还怪大呢，请都请不来？坐下，喝两杯。"他坐了下来，低头玩起了手机。

他始终没有正眼看我，好像我是他的创伤，好像一看我，就印证了他的某一种存在。我给他拿筷子、放碗碟，又倒了一杯啤酒，殷勤、巴结地放在他面前。他的手伸出一下，微微挡了挡，抬眼半看了我一眼，又垂下眼睛，继续翻看他的手机。大概坐有十分钟的样子，他接到一个电话，好像是他的小兄弟出了什么事，要他过去帮忙，他对电话那边说，别着急，先稳住，我马上过去。他的声音带着点霸气、冷酷、镇静，一边说着，一边随手端起啤酒，一饮而尽。喝完之后，他站起来，说有事要走。

我也站起来，说："民中，那就再见吧，我明年再来看你们。"像一个唠叨而又无力的人那样，我又补充了一句，"你要好好的。"

他的嘴角牵起一个诡异的微笑，说："什么好不好的，再见我，说不定就在监狱里了。"他看我时的眼神，是另一个世界的眼神。我无法进去，也无法打破。

《华商报》的记者朋友始终没有回信，估计没有什么希望。但想着既然说了，不问也不好意思。要走的前一天傍晚，我打了一个电话。记者告诉我，他去找过他们报纸新闻部门的人，对方说这事儿太普遍了，没有报道价值，没法派人出来。但是如果亲戚老乡有重大情况，他可以以私人身份帮忙协调。我说，那没关系，那些人没有我的亲属。我的亲戚已被抓过了。

在一旁的二嫂说："电视上都市快报都报过好多次了，该是啥样子还是啥样子，确实没用。大哥的车被抓之后，给人家打过几次电话，人家说来，一直没来。"

放下电话，我竟也有如释重负之感。真要让我带着他们一个个去找这些"肇事的"三轮车夫，去问各自的情况，恐怕还得羁留两天。我似乎已经有些不耐了，也没有足够的心理准备去应付可以想见的一系列麻烦。

早晨五点半。小雨淅沥。二哥和二嫂已经从住处走过来，穿着黑色的大胶鞋，披着雨披。他们推着三轮车，送我们走之后，还可以去拉早晨的活儿。下雨的早晨，是他们拉活儿的好时候。我和他们一起走出"如意旅馆"，沿着有些泥泞的小路往街外走，卖早点的小铺已经开门，门口两个漆黑的巨大炉子已经升起旺旺的火，锅里面的油翻滚着，老板娘的脸在这雾气中隐约闪现。雨在檐前滴答下着，滴在同样黝黑的、油腻的地面上，往堆着垃圾的街道上滚落。拐几个弯，经过二哥家，经过黑色的网罩起的街面，经过垃圾巷，走过长长的生锈的钢材街，我们和二哥、二嫂分手。二哥、二嫂跨上三轮车，他们要在华清立交桥下拐个弯，才能到另一边。在三轮车的突突声中，他们的身影有点晃动，并且模糊不清。我看着他们在拐角处消失。

我们开始了回程。上华清立交桥，走约两千米的样子，来到浐河上的一座桥。我们下了车，站在桥上，看清晨的风景。

在毫无防备的情景下，我置身于另外一个世界：崭新的、洁净的、华丽的、现代的世界。桥的右边是世园会所在地，2011 年 5 月至 10 月是展览期。深深浅浅、高高矮矮的园林，一个个修剪整齐的塔状树冠，以优美的弧状在广大的空间绵延。圆形的大花坛，各色的花朵，奇树，盆栽，起伏的绿色草地，它们在大地铺展开去，透着一股不容侵犯的干净、奢华和讲究。园林里面的路笔直、宽大，从远处眺望，雨中的大理石路面泛着凛然的光。世园会被看作是西安展示自己国际化和现代化，向国际接轨的重要契机。从此景看来，这一接轨应该是成功的。

脚下的浐河水水面宽阔，桥对面几座高楼竖立，威严、镇静。前面是灞桥新城，各式各样的楼群、立交桥、商场沿路拔起。宽大、洁净的马路，高档、现代的住宅，各种周到的配套设施，全新的商场和来自世界各地的衣服、珠宝。在清晨的细雨中，西安城，一个洁净、现代而又优美的城市。西安正以迅猛的发展摆脱历史带给它的落后、凝重的面貌。

就像钝器突然击中身体的某一要害，一阵疼痛，我的某一部分记忆复苏了。一股油然而生的舒适感和熟悉感袭来。此时最想做的是回到明窗净几的家中，洗一个有充足热水的澡，舒服地躺下来，放好音乐，好好休息一番。

那散发着异味的德仁寨，怪异的围墙，并不如意的"如意旅馆"，漆黑的厕所，垃圾巷，钢材街，商场背后的三轮车夫们，在瞬间，变得恍如隔世，仿佛不曾存在过。

　　"城市，让生活更美好"，这一城市是奥斯曼式[1]的，直线的、大道的、广场和主旋律的。它忽略了活生生的社会现状，忽略了那些随机的、还没能达到所谓"现代的"和"文明的"存在和生活。现代的城市每推进一步，那些混沌、卑微而又充满温度的生命和生活就不得不退后一步，甚至无数步。

1　乔治-尤金·奥斯曼，著名都市规划专家，1859 年获拿破仑三世委任为塞纳行政长官（相当于巴黎市长），重新规划建设巴黎。19 世纪早期，巴黎城区有大量的贫民区，"从 1789 到 1848 年，'捣乱者'每隔若干年就在那里竖起街垒路障，而狭窄的街巷使镇压者的大炮难以到达。所以，统治者对这些'贫民窟'深感头疼。"奥斯曼上台之后，由于国王的支持，他权势巨大，开始动用国家权力强制性地成片拆迁，据说他"将直尺按在城市地图上，穿过中世纪巴黎拥挤狭窄的街道画出条条直线，创造出了新的城市形式。他推翻一切挡道的东西，让路给林荫大道"。十七年内，城市中百分之四十三的房屋被强制拆除，"有效地清理了贫民区"。（参考秦晖《城市化与贫民权利——近代各国都市下层社区变迁史》）

　　中国的城市越来越具有视觉的美感：超大广场、尖碑、花园、绿地，宽阔的、直线的道路，超豪华的商场，超奢侈的会所、洗浴中心，高度现代化的新城区、工业园、生态园，等等。即使一个中小型的县城，我们也可以看到超型大道、超型广场和各式各样的园区，标准的现代"景观"。仿佛有一只如同奥斯曼那样的巨手和直尺，在地形图上按下去，"嘁"的一声，于是，遇屋砸屋，逢桥拆桥，遇墓挖墓，即使是百年建筑，刚盖不到十年的小区或大楼，都必须清除，更不用说那些棚屋、非法居住地和"城中村"。至于那些生活在其中的居民，那些租不起更昂贵房子的"农民工"租户，他们到哪里去，则不是要考虑的问题。

西安德仁寨的垃圾巷

西安出租屋的一角

西安城中村的巷道里

随父母来到西安的女孩，通常在城中村的巷道里写作业

他们在西安

快乐的大叔

休息时间

工作

第三章　南阳

你们要进窄门。因为引到灭亡，那门是宽的，路是大的，进去的人也多；

引到永生，那门是窄的，路是小的，找着的人也少。

——《圣经·马太福音》

葬礼

2010年10月11日，梁庄的梁贤生在南阳去世。

火化之后，贤生十三岁的儿子抱着骨灰盒回到梁庄。贤生的两个弟弟已经先回到梁庄，在村南头的自留地挖好墓坑，棺材就停放在墓坑旁边。没有自家的宅基地，没有屋子，没有可以停放棺材的地方，贤生是孤魂野鬼了。贤生的肥胖的母亲，我的二婶，趴在棺材旁哭得死去活来。按说应该是贤生的老婆哭成那样子的，可是既然二婶哭成那样子，贤生的老婆和贤生那一大群弟弟妹妹侄辈们反而显得不够伤心了。

梁庄所有人都明白二婶为什么哭得那么伤心，因此也并不去拉她。2004年的春天，二婶从南阳回来，住了十几天，办了一件事情：把老宅的房子卖了。卖完二婶就后悔。那几年，二婶提起这件事就抹眼泪，埋怨自己没材料 [1]，把房子卖了，回家连个歇脚的地儿都没了，将来死了棺材往哪儿放呀？当时，她还没有想到自己的儿子会先她而去。现在，白发人送黑发人已经够伤心了，而因为自己的愚蠢，让儿子最后连个家都不能回，停在了野地。嘴拙内向的二婶，怎能不哭呢？

---

1 没材料：没有主见，没有长远见识。

周边村庄已经有过好几个这样的例子。王村的老太，八十八岁去世。最后那一年，天天以泪洗面。她的儿子在安徽上班，常年不回来，两个女儿在穰县上班，她轮流在儿女家生活。村里房子多年闲置。有一年，她就把房子卖了。老太太死后，是在野地找的地方。儿子、村人把野蒿砍砍，扎个木桩，搭个灵棚，棺材放在里面。人们说，那场面非常凄凉，走在野蒿茬子上，有些人的鞋都戳烂了。一群来吊唁的人站在野外，无处落脚。她的儿子对村里人说，早知道是这样，说啥也要在村庄再买块地，盖个房子，不为住，就为老太太百年之时能够把棺材安置在屋里。

帮忙的村人在贤生的墓坑旁边打木桩，扎顶棚，把大块的塑料布蒙在上面，临时搭起一个灵棚，棺材放在里面。又从村里拉出长长的电线，挂上一百瓦的大灯泡。按照传统的规矩，贤生的儿子、女儿跪在旁边，来人鞠躬，儿子、女儿哭着答谢。贤生的儿子对眼前这烦琐的程序一点儿都不了解，显得很不耐烦，倒是他二十岁的女儿乖巧懂事，一一周到地跪谢，哭泣。因为年纪尚轻，也因为常年不在家，亲戚疏离，再加上二婶他们还要连夜赶回南阳，贤生的葬礼，没有响器，没有报小庙大庙[1]，没有身穿麻衣白布的孝子和亲属，凄凉得很。

1　小庙大庙：北方农村葬礼习俗。第一天晚上报小庙，孝子举着草耙，草耙上夹一张草纸，纸上写着去世亲人的名字，沿着村庄，在村头各个路口烧纸，最后，到土地庙，或观音庙，什么庙都行，向各路神报道，有一人要去了。现在庙没了，就找一个通往坟地的十字路口，在那儿烧纸，把草耙留下。第二天晚上报大庙，规模更大，响器跟随、烧纸钱、亲戚跪哭，从家里一直到十字路口，再把草耙拿回来。夜里五更天时，直系亲属拿着草耙到十字路口烧掉，亲人正式送走，叫"送路"。第三天早晨下葬，全体亲人都在场。

酒席是在德义家办的。德义和贤生兄弟同一个爷。二婶一直坐在坟前，不吃不喝。下午四五点钟的时候才在众人的强拉硬拽下回到德义家。夜里将近一点钟，贤生下葬。贤生的大弟留在家里，处理杂事，二婶和贤生的弟妹侄甥又搭租来的大车回南阳。

人们都说，最早出去的，又最早回来。只是，回到梁庄的地下去了。

贤生是梁庄最早出去打工的人，是最早娶城里媳妇的农村小子，是最早开着小汽车回来的人，也是最早把全家都带出去的人。贤生是梁庄最早出走神话的缔造者。

贤生在梁庄的家，就在我家的左边，两家只有一道象征性的矮墙隔开，彼此干什么都清清楚楚。贤生有个绰号，叫"达得洛夫"。1980年代初期在农村流行一部武打电影叫《武林志》。主角叫东方旭，一个中国武师，他挑战各国拳王，其中一个俄罗斯的拳王叫"达得洛夫"，长得非常雄壮、英俊。当然，最后他也被东方旭打败了。这个电影我至少看了四遍，记住了"东方旭"，但是"达得洛夫"记得更清。因为我们的邻居，二十岁的贤生，长得非常像他。不知道是谁先这样叫他，就叫开了，从此以后，我们都叫他"达得洛夫"。

贤生1982年左右离开梁庄到南阳。那时候，我不到十岁。之后偶尔的见面都感觉像见神话人物一样。贤生穿着一个黄色的军大衣回来了，贤生带着一个洋气的城市姑娘回来了，贤生一家开着汽车回来了……贤生威风凛凛，我们充满敬畏，不敢近身。倒是二叔、二婶，一如往常地干活、劳作。他的小妹梅花和我年龄最接近，我们非常要好，我每天都到他家去打水，在他家玩玻璃跳棋（是贤生从南阳带回来的），在他家和其他伙伴一起聊天。在我的印象中，他们家的日子相当不错，有水井、轧面机，各种家具，有三间正房、两间偏房。然后，慢慢地，贤生的姊妹们离开村庄，先是老二、老三，接着是老四，再接着是梅花、贤仁，最后，二叔二婶也离开了。等觉察到他们全家都离开村庄的时候，我已经师范毕业，在异地的一个乡下小学教书。

梁庄所有人都在传说，贤生发大财了。贤生开大型批发部；贤生办出租车公司，拥有几十辆小轿车；贤生是黑社会头子，黑白两道通吃；贤生的兄弟姊妹都在南阳买了房买了车……围绕着贤生的一切无比神秘，又栩栩如生、惟妙惟肖，在我脑海中扎下牢牢的根须。

1994 年，我在南阳读书。有一天，我在大街上走，是从南阳到穰县的那条路上，我准备乘公共汽车回穰县。一辆三轮车突然迎面而来，在我面前停了下来，也许以为是我要搭车。我一看，吓了一跳，简直有点喘不过气来，那拉车的人竟然是贤生的大弟弟贤义！他骑着一辆寒酸的、破旧的人力三轮车在拉人，这怎么可能？并且脸上还有一道黑的油灰。我不敢相信自己的眼睛。我对那黑色的油灰记得特别清楚——斜着从左脸下半部滑过去，前面色很重，后面很轻，是无意间扫上去的——因为它让我证实了他的确就是传说中已经全家发大财的贤生的弟弟。我们非常奇怪而陌生地打了个招呼，然后就分手了。陌生而茫然，几乎可以说是冷冰冰的。要知道，我们是最近的邻居啊，整个童年少年天天都要见面。我到现在还弄不明白当时各自的心态。

这么多年过去，在准备去南阳了解贤生家的城市生活之前，我也从来没有认真回忆那一场景。回到梁庄，我听到的传说仍然是贤生家发财的故事，我没有把我在南阳遇到的情况给大家讲，从来没有，村里去南阳找过他们兄弟的人回来也没有讲过。后来，有一年，我在村口碰到二婶，当时她已经严重发胖，她正在路边歇脚，喘着大气，旁边放着满满一篮白色的、晶莹剔透的鸡蛋，我当时的感觉是，二婶家真的很有钱啊。我的记忆把和贤义的那次相遇过滤掉了，留下的仍然是贤生出走、全家发财的神话。

也许，我一直在小心翼翼地保护这个神话，我担心这个神话被打破。在1980年代中后期，有关贤生和贤生家的神话是梁庄的希望，是梁庄对外部世界想象的最远边界。

房檐滴水窝窝照

2011年7月28日，我们从穰县出发到南阳去找贤生一家。

路还没走过一半，贤生的大妹梅兰就打来好几个电话，问到哪儿了，说是早晨八点就在秀兰嫂子那儿等着了。上午十点多钟，沿着梅兰指示的路线，我们从南阳武侯祠前面的路口开始向右转，再向右，不知转了多少个弯，终于到了一个菜市场的路口。梅兰站在那里。这是贤生在南阳的家，南阳市郊的一个城中村。

梅兰，我印象中是二十岁左右的她，苗条、秀丽，一头自来卷发。她离开梁庄之后，我从来没有见过她。她非常瘦，显得有些憔悴，脸的左部可能做过手术，左脸颊下部完全凹陷下去。彼此相见，大家一阵相互感叹和惊叫，梅兰带我们往村里走。道路狭窄（这是许多城中村的共同特点）、弯曲，早年的规划在各家长达十几年的私搭过程中变得模糊不清，房子是一家一户的独门院子，但是，却形状不一，一层坚固，二层、三层潦草、简单，很多家外面都有一个简易的外挂式铁架楼梯。

一个身躯庞大的老年妇女正坐在门口的一个小凳子上洗衣服。看见我们的车进来，手从满盆的白沫中拿出，甩了甩，又在白短裤上使劲擦了擦，艰难地站起来，朝我们的方向笑。是二婶，我已经又将近十年没有见她了。二婶更胖了，脚浮肿得厉害，脚上的黑色圆头厚底凉鞋被粗壮的腿压得扁平。二婶嘴巴张着，看着我们笑，说不出话来。我们五个人从车里下来，车门关上，她还在往里面看。等了一会儿，终于忍不住问："咋你爹没来？"我们愣了一会儿，哈哈大笑起来，把老头儿给忘了。人家和二婶是老革命老伙伴，也有多年的话要叙。

贤生的老婆，秀兰嫂子，非常热情地把我们往家里迎。她还是长发（那一头披肩长发在当年给梁庄留下了极其深刻的印象），随便束了起来，胖了，原来的长圆脸宽了些，眼神、表情都表示出她非常健谈，并且急于给我们留下好印象。

院子里非常暗，没有一丝光。正屋亮着灯（这是上午将近十一点钟，外面是煌煌烈日），阴沉潮湿。贤生放大了的遗像挂在侧墙上。正屋两边各一个房间。右边里间也开着灯，秀兰嫂子把我们引进去。同样是一间完全封闭的房间，有一个小窗户，却是堵死的。没有任何通风的设施。她的儿子在房间的角落里打电脑游戏，我们进去的时候，秀兰嫂子让他给我们打招呼，他扭过脸来。和她的妈妈极像，脸色苍白，带着牙箍。他一语不发，转身去打游戏，再也没有抬起身，直到我们出去吃饭。

从院子到这三间房里，整个空间完全封闭，没有任何光，黑洞洞的，再加上无处不在的贤生的黑白相片，让人无比压抑。

　　刚坐下不久，梅香也来了。她在开出租车，听说我们到了，把客人送到地方，放了空车就回来了。梅香一点也没变。胖胖的，笑眯眯的，粗声大调。贤生的大弟贤义也来了，他现在是算命仙儿！二婶已经开始眼泪汪汪地说起卖房的事，在那几天里，她说了无数次，先是叹气，接着说，都怨我没材料，光想着卖房，没想着老了咋办……话没说完，眼泪就开始往外涌。言语之中，她的悲伤和悔恨还不只是死后没有落棺之地，可能也与她这样轮流住儿子们家的不自在有一定关系。

　　贤生是这家的老大，主心骨，是一个个把姊妹们拉扯到城里的功臣，在这一过程中，秀兰嫂子也功不可没。因此，身为城里人的秀兰嫂子在言谈之中，总不忘强调自己为这个家所做出的贡献。

　　　妈啊，哪发财了？听谁说的？才开始认识梁贤生，那真叫穷啊！他来南阳，是因为他小叔，当兵转业回来在南阳一个厂里当个保卫科科长，就把他叫来。他小婶嫌他们家穷，就不让他去家里。那还是俺们俩才认识的时候，估计是贤生想着叫我知道他也有一门好亲戚吧，把我带到小叔那儿了。和她小婶在厨房择菜时，她悄悄对我说，这一家穷得很，你可想好啊。当时，俺俩还没有定下来呢，她这样说，就不怕贤生说不来老婆。这么多年，俺们就去过一次，吃过一次饭。小叔还行，小婶可势利得很，穰县来的穷亲戚，根本不让去。

　　　贤生是在床上躺着，突然就脑溢血了，不会动了。2008年10月3号，晚上。他好喝酒，好朋友，为这个家操心太多，伤住身体了。

当年贤生在工艺厂上班，一个月二十几块钱，还不够吃饭。年下到我家走亲戚，俺俩去买东西，我说我掏吧，他就让我掏了，也不让一下。原来是他口袋没一分钱。他自己倒腾个小生意，卖服装，卖文具，啥都干过，不行。

1988 年 4 月 22 号，玻璃店开业，是从别人那里接手的，属于厂里的。承包这个店，连给厂长送礼的钱都没有，我记得可清，是到小卖部赊的东西。贤生去送礼，可作难了。请人家吃饭，也是赊的账。从这儿站住脚了。玻璃店主要装饰配件、板画、大匾，店面可大，几百平米，五六个营业员（当时称"待业青年店"），生意最好时开过两个分店。

这房子是 1987 年盖的，当时就挣了六千多块钱，全部花完，还借俺妈一些钱，才盖起来的。你二叔连一分钱也没有，还光向他要钱，啥事都要钱，买个化肥都得来南阳要钱。

跟着你二叔就得癌症，1991 年得癌症，一检查已经是晚期。就来南阳住着，住在这间房里。秀丽，就是贤义他老婆，她和贤义住在左边那间，秀丽照顾他。俺们几个都在玻璃店住着。

这个店为啥赚不住钱？开始都是一无所有，后来挣点钱，家里一起起的事，一个个姊妹接着来。来了之后，吃喝不说，要说老婆，要出嫁，要盖房，都是事儿，店里挣的钱统统都是顾这些事了。只觉得姊妹们都到南阳市了，要相互照顾。为姊妹们的事儿，成天和人家喝酒，没有一天不醉的，说他了，他还骂我。你说，咱孤身一人，不靠喝酒，靠啥撑起来。

贤义 1990 年在梁庄结的婚，俺们把钱给老掌柜[1]，让他在家里操办。俺们在这儿把亲戚喊上，租个大巴车，还弄个小车，排排场场地回去了。贤生说咱们结婚时没有排场，让贤义结婚排场一下。回来后他们俩就住在俺们房子西头，爹在东头我们现在住的房间里，俺们住在店里。1993 年 4 月 22 号贤义们才搬走，住了三年多。贤义生娃儿请客，最后，我把礼单、钱都给秀丽，想着她人生就这一回。

这些年，姊妹们来来去去，就不断线。只要姊妹们都来南阳，过哩好就行，没想着啥。贤仁订婚时都没给我们说，他生他哥的气，认为俺们不管他。他 1997 年结哩婚，是在贤义那儿结的。你二婶不愿意了，哭着说他哥不管他了。你看，稍微不管一下都不行。

梅香来估计都是 1991 年了，也在店里干。当时房子涨价，生意不是太好了，别的地方也都开类似的店。我们又开了几个小店。不管赚钱多少，不敢有事。紧接着贤义盖房。又把梅香打发（结婚）了。俺们这边开去俩车，浩浩荡荡过去了，看着也排场。

你贤生哥好玩车，就又买个车，自己出去跑车。给人家当司机，还跑长途，也可累，不过，那时候干这个的少，也挣了一点钱。接着，又买了一辆好的。后来俩都卖了，

1　老掌柜：对一个家庭家长的称呼。

一个卖一千块，一个卖两万多。

原来那家玻璃店倒闭之后，在东关又开了玻璃店，贤仁在照顾，后来也不行，就彻底关了。后来，又去搞装修，给人家干活，和主家闹矛盾，他那脾气，说不干就不干了，又赔人家钱。这都到1997年了。店没了，车没了，挣到最后啥也没有。后来就又回到厂里干个事儿，也算是个领导。

房檐滴水窝窝照。俺们咋做的，你们都看见了。俺们要是不好了，他们也自然而然会学会。现在贤生不在了，我把她奶接过来，有人都说，贤生都死了，你还伺候她干啥？咱想着，贤生死了，咱还是儿媳妇。她也胖，啥也干不了，都是端吃端喝。前段时间还聚会呢。贤义说，走啊，到俺们家聚会。在贤义家里做的饭。姊妹们在一块儿说说笑笑，也高兴哩很。

其实许多时候，生活就在我们身边，只是，我们从来不愿正视它。这就是贤生哥的生活，那在梁庄流传了三十年的神话轻轻一戳，就破了。他差点就发财了，但是众多的姊妹是他不可逃避的负担，就像梁庄是他长长的阴影一样；他在这样封闭的房子里住了二十五年，这到处散发着死亡气息的房子，不死也只剩下半条命；他的小婶始终不和他来往，因为他还是梁庄的穷亲戚；他也没有办出租车公司，只是买过一辆车，自己还是司机；他更不是黑社会头子，但却依靠喝酒、仗义去开拓他在陌生城市的局面；他并不满意自己的老婆，因为她对他的姊妹们并没有百分之百好，很多矛盾因她而起，但最终，还是他老婆不离不弃伺候他，陪他走过生命的终点。

从秀兰嫂子的话里，我多少可以听得出作为城里人的骄傲和对这一群姊妹们的嫌弃，也可以想象当年这一个个弟妹来投奔贤生哥时她的态度。

梅兰是最早跟着贤生来南阳的——

那时候真是穷得很啊，我和大哥是先后来南阳的。春秋衣裳，就一条裤子，晚上洗洗，白天不管干不干，都得穿。在新华眼镜厂上班，现在已经不在了。发第一月工资，我哥给我买一个新衣服。一个月工资二十一块钱，凭购粮票生活，东西便宜，只是够当时维持生活。买个日常用品都没钱，钱交给我哥，我哥做饭，我下班回来吃饭洗碗，所以我们感情深。

后来能攒点钱，回梁庄时，割点儿肉，买点水果，扯块布，那么远，带回去。我在眼镜厂干有一年，你四叔找关系，把我和贤生哥的户口弄过来，算是南阳人了。要是临时工，肯定说不来好婆家。1984年，经别人介绍，认识了你那位老大哥，是国营工，过去女孩子们找老公，要找国营工，有房子。他们家在老城区，有房子，虽然小，但也有住的地方，解决了自己的住房问题。你老大哥很好，会做饭，做家务，也不爱出去胡玩，现在天工集团，是个技术员。1985年我结婚，我记得可清，那天坐的是北京吉普，后面跟两辆幸福牌摩托。

在眼镜厂干了十年，厂倒闭了才到居委会的。我当时被市里评为"先进青年""市劳模"，我那时候的证书很多，有一箱子。当时叫我当厂长，我不当，那时候贷款太多，谁有本事当那个破家啊？

粗枝大叶的梅香，连自己哪一年到南阳的都记不清——

　　我好像是1991年来的南阳，忘了。来一直就在哥家，做饭，接送曼曼上学，1994年结婚。都是大哥一手办的。你那个老大哥是南阳边的，也是乡下，就是离南阳近些。也是穷得很，去了啥也没有。我记得闺女满月时，二哥开着偏三轮去接我挪窝。偏三轮能拉货，多用。开着那个偏三轮，还回过梁庄，回过还不止一次。俺们结婚后，先开饭店，没开成，然后卖菜，也没卖多长时间。后来，又卖塑料用品，到处打游击，干过的活多得很。刚好又认识三轮厂的人，就赊一个三轮车。给人家一半的钱，那时候四千多块钱。三轮开有十来年，才开始不挂牌子，1996年开始要挂牌，只有城市户口才给办各种证件，驾驶证、营运证、行车证。没有城市户口不让开车。俺们就打游击，一会儿被抓了，一会儿要逃，天天提心吊胆。

　　我成天说，咋农村户口恁倒霉，开个三轮都要抓。后来看不是办法，就拿梅兰姐的户口办一个证。钱一交，手续都办出来，还得找熟人，还是贤生哥找哩熟人，最后才算顺利开起三轮。后来看三轮车不行，都是出租车了，你还在开三轮，累得不行，赚钱也不多。2008年我下决心去考个汽车驾照，2008年底开始开出租车，我和小孩的爸轮流开。我自己的车，一天就没有闲的时候。舍不得，都是钱。

这几个姊妹中，梅花的日子过得最不好，她的相貌变化也很大。原来的圆脸变成了瘦长脸，身体却有些肥胖，是一个常年辛劳还在为基本的生活操心的疲惫的女人。她的家离南阳有三十里地。她在离贤义村子不远处的村庄租了一间房，每天和丈夫开着大一点的三轮车，卖菜卖水果，什么时令蔬菜、水果下来卖什么，没有固定摊位。在南阳，她没有自己的房子，她的一双儿女留在老家，跟着爷爷奶奶。

这个家庭最小的儿子贤仁刚从吴镇回来。他在吴镇的超市租一个专柜，专卖皮鞋。贤仁在穰县七个乡镇都设有专柜。生意不错，他也并不忙，开着他的面包车，进货送货，顺便在各个店巡视，月末和超市结账。贤仁穿的白T恤、短裤和皮鞋，都明显是品牌货。

说起当年他来南阳，贤仁对大哥贤生也略有不满："反正跟着他们，没有赚一分钱，出来自己干，才开始挣钱。"他十五岁就到南阳，一直在贤生的店里帮忙，只干活不给钱。二十岁以后，开始对这一状况不满，和大哥大嫂发生了严重冲突。贤仁结婚，没有告诉他们的大哥，新娘接在二哥家里。为这件事，二婶心里生气好多年。但在后来的谈话中，发觉他们更多的是对大嫂有些不满，"说的可好，实际不行"。在都成家立业之后，兄弟之间又和解了，相互之间也有许多秘密共享。

算命者

贤义是一个算命仙儿！我怎么也不能相信。

他戴着茶色眼镜，一直微笑着，手里拿着一串念珠，无论是说话、吃饭还是走路，都默默地用手转着，眉宇间有一种很安静的气息。我很好奇，觉得他有点装腔作势，故作高深，但那种恬淡的神情又是装不出来的。

没想到贤义如此健谈，如此打开。他一边转着佛珠，一边很专心地给我讲他这些年的经历。

为什么初中没上成？1982年，我爷我伯我奶在一年里死了，那时候连个棺材都买不起。用别人的棺材，一年给人家一百斤麦，作为抵偿。把那个棺材赊来之后，三年之后还不起，人家要上房溜瓦。我就辍学在家，一年之内把农活都学会完，炕烟、打麦、扬麦、打药，农村的技术活和种地常识全会。贤生哥来南阳两年多之后，有点门路，就把我叫过来。

1984年下半年我去南阳，那时候贤生哥在新华公社后街卖服装。我想去四叔的厂里上班，没上成，就开始打工，跟着贤生哥卖半年服装，也没赚住钱。当时条件很差，赁的房是草房，叫"国景房"，还不如农村房子。

1986我在二胶厂上班，一天一块七，工头抽走四毛钱。干了四个月，用攒的钱买了一个飞鹰牌自行车，骑着回家过年了，楞权[1]去了。黑色的，二八加重，带锁一百五十三块钱，那时候钱不够，梅兰姐又给我加了二十块钱。一个

1　楞权：炫耀之意。

小时骑三十里，骑了六个小时到梁庄。我很骄傲，很幸福，那天可冷，但是不觉得冷，心里只顾着高兴，自己买的车。咱回家见人都发烟，我发的白河桥，二毛三一盒，家里都吸的湍河桥，一毛钱一盒。假充壳哩，其实根本都吸不起白河桥，都是虚荣心。

在二胶厂干的大事是偷偷做个床。师傅们把剩下的边角废料，钢管啊啥的都给我，但是不敢往外拿，是公家东西。我给看大门的说说，给他一盒烟，他说你第二早上五点多来，我去上厕所。拿出来之后自己做个钢管床。我现在睡的床还是那个床。我买了两条美味白包烟，给师傅，表示感谢。四毛五一盒。那两师傅很诚实，说我只是帮忙，烟我可以要，钱得给你。最后一人又还给我四块钱。并说，以后有啥事我们都帮忙。

骑着自行车又回南阳以后，打工还不行。1987年下半年，开始卖卤肉。夏天，早晨五点左右起床，去冷库扒猪头，得仔细挑，看哪个破开后出肉多，不然就赚不了钱。回来后，吃过早饭，洗，刮，用刀破猪头，水烧开，再放进去，煮俩小时。十一点多熟了，开始推着三轮车去卖，三轮车还是借的。一般卖不完，到下午两点多再开始卖。有时卖到五点多卖完，有时卖到八九点，有时夜里十一点还没有卖完，就在人家啤酒柜旁边一直等着，等到卖不动了。一天大致能赚够吃的，贤生哥一家那时也没钱，见天等着我这猪头肉钱，买馍买菜。

那不是人过的日子。税务局天天抓人，不知道从哪儿出来，开着车往你面前一站，跑都跑不开，逮住你叫你交一个月的钱，我吓得把三轮车扔了就跑了，浑身发抖，你想，一个乡下孩子，谁见过那阵势，怕得要死。我卖东西是老老实实地卖，旁边有两个，是城里的，会坑秤，要一斤，给八两。我都给人家够，慢慢地顾客都来我这儿买。他们就生气，偷偷扎我轮胎。我每天都是推着车子回来的，因为胎每天都被扎，我见天补轮胎。最后根本干不成了，那几个人天天候着我，瞪着我，不知道想啥坏点子，我就不敢去了。那时候就想，一个乡下人在城里混真不容易，做啥都挺难，尤其是做个老实人。

到春节没事干，我就在新华东路，老新华电影院对面，卖对联，自己写的，卖了两天，挣了七十多块钱，我的字写得不好，但是就是工整，农民能看懂。旁边有个省书法协会的人，他写的是行草字，龙飞凤舞，可好，就是大家看不懂。我就写楷书，乡里农村来的都买我的，主要是能看懂。我花六十块钱买了一件黄大衣，又高高兴兴回家过年去了。那时候回梁庄，纯是愣权，炫耀，在这儿混得不咋样，但是回梁庄得装蒜。

我是下学以后才开始练字，在家干活时，炕烟、下地，晚上回来都练。练字是因为无聊，是打发自己的空闲时间。我也不爱出去喝酒交际，觉得在家练练字，看看书，心里安静。天天练，来南阳后，除非特别忙，我也天天练。

过了春节以后，一直没干成啥。又开始卖服装，因为没本钱，只好代销别人的服装，先拿货，卖完再给人家钱。

南阳火车站旁边有个大粪厂，大粪厂旁边有几间石棉瓦房，四处漏风，屋里和外面一样冷，我就住在那里面。早晨起来啥也舍不得吃，给邻居说，你见天帮我捎壶开水。那旁边有一个大茶炉，我早出晚归，跟不上提水。人家好心，就帮我提了。晚上回来我买俩馍，茶一泡就吃。

就这，也从来没想着回家，没有想着不行了回梁庄，想着来了就要扎根。

1988年4月20号，贤生哥把工艺厂青年商店承包了，我就去给贤生哥打工。生意很好做，贤生哥外向，我内向，他把工商城管照顾住，我能把商店的账管好，跑业务，店的生意越来越好。到了1990年，生意做得相当不错。我自己还写过日记，大致意思是，咱农村人到城市来了，城市人有的，咱农村人也有了，城市人没有的，咱也有了。很骄傲，很自豪，农村人自强自立，照样什么都有。那几年回家，开着三轮摩托，坐好几个人，一路开回去，舒心得很。

我是1990年结的婚，我跟着贤生哥干到1993年。1993年开始开三轮车，开了一年多，后来叫你嫂子开。1993年以后，有了孩子，想得多了。哥对我很好，但是经济上咱掌握不了，一个月只管吃管住，自己想发财也不行。分开时，我哥给我几千块钱。我心里有点不高兴，不过也没说出来。亲情当中，我绝对不从中捞一分钱，那几年，就问你贤生哥要过二十八块钱，邮到上海市书法学院，人家给寄资料，学书法。分开后，我就自己出去打工。1994

年，一个朋友介绍的活儿，安装铝合金窗户，包工不包料，一平米十块钱。干有一年，这个赚住钱了，一年赚了一万块钱，加上我哥给的钱。1995年4月盖的房子，盖的房子花了两万多一点。

刚好一段，1998年霉运来了。我房子被小孩的舅抵押，贷了六万块钱，把房子抵了十多万。他做生意失败，还不了款，法院来执行，把我的房子封了，要拍卖，卖六万。房子卖了，我们一家住哪儿啊？我就在门口搭个塑料棚，住在棚子里，天天看着房子，谁要来，我是非拼命不可。娃儿跟着她妈住在舅家。后来，法院里面有一个人认识小孩的舅，就对我说，你拿来五万块钱，我把房产证给你。我又到处借钱，借了五万块钱，把房产证又拿了回来。

我们俩出去打工。我在南阳市基建公司，一天二十块钱。从早晨七点多，到晚上七点多，中间就只有半个小时吃饭时间。你嫂子出去刷油漆，啥出力活都干过。干了三年，省吃俭用，把钱还完。基本上都是满勤，一个月一千二百块钱，我俩也为此生气，但从来不吵。你嫂子是个好人，脾气好，人也好，你二叔得胃癌最后半年，几乎都是她一个人伺候的。后来，我的身体吃不消，在工地上干不成，胃也不好，最后发现血压高，不敢上工地，就不干了。

把啥罪都受了，身体也不行了，没办法了，开始正式学《易经》。

我一直对我1994年的记忆有些恍惚，我不敢确定那开三轮车的就是贤义。现在看来，那确实是他了。1994 年，当梁庄在传说着贤生家神话的时候，贤生一家正处于分裂初期。姊妹们都到了南阳，最初大家一条心，能有口饭吃就可以，所以心甘情愿跟着大哥，也只能跟着大哥。随着年龄的增长，各自要成家，另立门户，这时，矛盾来了，原来忽略的金钱问题开始浮现出来。贤义、梅香、贤仁在哥哥家干活，到底应不应该给钱？该给多少？贤义一家一直在贤生的房子里吃住，这又怎么算？没有大哥，贤仁能来南阳吗？他还能依靠谁？你不感激，反而想要些钱，是不是有点过分？这些是他们的大嫂要算的账。一笔糊涂账，谁都说不清。最终，也就以说不清的生气而分开。

如此算命仙儿，能让我们想到什么呢？一个黑瘦的、戴着黑色瓜皮帽的、双手像枯柴一样的带着不祥的巫气的老头儿的形象，一个古老的、民间的、几乎被现代生活完全否定的形象和职业。这也是我在一想到贤义是算命者之后出于本能对贤义的定位。眼前的贤义，开朗、文雅、健谈、含蓄，完全知识分子的形象和派头。只有他手腕上戴的佛珠和他有规律地转动数数泄露了天机。

一个农村青年追求现代梦来到城市，结果却在现代化的都市里操持了最古老最具传统色彩的职业，且获得了一定的生存空间。这真的让人充满好奇。

贤义的家在南阳卧龙岗不远处的一个村庄。这是一个很普通的院子，不同的是外面墙上贴的自制广告。一个白色长方形小铁皮上印着三行蓝颜色的字，下面留有电话号码：

预测生命运程　科学起名改名
神秘开光放置　测字择好问事
演算和婚宜忌　观测阴阳宅地

院门上的红色对联是：

因心是恩　知恩留恩莫要忘恩
人言为信　诚信守信不能失信
阿弥陀佛

正对着大门的是厨房和通向二楼的楼梯，楼梯的拐角处摆着一些花，月季、指甲花、小绣球等等之类家常的花，因为雨水充足，花开得非常旺盛，粉红嫩白的，把院子衬得非常活泼，有生机。一个方方正正的院子，石灰泥地，打扫得很干净。从院子看往屋里，亮亮堂堂。整个院落朴素、明亮，是一种踏实的、完整的家庭生活氛围，和贤生家的阴暗、封闭完全不一样。院子里的机械水泵、大水缸、山墙上，都贴着"水如清泉""法雨滋润""福禧祯祥"之类的话。

正屋客厅内的布置更是别具特色。正墙正中央是一幅巨大的带对联的毛泽东像，用金色的相框装裱，对联是：

东风浩荡气象新
红日东升山河壮

毛泽东像的四周散发着金色的光芒，头顶上写着三个大字，"红太阳"，脸也是金色的，整幅图金光闪闪的。毛泽东像的上面挂着一个要比它小得多的相框，里面是一幅画像：释迦牟尼站在莲花座上，两边各一个菩萨护法，三个人头顶上都有金色的光圈。相框的两边是四个和相框一样大小的字，用普通的红纸写成：佛光普照。毛泽东像两边分别是三幅像屏风一样长的条幅，黑细框淡蓝边白纸黑字，写着自我勉励的话和佛教偈语，六幅满满的，多种话语混合在一起，很清雅。两边最外又是一副对联：

正清和善贤义福
心静顺意有圆满

正墙下面的长柜子上，毛泽东像的正下方，并列摆放着几个塑像：黑红脸的祖师爷，拿柳枝净瓶的菩萨，圆脸团笑的财神爷，红脸长须的关云长。前面是一个香炉，香炉里的香还在袅袅生烟，香炉脚下散放着一些五十、二十、一百的人民币。柜子左边，放着贤义的名片，名片上写着"善事多做，德心永存"，还有崭新的线装本的《弟子规》《道德经》《金刚般若波罗蜜经》《净土五经》等。柜子正前方的地面上，摆放着一个黄色的蒲团。

正屋右边的墙上贴着满满两排奖状，全是贤义儿子国品上学得的奖状，演讲奖、三好学生奖、学习优胜奖、竞赛奖。这还是梁庄的习惯，孩子得的奖状，全部贴在正屋，让外人看到，也让孩子有荣誉感。

里屋靠墙摆着他的钢管床，几个钢管焊接而成的一个大床，非常简陋。靠窗的桌子上放着毛笔、砚台和竖立的笔架，已经落满了灰尘。最鲜明的是他床头的那幅白底红字的太极八卦图，阴阳图下面是两行红字：

　　　　阴阳平衡之谓道　　祛病消灾真奇妙

　　整个房间基本上是一种混搭风格，政治的、宗教的、巫术的、世俗的，有些不协调。按通常的理解，它有点神神道道的，思路不清，可以说是乱七八糟。贤义给我们倒水，所用的茶壶、茶杯上都刻有佛家偈语，房间一角的电脑里，也播放着梵语的诵经声。这房间的一器一具他都刻意渲染一种神秘的氛围。但是，贤义是如此坦然，他的神情是如此明朗、开放，他对他的贫穷生活如此淡然，他对事情的独特超然理解，又使得这几种相互冲突的事物融洽地相处在一起。

　　前几天讲了，那些年我干了不下一二十种活儿，啥罪都受过。最后身体也垮了。没办法，开始学《易经》。其实这些年我一直在看，学《易经》，学生命预测，2001 年开始正式学。全是自学。每天，我在家练字，研究，诵读，我发现诵读能够帮助理解。我做了很多读书笔记，自己学着画图，琢磨，慢慢有些收获。《易经》太精深了，我学这十来年，只是学了一点点皮毛，但是，对老祖先这方面的知识、体系有大致了解，天干地支阴阳，命名学，命运测算，占卜，也多少懂点。慢慢大家都知道我了，就有人来找我。我一直在家里，没有上街摆摊。也收费，谁有钱，给一点，没钱免费看。现在温饱问题已经解决，反正也饿不死。这几年起的名字就不下几千个，光咱们梁庄人就起了多少名，你哥们生娃儿，生完都给我打电话，我给起哩名。我起完都忘。有当官的来找，开着小汽车来请我，去到办公室给他们看桌子、椅子的摆位，都说我看得准，说得有道理。我是谁来都行，不因为你是当官的就格外对你好。不过，有些当官的确实信这个。

当官的主要是来算官运，算自己能当多大官，穷人来算命大部分是因为穷，遇到难事，冤屈，走不过去那个坎。

四五年前，一个妇女，农村的，丈夫死后，到我那儿算字。她写个"难"，叫我测，我说哩很准。我说，你这是遇到灾难了，骨肉分离，她当时就哭。说这是我们当家的死时给我留的字。我就一直从心理上安慰她。我说你们感情肯定好得很，有"难"才有担当，丈夫死了，你的孩子还需要你，你自己也得好好活，活好了才有意义，丈夫死了，自己就不起来了，他走了也不安生。农村男的死了妇女都可怜。半年以后，她给我打电话，说想死。说在村里雇人干活，村里人，连婆家人都风言风语，感觉活不下去。我在电话里一直劝她，打有四十多分钟。我一直说到她说我不再死了，我要好好活着。这是具有代表性的事情。我自始至终没有要她钱，只要对得起自己良心都行。

其实我主要就是和人家聊天沟通，有点像心理学。心理疏通，再结合具体的命相。我从来不唬人，说算命咋样咋样。算命不都是迷信，是真有道理，是"数"，有规律的，大至宇宙运行，小至一户一宅的建造。外国不是有星象学吗？你学老祖先的这方面知识多了，就发现，它们是一个道理。不过，就是有道理，也是你信则有，不信则无。现在真信的人也少得很，只听结果，不问过程。再加上我自己其实也没有吃透。我这些年吃亏吃在学的东西太少了，如果我高中毕业，肯定不是现在这个样子。有些东西硬是看不懂，悟不透。我不想靠这个赚钱，实在是没办法。按我的想法，我的生活要是过得去，我就专门搞研究。

我现在开始学佛信佛，学着念"阿弥陀佛"，听佛教的歌，天天高兴，学着高兴。春节替人家写对联，开个光，人家高高兴兴走了，我也可高兴。你看，《金刚经》说多好，我给你念念："如是灭度无量无数无边众生。实无众生得灭度者。何以故？须菩提！若菩萨有我相、人相、众生相、寿者相，即非菩萨。"这是啥意思呢？就是说佛度了无数的众生，但心里没想着我救了哪个人，若是想了这些，就不是真菩萨了。这是一种胸襟，非常谦虚，咱做不到。"若菩萨不住相布施，其福德不可思量。"《金刚经》说什么呢？就是老老实实做人，吃饭穿衣睡觉，做人要通，不要老想着自己对人咋样，别人对我咋样，这样，就是福德无量。

到现在，我反而把钱看得很淡，每个人不是只为家里服务，你到这个社会，是为社会服务，你得有一颗服务心，只有利人，才能利己。所以钱真的不算啥，除了为生活所迫。我现在心态就是这样，给别人说说话，把自己的理解讲给别人，确实能给别人带来一些益处，我就高兴。

咱们穰县有个大学毕业生，还是重点大学毕业的，不知道从哪儿知道我，就来找我，他在学校还学过心理学。他说自己在社会上遭遇到不公平事，怨恨社会，怨恨人，一直没找到好工作。感觉精神上有点问题。我给他说，人生就是一场修行，你为啥不满？你看到大家的不完满，其实，这正是你要面对的。你不能光想着怨社会，不论哪个社会，都不是完美的，都有毛病，不能光怨，越怨越是啥也做不好。你得想自己能做点啥，没做到啥。你去面试，你准备好了没有？你要是准备好了，啥都很好，别人还不要你，那是他的损失。你到别处再来。肯定会走过这一难的。我给讲了两个小时。他高高兴兴走了。这几天还在给我打电话，感觉开朗了一些。

贤义特别愿意说，愿意把自己的精神体验和生活轨迹分享出来。他似乎没有看到我们猎奇的和微微轻视的眼光，我们想看什么，他都非常认真地给我们看，并且认真地讲解。讲解他写的对联，条幅里的字，给我们演示他如何敲木鱼念"阿弥陀佛"，教我们唱佛教的歌。讲到激动时，又拿起《金刚经》给我们读并且进行一番解读，他的解读并非是一种佛法式的解释，而是加入了一些务实的和世俗的东西，这可能不太符合佛教的"不住相布施"，但是他的语气非常平和，眉宇间有某种安静、超脱的气质。这一安静让我很迷惑，仿佛这里面隐藏着遥远的过去和历史的信息。这是贤义的信仰、生活方式，是他对生活某种古典式的理解所带给他的。

在我们说话的过程中，他的兄弟贤仁一直斜睨着他的哥哥，略带嘲讽的表情，遮掩着他内心对哥哥这一生活方式的严重不屑。当贤义念"阿弥陀佛"的时候，贤仁把脸别了过去，他似乎有点脸红。说实话，我也只是尽力遮掩着我的猎奇之心和强烈的怪异之感，以一种看起来严肃的态度倾听贤义所做的一切。在心底深处，我是带着一种嘲讽，还有模糊的轻视来看贤义的。他的伯父曾经是一个算命者，就是我前面所说的黑瘦形象，他在村里的名声并不好。村庄的人都认为他是唬人的，封建迷信的那一套。他的伯父也始终保持着某种神秘，不让我们这些孩子接近。

　　贤义的儿子，成绩优良的高中生，倒是没有任何羞耻感。他把父亲有的一切都拿出来，让我看，我让他给父亲的日记、读书笔记和算命器具拍照。他搬个小凳子到院子里，一张张地摆，一张张地拍。完全是一种积极学习的、外向的、健康的心态。在这一过程中，贤仁的十几岁的儿子一直在打游戏，没有听到我们的任何话语。贤义和儿子的关系非常好，很得意地讲自己到儿子学校里参加家长会的情形。因为儿子是优秀生，贤义被作为学生家长代表上去发言，他上去给大家先鞠了一躬，然后，大讲小孩的心理和人生的理念，一下子震住了大家。大家都说有这样开明的家长，怪不得儿子的学习品德这么好。

　　贤义的小家庭温暖、健康。言谈举止、态度，都呈现出一种开放性和光明性。相反，他的姊妹们，尤其是和贤义的神情及与生活的理解相比，却似乎少了一重空间，一重光亮的、开阔的空间。他的姐姐梅兰，十九岁就从农村来到城市，成为一名工人，还差点当上厂长，不知为何，以我突然和她接触的直觉，她身上似乎有某种奇怪的麻木，没有未来，没有更高价值，只有现在，只看到她自己的生活，除此之外，则没有她关注的事物。还有秀兰嫂子，似乎外部世界的变迁与她都无任何关系。

这一切或许与农民身份无关，而与人的自我意识和社会意识的狭窄有关。

传统

那几天，我也看到了工作时的贤义。街边一家香火店，经常请贤义去给一些佛像、饰品开光。坐在大大小小的佛像中，贤义看起来更加消瘦，给人的感觉干净，清爽，不事张扬。他坐在店里的沙发上，帮买家请神像，为那些小饰品念经、念咒，眼睛微闭，念念有词。有一种让人不好意思的肃穆，这种肃穆在我们的日常生活中太陌生了。

我和他一起去主顾那里，看他如何给人家算命、看宅子。认真勘探过房间方位和房内布置，问明生辰八字后，贤义开始运算，一会儿闭目掐指，询问主顾，一会儿又用笔计算，一些符号不断出现在他的小本子上。他非常严肃、认真，旁观的几个人都不自觉地进入某种氛围之中。我对生辰八字的内在逻辑一点也不懂，也有本能的拒绝心理，但是，贤义以一种特别家常和世俗化的语言去阐释主顾名字的好坏，房间方位的对错，不故弄玄虚，并且，他指出的很多方面往往是印证一些常识，你即使不信算命，平时也可能在不自觉地遵守和回避。他的另一个重点就是让主顾淡然，凡事想开，"做人要通，不要老想着自己对人咋样，别人对我咋样，这样，就是福德无量"。这种印证和达观的主张也让主顾和我们这些旁观者感到很舒服，也能够接受他所讲的命理的东西。

贤义非常讲究养生，不吃肉，不喝酒，不吸烟，他认为这是尊重自然，是一种修炼，和他所学习的八卦、《易经》相一致。内心清洁，才能够真正体会《易经》和佛道里面的意义。在他心里，他把这些对自我的规约看作是对某种神圣规则的遵守。

毫无疑问，贤义有点民间术士的味道，阴阳五行，算命测字，占凶问吉，很有神秘色彩，也是中国传统文化中糟粕最多的地方。贤义的房屋像一个五彩拼图，那是一种奇怪的炫目之感，生硬、幽默、后现代，几者不伦不类，彼此犯冲，又各司其职，各负其责，互不干涉，最后统一在墙壁上。它们之间的黏合剂不是贤义高深的道行，而是他对生活有类似于信仰的理解，和他温暖、朴素的家庭。他对他所学习的传统，《易经》、佛法也许有所掌握，却也隐藏着一种本质的误解。但是，这一误解并没有妨碍贤义得到清明的智慧和对人生、人世的透彻理解。

20世纪30年代，张爱玲曾经在散文《中国的日夜》中描述道士的形象，"带着他们一钱不值的过剩的时间，来到这高速度的大城市里"，极传神地道出了中国传统生活的失落。道士、道及背后一整套象征体系都被迫成为"一钱不值的过去"，在上海的都市里，它是完全不协调的和被否定的。"那道士走到一个五金店门前倒身下拜，当然人家没有钱给他，他也目中无人似的，茫茫地磕了个头就算了。自爬起来，'托——托——'敲着，过渡到隔壁的烟纸店门首，复又'跪倒在地埃尘'，歪垂着一颗头，动作是黑色的淤流，像一条黑菊花徐徐开了。"张爱玲在彼时感受到的震动，无疑是因为这一形象背后很深的象征性，传统与现代、城市与乡村早在中国现代性发展之初就已经开始发生巨大的断裂。挽着头发的道士、穿着长袍的和尚、躲在街角处的算命仙儿在中国的现代生活都是非常怪异的形象，他们背后的那一套生命观、宇宙观和认知系统也被简化为几个如"迷信的""封建的"这样的词语。

在贤义的身上，有一种突然的开阔。或许，在这个现代的算命人身上，还存在着某种光亮，古老的光亮，它曾被我们熄灭、遗忘，被我们扭曲、误解，在狭窄的钢筋水泥的缝隙中，它挣扎着，以孱弱而又顽强的姿态向我们传递着久远的讯息。

从贤义的穿着和居住地来看，他并不比他的姐妹兄弟更富有，甚至还处于贫困状态。他仍然是城市流浪者和农民工，但却不是一个毫无希望的、仅为生存而奋斗的人。他在试图对自己的生活、精神和存在进行解释，这使得他能够保持一种与现代精神并行的独立姿态，并拥有某种尊严。

一个农村妇女遇到难处，无法找到生存的依据时，她想到的不是法律和制度，心灵的痛苦从来不是法律和制度的范畴，而是最古老的方术。她要去拜神，她要去找算命仙儿。她可能不甚清楚这些"传统"，算命、星座、八字有什么依据，但她可以从中找到安慰。这些依然是她重获意义的最本源方式，因为她生活在这样的历史洪流之中。只有从这条河里找到依据，她才能得到真正的安慰。巫术与生命、自然、信仰的关系是密切的，它们之间有着秘密通道。

也许，我的堂哥贤义并没有意识到这些，他所拥有的知识和对传统的理解也还不能够承载这么多的历史内容，但谁又能说，他那坦然、光明的脸和笑容，他温暖、亲密的家庭生活，他对世界那家人般的心态与过去的灵魂没有关系？与那条河流没有关系？

> 在人们中间
>
> 它是一条运载的河流

在《杜伊诺哀歌》中，里尔克用"河流"形容"传统"。只有进入传统和"苦难之城"，把人"引向悲伤家族长辈们的坟墓，引向神巫们和先知们"，才能够到达更加古老也更加悲伤的"喜悦之泉"。

对于中国的当代生活而言，不管哪一个意义的"传统"，它们早已成为一个巨大的悲伤之地，充满着被遗忘的历史、记忆、知识和过去的神灵。奇门遁甲、生辰八字、五行八卦，这些古老而神秘的事物，已成为腐朽的过去。我们缺乏真正的传承和真正的理解，它们也就失去了在现代社会重新打开的可能性。那用抛起的蓍草的方向与形状来推测命运的术士，他们与天地之间的感应，与宇宙秩序的应合，他们在自然肌理中寻找生命秘密的努力被看作愚昧的行为。而当代所流行的算命、占卜，只是为信者提供对于死亡的抚慰与粉饰，对于腐败灵魂的自我欺骗性的安慰，并非真的有信。这也正如英籍印裔作家奈保尔1967年在印度考察时所感受到的，印度的神像、神祇和信仰被迫成为现代世俗生活的装饰者。

与此同时，当传统话语重新闪现在政治话语中，成为政治意识形态合法性的守护神时，它与政治体制和普遍社会观念所产生的复杂化合作用，有可能再次成为传统自我嬗变的阻碍。这不只是"传统"本身的问题，而是它被以什么样的方式、什么样的形态重新回到我们的生活和心灵之中的问题。

这或者也是如贤义这样的传统者所必须面对的：如何能够自持，并且不被作为现代性的"笑话"和"阻碍"存在？如何能够在历史的洪流中真正理解"传统"并重获价值和尊严?

在一个寂寞的寺庙里,一个和尚坐在阴暗的大厅侧面,背景是久远的佛教绣像。年轻和尚闭着眼睛念经,桌子上摆着佛经、《金刚经》和卦筒。被他的纯朴、声音和专注的形象所吸引,我坐下来,听他哼唱一段。悄悄往桌子上的箱子里放一百块钱的时候,他的眼睛突然睁开,犀利地看着我,说,别人都至少给三百。我尴尬地逃了出来。

如此想来,贤义的形象和他的混搭的家是有着无限的悲哀的。不管贤义如何努力去理解人生,其内在的荒谬性还是一眼可见。

小海的传说

关于韩小海的发财史,梁庄人有不同版本和不同叙述。最核心的情节既大致相同又有细节上的差异,很有原型性。我在访问梁庄在外打工者的过程中,会在不同的人那里听到关于韩小海的故事和传说。其中的细节我以为几乎是神话,没有可信的空间。而讲述者往往一边言之凿凿,同时又有一种质疑,仿佛这个神话是韩小海本人编造出来的。但是联系他,又似乎很难。那些讲述他的人基本上都没有他的电话。小海不和大家来往,大家也不和他来往。小海在梁庄,既有点高高在上,也有点因其行为而被孤立的意思。羡慕、夸张、不屑、怀疑,但又被吸引。围绕着小海,一个复杂的神话被建构,并形成一个强大的磁场。

我在北京和韩家建升聊天的时候,两天的时间,有很长的篇幅是聊小海。从建升既不屑又痛恨,甚至有些夸张的言谈中,可以肯定，当年同在北京的建升和小海之间有很大的矛盾，因此，建升的话我是打着折扣听的。

——你说小海啊，那家伙是个滑头。原来在家里卖沙石，开拖拉机，媳妇是咱那儿王营的，结婚前一直在北京给韩国公司做蛋糕。结婚以后，小海把拖拉机卖了，也去了北京。

才开始他们在樱花商场旁边租一个店铺开蛋糕店，生意可好。这中间他们往樱花商场送蛋糕，认识这些经理一级的人，感觉到卖烟可以。小海老婆会来事，在商场弄个小摊位，卖烟酒。这以后的事儿我也是听别人说的，有点玄。说是认识某个大领导的老表，那人有五十来岁，他不喜欢抽别的烟，就喜欢抽骆驼，天天到他们这儿，拿许多中华玉溪熊猫烟来换。每次都是提个大袋子，直接撂到柜台上，给小海说，我这个烟放这儿，换你骆驼烟给我。等于变相给他销货。小海就给人家卖，多少条多少钱，清清楚楚，如数给人家。估计人家也是考验他。有一天晚上，那个老头弄个大帆布袋子，说明天早上来拿。小海还开玩笑说，不是钱吧？老头说，不瞒你说，还真是钱。老头走之后，他打开袋子一看，果真是钱，查查，整整一百万。小海吓得一夜都没睡觉，看着这个袋子。第二天，在搬钱过程中，老头还问，你看了没有，小海说，我还真看了，是钱。老头说，你是个实在人，你要说没看我不信。老头说，你知道我是干啥的？×××，他是我的老表。看你这人老实，我给你介绍一些活干。就给他介绍一些建筑的活儿。小海和他哥就在家拉了个建筑队,来北京干,他当包工头。两个月,挣了二三十万。当年,那钱可是不得了。他姐们、弟们、姨家孩子都来,一家子都来了。

我不信这故事,咋可能?人家都信任他?肯定是小海自己编出去的。他不说,谁知道?

几年之后,挣的钱差不多了,就到广西,搞传销去了。把咱梁庄的和他老婆家的亲戚全骗去了。有一天,我碰见红传,红传是小海的侄儿。说起这件事,红传说,叔啊,你可别说,我算叫他们坑了,叫他们表[1]到广西了。小海说,红传啊,想发财不想?红传说,可想,咋不想?红传说,这儿有个好事,你来。说这个好事,好吃好喝,一个月还挣几千块钱。我就去了,好事没得,把钱赔完,回来了。红传说还有可多人在那儿,钱都交过了,不甘心。我回村里,听我大哥说,哎呀,把街坊邻居找个遍。就是个老鼠会,专在自己窝子里串。

王武在梁庄村办一个砖瓦厂,和小海、我都是同龄,他们多少有些交往,不算是朋友。我向他问起小海的情况时,小武说话尖酸刻薄,充满了妒忌。他坚决不相信小海那神话,认为小海没那么老实。

——人家现在玩得大了,前年在××市办一个国际

---

[1] 表:骗。

武术节，把俺们都请去了，不要票，气派很大。这货从小就是个溜光蛋，我小学三年级和他一班，留了好几个级，学习差得很，下学后就上北京了。他在外面具体干过啥，谁也说不清。人家这些年都没有回来，不知道在外做些啥，反正是发财了。中间有几年在搞传销，肯定搞了。说是在北京遇到贵人了，我看是吹的。建升说的不可信，首先人家咋能把一百万块钱放在他那儿，谁恁傻？让人家知道自己是个贪污犯？另外，人家凭啥恁信任他？就是亲兄弟都信不过，何况一个做两不相干的生意的？就小海那样，他会恁老实？我不相信，尖皮溜能，能放着钱不拿？肯定连夜跑了。不知道咋发个财，就弄得晕晕乎乎的。我也听人家说了，在王府井卖耐克，估计也是假名牌。后来在卖烟酒时碰到一个人，是个大官，不知道咋联系上了。有人说得可难听，说是和小海老婆咋啊咋的，咱也弄不清楚，也不能瞎说。不过，他老婆倒真是长得不错。反正是说不清。后来，小海们就在北京包工程，这才发大财了。你想，你要是没有一点儿关系，包工程，有恁容易？

干工程挣住钱了，不知道咋回事开始做传销了。影响大得很，村里谁不知道？韩家多少人都被骗了，把自己的亲戚也都骗完了。他们是起会的，就是那个传销说的最上级，钱都交到他们那儿了。他们把钱一卷，起来跑了，说是失败了，下面人拿他啥办法？他是没叫我，他知道我那脾气，不骂他都是好的。韩家一老家儿的人被他叫去完了，最后，都得罪完了。立东，小海他叔，他们是一个爷的，也被他叫去了，交了三千块钱，最后不知道为啥闹翻了。说是捉弄他们的，气得很。在村里边骂，说非整小海的娃儿不可，要绑架、暗杀小海的娃儿。具体事儿是咋样，咱也说不清，反正他没找过我。

现在在南阳不知道干啥，可神秘。不管咋说，人家是挣住钱了。在南阳买了大房子，又买宝马车、越野车，还买有大巴，跑运输。那货们算是发了。

建华是小海的堂叔，曾经被小海说服过去做传销，后来退出了。但是，却始终说不清楚小海到底是干啥的。

——那年小海给我打电话，说是有个生意，交几千块钱，不动不摇可以赚钱，算是合伙生意，问我做不做。那时间村里人都哄得可厉害，说是小海在做传销，能发财。我是抱着侥幸心理，也是想占便宜，就把钱交了。先交两千，说是啥，我也没弄懂，后来又交一千。肯定有骗人性质，说是卖西服，发展下线，连个西服面儿都没见过。后来他们内部闹意见，就是他们几个起会的，他哥，他侄女女婿。内讧，后来，侄女女婿不干了，我看也没希望，就想退出，就问他们要钱，人家也没说啥，钱退了。有可多都没退，特别是加入早的。我都是最后了。发展旺得很，人员多得很，几千人。这货能得很，国家有一段时间抓得严，他一看事情不对，风声一紧，马上就解散，不干了，改开旅游商店了。

那年，他爹在我这儿，说起这件事，熬煎得很，说可是不敢干了，得赶紧收手。他爹也知道他娃儿干的事儿不是好事。

我问了梁庄的好些人，关于小海，他干过什么，有什么经历，靠什么发财，每个人的叙述都不一样，彼此还经常为一些细节吵得不可开交，梁庄人经常为传说中的细节分歧产生激烈的争吵。对小海，我却越来越不清楚，这也使我越发想了解他。

2012年春节的一天，下着小雨雪，非常冷。在贤义家里，我给小海打电话，这是我第一次与他联系。我没有想到他就在贤义家附近，贤义与他的关系并不好，因此，夏天在南阳的那几天他也一直没有提起小海。

一接到电话，介绍之后，小海特别热情，说我和你哥都好得很，早就听说过你在北京，说马上就过来接我和父亲去他家。十几分钟后，小海就到了，开一辆白色的宝马车。小海个子高大，略胖，眼神有一种唯利是图的敏捷，语速很快，与我们寒暄的时候，有一种夸张的热情。在他身上，已经看不出农民身份的痕迹。

他家在离贤义家不远处的另外一个村庄，也在等着拆迁。村中道路路面很差，房子规划也很乱，有一种放任自流的感觉。小海家的房子非常宽绰，一栋三层的白色小楼，一个大理石铺成的大院子，院子一角种着竹子、花草，另一角养着一条据说是稀有品种的狗。推门进去，家里面却是异乎寻常地乱，客厅的沙发上堆满衣服，玩具和各类物品，椅子东倒一只西竖一只，像遭了抢劫一样。经过仔细辨别，才能够看出室内装修的豪华和用料的讲究。

小海一边把我们让进一楼左侧的卧室，一边不好意思地说，有个小家伙，乱得很，就收拾不成。小海的小儿子刚三岁，撅着屁股在床上翻来滚去。小海还有个女儿，十一岁。一进卧室，就看到对面墙上贴着一溜奖状，全是他闺女的。小海得意地说，这闺女跟她老子不一样，爱学习，聪明得很，次次考试得第一。说话时，他看着我，似乎是让我证明他的学习情况。小海和我同岁，我们俩在小学还同班过，但奇怪的是，我对他没有任何印象。小海麻利地打开空调，把桌子上乱七八糟的物品扒到一个角落，又找出茶具、茶壶，倒上水，我们开始聊天。

　　我是咋去北京的？那时候，咱韩家明子在北京大学食堂做饭，他是咱梁庄比较早出去打工的。后来人家还考了个厨师资格证，在北京国宾馆当厨师。经他介绍，知道北京大学招保安，还有名额。我记得当时北京还有个三八劳务输出公司，从农村招保姆。咱们村兰子、小会都是那几年去北京当保姆的。去一年，小会回来撇个京腔，"你吃了吗"，人们笑了好多年。

　　我是1988年去北京大学当保安，十五岁，去一年，体重从九十几斤到一百五十多斤，整个人像发了一样，生活清是好了。干了一年，我们那一拨保安全部被清退了。

　　我哥在家干建筑，我买了个小四轮（手扶拖拉机），去给他拉砖，我干活是泼上命整的。一天往岗坡拉三趟，一趟来回都百十里，岗坡那路况，你不知道有多差，一趟下来，手就震麻了，握得太紧。有一次，半夜，轮胎爆了，还拉着一车砖，前不着村，后不着店，没一点办法。我真是想哭啊。

我老婆一直在北京一家韩国蛋糕厂打工，会一整套技术。结婚后，我就跟她一块儿又回到北京。先是在厂里上班，后来觉得不如自己开一个蛋糕房。就在朝阳区樱花商场那一片找地儿，开了一个小门面。那时候，蛋糕房还不多，咱的手艺不错，就我们俩，白天黑夜干，算是赚了人生第一桶金。后来在附近开了两个分点。那期间，我妈得了癌症，在北京动手术，花了十一万多。全是我出的。你想，九几年，十几万，那还是不得了的。咱好思考，看到对面樱花商场缺个卖烟酒的摊位，就给人家说说，把一个小角门封上，摆个小摊位。生意很好，在这中间，认识一个人，也是咱的贵人。是谁呢？据说是某个大领导×××过去的一个秘书。他们家就住那一片儿。一来二往，熟了，我认识的时候他在做生意，开一个大的公司，来往人很多，估计也是靠以前的关系。公司里面所有的烟茶消费和文具消费都是我供货的，光这一项，一年能挣个十来万。俺俩关系好得很，现在还有联系，前一段时间，还在打电话，我让他来咱们南阳玩玩。他现在都五六十岁了吧。

后来，他的公司不开了，我这一块儿的生意就不好做了。那个烟酒店就关了。蛋糕房也开够了。后来就跟着亲戚到广东一个沿海城市，开旅游商店，主要是卖服装、箱包，假名牌。啥梦特娇，LV，花花公子的，全是假的，有的店挂在前面的一个两个还是真的，其他都是假的。咱这是连店面挂的都是假的。谁都敢得罪，导游不敢得罪。导游拉客是一大块儿收入。赚过来的钱，导游拿大头，咱拿小头，你知道到啥程度，有的能达到七三开，你说不卖假的能行吗？

我给你说，到哪儿的景点都别买东西，说是啥珍珠、翡翠，啥石头、古物，全是假的。咱干这行的，咱可知道。

傻子多得很，不是咋能开下去呢？有些憨家伙来买。另外，人都有个心理，到哪儿都想买个东西。咱不也一样？到一个景区，不买不买，最后都买些东西回来了。那几年是赚住钱了。后来几年，查得严得很，一查住，都是巨额罚款，还有人被抓起来。我一看，风险太大，就不干了。2004年回南阳。现在也没干啥，我老婆没事儿打个牌，我是从来不打牌，你说来赌啊，吸烟喝酒啊，我都没有。后来就合伙和几个亲戚买几辆大巴，跑长途，我只是占个股份，拿个分红。

其实你说挣点钱算啥，还是没有身份，到哪儿都不受尊重。人家说，穷得只剩下钱了，说句大话，咱现在就是这样子。光有钱算个啥，你也不能去当官，也不能去做个啥事。

果然有"遇贵人"一事，看来，不排除是小海自己编造了一个神话，这也是为一个人发财找到的很好的解释方法。听起来很传奇，也有夸耀自己人品好的嫌疑。我一直在等着小海谈他传销的经历，但是坐了一下午，他从北京直接跳到广东开旅游商店，一直说到办武术节，根本没有谈到传销这个事情。在他出去给我们倒水的间隙，我让父亲提起这件事，一向直率的父亲居然也不提，说人家都不提，咱咋好意思说呢？贤义也说他们在一起的这六七年，从来没听小海提过这件事。不是啥好事，咋说呢？

最后，我只好单刀直入，直接问了出来："小海，人家都说你在搞传销呢？！"

"谁说的？我啥时干过传销？！那他要胡糟蹋你，你拿他啥门儿？！"小海以特别坚决的眼神和话语否定了这件事，马上转移了话题。我没有再具体追问，我害怕他没法回答。

但是，说起开旅游商店，卖假名牌，小海却如数家珍，讲得津津有味，梦特娇、鳄鱼、花花公子、LV、GUCCI 等世界名牌随口而出，对其中的内幕也直言不讳。最后总结起来一句话，"全是假的"，其态度和神情坦率得可爱。的确，在一个假货横行的国度，这不是一个道德问题。所以，即使有法律不断地约束，有警察不断地销毁、罚款，大家还是各行其是。只是躲避风头而已，跟内心没有关系。

入伙

2011 年夏天，文哥的弟弟小山连续打电话让文哥去福州找他，说是那边卖水果生意特别好，一天能赚二三百块钱。因为语气太热烈，文哥有点不太相信，这不符合一贯自私的小山的性格。他让小山照个水果摊的相发过来，让他看看。几天后，小山发过来一张照片，一个下雨天，小山站在水果摊后，正在摆水果。水果摊挺大，品种挺多，小山笑容满面，很开心的样子。文哥动了心，将信将疑地去了。

文哥，我的堂姐夫，家住离梁庄几公里外的李村。高中毕业，喜欢文学，喜欢思考，性格软弱、善良。早年从事过很多职业，一开始摆书摊卖书，专卖文学名著，我现在家里老版的《浮士德》《圣经故事》都是从他那儿淘来的。失败之后，走乡串户收购粮食，又失败了，赔了几千元，还了十几年的账。之后，养过鸡，种过西瓜，到南方当过海员，下砖厂出过苦力。最后，在穰县站住脚。做烟酒批发生意，赚了一些钱。据他说，从 2000 年到现在，至少被传销组织骗去至少五六次，都是亲戚、朋友，以各种方式被叫去入伙。他最近一次与传销接触是春节前，弟弟小山在福州做传销，经过坚持不懈的电话和高超的骗局，终于把他叫去了。他在那儿住了八天，最终没有加入"组织"，但又强调说很受启发。

　　我啊，至少被骗去六次，这还不算你姐被骗去的次数。做生意挣点钱，也老想着投资，那些搞传销的亲戚朋友第一时间就想到俺们。安徽、湖北、陕西，都被叫去过。你姐有一次也被关了五六天。有一次被叫到安徽，是一个干亲，俺们年龄差不多，人可好，咋也想不起来他会做这。那花样可多了，真是防不胜防。2005 年我舅家老表在北京做传销，成天喊我去，我不去。后来，他老婆让他妈去叫自己儿子回来，结果，去了几天，老婆子也心动了。

　　这次最初的起因是我姑家老表。他给我打电话，说是在福建卖水果，生意不错。我一直不理他，因为我是不会去卖水果的。小山的收废品生意那段时间也不行，后来到天津开拉面馆，和其他老乡还合不来，生意有竞争，干不成。他听说了，就跑去了。去有二十多天，再打电话说也在卖水果，生意好。有一天打电话说那一天赚七八百元，我说啥原因，他说南方初一、十五拜舅老爷（敬神），那天要烧香，弄水果，一块肉。我去过福州，知道这个风俗，所以也相信他。但我还是不会去，只是觉得还不错。后来我才听说，在我去之前，小山给他做生意的合伙人打过电话，又给俺们外甥女婿打过电话，让人家也去。他又给我说，他看中一个生意想让我去给他考察考察。我是家里老大，大事他们还是信任我。

　　但我不太相信，因为他们都有点过于热情。搞传销都是那样子。我怕他们在那儿搞传销。但是，我又觉得他不会再干了，他吃过亏。2003 年的时候，我最小的弟弟在山西搞传销，把我家大姐、二姐、小山、外甥女、姨家和舅家人全骗去了，给所有亲戚都打过电话。最后，花得没有一分钱了，想回来，回不来，就差要饭，其中一个表弟差点成了流浪汉，找不着了。还是我给他们寄的路费，他们才回来的。我说你给我照个相片过来，他就照个他卖水果和水果摊的相片发过来。去了我才知道，他是冒着雨跑到一个水果摊，求人家老板，让老板出来，自己站在水果摊面前，照个相。在这之前，他问我要过钱，拿走两万，这两万是他往年打工在我这儿存的。后来又要八千块，这是我借给他的钱。我问他为什么要那么多钱，他说他买三轮车，置家具等，有些东西比较贵。

　　我就抽个时间去了福州。下火车三个人去接我，姑家老表、小山和另外一个老乡，比他们还小，其实这个小孩已经比他们高两级，是他们上线领导。到一个小店吃两个包子，喝杯豆浆。坐公交车走半个多小时，然后下来打出租车过去，是福州的一个区。到了以后，我非要先到水果摊看看，看咋样。他说，先到家里。到家里以后，发现还有个老乡也在，另外还有七八个人都在屋里，介绍说都是亲戚和朋友，在那儿玩。小山张罗给我倒茶，坐了十来分钟以后，我不坐，说要去看水果摊，他们把我拦住不让出门。这时，小山把我喊到另外一个房间，说我给你说个事。我一看见里面两排小凳子，低得很，中间一个桌子，桌子后面还有个椅子，我一下子就明白了，他们是搞传销的。

我当时脑子就炸了，我说你先别给我说，我啥也不听了。我说，小山，你和我一起走，你不是没有吃过亏，2003 年你是咋回来的？他不说话，也不吭声。两个人进来，是他们这里面的头儿，要我把所有的钱财、手机交出来，说都放他那儿，如果丢了，赔一百倍，钱财这方面保证不让你丢失。我手机不给他，他们一群人拉住我，硬把我往里推。一个人说，把他手机、钱都收了。我看硬不过他们，就把手机、钱都拿出来。他们也很讲规矩，屋里所有人都看着数钱，说清楚这是多少钱，最后让小山保管。意思是你放心，不会少你东西。

东西交完之后，领导说，这是做这行的规矩，因为怕你做些不理智的举动，报警，或是给家里打电话，让家里人担心。既然来了，对这行得了解，听不明看不懂，了解不透，就不让出这个门，不论亲戚朋友，就是我亲爹亲妈也不行。这话是软中带硬，听着也有道理。跑不出去，你打电话，家里还瞎担心。

那里面有一个岁数大的，老太太，六十岁，说话能听懂，好像是广西的，客家人，原来是个唱戏的。每天晚上用客家话唱戏给我们听。对他们来说，那也是个家庭，除了生活差之外，平时也比较开心。一个人单独行动的机会少些。出门最多三个人，从来不一群一块走，宗旨是不影响当地人。我估计是怕周围人知道，举报他们。其实，他们的样子一看就知道是干啥的，谁平时没事出去穿着个破西服？除了中介，就是老板，再不然，就是搞传销的。

手机交了之后，他们变了一副态度，轮番给我说话。一个钟头以后，有个人来讲课，讲得非常快。第二节课时间，我才明白为啥第一节讲那么快，因为他们知道，这时一般还不愿意听，所以讲得很快，只是个大致印象。

我到处看了，逃跑不了，也不让小山和我单独见面。给我配了个生活老师，和你同吃同睡，给你洗脚，洗脸毛巾给你弄好，牙膏都是人家挤的。饭也不让你盛，你坐那儿，啥也不干，直管吃，吃完听课。他们说小山已经做一行了，你给他考察考察到底行不行，反正不限制他的人身自由了。他想走就走，没人拦他。是他自己不走。那为啥限制你的人身自由呢？怕你做偏激的举动。

睡觉全部是地铺，在地上铺开，一个席，上面就一个被子，铺一半盖一半，有苦才有甜。吃饭，白菜没有一滴油，从来没有白菜心，全是白菜外面的大叶子。切完在大锅一煮，就行了，蒸米。人家吃得可高兴，还有七八个年轻的（后来知道其中还有三个是大学生）。有个规矩，所有的饭盛完之后，两根筷子扎在碗里，有个说法。人不齐都不准吃，人到齐之后，俩手端着，一起说："大哥你好，大姐你好，大家都好，吃饱吃好。"我好像前三顿没吃饭。但是人家都吃得非常香。小山也没理我。

第一节课我就听得很认真，我要弄明白他们在干啥，想着得给小山说动心，让他回去。第一节课营销模式，还没听懂。第三节课我就开始问。到晚上的时候，他们就把我的电话给我，让我看哪些电话需要回。并且告诉我，不要给家里人打电话，你要明白，你这几天你出不去，不必要让家人担心，所以你自己要衡量一下。我想也对。有时间电话不停地响，他们把手机给我，也让我接。不是太严格，也人性化。还给你烧热水，让你洗澡。我来的头一顿饭有肉，我没吃，过来再没有肉了。不过大家也都没觉得啥。精神鼓舞着。规矩是每个人每顿必须在家吃，大家共同受苦，共同感受创业的艰难。

听了几天下来，觉得挺有道理，他们讲得很让人心动。也不知道啥时候被转变过来，觉得这是个值得做的事，有那么多人成功。并且，你挣到一定钱的时候把你清除出去，你拿着钱走，这样，不占名额，让下面人有机会。值得一听，况且，人家有具体东西卖，不像有的传销，连个东西都没有，光拉人交钱。

我回来还给你姐说，让闺女也去听一星期，被你姐骂了一通。但是，最终，我没有交钱。现在想想，还是觉得有一定道理，不觉得人家是在骗人。

那天你让我想一下传销吸引人的内在逻辑。确实是啊，这次接触的传销让我特别有启发，我有点心动了。原因是啥？这几天我总结了一下，可能有几点：

1. 成功。通过严密的数学逻辑让你看到成功的可能，让你认识到，发财并不难。你只要喊来两个人，你只要卖出去两份产品，你就可以成功。这个人也卖两份，无限分裂。人家还给我画一个金字塔图，可形象。很吸引人。卖出去三十多份就生成主任，有小主任、大主任。有个出局制，升到经理时，当下面两个都到你这个级别时，你就可以出局。小山为啥一开始向我要那么多钱，他是先用自己的钱排一个金字塔。真找到人，就直接从下面排起，直接作为分裂出去的复数，几何递增。一份产品2800元，是化妆品，啥天狮公司的。你只用卖出去两份产品，卖出去两份，就5600元，也不是很难。

最能吸引人的是讲课老师讲的成功的具体例子。讲三个例子：一个老人，一个乞丐，一个农民。具体细节忘了，但最后都发财了。当时听完，觉得很激动，很有道理，恨不得自己也赶紧做。

2. 实现价值。挣钱不只是挣钱，是实现人生价值。这口号也很吸引人。好像是得到了净化。弄得可正规，和安利的各个级别一样，主管什么的。

3. 家的感觉。大家在一起，像一家人一样，共同干事业，非常有荣誉感。共同受难，共同享福。这很吸引人，大家没有矛盾，没有利益之争，因为利益是共同的。一好都好，不是说，一个面包，你吃了，我就没有了。

4. 平等。大家一起受苦，一起做事，没有等级，并且，越是上线，越是服务下线的人。尤其是像我这样的人。人家是领导，还这么好，会不自觉地让人信服。

我琢磨着，他们强调的"受苦"也很重要。平时在家，不会受这苦，现在，通过受苦获得成功，很激发斗志。

当时听着觉得很有道理，特别是在那种氛围里。等冷静下来，再想，觉得核心不对。不管咋样，强迫人不对，另外，也不是靠劳动致富。啥化妆品都恁贵，谁用？还是空对空，不是骗人是啥？

我在网上查，确实有个天狮生物有限公司，以卖化妆品和保健品为主要业务，在公司的问题回答里，有一个专门的信息，"凡是外面那种2800元交钱卖天狮产品的都是假的"。其实，真假并不重要。那些年轻人都会上网，查一下应该是很容易也很基本的事情。并且，在当代社会生活中，除了少数与世隔绝或者信息特别不发达的地区，没有听说过传销的普通百姓应该是极少数的。

文哥的总结很值得分析，他所说的四点恰恰是普通民众，尤其是一个农民在日常生活中所匮乏的。它们似乎让农民窥到了一个一直不可触摸的空间：成功、富裕、高雅、平等，可以拥有除了存活之外更高的价值和意义。

传销

传销在 2000 年左右进入穰县农村，诡异而快速地在乡村大地传播开去。在最兴盛的那几年，各乡各村都有做传销的农民。他们被亲戚、朋友弄进去之后，开始认同、相信，并不惜一切手段把自己的父母、老婆、兄弟都叫去，一家子一起做。梁庄传销以韩小海为典型代表。他发展了自己的哥哥、姐姐、本家哥弟和姑表姊妹十来人，发展了钱家四个年轻人，并且成为其中的骨干。

2002 年春节前，穰县吴镇史庄的东子从山西出发，扒车，逃票，耍赖，中间好几次被人家打下车，靠捡餐馆的剩菜剩饭吃，往老家走。一路上千辛万苦，在腊月二十八下午四点左右，终于到了史庄村口。东子坐在离村有一里地的土地庙前，不敢回去，一直等到天黑，才偷偷溜回家里。东子妈看见儿子那样子进来，一屁股坐在地上，扑打着地哭了起来。

东子不敢进村，一是嫌丢人，怕村人看见他那副乞丐样子，更重要的是，他怕亲戚邻居打他。2000 年，一个远房亲戚把东子叫到山西，东子加入了组织，开始做传销，卖一种按摩器材，一套1800 元。在一年里，他把村里邻居、好朋友和亲戚都叫去了，结果，传销失败，大家钱都花完了，最后各自生办法回家。他们村的王氏兄弟两个和一个妹妹最惨，走到一个地方被骗到了砖瓦厂，干了半年活，才逃回史庄。回来之后，王氏兄弟到东子家门口，对东子的老母亲说，再见到东子，非把他的腿打断不可。东子一直坚持到最后，但始终没有发展到经理这一步。东子，曾经是史庄最老实的男孩，说话脸就红，对人极好。在做传销的两年里，像变一个人，一度西装革履，能说会道，用吴镇人的话，是"善说六国"。回家之后，东子又做回了最初的东子，沉默寡言，埋头干活。一年后，东子和老婆到天津，开了一个小拉面馆。

2003 年，文哥的小弟弟搞传销，把文哥的大姐、二姐、小山、外甥女、姨家和舅家人全叫去，给所有亲戚都打过电话。最后，钱全部花光。文哥给他们寄了回家的路费。

宋林，吴镇宋湾人，在内蒙古改刹车。2000 年左右已经有两个分点，手下十来个人，挣有四十多万元。这时候，在云南的哥哥打来电话说生病了，叫他去。他就去了，原来哥哥在那儿做传销，卖鳄鱼西服，一套西服 3800 元。宋林也开始联系亲戚朋友，骗他们到云南。那段时间，宋林和一帮做传销的亲戚住在宾馆里，穿着西装打着领带，吃喝都在饭店，非常潇洒。一年多后，四十多万花剩了几千块钱。宋林认真想了想，就不干了。重新回到内蒙古，从零开始。原来的两个分点已经卖给了原来的徒弟，他就给徒弟干活。

2011 年 10 月，我在内蒙古见到他时，他拿着这几年又攒下的几万块钱，正在找合适的地儿，准备再开个改刹车的点儿。他住在老乡废弃的房屋里，全身都是灰尘。我请他吃饭，他非常矜持，也非常有礼貌，显示出某种受过高级教育的痕迹。他说话声调很低，有气无力的样子，语速很慢，极慢，说一半，后半部分几乎听不见，显得非常消沉，仿佛受过某种重创，至今没有恢复元气。他吃得很少，不吃菜，只喝粥，他说他这几年只喝粥，吃馒头。我直截了当问他传销是怎么一回事，到底能不能挣来钱？他想了想，说："还是相信能挣来钱，是个事儿，可以做，只是自己没本事，挣不来。"

想象着这位老乡，拿着自己做生意挣来的四十万元，住在宾馆里，西装革履，吃着自助餐，模仿着那些所谓上流社会人的言谈举止，开各种各样的鼓动会、成功者讲座，无限向往地去计算那金字塔里的财富。而另外一些老乡在饿其心志，过最简陋的生活，以此种洁净来增大达到成功的希望。纯洁与邪恶、简单与欺骗没有隔墙，他们面前展开的是无边无际的金钱的梦。不只是愚昧和无知，不只是贪婪和妄想。它承载着贫苦人的发财梦，而这个发财梦是我们这个时代最大的梦想。

在这样一个越来越难通过努力成为人上人的社会里，传销为普通民众获得金钱、权力和尊重提供了一个很有诱惑性的通道。它可以迅速摆脱因为贫穷而带来的自卑、不安全感和身份的缺失。"发财"，借发展之名，以经济学的计算为内核，以成功学为诱因的一种现代迷信。农民用一种滑稽、失败、扭曲的方式把它内在的非正义性给呈现出来。

如果把传销作为一个国度普遍性格的典型外现的话，你会发现，它也是道德感匮乏所致。道德感的丧失是如此正常和普遍，以至于大家都完全忽略一件事情的道德边界，假药、假酒、假鸡蛋、假肉、假牛奶、假酸奶等等，"假"的背后是骗，"骗"的背后是挣钱。而对于传销而言，挣钱的背后还意味着"成功"和"个人价值的实现"。我在西安和正容、虎子交流，在和小海聊天时，所有人都津津有味给我谈他们所了解的和所参与的作假，所有人也都听得津津有味，包括我在内。所有人都知道这不对、不道德，但是也只是一种陈述、议论和听听而已，不会有更深入的判断和行动，因为它实在太普遍了。

美国汉学家孔飞力在《叫魂：1768 年中国妖术大恐慌》中，通过分析 1768 年乾隆年间农村妖术的突然盛行，探究其背后隐藏着的民众意识和社会原因。乾隆时代一直被称为"盛世",经济上生气勃勃,贸易、商品、丝织业、农民的生活水平、人口都得到了很大的提高——

> 然而,它对社会意识有着怎样的影响,却是一个实际上未经探讨的问题……我们最难以判断的,是"盛世"在普通人的眼里究竟意味着什么。人们对于生活正向何种方向发生变化,是变好还是变坏,是变得更安全还是更不安全等问题的态度,同我们期待在经济发展时会发生的情况,可能大相径庭。从一个十八世纪中国普通老百姓的角度来看,商业的发展大概并不意味着他可以致富或他的生活会变得更加安全,反而意味着在一个充满竞争并十分拥挤的社会中,他的生存空间更小了。商业与制造业的发展使得处于巨大压力下的农村家庭能够生存下去,但要做到这一点,就必须最大限度地投入每个人的劳力。从历史的眼光来看,当时经济的生气勃勃给我们以深刻印象;但对生活于那个时代的大多数人来说,活生生的现实则是这种在难以预料的环境中为生存所作的挣扎奋斗。[1]

对于中国当代的百姓来说,"活生生的现实"是什么?"盛世"和普通的农民、普通的民众之间到底是怎样的关系?在当代叙述中,

---

1 [美]孔飞力著,陈兼、刘昶译:《叫魂:1768年中国妖术大恐慌》,上海三联书店,1999年版,第43页。

我们听的最多的也是"盛世""大国崛起"之类的词,看到的多是锣鼓喧天的升平歌舞,并且,就经济发展而言,这也并非言过其实。但是,如孔飞力所言,这一经济发展及由此滋生的一系列社会现象对民众社会意识的影响却未经探讨。经济的发展、贸易的繁荣、城市的大规模建设并不意味着一个普通老百姓就可以致富,同时,即使致富,也并不意味着他就可以更幸福、更安全,也不意味着他的生存空间更大,反而可能面临着环境更为恶劣、生存压力更大和安全感丧失的境况。而整个社会道德水平的低下更是折射出社会结构的不稳定和精神意识的不健全。

或者,盛世的窄门,我们还没有真正找到。传销在中国的生机勃勃恰恰显示出我们生活内部一种惊人的发育不全:过于丰盈的肢体和不断萎缩的内心。

南阳算命者的正屋

南阳算命者的笔记本

第四章　内蒙古

这是一个「熟悉的」社会，没有陌生人的社会。

——费孝通《乡土中国》

河南校油泵

给在内蒙古的韩家恒文打电话时,他电话里的声音已经变调了。还是河南方言,但是方言里面却有许多变音。他很热情,说:"你来了咱们好好说说话,好好拉拉。"他说的"说话"不是河南方言中的去声,而是在中间拐了一下,变为了平声。这应该是呼和浩特市这边的方言。恒文一大家族,父母亲、姐姐朝侠一家、弟弟恒武一家都在内蒙古。父母经营一家小卖部,他们兄弟两人在校油泵,朝侠在卖干菜调料。恒文的姨家表弟向学、小姨夫、舅舅、老丈哥和相关联的吴镇亲戚,约有二十余人都在内蒙古。

我们到恒文的修理店门口时,他正站在一个大型货车的前面,检查车头里面的机器状况。恒文和几个徒弟都穿着蓝色的工装,门前打扫得很干净,上面挂一个白底蓝字的大牌子:河南老韩校油泵。

恒文的校油泵修理店位置在呼和浩特市西二环和南二环的交叉口,叉口夹角形成一个略有点坡度的大空地。看见我们,恒文放下手中的活,把我们迎到了他店铺旁边的"翠花小卖部"——那是他的父母,我们叫韩叔韩婶,开的小批发部。见到我们,韩叔韩婶喜出望外。韩叔拉着父亲的手不放,一个劲地对我感叹:"闺女,你不知道,俺俩跟你爹好得很,在梁庄,俺俩对劲儿。这有十来年没见面了吧？真是高兴得很。在这儿，见个梁庄人的面，难得很。成天都想着谁要是来，那是啥样。"

这个小卖部里外打扫得很干净。卖的货品是些低档的烟、酒、方便面、矿泉水、饼干，还是梁庄的标准，乡村小店，什么便宜卖什么。房间后半部用货架和帘子自然隔开一个空间，放着床、煤灶、锅碗筷柜等生活用品。床也用一个大塑料布蒙着，伸展得很平整。韩婶拿出瓜子、水果、几瓶饮料，一个劲地让我们。

父亲问起这个店的情况，韩叔说："开这个店不是为挣钱，主要是槽头兴旺。闺女说叫我在这儿买房，我说我不买，树叶总要落到树根儿上。我肯定还要回梁庄。2001年来这儿，2004年8月间，在呼市里面一个转盘处，被一辆小轿车撞住。我骑的小摩托，速度不快，人都撞飞了，太阳穴被撞进去很深。你看，现在太阳穴还有点往下陷。我在医院住了好几个月，出来人有点傻了，丢东忘西。才开始他们都不叫我干，说好好养身体。咱这个人闲不住，指望娃儿们吃闲饭的事儿，咱干不来。另外，跟娃儿们在一块儿，吃不到一起，都受罪。刚好这家小卖部要转让，俺们老俩就接了过来。自己吃吃喝喝，还能落俩。不过也不好干，七月份隔壁那边开了一个店，名字叫'平价超市'，生意也不错，把咱这边的人拉过去了。我也在寻思着改个名，也改个××超市。东西都一样的，换个名，就这硬不一样。"

父亲和韩叔又聊起了村里的事，从梁家说到韩家，又从韩家说到王家钱家。有时，猛然想起一个人，一拍大腿，声音猛地提高很多。韩婶在一旁看着笑，说："你叔多长时间没恁开心过了。成天坐在这儿，坐着坐着眼都直了，怕他坐傻了。出那个车祸伤住脑子了。"

到中午时分,恒文门口的那个大车才修好开走。恒文进来坐下,喝一口母亲给他泡的茶,给我讲自己的经历。

我啊,小学没毕业,十三岁,一下学就开拖拉机。犁地,耕地,从穰县往家里拉煤,一车运费十八块多,慢慢涨到二十七块钱,那时候已经是九五年。还往南阳跑,拉白灰,一年大概能挣个一千多块,刚能顾住日子。那几年人们都哄着说俺们是万元户,其实最多有几千块钱,那都不得了。

1995 年我不想干了,开拖拉机开够了。就到北京打工,跟着小海他们在建筑工地干活。还在北京站承包过柜台,一个柜台一个月八百块钱,我租了两个柜台。卖小商品,电池、剃刀啊啥的,赔了四五万,还是贷的款。1996年又回到吴镇街上,开饭馆,我媳妇那时在北京饭馆打过工。回来就自己做自己卖,在吴镇一初中大门口,卖学生饭,不需要啥技术。干有一年,没赔钱,也不赚钱。又去南阳半年,摆地摊,在卫校门口干,一个小三轮车,上面放着煤炉、灶、锅碗啥的,可辛苦。城管太严,成天躲。干不成,又回梁庄。借了一些钱,买个四轮车,在穰县公路段拉石子。

人家说校油泵挣钱。1997 年秋出去,在河北,跟着老丈姑夫学校油泵。正经学三月,总共有半年。准备去新疆自己开个修理点儿,想着新疆修理点儿少,能赚钱。又贷人家款,一两万元,二分五的利,三分的利都有,高利贷,用这钱买了机器。又把家里庄稼收收,黄豆绿豆卖了一千二百元,也拿上,全部家当都押上了。下来总共本钱四万元。在新疆博乐市南郊区，公路边，大车不多，生意不好，在那儿干到1998年7月份。准备来呼市。买一箱方便面，几天几夜，路上啥也没吃，喝火车上的水。和师傅一块儿来内蒙古，为在火车上没有给人家买火腿肠，那个师傅还跟我生了一场气。机器货运，到地方要付钱，得两千块，我只剩下一千块钱，不够付。还是恒武给我付了一千块钱。我大闺女那时候六个月，没有奶粉，吃的炒面，一路上，娃儿哭得不行。也没办法。

来呼市，先到鄂尔多斯化纤厂周边，在那儿租的房子，是恒武给朝侠姐看的点，后来她不干了，就想着叫我开。我是机器一放下，就开始做生意。生意一开始就行，可是干不到半年，人家要修路，没生意了，只好又搬走。

这中间可难了。过年时，家里没有一点钱，我就把我姐的调料拿过来，自己卖一点儿，本钱给她，赚的是我的，最后赚了一千多，算是过了年。这是2000年的时候。

后来，又搬到西口子，一年挣一个手机费和回家路费。一千八百多块钱的手机，一百多块钱的回家路费，啥也没有，就回梁庄过年了。又干了三四年，生意慢慢好了，2006年买的黑色吉利车，三月份，各种手续加上六万五。2004年在金川又开了三个点，在国道旁边，当时带我三四个徒弟，生意都不错。不过，后来又撤了，只留下两个，我和媳妇一人看一个。干不成，咱只有两个人，让人家看着店，你也不放心，他也总坑你。他有没有活儿你又不知道，管不住。亲戚看着也不行。我原来在金川那个点儿，可是我老婆的亲外甥在看着，来的时候啥也不会，是我一把手教他出来的。后来，又开分点的时候，就让他在那里管理，他老婆孩子也都来了。想着来了也好，他安心在这儿，每修一台机器，每换一个零件，他都有抽成。可是他不给你说实话。去问他，总是说没活儿，或者说几天就修一两个车。鬼才信，我又不是不知道。后来，想着管不住，算了，干脆几万块钱转给他算了。他可高兴，我找那地方是个好地儿。为这事儿，都犯过生涩[1]。闹的矛盾可大，有的亲爹亲妈都不放心。

俺们这姊妹仨，我混得不算好。不过也还算行。内蒙古和南阳都有一套房子，也算有房有车了。

咱大闺女已经十四岁了，在咱县里封闭学校上学，一年三千多元的学费，虽然贵些，但是有人管，不需要咱操心。娃儿四岁半了，三岁半的时候送到登封一个武院，吃住全管，一年三千多元。已经送去一年多了。可不错，我去看过一次，管得可严。还有比他更小的娃儿们。

其实放人家那儿比放在我这儿强。我和媳妇各照顾一摊生意，根本没时间照顾孩子。在学校，有人照顾，还能学武，还安全。那个学校管得很严，我送去的时候，看了学校的管理情况。学生早晨四五点钟就起床，天还不亮，就在路上跑，跑得慢的，还用棍子打，打屁股。那也高兴，说明人家真用心教了。

---

1 生涩：矛盾。

有所安置，这就可以了。恒文对儿子能到武校寄宿，对自己能想到让儿子去上这个学校还是很满意的。后来，我才了解到，河南有许多出去打工的人都把家里的男孩子送到登封学武术，这已经成为一种解决孩子留守问题的重要途径。登封那边的大部分武校也"因势制宜"，开设了专门的低龄寄宿班。

在梁庄寻找电话时，我曾经和红伟几个人在一块儿统计过村里校油泵的情况，梁庄在外校油泵的至少有三十家。据他们说，全国校油泵的，百分之八十都是穰县的，而穰县的又有百分之八十是吴镇和邻近另外两个乡的。

校油泵，校，就是校正修理。如果你的油泵喷油的时刻不对，就会造成气缸内燃烧不正常，对发动机损害很大，而且燃烧不良会造成耗油率升高。所以，一段时间后，油泵要清洗，必要时要更换柱塞、出油阀、油封，这些零件长期使用都会磨损，导致供油压力下降。最重要的是油泵需要调整油量，喷油准确，油泵有劲，也省油。长期使用的油泵会发生变换，需要按照数据去调整。这些需要专业知识，但经验更重要。有经验的修理者凭着声音就能够听出油泵哪些地方出问题。梁庄的校油泵者多是经验者，在老乡、亲戚那里当学徒，学习半年、一年，就自己另外寻个地方，买台机器，生意就开张了。

"河南校油泵"已经成为一个品牌。按恒文的话说："反正是走遍全国各地，人家信咱们河南校油泵。"校油泵的地点多是在公路旁边，或者在矿区周边，大车集中来往，生意才能够好。相应的，居住环境就会比较差。恒武十几年间挣了上百万，同样住在满是油污味道的、简陋的修理店。但是，他们也是梁庄最富裕的打工者。

校油泵和相关大车维修项目，可用"暴利"来形容，对此，恒文并不回避："那两年，一个车上好几个油嘴，用油泥密一下，上校台，一对，喷不出来油，就换一个。一个二三十块钱，要一百二百，司机一般不懂，再说这坏那坏，换下来就很多钱。有的上车摸一下，再换个零件，说这坏那坏，就三千多。要三千多还算少的，他们说，你要哩还少了，叫我要五千多。还有就是换总轴。蒙住了，就蒙住了，反正原来你的车走不了，我修之后，叫你走了。外地人更狠，叫咱去三千，人家都是六千。"

恒武对此有不同意见。我们在杨四圪咀时，他对他哥的看法很不以为意："校油泵是利润大，也是背良心钱。人啊，不背良心不发财，光靠出死力不行。但是，也不算背良心，你说，那卖服装的，一件衣服，几千，上万，他加了多少价？咱在这荒山上，吃苦受累，喝的是风，吃的是煤灰，天天在土窝里打转，加点价也正常。那一瓶茅台卖一两千，那不叫蒙人？他们多心安理得，咱还老觉得自己不对。事儿啊，就看你咋说。"

白牙

向学在呼和浩特往东胜的高速公路边设了一个校传动轴的点儿。向学是恒文的姨家表弟，又和我家是远房亲戚。说起来，其实和恒文一家已经有点陌生了，反而是向学，因为近些年他求学和家庭的许多事情，我们接触更多，感情也近一些。

依向学告诉我们的路线，从呼市南二环和西二环交叉路口向左南走，约十一公里，快到高速收费口，左转，就到了。没有想到，这条路也是如此堵，其程度和我们从北京到内蒙古的路上有一拼。一路拥堵，左边和右边路上来往的都是大车，这些大型和超大型货车，前后车头和车尾以非常亲密而又安全的距离连接着。两排大货车并行于一个车道内，中间所留的长长的缝隙仅容一个人的身体，往远处看，是一个狭窄的一线天，笔直，又让人压抑。

公路两边都是露天煤矿，越往城外走，煤矿越多。黝黑的煤裸露在外面，闪着黑亮亮的光。一阵风吹过，或一辆大货车过来，就是一阵黑色灰尘暴，污浊、厚重，灰尘里夹杂着无数的煤屑颗粒。天的蓝是乌青的、略显脏的蓝，仿佛表面覆了一层广大的薄薄的黑色透明膜，真正的蓝天被隔离起来。不远处是几个工厂，高高的烟囱正冒着浓郁的白烟，煤场上有货车在工作，里面活动着的人一个个也似乎蓬头垢面，无精打采。远处田野寥廓，枯黄色的秸秆和土地，没有任何生机。这情形，很有点英国工业革命初期的城市状况，一切都生机勃勃，可以感受到那看不见的巨大的工业推手，但却又粗糙、随意，没有人文的气息。

十一点半的时候，我们还没有到地方，并且，这长长的车龙似乎并没有畅通的意思。正在此时，一辆自行车逆行而来，骑车的小伙子在高大的拥塞的货车缝中躲闪、腾挪，灵巧、活泼，和周围笨重的事物形成鲜明对比。我们颇有兴致地观看着，自行车"嘡"的一声停了在我们面前，骑车人跳下车，朝我们咧着嘴笑，黝黑的脸上露出一口白牙。我定睛一看，是向学。

向学穿着白衬衫，外套蓝白相间的毛线夹衣，灰裤子，白色运动鞋，虽然表面也蒙着一层发乌的颜色，但和周围的污浊相比，整个人干净、可爱。向学激动地给我们打着招呼，他说话有一点点结巴，尤其是在激动的时候，结巴就更加明显。我让他赶紧骑回去，在这货车中间穿行太危险。向学笑着说，这没关系，经常有车坏到半路上，他们就这样骑着自行车去看。车又开始缓慢移动，其实还是有些危险的。向学就又骑着自行车摇晃着穿行回去了。

在十二点一刻左右，我们终于看到了收费站。收费站前向左有一个出口，可以到路的对面。对面公路向外延伸的一片空地，就是向学工作所在地。空地上是一排极其简陋的砖房，砖房旁边是五六间低矮的简易房。砖房和简易房的门前、门上和整个房顶的空间林立着各种牌子：

河南老韩校油泵 增压器 改刹车 贵州刹车神 校传动电路电瓶 汽车配件大型修理厂 ××饭店 ××洗浴中心 ××停车场 爱华超市

长的、方的，横的、竖的，各种颜色的牌子拥挤在一起，上方、下方都留有手机号，透着一种热闹。这是一个极其简单的修理区，但各种生活元素都很齐全。向学正站在门口张望，看我们的车转过来，连忙跑过来迎接，却被车尾辗起的灰尘遮住，过一会儿，才又显出他的身影。

他的房子是简易房中的一间。旁边一间写着"改刹车"牌子的房子是他小姨夫的店，小姨夫最近回吴镇，另外一个老乡住了进去。

进到向学的简易房里，一阵寒意猛然袭来。屋里似乎要比屋外的温度低那么两三度。在高原，有阳光和没有阳光的地方温度差距很大。房间面积有七八平米，到处堆着机器零件，在幽暗中发着亮光。

左边是一个轨道式的机器槽道，上面有一台机器，应该是校传动轴所需要的专业设备。右边是一张高低床，下面的床铺上蒙着一块大布，向学告诉我，这里太脏，必须把被子、床单蒙上，不然，两天过去，就都是黑颜色了。后墙有一个铁架子，架子上摆着各种零件，右墙角放着一个大水缸，是直接从地下抽上来的。旁边一个破旧的桌子上，摆着一个煤气单灶，放着一个锅，几个碗和一些简单、凌乱的厨房用品。房间的每一件物品好像都被煤屑吹过，并被油污洗礼过一样，眉目不清，挤挤挨挨的，随意堆放着。

站在门口仔细端详向学。他的脸已经变得黝黑，手非常粗糙、每一个指甲缝里都是黑色油垢，头发蓬乱，可以看到里面闪光的灰尘。不时有车开过来，一阵阵灰黑色的尘土飞扬起来，一团团尘土遮挡着这一长排简易的修理房。向学最近生意不错，半年挣了两万多块钱，但是，另外一条公路马上就要修好，到时大车要改道行驶，他的生意就不好了，还得重新找地方。干他们这一行的是跟着大车走，跟在大车后面喝风吃灰，才能挣到钱。

我们正在聊天的时候，右边修电瓶的那个小房子里出来一个年轻男孩，脸上是黑黑的、横七竖八的油污，只有眼睛闪着光，像刚从千年淤泥里挣脱出来。看到我拿着相机，逃也似的飞回房间，过了一会儿再出来，脸已经干净了许多，但还是污泥重重。他看我还在看他，不好意思地笑了起来。

一辆大车挟带着一阵浓烟式的灰尘在向学的门口停了下来。司机下车，穿着一身迷彩服，胖胖的，圆脸大眼，很朴实的样子。他对向学说，传动轴有些使不上劲，想换一换。问换一个多少钱。向学说二百六十块钱。奇怪的是，司机没有还价。

回转到房间里面，向学坐到床边，开始换衣服。他把 T 恤、毛线夹衣脱掉，光着上身，露出肌肉发达的臂膀（这和他文弱的外表很不相衬），我看到他腰部厚厚的、有些发黑的污垢。他从上铺拿下一个沾满油污的旧 T 恤，套上；又脱下灰色棉布裤，换上一条运动防风料的破裤子，也是油垢混合着灰尘，有点像铠甲的硬度了；又把他的白运动鞋脱掉，换上一个脏的布鞋。这是向学的工作服。我问他是不是每次都要这样换衣服。向学笑起来，脸开始红，说话又有点结巴："哪是，平常就穿这身，昨天是到薛家湾那儿相亲，二哥（恒武）给我说了个姑娘，让我去看。我才换那身干净衣服，那衣服，在这儿穿一天就没法看了。"

这是一辆拉煤的大货车，车身下半部全是泥灰。向学钻到车厢下面，直接仰躺在地上，整个身体、头都躺在了灰尘之中。他拿着工具，开始拆卸。二十几分钟左右，一个粗粗的钢管"咣当"一声，掉在了地上。向学把它拖出来，又弯着腰抱着钢管向门口走，扔到地上。看那动作，那钢管应该是很重的一个大家伙。他又从屋里拿出一个大锤子，一些小的工具，开始抡着锤子砸那个钢管上的圆形部位的结构。

向学的首要任务是把钢管上这个大零件内部的小零件打开，然后才能再换上新的。但是，这些小零件都是经过千辗万转，油和灰尘长期混合，死死地咬合在一起，很难打开。向学抡圆了胳膊，高举锤子，至少砸有上百下。那个零件内部没有任何松动的迹象。

草原的光线特别强烈，光亮和阴影非常重地投射在向学的脸上。他刚好就在这阴影和光亮的交界点，那个钢的传动轴在光亮之中，耀眼刺目，传递着金属的不可撼动和威严感。而向学的脸，一半在光亮之中，另一半在阴影之中。灰尘丝丝缕缕地在空气中浮动，阳光照在他的脸上，油垢格外清晰，深浅不一，厚薄轻重，连其中的分子成分似乎都可以看到。在光的奇怪投射下，唯有他的一颗牙闪着白色的光，清晰、深刻。

他拿它没有办法。规则的、沉重的、呆滞的钢管在地上，越是被他不断敲打，越是显示着它的威力。任他宰割但又不为其征服。

折腾了将近两个小时，传动轴终于被砸开了。换核心零件，装垫片，抹机油，再重新装上，砸实。向学抱着那个长长的、沉重的钢管，到卡车边，匍匐到尘土上，在腾起的尘雾中，钻回卡车下面，把那个呆头呆脑的重家伙拖进去。又费了一番工夫才安装好，因为太沉，还要往上托着，一个人完成起来很不容易。

那个司机一直在旁边观看。我趁机和他聊天，问他基本的情况和这一段路的运输情况。他是山东人，"原来给人家做司机，去年买了这辆车，借有十来万块钱。雇了个司机，人家啥都不管，每月净给六千。主要是从东胜往天津一个公司拉煤，一吨煤四百块钱，一车能装四十吨。一车有一万多块，可最后落到口袋里没剩几个了。我给你算算，这一路上光罚款都得几千块钱打点。到处都是拦车的、超载点、警察，有些根本都不知道为啥，拦住都得赶紧给人家掏钱，给个一百五十，就可以走了。你要是不服，那就不是一百两百的事了。他会找各种理由，只要想罚你钱，那还怕找不来。车擦得不干净了，倒车镜怎么了，超高了，那理由你想都想不起来。一般都是赶紧给人家算了。还有过路费，来回又得几千块钱，司机的工资开开，几天的吃喝，车再坏一下，修一下，这一趟下来就挣不住啥钱了。就这一段路，走走停停，单趟就得三四天，一个月下来最多跑三趟，回来还是空车。老说超载，你算一下，不超载根本不行。"

在我们说话的时候，我看到货车的车头里，那个小碎花帘子拉动了，一个穿红毛衣的年轻女人从帘子后面爬了出来，头发蓬乱着，睡意惺忪的。我用探询的目光看着司机，他有点不好意思地咧嘴笑了一下，说，那是我老婆。我走近去看，车头实在太高，又不好意思攀上去，只隐约看到里面还有一个煤气灶，有锅放在上面。看来，货车的车头不只是一个操作间，还是一个生活空间。那个年轻司机随着我的眼光，在一旁给我作解释似的说："成年跑车，光吃方便面、馍、饼，胃都吃坏了，自己弄个小液化气灶，还可以做碗热汤喝，省钱还方便。"我估计，这也是老婆来了之后才添置的家具。

交了钱，司机上了车，他雇来的那个司机直接爬到帘子后面休息去了。他们夫妇俩坐在前面。一个鲜红，一个草绿，很是鲜艳。我们挥手再见。

这边向学洗完手，又把衣服换了回来，还是灰白衣服，又一帅小伙，和刚才的工装判若两人。叫上隔壁的那个老乡，我们一起到这个修理站两个饭馆中较好的一家去吃饭。那个叫宋林的老乡整个人看起来极其消沉，声音很低很慢，不吃任何菜。意外得知他做过传销，就问起他的传销经历，他回答的声音更是低缓得折磨人的神经。倒是向学，结结巴巴，把自己这几年的经历给梳理了一遍。我问他怎么没有学校油泵，改为校传动轴？记得两年前，他从北京走时，告诉我说是来跟着表哥学校油泵的。

"主要见效快，能快点挣钱。就是得出力气。我大姨、表姐他们都想着赶紧叫我挣到钱，好回家说个老婆。现在，农村说人[1]得十来万。

"我算耽误了几年。2005年上郑州交通学院，大专，一年半，最后半年在宇通实习，在宇通生产线上，排管路，第一个月给三百块，第二月四百，然后就是五百块钱，管吃不管住。毕业后，到安徽芜湖奇瑞厂，才开始一个月八百块钱，后来涨到一千二，工资不固定，一个月上班天数多了工资高，绩效工资和基本工资。干差不多两年。2007年去的，2008年底走。现在很后悔，这两年算耽误了。原来我是只想过安稳日子，上个班，挣个钱，吃个饭。根本不行，那两年连一分钱都没落住。技术也没学来，那都是流水线，只干一样。

"就到北京。在一个修车铺修车、洗车。才开始在草桥、上地干，工资更低，当学徒，六百块钱，后来八百，想着学学技术，自己开个店。2010年过完年来这儿。先在一个老乡那儿学二十天，又到二哥那儿学十来天，就直接买机器开点了。修理这东西是实践活儿，边干边学，很快就学会了，上那两年学，也没起啥作用。"

闲聊时，向学一口一个"东胜"，语气很是热烈。一开始我还没弄明白，原来"东胜"就是"鄂尔多斯"。内蒙古人不说"鄂尔多斯"，只说"东胜"。向学结结巴巴却滔滔不绝地讲了很多。

"来内蒙古之后，才知道啥叫有钱人，东胜和薛家湾的有钱人太多，一个扫马路的家里可能就有几辆宝马车。主要是煤矿，还全是露天煤矿，到处都是。说随便拿个锨在山上铲一下，下面就是乌黑乌黑的煤。附近的农民光靠卖地，就几辈子吃喝不愁。我天天在

1　说人：说老婆。

高速公路口待着，过去的都是宝马、奔驰。说鄂尔多斯的女人，打飞的去北京买衣服，有的只为做一个头发，就飞到北京去。到北京看房子，看中了，打几个电话，问三婶四叔，这有几套房子，买不买？买，就刷卡了，像咱们到市场买菜一样。"

讲着鄂尔多斯，向学兴奋、激动，但不是羡慕和嫉妒，而是惊叹，一个农民对城里人、一个贫苦人对有钱人的惊叹。仿佛在讲一个传说，与自己和自己的生活无关。

下午五六点钟，阳光还很清晰，气温已经有所下降。灰尘笼罩下的公路，仍然整齐地排列着黑青色的大货车。那个高高耸立着的烟囱一直吐着浓烟，远处是依稀的村庄和城市的高楼。口腔逐渐被塞满，每一口呼吸，都似乎吸入粗大的颗粒和浓重的灰尘。这是工业发展初期的城市特有的乌烟瘴气和粗粝的味道，蕴含着躁动、活力、金钱、机会，还有莫名发财后的浅薄和愚蠢，但同时，也意味着一种新的开放性和新的生活转型。

向学和他的伙伴们并没有融入这新的生长之中，他们不是"工人"，还没有"工作"的感觉。他们在这工业的肌理之内讨生活，但是，却又与这工业无关。

恩怨

第二天傍晚的时候，在薛家湾杨四圪咀的恒武也过来了。和恒文的矮、胖、和气相反，恒武瘦长、结实，很严肃，眉头紧蹙的样子，对人的分寸感很强。我们在韩叔的"翠花小卖部"等着恒文关门，一起去朝侠家。恒文的生意不错，不断有大车在门前轰隆隆地停下。晚上八点左右，恒文终于关了门，他老婆也从另一修理点过来，一个看起来很厉害的农村女性。我们一起去朝侠家。

朝侠住在呼市里面的一个小区里。小区环境很好。楼层不高，间距合适，绿化、物业都很好。朝侠的家装修时尚大方、干净整洁。总共有一百五十多平米，三室一厅，客厅南北通透，灰细花纹的大理石地板，橡红色实木家具和实木门窗，吊灯、壁灯、窗帘、沙发都很讲究，舒适，也很有品味。见过这么多梁庄打工者和他们的住所，朝侠家是唯一具有城市品相的、从里到外都流露着时尚气息的房屋。

朝侠和她老公在厨房忙，今天晚上她请我们在家吃火锅。朝侠戴着眼镜，穿着黑色薄毛裙，脸上还是有一些黑色小斑点，比我印象中的她还要年轻、漂亮。招呼我们入座之后，朝侠周到地为大家服务。她的女儿小小坐在我旁边。小小在内蒙古出生、长大，现在呼市的一所高中上学，户口在前几年有相关政策时已经转到了呼市。她跟着父母回过一两次吴镇和梁庄，对那里没有什么印象和感觉，说话也是标准的普通话。但是，父母、姥姥姥爷们说的方言都能听懂。

吃完饭，我们转移到客厅的沙发上，朝侠招呼女儿小小过来，让她坐在旁边听我们说话。说是让她接受接受教育，听听她父母都受了什么罪。

1993 年 3 月份到内蒙古。他爸认识这儿的一个老乡，跟着人家来了。来的时候很可怜，租的房子，又黑又潮，吃的没吃的，烧的没烧的，白天不敢出去，晚上偷偷去拾柴。没想到，在家里日子过哩不错，来了成这样。等太阳落山了，我背着麻袋出去到坟头拾柴。弄几块砖，在墙角垒个灶，这样，到十一月份，天开始冷，人家家里都生炉子，咱这儿又湿又潮，冷哩很，把身上所有衣服都盖上，都不行。连个纸箱子都没有。可怜得很，他爸喜欢抽烟，五毛钱一盒的烟抽不起，实在想吸，就偷偷在地上捡个烟头。过年从一个老乡那里赊了十块钱的肉，二斤半。家里有二十块钱，我一直压在席下不敢花，怕万一有个啥事。

1993年恒武来，他在北京当保安，说想看看我。他来一看，心里可难受。我一说到他我也挂心，说到这儿有点难过。难过哩不行，想哭。他说，姐，你这样不行。他住一个星期，回去把自己攒的三千块钱寄过来。我接住三千块钱，不知道这钱往哪儿放，顶住现在的三万块钱。

俺们是碰见菜卖菜，碰见水果卖水果。都只能赚生活费。一直在二苗圃住。怀孕五个月的时候，从二苗圃搬到西口子，一天干这，一天干那，没有闲着，马不停蹄地干着。小小是1994年腊月生的，在小诊所生的，花了三百块钱。

恒武从北京来的时候送小小一个小鸭篮子，里面装的各种果脯，非常漂亮。现在还摆在家里，留个纪念。他一直挂念我，他说，姐，我不想在北京干了，我到你那儿去。我说，你一个月挣七八百，他说，也落不住啥钱，以后也不能这样下去。他就是心疼我，把军大衣啥都拉过来，他就是来帮我。

他和小小爸一起收猪，跑到山西去收。回来冻得嘴都张不开，眉毛都结住了，雪下得大，看不见路，沟和路都看不见。他们回来，再晚，我都做一大锅饭，糊汤面，俩人都能吃完。早上五点来钟走，夜里十二点前摸回来，早上三点钟去看着人家杀猪，猪皮、下水还能拿回来再卖点钱。

我出来这么多年，能和内蒙古人打交道，不和老乡打交道，人家不算计你，咱们那儿人斗心眼。后来，别的老乡也在干，相互之间有矛盾，把我们轮胎扎了。他们俩只好推车回来。都知道是自己老乡扎的。

我看别人卖辣椒粉还行，辣椒在锅里炒完，拿绞肉机绞碎，在街上现绞现卖。我就也买个小绞肉机，推着自行车，后面弄个篓，到处跑着卖辣椒，后来发现拿芝麻放上去好看，就放点芝麻，味道不错。卖一百块，能挣六十块钱。两块钱一两。一下午能卖三四十块。没有固定地方，就在马路上、市场边、小区里。他爸不去，嫌丢人，我带着孩子，到处跑着卖。在公园早市卖，那时候是1997年香港回归，我在市场买了个帽子，现在还在。

卖辣椒跑的地方可多，钢铁路、公园南路，啥路都去过。在钢铁路边，旁边有个人卖羊头的，喝醉了，他说你小椅子让我坐，我不让坐。一开始他说借，我没理他，他骂我。我不放过他，我说，你大男人，光天化日之下你想干啥。后来就打起来了，我把羊头往他身上扔，他把我绞肉机扔了。刚好有警察巡逻过来，碰上了，问问情况，把我们俩都弄到派出所。我把情况说说，说他想欺负人。后来，说赔我一百块钱，他也没有，穷得不得了。他不赔，我就不走，他把我辣椒全弄洒了，我就那么一点本钱，我非得要回来。从下午一直到黑了。他老婆过来了，给我七十块钱。

这中间我们还爆过米花，卖过饼干，都不行。后来看到有老乡卖调料，腊月间生意好得很。就想着卖调料。在钢铁路租个小门面，赊了老乡一点调料卖。一天卖七八十块钱，挣二十多块钱。

难的时候自杀的心都有了。有一回，差点把七千块钱丢了，我把钱卷在一块儿，藏在衣服里。可找钱的时候，钱没见了。你不知道，绝望得很，想着要是丢了就不活了。急得到处转。后来在家里找着了，长出了一口气。

也捉人[1]，三块钱进的货能卖三十块钱，现在，大生意也都是捉人的。咱手不算狠。一件米枣四十块钱进的，卖一百八，利润很大。五块钱一斤的桂圆卖九十块钱。内蒙古人有钱，后来也不行了。

十年之内，挣了上百万，这个房子是六万块钱买的，就是一年挣的钱。我三舅一家也在这儿多少年。恒武、恒文后来又来，租房、铺底，都是我安置的。不过这两年生意又有点差，我还赔点钱。

生意是打出来的。最后也是泼上了。打得好了，你站住步了。这儿五湖四海的人都有，山东、天津、山西、陕西的，都争着卖货。时间长了，你不整他，他就整你。我们小孩她爸经常是躺着回来，满身是血。在调料批发市场，咱们占的那个位置好，给当官的送过礼，别人看见你生意好，想把咱弄走。有一年，人家放话，说要找黑社会来收

1　捉人：捉弄，欺骗之意。

拾俺们。你找，我也找，不要想着我怕你。我就托人找来黑社会的人，我给那些人说，就是吓唬吓唬，不要打残就行。那天，黑社会的小伙子，穿着黑西服，齐刷刷站在他们家门口，二十来个人，看着吓人。也真吓唬住人，后来他们也不敢找事了，知道咱也是不要命的。都是黑对黑，谁胆大谁就胜，没有好人坏人。

出来站住步真难。俺俩出来就俩人。艰难时，白天干活，晚上抱着痛哭，说说。

我2000年回过梁庄一次。我回去一看，我出来时我妈头发是黑的，现在白发苍苍的，心里难受哩很，哭了一夜。我爹给我说，他在河里种西瓜，湍水涨水，眼看着瓜被淹了，喊恒文来，恒文不来，他坐到河头上哭。恒文懒，不干活，恒武孝顺父母，有啥活都干。

我不叫他们干了，也来内蒙古。来不久，我爹骑摩托叫人家撞了。挺严重，后来都不认得人了。我爹住了医院，昏迷中只喊我妈，恒文媳妇说我爹不叫他们，就不来照顾了。为这一家人也生了不少气。爹治病，恒文媳妇一分钱不出，有一年吵架，她还非要说当年爹赔的钱没分给她，说我贪了，大家都哭了。我是想着把钱存起来，万一有个啥事儿，也是他们老俩的一个垫底钱。恒文也不行，我和恒武就全当没这个人。

我们在客厅这边说话，恒文夫妻、恒武和韩叔他们在客厅另一边的开放餐厅那儿聊天。在朝侠说到恒文自私、不愿出力时，我不自觉地朝恒文那边看一眼，发现恒文老婆的神情非常不自然，好像听到了我们说话的内容。朝侠讲得正投入，没有看到那边的动作。当又讲到给韩叔治病时的争吵时，恒文老婆猛然冲了过来，说："姐，你这样说我心里可不美。我咋不孝敬爹了？我啥时间要钱了？你们一家就不稀罕恒文，别以为我不知道。"

朝侠愣住了，对这突然的翻脸反应不过来。"家丑不外扬"，这是农村家庭的基本准则。朝侠看看她的弟媳，又看看我，压着嗓子说："想吵出去，别在我这儿丢人现眼。"

恒文看到了这边的情形，也冲了过来，上去打了自己老婆一巴掌，说："谁叫你在这儿能？赶紧走，赶紧走。"他把她往门口处推，嘴里还骂骂咧咧。这下子惹住马蜂窝了，恒文老婆反过身来就朝恒文脸上抓去，骂他："你这个窝囊废，就知道欺负你老婆，你咋不敢对别人说个啥？"

夫妻两个在门口撕打了起来。恒武和朝侠的态度非常奇怪，好像要去拉他们，又好像懒得去管，不太积极。恒武上去，抱住恒文，试图把他拉出恒文老婆如钳子一样的双臂和不顾一切的撕咬。没想到，恒文甩开恒武，忽然提高了声音，怨恨地叫嚷着："谁叫你来管俺们？谁叫你管？你们都好，我坏，行不行？"

我似乎明白了这其中的弯弯绕，恒文两口子其实是一致的，恒文打老婆也是在打给恒武朝侠和自己的父母看。他是在告诉大家，他知道一家人都排斥他，并且，对他都不好。恒武沉着脸，一语不发。朝侠从客厅里奔了过来，指着恒文老婆说："慧，你要走赶紧走，别等我说出不好听话来。你们是咋来内蒙古的，你们这个修理点是咋起来的，你不知道？只兴沾光，不想贡献，谁都该为你服务？"

恒文老婆放开恒文，披头散发，涕泪交流，哭着说："就你功劳大，行吧？就你知道奉献，是吧？那你说，舅是咋来的，咋走的？三姨是咋来的，咋走了？谁不知道，那钱都算到骨头缝里了！无情无义，亲戚还有谁跟你来往？"

朝侠朝着恒文老婆就是一巴掌，干净利索，强悍无比。恒文老婆捂着脸，一屁股坐到了地上，哭得更响亮了。看起来她有点怵朝侠，不敢起来还手。

矮小的韩婶眼泪刷刷地流着，喊着朝侠的老公："王相公，你气力大，赶紧去把他们拉开。都别吵了，丢人不丢人？"韩叔坐在位子上，嘴唇哆嗦着，说不出话来。父亲走到一直别着头站在门口的恒文面前，拍拍恒文的肩膀，又把他往屋里拉，说："恒文别憨，都是一家人，又远天远地，有啥吵的？再吵不还是亲姊妹？真有事了，不还是大家互相照应着？"

也许是意识到我们在场，恒文的神情略微有些缓和，上前踢了老婆一脚："起来，回家。"

"嘭"的一声，厚厚的防盗门关上，空气瞬间轻松了许多。朝侠招呼大家坐下，又给我们倒上茶，对父亲说："梁叔，你不知道，恒文有半年都没来过我这儿，还是你来了，他才来。俺们已经半年多没说话了。他那个老婆，可不像话。恒文是耳根子软，不孝顺。"

这姊妹三个，朝侠和恒武感情深，他们在内蒙古是共患难共担当，对父母也比较用心，恒文自私、吝啬，被朝侠恒武排斥，这也导致了三人之间的隔阂和矛盾。韩叔韩婶最初来内蒙古，一直帮朝侠卖调料，恒文老婆就经常嘟囔着韩叔韩婶偏闺女，说老了也别想指望我之类的话。后来，韩叔韩婶就和他们分开来住，谁家都不敢住，谁的忙也不敢帮，怕分配不公，引起姊妹间的矛盾。而关于他们的舅和姨的事情，我略有所知，村里人都以此证实朝侠唯利是图，无情无义，但是，眼前的朝侠显然是一个全心全意张罗着把娘家往一块拢的姑娘。

本来说好住在姐姐家的恒武，气呼呼的，连夜开车回薛家湾。我和父亲又坐了一会儿，也讪讪地走了。

第二天一大早，我就赶到韩叔韩婶的小卖部。一整夜我都在担心恒文他们两口子，怕他们回家再吵架，怕韩叔韩婶不开心。我们的车刚停到门口，就看到恒文笑眯眯地从父亲的小卖部出来，手里还捏着半个馒头，韩婶端着盆子出来，朝店前面的空地上猛泼了一盆脏水。看到了我们，他们都露出了灿烂的笑容。

一切已经恢复了原样。

扯秧子

第四天，我们和向学一起，开车到薛家湾杨四圪咀恒武那里去。公路两边是低矮的山丘，山丘上植物稀疏。向学指着那些山丘说，这些小山下面全都是煤。揭开一层土，下面就是煤。

薛家湾就在一个狭长的山谷里，依山谷而建。穿过整个薛家湾，上坡，下坡，再上再下，在一个山道的拐弯处，薛家湾镇里面的整洁、现代突然消失，面前是一条尘土飞扬的公路，两边是一个往山坡下面延伸的村庄。路中央，大车一辆挨一辆地排着队，路两边是各种修理店、超市、饭店，还有游戏厅、台球厅和电信厅。地上的粉尘全部是黑灰色的，空气里弥漫着浓重的汽油味儿。这里和向学那个修理点的气质非常相似，但规模要大得多，也脏得多。这是杨四圪咀。杨四圪咀是周边露天煤矿的唯一出口，常年拥挤，大车来来往往，司机就在这里住宿、吃饭、维修、生活。

远远就看见"河南老韩校油泵"的大招牌。兄弟俩用同一个招牌，看来"河南老韩"已经成为这附近一带的品牌。

恒武的修理店面积很大，一整个大通间，正中央一个长排货架，摆着各种零件，靠右墙最里面是几台校泵机器，几个二十岁左右的小伙子正在机器旁边操作。恒武给我们介绍房间里的几个人，几个徒弟，两个司机，都是吴镇老乡。其中一个男子年龄五十岁左右，恒武说，他是吴镇最早来呼市的人，前前后后带出了一百多号人，朝侠丈夫最初来内蒙古就是投奔的他。他们都叫他老赵。从衣着打扮和神情来看，老赵并没有发财。他现在还在做收猪的生意，自己开着车，到处收猪，回呼市卖。也能挣到钱，但显然，他的生活还很辛苦。

中午在旁边一家饭店吃饭，老赵讲起他带出来的老乡，讲到早年创业时的艰难，很兴奋，和恒武相互补充着，提起一个又一个人名。

他用了一个方言，叫"扯秧子"[1]，扯一个出来，最后带出来的是一群，吴镇、穰县老乡就这样不断往内蒙古来。恒武一家就是典型的"扯秧子"扯出来的。老赵对自己在内蒙古的声望和资历颇为得意，给我们讲内蒙古电视台曾经采访过他，让他谈在内蒙古打工和生活的状况。从他那压抑着的激动来看，这是他人生的华彩乐章。他的话题几次被乱哄哄的谈话打断，他总是又耐心地拾起话头，坚持把它讲完。还特意给我说了那个节目的名字，让我上网找来看。那顿饭，老赵抢着去付了账，好像是为了确定他在内蒙古老乡中的"元老"位置。

午后的杨四圪咀非常热闹。恒武的店门口停了几辆大车，他隔壁是几间改刹车和换轮胎的店，修车师傅在车下进进出出，敲敲打打，不断有灰尘从车下扬起。一个年轻的修理工盘腿坐在黑色轮胎上，

1　"扯秧子"，一条根扯出几十号人，这几十号人往往是错综复杂的亲戚关系，干的活儿也有千丝万缕的联系。城市的每一个农民聚居点，几乎都是以老乡为单位聚集在一起的。卖菜的、卖玉的、卖服装的、搞装修的、收废品的，天南海北，各以自己的家乡为原点，往外扩展。他们大多依靠本村人、亲戚相互介绍来到城市，亲戚再介绍亲戚，老婆的亲戚，老婆的亲戚的亲戚，形成一个圈子，一个小生态和小网络，最后，一个村庄的模式又呈现出来，就像北京西苑的河南卖菜村，龙叔所在的牛栏山镇姚庄村，光亮叔所在的青岛万家窝子。他们按照梁庄的模式在异地创造、复制一个同样的村庄。

　　农民仍然依靠熟人社会的模式在城市生存。他们没有"单位"的依托，不可能通过"单位"来找到自身的存在点，也没有共通的社会制度、价值体系给予稳定的支撑和身份的尊严。他们本能地复制村庄的模式，只有在这个熟人社会里，他才能找到自己存在的基点，才能够形成信任关系，才能够对人和物有准确的评价，也才能找到价值感和身份感。只有在这个群体中，他才能意识到他活着。

　　"扯秧子"，扯出一条条城乡之间千丝万缕的根，扯出那些被现代性、城市化抛弃了的生活方式和伦理道德，扯出农民的道义经济学。这一经济学正日渐和城市生存之间发生着激烈的冲突和矛盾。最近一两年南方城市一些外地人和本地人之间的争斗也多与此有关。这些生命力旺盛的"秧子"，顽强地朝城市的钢筋水泥扎根，寻找生命的营养和空间，最终，也让城市面目模糊，暧昧不清。

他身上的工装已经发硬，到处是白色的汗碱和黑褐色的尘土。他扭过脸朝向我们的方向，那张脸，即使涂满油污，也依然稚嫩。他的神情有些愚钝、天真，仿佛一任生活漂流，被动、无思，但又安然。看着他，四周逐渐空旷而遥远，只有这个泥样的菩萨，和光同尘。

和恒武坐在店里面的一张小桌子边，我们开始了聊天。言语和行动之中，恒武保持着一个退役军人特有的豪爽、干脆，很决断。

媳妇回南阳去了。又把今年挣的钱全部带走了。想把南阳的房子装修装修，俩闺女在那儿上学。哈哈，每次回家都要把我这身上收拾干净，钱全带走。我不反对她。我知道自己的毛病，爱耍钱，输起来没个数。说起来，最终出来都比在家里强。在工厂打工的不如自己做个小生意的。有的一开始在工厂里打工，看着不错，最后还是不行。别在大工厂里打工，还不如在小工厂，啥都能学，出来说不定还能当老板。咱们那儿李营、王庄都是校油泵，挣钱比较多。原始积累都是校油泵，发财后，有的改行了。

我十七岁出来当兵。在北京昌平，两年半兵。最后啥也没有，感觉如果当时不去的话，说不定还更好。也有好处，养成个好习惯。洗衣、做饭都保持干净。当完兵之后，到建升的保安公司那儿给他训练保安。建升小气，对保安娃儿苛刻，对我还行，毕竟，我还有用。

当兵的时候，我来内蒙古看我姐。当时相当穷，天正冷，我姐房间是零下二十七度，房子是南房，内蒙古这儿，朝阳的叫正房，方向朝北叫南房，背阳光，冷得很。房子可低，我这个个子，得弯着腰进去，一个板子支四块砖。睡在床上，哈着气，床那头还结着霜。捡树枝烧火，烧炭相当便宜，舍不得。冬天在一个小树林里捡枯树枝烧。我一看，比在梁庄还差，看了不忍心。她一个人在这儿，毕竟没有一个亲人。

第二次来内蒙古，我就不走了。买了个三轮，跟着姐夫哥去收猪。1995 年，我爹捎信说我爷有病，叫我回家，其实是要在家给我找对象。害怕我在这儿找个对象。其实，就是你想找，你也找不来，整天收猪身上脏得不得了，谁能看上咱？

一开始我不回去。这里面有原因。我心里有个姑娘，是吴镇南面，胡营的，我家一个远房表妹。在当兵时我俩有联系，经常写信，心里都是那么想的，也没怎么说。她有个兄弟小儿麻痹，我爹怕遗传。过年我回去，我也去人家家里，拿两瓶酒，他们家里对我满意。我爹就自己去找人家说，他不愿意。我那个远房姑夫就不高兴，人家穷，也有自尊，就不愿意了，把这个事儿搅黄了。我就不想回去了。这也是我来这儿的一个主要原因。多少年心里都可不舒服。

我回去之后，爹就叫我见现在的媳妇，我当时心灰意冷，只要你愿意，我随便，都行。我心里是啥感觉也没有。后来在外面跑两年，觉得老人也挺不容易，也都是为我的。

1994 年 7 月 1 号开的这个店，记得可清。我手里没有钱，问向学家借三千，成本两万块钱，到处借，很作难。去我老丈哥那儿借钱，在电话里答应好的，我就去了，还买了一箱娃哈哈，二十四块钱。我去了，人家再不说钱的事了。

都是明白人，人家不说咱也知道咋回事。走的时候我是含着眼泪走的。我这二十四块钱是咋拿出来？我连买菜都舍不得，为感谢你。你连养的狼狗都吃烩面了，就是不借给我钱。他那时候想的肯定是，万一赔了，还不起了咋办。人穷志不短，再不可能问他借了。他可是大学生，国家工作人员，说实话，也没见觉悟有多高，看你不行，就是连亲妹子都不帮。要不我把这亲戚看得可淡了。

这中间八年，回梁庄两次。一次是为贩羊，那是1999年。是我的伤心事。四个合伙人，总共投资七万块钱，在内蒙古买了五百只羊，运回梁庄，在梁庄放羊放了二十八天。那次我受了大罪，差点把命都送了。走之前人一百二十八斤，回去一百斤，瘦了二十八斤，一天少一斤。有天突然觉得地震了，一下子晕倒了，别人给我掐了掐，才醒过来。太操心了，也营养不良。

每天王家人跑到我那儿说，赶紧把羊赶走，把我们庄稼都糟蹋完了。我只好天天给人家解释说，我走不了，台湾省那儿跌价了，这儿太便宜，卖不成。人家都不相信，说台湾省跟这儿啥关系。关系可大了，全世界的市场都是连在一起的。八几年种麦冬，才开始赚钱，过两年，多少人赔？不都是因为市场？我记得你们家还种了几亩麦冬，还找多少人挖，是不是？[1]

---

1 我父亲在1985、1986年种了十来亩麦冬，在挖麦冬的季节请了二十几个人，吃住在家里，热闹非凡。后来，麦冬价格下跌，全赔了。

当时正好柴油发动机欧一标准换成欧二排放标准，油泵改进，A型B型换成P型，校油泵这个行当利润大，开始挣钱。这是2003年左右。一个月最多时能挣三五万块钱。最高峰期一个月除去花，除去赌，还剩两万多。一年能挣三五十万。车都换了好几个，把一个本田碰报废了。

跟我哥是有点小矛盾。那几年也帮过我哥，他想开店，没本钱，问我借，我那时训练保安有点钱，两千块钱，就给了他。忘了是我结婚还是收辣椒，问他要这钱，他说还了我，其实没还我。最后他想起来了，把钱扔到地上给我，撒了一地。态度极其恶劣。我要是不急不会问他要，我自己也想做点买卖。关系不好就在这儿埋下伏笔。我又一张一张捡起来，从这儿开始，我们弟兄俩的关系变得有点淡了。我爹出车祸，他没拿钱。那时我们也差不多了，有他没他也无所谓。他说我一直没有把他当哥看，问我啥原因。我没有忘，我捡钱时就伤了心。

在我们聊天的时候，不时有司机进来，问恒武："你是老韩吧？车提不上速，起步慢，油供不上，你给我看一下。"恒武就带着伙计出去，围着车转一圈，趴下听听，指挥两个徒弟去干这干那，自己并不上前。我们聊起了孩子，他的眉头皱了起来，习惯性表情，有点焦虑。

俩闺女去年回南阳上学了，她舅姨们都在那儿。原来在这儿上学时，就住在我姐家，我们两口子都没管过孩子，咱这儿前不着村后不着店的，没办法。在这儿学习不错，能占前五名，回去连二十名都占不到。内蒙古现在有政策，能给孩子办户口，可咱不敢啊。你想，咱在这儿一点关系也没有，户口弄到这儿，连回都回不去了，咋办？又想着这儿高考的分数低，我也想着，要是能在家上学，将来在这儿考试，上完大学再回去，那也不错。毕竟她舅们在家里还有点关系。还不知道咋办，现在户口还没转过来。只能走走再说吧。

把孩子送回去，也是考虑不太全面。回去之后也是没人管理，住在她小姨家，白天在托管班里吃饭。她小姨是搞设计的，舅是单位领导，一天都忙得不得了。没人管。前两天大闺女跟着同学一块儿出去玩，把手机给关了，怕她小姨说她。她小姨到处给她同学打电话，找了整整一天，就差报警了，第二天下午才回来。你说，吓人不吓人？她妈在这儿哭得不得了。我哥的姑娘去年也是这样子，出去玩，不拿手机，不是忘了，专门不拿的。托管班的老师找不到她了，给我嫂子打电话。我嫂子哭哭啼啼回去了，走到半路，打来电话说，回来了。跟着她们同学回农村玩了。星期五走的，星期天晚上才回来。

也想过让媳妇回去，专门照顾她们俩。但是，现在不行，这边离不了人。她这一回去，我每天在这儿给大家做饭，把生意都做垮了。这是夫妻店，最起码家里有个人得待在店里，不然，收钱都是问题。她走了，我得待在店里。干俺们这一行，我得经常出去和司机要牌，聊天，出去其实就是找活，把该干的活都干了。我开车出去一两天，到工地去，见老板，聊聊天。聊熟了，活儿就来了。

也不知道咋办。这次我媳妇回去，就是想着先把南阳房子装修一下，孩子也有个地方住。成天在亲戚家住，孩子不安生，我想起来心里也不美气。可要是没有人照应一下也不行。

即使内蒙古愿意给恒武孩子户口，对于恒武来说，依然是没有意义，因为在这陌生的城市，他没有任何人情关系，他不可能相信所谓的公正。所以，回老家，还是相对安全的决定。但是，这意味着孩子们仍没有办法和父母在一起。

同时，即使干了十几年的校油泵生意，在恒文、恒武兄弟俩这里，校油泵的修理店仍然没有可生长性，很难成为现代企业。即使想开个分店，都很难。一人无法分身，就无法监控生意，你不能保证所雇的伙计自觉上缴所有的利润。所以，一般是亲戚一边当学徒，一边帮着看店，等学徒学得差不多了，矛盾和猜疑就会出现，吵架、打架现象都有。再之后，主家干脆放弃，把店盘给亲戚。

这些校油泵的、改刹车的、修传动轴的和一系列相关的汽修行业仍然可以说是手工业者，依靠一门手艺，以家庭为单位，单打独斗。它的内容是工业时代的，以机械为核心，但是，模式却仍然是农业时代的，保持着农业时代的缓慢和小规模。

在内蒙古的最后两天，梁庄张家的栓子一直跟着我，他在白云鄂博那儿校油泵，听说我来，开着越野车专门赶过来见我。他在网络上看到《中国在梁庄》后，买了二十几本送给他所认识的人，还专门寄给梁庄村支书和村会计，说让他们看看，看看他们都干了啥。

栓子的眉宇间有一种焦虑，他很希望找到一种精神生活，找到生活的理想目标。他特别想与我交流，希望找到一个答案，对我也抱以很高的期望。他给我举一个例子。有一个老乡，今年三十三岁，小学三年级毕业，在家放几年羊，出去在大连葫芦岛市那边校油泵，干得非常好，被当地团委评为"外来务工十大青年"，又被选为葫芦岛市政协委员、区委员。

栓子说："这应该不错，一个校油泵的能混到这地步，应该不错。人家得到认可了。人并不应该只以挣钱为标准，还得有个爱心，这很重要。最后，这爱心也得到了社会承认，这才对。就拿我来说，不管我挣钱咋苦咋累，国家有啥大事的时候，我都是自发性的。汶川地震时，我主动打电话给村委会，说自己想赈灾，通过啥方式行？会计说，可行，咋不行。我也想去，后来打报告之后，人家说要减轻灾区压力，捐点钱可以，就没去了。我捐了五千块。

"要说这些年也算挣些钱，但是，还是觉得不安定，主要是没有身份。光要钱有啥用，你到哪儿去给人家别人咋介绍，做生意的？自己心里都觉得矮一截子。没有奔头，没有前途，就是住在北京，住在再好的村里，你也不能参与人家啥活动，都没你的份。心里很不美。"

我想起在南阳和小海的对话。即使一个被怀疑搞传销的年轻农民，当他想到他在社会上的存在时，他首先想到的就是：没有身份。他们渴望得到承认，社会的和他人的，渴望获得平等，渴望进入一个体系，渴望在这个社会组织中找到自己生存的基点和存在的价值。

栓子在这样与我讲的时候，他的面部表情非常苦恼，他似乎想挣脱某些东西，但又很无奈，以忍耐而遥远的口气谈那个打工者的荣耀。那是一种认命的羡慕。它包含着一种思维：这个人对这一权利和其中的可能性已经放弃了。这使得这个开着越野车的年轻男孩又回到了某种古老的情境中。

相亲

在内蒙古见向学时，是在他一次相亲之后。相亲是二十六岁的向学最重要的任务。所有的亲戚都被发动起来，因为都在异地打工，无法见面，介绍对象还加入了新形式，双方交换电话和 QQ 之后，在 QQ 上相互聊天，建立感情。如果可以，春节时见面就可以确定下来。向学聊了两个，他不善言辞，他的姐姐就上马，或跟女孩套近关系，有时候干脆以向学的名义去聊，但都没有成功。向学妈为此已经有些轻度抑郁倾向。现在的农村，二十六岁的向学已经是非常少见的大龄男青年。

再次见到向学，是 2012 年春节之后，他带着新媳妇到我家走亲戚。经过春节在吴镇走马灯似的相亲，向学如愿找到了媳妇。说起来相亲的过程，向学用一句话来形容："就跟买菜一样，也挑挑拣拣，但是决定得快得很。"

　　我是腊月二十五那天到家的，和恒文大哥、恒武二哥一家和我姨夫他们一起回去的。说是回家，其实没有家了，家里早就没人住了，我们家的房子是土瓦房，都快塌了，

2008年从家走的时候，俺们把像样一点儿的家具都拉到小姨家了。我妈住在我小姨家，我有时候住在你们梁庄我大姨家，有时候住在干爹家，乱住。

腊月二十八的时候，见了第一个，是在上海打工的，是办公室文员，老家是咱们那儿的，没爹没妈，她姑替她操心，只要她姑行，她就行。我有点不愿意，一是她从小没爹没妈的，感觉心里不舒服，二是人家是坐办公室的，咱这儿在灰天灰地里，做小生意，都不是一路人。这个女子人也怪好，挺主动，长得不太好看，说话也不通顺，反正就觉得不是一路人。

腊月二十九那天，给在青岛打工的那个女子打电话约见面。原来没有见过本人，只在QQ上聊过。当时我的感觉就是世界只剩下她了，不是因为满意，主要是想着咱条件差，找不来。只要人家愿意，咱就行。没办法了，凑合着算了。才开始约她，人家都不想出来。说了半天，人家答应说年初一在穰县大广场见面，叫俺们下午两点去。俺们去了六七个人，开了两辆车。我大哥大嫂、二哥二嫂都去了，也是给我捧场、撑面子，有唬人家的意思。女方人家就一个人去了。说话还是没有啥感觉。我才开始打过电话，觉得人家说话声音可好听，我姐也说人家说话声音可好听。在外面大排档坐着，要两杯奶茶喝，没说两句话，人家要回家。我说送她，也不让送。从见面到分手，总共有二十分钟。回家后，我大嫂说，这个女子个子低低的，看着怪机灵，怪好。大家都说，这事儿得抓紧，咱们初六都得走了。

我一想，也是，咱耽误不起，就发信息，打电话，都不通。后来，发短信通了，人家说，这个事儿我做不了主，我爹妈出去旅游了，等回来再说。一听知道是推托哩，就算了。

初二见了两个，是大姨介绍的，感觉人家就像走过场一样，纯粹是为应付媒人，坐不到五分钟，还没看见长啥样，人家就说有事要走，不真诚。

初三见了一个。俺们大队支书介绍的，支书和我爸关系好。我爸在的时候，天天在俺们家喝酒，一直在替我操心。那个女孩是俺们一个大队的，约好在俺们村大队部见的。支书说，向学不要怯场，行不行，咱得有个气场，这个不成，后面还排成队等着咱的。这个女子还在日本打过工，手里有点钱，长得一般。我是啥都行，只要人家愿意。下午，我给人家打电话，说，你看行，就行，俺们初六都要走，如果不行，就各找各的。人家说，我再想想。

初四，我又给那个女子打电话约到城里转转，人家说有事，大队支书又到家里亲自叫来，人家去了。俺们一块儿去城里，我二哥开车送俺们。在路上也没说啥话。到城里了，我二哥走了，俺们开始聊，一般都是问哪年出去的，啥时候出生，也没啥话说，说着说着都没劲了，不知道说啥了。我说，我店里还有生意，马上还要营业，如果行了，就行，可以趁着我哥的车一块儿走。人家说，我时间还充足得很，我还想等等。我俩就各坐各的车走了。我那时的心思是，如果行了，就凑合着过算了。后来听他们说，那个女子回来看的也多得很，有十多个，都在那儿挂着呢。

估计也是挑花眼了。这是初四的事。

初四晚上，我干爹又打电话，让我第二天见银花。是我干爹的小舅子介绍的，人家开个婚姻介绍所。介绍见面是八百块钱，如果成了，下来得给人家三四千块钱。人家提供场地。我这是熟人，最后走之前，也给人家买了酒、烟，花了两三千块钱。春节时农村婚姻介绍方面最红火。一个地方，一拨一拨的，大家轮流去。可有意思。

就像一个大市场，没有结婚的年轻男女，大的三十多岁，小的还不到十八岁，像上街赶集买菜一样，挑挑拣拣，要赶着在这短短的十几天内挑好，订下来，赶紧结婚。过完春节，就可以一块儿出去了。要是今年没找着，一等就得等一年，到明年春节才行。

现在农村清是女孩少，男孩多，有的男孩家庭条件多好，清是找不来姑娘。有人一天能见十来个，到最后见几十个女子，还是订不下来。多不像样的女孩子，都可挑。原来恋爱是主流，现在相亲又是主流。百合网、世纪佳缘、珍爱网，可多了，有的都上市了。非诚勿扰，网上点击率很高，也是速配。

初四晚上我住在梁庄。初五早晨，我大哥大嫂开着车送我，我去晚了，到那儿都快十一点了，人家还要走亲戚。我们去时称了些瓜子、糖。人家翘个二郎腿，就开始吃了，我看了，觉得怪大方，怪自然，没有怛怩。人家问我在哪儿、干啥，要不留个电话号码。我说行。人家说，我还有事，就走了。从见面到走，目送人家走，总共不到十分钟。见完面，走在路上，我干妈问咋样，我说感觉还行，怪真诚，人也怪实在。我大嫂说个子也还行，办事也怪大方。

这都快十一点半了，吴镇上我月姑还在等着我去见一个女子。她说原来瞅了三四个，现在人家都定亲了，就剩这一个了，得赶紧去看。我们就一路快车，又赶回吴镇，都已经在那儿等着了。那个女子在北京打工，那天她没去，她爹妈去了，说可以替闺女做主。双方都没看中，她爹妈打扮得怪怪气气的，她妈弄个熊猫眼，穿的不知道是啥衣裳，一看她爹妈那形状，我姑说，算了算了，不是过日子人，结婚了也过不到一块儿。原来还说在饭店找个包间，在一块儿吃个饭，后来，也不吃了。都短得很[1]人家说有事，我姑也说，我们也有事，就算了。一拍两散。

初五、初六还见了四个，就像和银花见面一样，一上午都要见两个。没啥印象，像是走过场。见多了，都没啥感觉。

后来那几天我就住在我干妈家，专门为相亲。那天见完银花后，我就赶紧打电话给北京我姐夫，叫他给我QQ号的空间改一下出生年月，从1987年改成1988年。我小舅婚姻介绍所的那个合伙人说，再见面时就说你是1988年的，他们家里说只要不是1987年出生的（1987年属虎），都行。1988年是属龙的，银花是属蛇的。大龙小龙，怪合适。虎和蛇相克。所以，我一开始就说我是1988年出生的。后来

1 短得很：很势利，很实际。

上北京买票时，人家发现我的身份证上是 1987 年的，我就老老实实承认，我是 1985 年的，是办身份证时弄错了，但肯定不是 1987 年的。银花说，你到底是几岁啊？这乱七八糟的。我等于是比银花大四岁，在农村，大四岁就很多了。要是一开始就说是 1985 年生的，估计人家连见都不见。

俺们给媒人说，咱怪满意。人家回过来话说，也怪满意。开始谈主题了。房子啥样，媒人说对女方可了解，对你们不了解。现在结婚，男方最起码在城里有套房，要不就在家里有套房。如果有房，可好办。我一听，完了，又没有戏了。下午，银花给我发信息说："我也不是说非要要房，最起码得有个房子住。"我说俺们家的房子不是楼房，我耍了个心眼，也没有说是瓦房，她也没再往下问。从后来看，估计她是想着不是楼房，肯定是平房了。

初七，她发短信，问我有没有空，想再聊一下。那天正好我干爹又给我介绍一个，上午见面。其实心里我已经愿意银花，但就怕人家万一不愿意了，得有个后路，想着还是去一下。我就说我上午没空，下午有空。

下午，俺们又开着车去了，在银花她姑家见面。他们在她姑家坐着，俺们在外面顺着庄稼地走，走走聊聊，感觉怪好。回去后，那天晚上，又在 QQ 上，她说她是怪同意，具体还得等她爹回来再说。她专门打电话让她爹回来，感觉我这个人不错。人家始终没有提房子和钱的事。我就觉得，人家是实实在在想愿意这个事儿。

初八，她爹到家。初九俺们又见过一次面。人家问我有没有空，明天你一个人来，不要叫你大哥来，还问我会不会骑摩托车，不会了，她来接我，一块儿到县城。人家可客气，我心里也可美气。俺们从镇上又坐车到穰县，在人民公园转转，聊聊天，在德克士吃的饭。

初十，她又给我发短信，说她爹妈想见见我。我和我干爹、小舅、媒人一块去了。拿了四色礼，六种东西，花了六七百块钱。媒人说，这个女孩的爹俺们可熟，爱面子，是面上人，咱们雇个车去。那时候，恒武哥们都回内蒙古了，我也没车了，排场不成了，只好租个车去。去了，人家银花的爹在门口晃，大背头，穿的风衣，打的领带，像个领导人一样，把我吓一跳。我干爹说，看这个人还怪有派头呢。后来，才知道他就是干个保安。去一见，亲热得不行，让到屋里。中午吃饭，盘子堆了一大堆，摆了两三层。走的时候，我干爹说，看摆盘子那个劲儿，这个事儿可能要成。

正月十二，媒人说，开始说彩礼，说现在啥都不要求了，要五万块钱，就可以了。我自己就两万块钱，我大姨、恒武、朝侠姐各借给我一万。不是我连婚都结不成。媒人说，四万六吧，五万不好听。人家同意了。去了，人家又不同意了，又临时加了四千。这才行。后来我才知道，一开始人家说十万，想着咱没房子，就多一点钱。是银花说五万算了。

定完亲之后，银花一直要到俺们家去看看，想见见我妈。我不叫她去。她说，去见见你妈，看看你们屋在哪儿，看把你紧张的。她非要去看，我骑着摩托车带着她从村路边过,"唰"一下骑过去,指着那一片儿的房子说,这是我们家。她才开始以为是旁边的平房,我说不是,是这个。她一看,是瓦房,还是恁矮的、破的瓦房,就说,你还骗我,说是平房。我说,我哪儿说是平房,我只说不是楼房。银花也没有跟我计较。

咱不敢拖拉,农村的事儿太多,到处都得花钱。我就说咱生意忙,急着做生意,得赶紧走。他们也是不想张扬,怕结婚村里人知道,因为南水北调,占住她们村地了,如果女子结婚了,地估计得退,赔偿钱就没有了。这算又给我省了钱。

正月十九那天,从她叔家走。她奶奶、她叔、她爹、她妈都去了。她就拿着一个箱子,跟着我走了。俺们算是结婚了,没办结婚证。才到北京第一天,她说她想她妈。把我吓得要死,怕人家反悔。

前后总共十四天,从介绍、见面、送彩礼到结婚。俺们还不算最快的,人家还有从见面到结婚,总共就七天。现在农村相亲,一般都是年前,从农历二十开始,到正月初十之前定下来。我年前一直在梁庄住,你们梁庄,还有人从见面到结婚,就四天时间。

说到和银花去他家看房子的事儿,"我哪儿说是平房,我只说不是楼房。"大家都哈哈大笑起来,打趣向学,看着怪老实,还办这不老实事儿,关键时刻也会耍赖。向学脸更红起来,更结巴了。

我问向学结婚前和银花发展到哪一步了,有没有身体接触。向学的脸"腾"的一下全红了，结结巴巴地说："也没啥，就过马路时，拉人家一下手，装着照顾人家。"

晚上请他们夫妇吃饭，银花比较矜持，但也还算健谈。我们聊起乡村的婚姻状况。银花说："现在农村结婚，男方得有房子，最好是在城里能有个房子，要是城里没有，家里有座二层小楼也行。要是啥都没有，像他这样，很难说来老婆。"说到这里，银花有点嗔怪地看着向学，说："我是有点傻吧，你们家啥也没有。还有一个条件，得看有没有婆子妈。这可重要得很。有些家里没有婆子，直接就不成了。"

农村媳妇和婆婆之间向来是水火不容，恨不得老太婆早点死掉，所以，农村婆婆才有"老不死的"之称。银花说："那是以前，现在可不一样。要是没有婆子妈，生了小孩儿没人照顾，就得自己在家照顾，少一个挣钱的人。关键是，现在哪个姑娘愿意待在家里？所以，必须得有个妈。"

我们看着向学都笑了："看来咱们向学还算是占一头，没有房子，至少还有个妈。"

向学带着媳妇银花在北京姐姐家住了十几天，大家都集中全力对银花好。银花和向学没有办结婚证，万一银花中途反悔了，大家也没有办法。在姐姐家住一段，到内蒙古后，向学准备带着银花先到朝侠家、恒文家住一段，然后，再到自己的修理点儿去住。大家都不敢让银花直接到向学的修理店去,怕人家一看条件艰苦,跑了。[1]

又过几天,表姐夫青哥从吴镇回北京。他走之前,表姐给我打电话,交代我们第二天在家等着青哥,青哥要先来我家,给我送点绿豆、花生之类的特产。我们聊起家庭的情况,她说,她家的大儿子大胖今年婚姻又没成,去年春节回来也见了好几个,也没有成。表姐带着戏谑的口气给我讲:"你不知道,现在农村男娃说老婆有三句话:房子冒尖、婆子年轻、兄弟一个。房子得是两层的,婆子妈得年轻、健康,能带动孙子啊。还得是个独生子,将来啥都是自己的。你表姐现在是一样不符合。要那个二小子,可算是要坏症了。城里没房,家里房子还是平房。我自己也病病歪歪的,你说,咱拿啥去给大胖说人呢?今年必须得把房子接二层,再把大胖的人说了。现在农村娃儿们结婚可早,不像你们城里二三十岁结婚也不嫌晚。大胖 1991 年出生,俺们队里像他大小,就他一个人没有结婚,有的娃儿都上幼儿园了。你说,咋能不急?"

---

1 2012 年 5 月,向学打来电话,告诉我银花已经怀孕。向学又高兴又担心。高兴的是银花怀孕了,是好事;担心的是银花天天吵着要回家,那地方太荒凉,银花受不了。向学怕银花回家后变卦了。向学的生意也不好。修刹车生意已经两个星期没开张了。另一条高速公路已开,大车不从这条路走,向学也就没有生意可做。恒文修理铺和韩叔韩婶"翠花小卖部"的那个地方要拆迁整顿,马上就要搬走。几天后,恒武打过来电话,希望我能找我在薛家湾做大生意的邻县的一个老乡(我在薛家湾的时候带着恒武去和人家一起吃过饭),看那儿有没有活儿让他干。他的校油泵生意很差,已经把店里的几个师傅辞退了。今年煤矿被关很多,大车出车少,连带他的生意也很差。他必须考虑转行了。

向学的那颗白牙

向学和机器对抗

年轻沉默的身影

油污后的眼睛

钻在车下取传动轴的小伙子

劳动的手和不事生产的手

第五章　北京

他们是这片土地上的陌生人。

——V·S·奈保尔

体面

"就从我来北京谈起吧。"正林点了一支烟,贪婪地吸了一口。有孩子之后,我的堂侄女不允许他抽烟,他们的孩子有支气管炎,对空气非常敏感。

正林是我的堂侄女女婿,一位商装设计师。结婚前,正林一直奉行"只恋爱,不结婚",身边的女友一个又一个,家境在小县城也不错,所以,正林在北京的单身生活过得有滋有味。爹妈担心他名声不好,怕找不来老婆,勒令他回穰县相亲。正林抱着完成任务和应付的心态回穰县,在相了十来个姑娘之后,遇到了我的堂侄女。

结婚之后,正林潇洒的单身生活结束,堂侄女和他一起到北京打拼,做了百万"蚁族"中的一员。在这期间,他们在城内搬了好几次家,又从城内搬到北京最著名的蚁族聚集区唐家岭,有了孩子以后,又从唐家岭搬到通州。

2012年12月24日,圣诞前夜,这一天是正林儿子的两岁生日,我们到通州正林的家里去。一个两居室的房子,客厅一角是一个怪异的弧形斜面,让人觉得这间房建在一个抛物线上,很不稳定。斑驳的小桌子,1980年代的破旧小冰箱,不能看的小电视,这小、矮、低和那过分高大的天花板形成非常大的反差。卧室里是一张超宽大的床，正林的苹果牌笔记本电脑放在床头两个摞起来的纸箱子上，旁边堆放着儿子的尿布、小衣服、玩具。正林的家，有一种奇异的空荡、寒酸和不搭配之感。

正林乐观、活泼、爱开玩笑，骨子里又是那种谨慎、保守的人，从不冒险，也会审时度势。但是，来北京八年，会盘算的他并没有"盘算"到特别好的发展。

按年龄，我算是"80后"。2003年毕业于师范学院美术专业，大专，2004年来北京到清华大学美术学院培训，两年课程，我一年学完，拿到了结业证。那一年真是勤奋得很，上午学一年级课程，下午学二年级课程，晚上还学着画图，找个私活挣点钱。住地下室，一个月住宿费三百块钱。

2005年在亚运村那儿找到了第一份工作，一个小型室内装饰公司，试用期八百块。过了试用期，一个月一千二百块，这是我人生起步，心里很高兴。那时我住在东五环外东坝机场二高速路过那儿。每天上班要花一个小时四十分钟，倒三趟车，房租一间房五百块，俩人合住。在那儿干有十个月，2006年底跳槽到东四环一个室内装饰公司，有七八个人，一个月两千四百块，在这儿干了一年多。2007年底结婚，先在万寿寺住，离单位近，房租一月一千一百块，感觉太贵了。换了好几个地方，后来，就搬到唐家岭。唐家岭现在已经拆了，说是盖廉租房，后来又说盖公园，把人又往更远的地方赶。从家到单位一个多小时，每天挤车像打仗一样。

我给你举个例子，你就知道唐家岭的车有多挤。网上有一个段子，说你要是拿一袋饼干上车，下车来饼干成面粉了，反过来，你要是拿一袋面粉上车，下去被挤成饼干了。夸张吧？其实你要是经历过，那一点也不夸张。早晨六点多点出门，有二三百人等一辆车，365次，挤不上车是正常，能上车才是运气。比咱们在家赶年集时挤多了。还有从窗户上爬进车的。城里面才开始还装着排队，一到来车时，都轰一下往上挤。排啥队？

2008年又跳到一个公司，是我们这一行里北京最大、最出名的装饰公司，工资三千七百块。干快四年了，工资涨到五千三百块，这还是税前的。感觉很没意思。坚持不下去了，过完年就跳槽。要生孩子，才搬到通州这里。这可远多了。上班时间单趟需要两个小时，一天在路上走的时间得四个多小时。早上六点十五起床，九点左右到单位，晚上八点半左右到家。亏得儿子睡觉晚，还能见上一面，要是睡觉早，我一星期都见不到儿子醒的时候。说"披星戴月"一点也不为过。

怎么说呢？用一句话来总结：有一份体面的职业，却过不上一个体面的生活。出去坐飞机飞来飞去，住的是高档酒店，接触的也是国际奢侈品牌，咱给人家设计装修，都是怎么奢华、怎么高雅怎么来，每一个细节，每一种材料都讲究得很。出去见客户，德国、奥地利、意大利、瑞士、香港、台湾，全世界各地都有，好多客户，还有翻译跟着，可气派得很。我的直接领导也是德国人，出去吃饭一桌一万多，喝的是高档红酒，酒是专门从瑞士带过来的，吃的是西餐，偶尔还撇两句英文。

下班回来却是蜗居在城中村的小破房里。没有咖啡，没有红酒，没有地毯，落差太大，所以总是自信心不够，下班不想回家。我在唐家岭的那个小破房你也去过。不是有个老婆，真不知道日子咋过来的。场景和角色很难转换回来。

感觉压力越来越大，还没有挣一千多块钱的时候生活得舒服，那时候每个星期还能够出去吃个饭，二三十块钱都够了，现在两个人得一百多。感觉可累，没有意思。

我的职业还是很有前途的。我也喜欢这一行，觉得有激情，有想象力。我的职业规划就是自己将来单干，还是干专业。原来那个公司不行，一是离家远，二是觉得在公司该学的学完了。所以，我准备换一家新公司。在这家新公司，我可以去谈客户。自己独立核算，谈判、要价、做工，都是自己干，很锻炼人。原来的公司发展再高都不能跟客户接触。他不让你见客户，不让你接触全面的东西，你就是一个环节一个工具。

我现在准备去的公司全是我以前公司的精英，一个人走了，把我们这帮人全拉过来了。都看到弊病了。一个私人公司最后弄成大锅饭形式，肯定不行。前两年每年利润几个亿，去年要搞国际化接轨，CEO是美国的，CFO是新加坡的，还有德国的，花了好几百万人请国外的专业管理人才，结果管理矛盾非常大。一是他们来了之后把一批元老给顶了下去。那批元老都是当年跟着公司老板打天下的。现在，给刚来的这些老外工资太高了，比他们高几倍。最低的给人家年薪六十万，而那批元老最高年薪不到二十五万。二是，来的人眼高手低，管理模式不一样。不能说人家不对、不好，关键是不符合咱这边的国情。他们是重视人，买材料是买好的，中国的企业是不重视人，买材料买次的，不重视工人的健康。新领导来花了一大笔钱，进行重建。结果老板自己坚持不下去了。蜜月期已经过去，估计老板又要炒他们了。

其实，如果全部朝国际化的方向走，可能也行，给元老们一大笔钱，全部走。建立全新模式，也可以。但是，老板自己又舍不得花钱，舍不得在工人和材料上花钱，抠得很。今年春节开年会，老板在年会上哭穷，说公司利润低，没有钱，所以大家多担待一点。年度奖金没有了，你能想象得出吗？每个员工现场发了二十块钱的红包！大家不光是愤怒，而是都很鄙视他。你公司赚钱的时候也没有给员工多发福利，赚钱少了你让大家分担，凭什么？！发二十块钱，连打出租车的钱都不够。那天晚上我打车回家，花了六十块钱。中国的私企确实还是不正规，不拿员工当人使。

户口问题当然对我有影响。因为是农村户口，住房公积金都交得少。城市户口是工资的百分之十二，农村户口是百分之六，少一半，养老也少将近一半，我的工资条都有。医疗标准都降低，是最低医保。我在那个公司还是比较正规的，到那些小公司，你要是农村户口，什么都没有，啥都不给你交。

我原来的同事大部分都是北京人，有车有房，父母都操持好的，不用自己操心。人家挣一点都是自己花，轻松得很。逛逛街，上上网，看看电影，喝喝咖啡，谈谈朋友。咱哪敢去看电影啊，结婚前还进去过几次，结婚后连看一眼都没看。

前段时间我刚回咱老家给儿子办个农村户口，还是找人办的，请人家吃饭。现在农村户口不好办，有各种补贴，有地，你可以不种，但得有。最关键的是，万一儿子以后混不下去了，还能回家，还有一亩三分地可以守住。倒不是稀罕这一亩三分地，主要还是有危机感。

前几年没有压力，从去年开始，感觉压力太大了。说实话，在职业方面，我一直很向上，我一直在进步。但是，没有感觉越过越好，是压力越来越大，还有一种莫名的恐惧。感觉社会不稳定。坐公交车莫名其妙在想，这一车人，要是出事咋办？我现在每天在国贸那里倒车，看着人来人往，头晕，胸闷，莫名其妙地就觉得恐惧，感觉空气都是恐惧的。每天在办公室坐着害怕下班，在家里害怕上班，感觉危险。莫名其妙，感觉在家、在公司都危险。刚上班那两年挺高兴的。现在，没有归属感和安全感，就好像是一条腿插进城市，另外一条腿一直举着，不知道往哪儿放？

来北京八年，还是有奔头，比待在家里强，但是没有家里安逸。2011年以前我一直生活在生存线上，今年我会转回来，摆脱生存线，往生活上发展，再过三五年，估计能往优质生活上发展。

（那你想过有一天要回穰县吗？）

真实想法是，我想回家。太压抑了。但是回家之前，我要先挣一笔钱回家。我和你侄女不一样，她喜欢竞争激烈的生活。如果不是和你侄女结婚，不是她推我，我还是过很安逸的生活，我是喜欢悠闲自在的生活，我从来不在乎穿，我在乎生活质量。

所以我比较喜欢回穰县，开个小卖部，抽个烟，喝个茶，晒个太阳，看着人来人往，就行。我自始至终还是想着挣一笔钱回家，没有想着在北京安家。因为它不接纳我，在没有钱的情况下，一切问题都不能解决，户口、房子、交通，都不行。我想要的安逸生活根本没办法实现。在北京，就是如逆水行舟，不进则退。只要有机会我还要回去。不过，现在看来，指望我挣大钱可能性还是不大，就看你侄女的服装生意怎么样。

我现在是没有一点休息时间，星期一到星期五忙工作，到星期六、星期天更忙，得去照顾生意。但是，我又舍不得放下我的职业，虽然挣钱少，毕竟，那是我的专业，说不上是精神支撑，就是舍不得。如果完全辞职去做小生意，像现在的生意，每天乱糟糟的，面对形形色色的人，为几块钱在那儿吵啊磨啊，我是真的做不来。那些人素质都很低，老想把我们赶走，欺负你侄女。有一天，我拿着一把刀，有六七寸那么长，站在过道中间，骂，妈了个×，谁再欺负我们，咱白刀子进，红刀子出。

侄女最近在通州一家商场的地下室租了一个摊位，卖服装，生意还不错。说到拿着刀子在商场叫骂的时候，正林坐直身子，挽起袖子，用手比划着刀的长度，表情特别强悍，我不禁有些好奇，"你真能做出来了？"

"狗急了都跳墙，这是为生存而战。不这样你根本就干不下去。所以，我经常说，要是买彩票中大奖了，我就回俺们庄，弄个大房子，弄个池塘，养个鱼。我可能和别人不一样，我喜欢那种很安静、很清静的生活。人，总有一个梦想，因为我有这个梦想，所以我得挣一大笔钱。如果挣不来，我肯定回不去。我不会在北京住，我最终还是要回家。家乡的生活比这儿安逸，每次回家感觉呼吸都是舒服的，空气很充分，精神很振奋。"

其实，几年前，在闲聊的时候，我们曾经劝过正林，不如干脆放弃他的工作，和侄女一起去做生意，跟着侄女的父亲，我的一位堂哥到云南校油泵，那样，一年至少可以挣十来万。以正林现在的工资，只能维持生存，永远不能买房，不能让孩子上好的幼儿园，不能去商场购物，不能相对放松地生活，发展的可能性很小。正林一直没有正面回应我们的建议。他没说原因，我觉得，他连想都没想过有一天要在灰天泥地里挣钱。他是有专业的人。

正林一根接一根地抽烟，我的堂侄女走过来，把他手里的烟拿掉，掐灭，扔到烟灰缸里，又把烟盒和烟灰缸拿走。正林没有反抗，连看都没看一眼，任凭老婆处置。

我又追问他一次："真让你回穰县，你回吗？"

"回,肯定回。"

正林确定地回答了我,他的语气有点虚弱。"穰县""梁庄"或许只是虚拟的一个理想之地,一个失落了的寄托而已。

从正林家出来,暗灰色的光笼罩着整个城市,阴郁,杂乱。要下雪了。回想坐在正林家的感受,有一种冷硬之感,像石头一样没有生机。恐怕正林自己也难以相信他能够实现那个梦想——回穰县,回村庄,坐在池塘旁边安静地做梦、发呆。因为所有人都有过这样的梦,慢慢地,都把它遗失了。正林挤车的情形,他粗糙、仓促的家,他拿着刀在那个地下商场的叫骂,和他的奢华的、高雅的、能够展示城市内在活力和想象力的职业,刚好就是现代都市生活两个相反方向的端点。他每天就在这两个反差巨大的端点里频繁转换,这使他的生活显得特别错位。我在很多年轻人那里都看到这种错位,还有因这错位而带来的卑微感和深深的苦恼。

围墙

酒过三巡,梁峰喝醉了。他开始找手机拨号码,嘴里嚷着:"我非给我爷打个电话,我想看看我爷在干啥。我稀罕我爷。"

他爷,我八十岁的福伯,耳朵有点聋。他们打电话的过程,就像吵架一样。

"爷,你在干啥?"

"啥啊?"我们听到那边巨大的声音。

"还在菜园里?"

"啊?"

"大晌午还去干啥，别晒坏了。"

"哦。"那声音漫应着，传达出来的意思其实是"不知道"，他没听见。

"你一个人可少喝酒啊，自己割点肉，吃好一点儿。我老奶还好吧？"

"啥啊？"

"爷，我想你啊，我谁都不想，我就想你。"

"啥？听不见啊！"

"爷，是我啊，老大峰。你在干啥？"

"啊，大峰，又喝酒了？"

"我想你，爷！我谁都不想，我就想你啊，爷。"

梁峰声音里带着委屈的哭腔。他拿着手机跑到外面去，站在院子里打，还是像吵架一样的声音，话又重复了一遍。他的妻子在屋里撇了撇嘴："可稀罕他爷，喝醉了就要给他爷打电话。"

外面吵架式的对话持续有十几分钟。梁峰进屋来，眼圈红红的，一直喃喃地说："我谁都不想，我就想我爷。我稀罕我爷得很。每次回家，我就住我爷屋里。"

大家都笑他："醉了，醉了，大峰又醉了。"他妻子一直轻蔑地撇着嘴，推着梁峰说："赶紧去睡一会儿，一会儿猫尿就出来了。"

梁峰搂着他老婆，眼泪流着，说："老婆，我知道我喝多了。我想我爷啊。"他老婆很不好意思，不断推开他，他又不断去搂她。

一会儿又搂着我，自豪地说："不是我说的，姑，你可以去问问，厂里没人说我梁峰怎么样。活干得好，从来不偷奸耍滑。对人，那也是没说的。"一会儿又很低落："姑，你不知道，我在这儿，就是打工。厂里人永远不会给外地人机会。你干得再好，没人提拔你，你永远不可能是个车间主任。他本地人有三险，我这外地人，啥也没有。就个干工资。有啥指望？

"实际上城市不比农村美。我现在一回老家，感觉很美，有地有树，多舒服。我觉得说说农村清是美，我房子也盖了，我出门就是挣点钱。城市，除了楼还是楼，除了房还是房，除了车还是车。我是没办法，我来你北京打工。"

梁峰老婆对梁峰的每一句话都表示不屑，"就显你能"，接得非常紧凑，非常顺溜，像是唱双簧，又像是演一出熟练的戏。

下午一点半，该是梁峰上班的时间了。他老婆提醒他，他不理她，"我不去了，姑都来了，我还在乎那几十块钱。钱算啥？"他紧紧搂着老婆，又把头靠在老婆肩上，让我给他们照相。一张俊秀的脸上惊人的眼袋，长期过多喝酒留下的痕迹。他又要给福伯打电话，被老婆夺下了手机。她把他推到龙叔家的西屋里，躺在龙叔的床上，梁峰很快睡着了。

这是秋天的中午，阳光有些虚浮，但仍然很暖。我们——我和父亲；五奶奶的大儿子，我叫龙叔的，他们一家，龙叔龙婶，儿子梁安，梁安老婆小丽和他们的儿子小点点；西安万国大哥的大儿子梁峰和他老婆——在顺义牛栏山镇姚庄村龙叔家喝酒。

村庄简陋、安静，年岁久远。有老屋，有灰尘，有阳光透过树叶洒下的阴影。龙叔租的那个院子分为前后院，前面是一个较新的二层小楼，房东后来加盖的，绕过小楼，后院是老房，一个三间的小平房。平房和前面的小楼之间形成一个院子，自来水管和水槽就架在院子前左方。右边是一个简陋的红色石棉瓦搭成的小厨房，厨房旁有两棵高大的柿子树，艳红的柿子挂在稀疏的绿叶中间，活泼，也有奇怪的安稳。

平房低矮，小窗窄门。里面的设施非常简单，没有常居家庭那种积年物品的拥挤，只是简洁的暂居状态，但奇怪的是却有家的基本感觉。是因为人，完整的一家人，还是因为这安稳的空间，这两棵柿子树？

龙叔上个月刚回过梁庄，和西安的万立二哥、虎子一样，回家治病，割痔疮。当生病的时候，梁庄人总是千里迢迢回到穰县治病，哪怕只是像割痔疮这样的小问题，更不用说二哥的糖尿病、虎子的断腿。

梁安戴着一副眼镜，个子不高，黑得透亮，细瘦，不爱说话，很有主见的样子。小丽已经又有八个月左右的身孕，长脸，脸上布着一层淡淡的雀斑，忠厚里透着点小风情。她的肚子高高隆起，但儿子要求她抱时，她还能够麻利地把儿子抱起来，用臂膀夹在旁边。

梁峰在特种玻璃厂上班，他的老婆在姚庄村的一个电子厂上班。他们住在这个村庄的另一头。梁峰看起来非常腼腆，皮肤白皙，浓眉长眼，挺鼻薄唇，很俊的一个小伙子。他老婆圆脸圆眼，又剪了一个娃娃头，很可爱。

和梁峰同在一个厂上班的万科三哥没来。万科是梁峰的亲叔叔，福伯的三儿子，前几天在电话约好今天一起在龙叔家见面。问梁峰是怎么回事，他的回答模模糊糊的，很不清楚。

梁峰夫妻来北京已经七年了。我问梁峰的老婆："孩子们来过北京吗？"

她说："来过。梁峰妈带着她们来过一段时间，不适应，住的地方太窄，嫌着急，花销也大，就带着孩子又回去了。没办法，只能顾一头，给钱就行。"对于孩子和自己分离，梁峰老婆持一种平常的态度，并没有特别难过。一个切实的情况是，孩子真来了北京，他们并没有时间照料孩子。除了在哪儿入学、学籍、户籍这些具体的制度问题之外，他们很难按照学校的节奏来安排自己的工作，每天早七晚七的班，十二小时的工作长度，居住条件差，也请不起保姆。更何况，他们对自己教育孩子的能力也有所怀疑。

在吃饭、喝酒和聊天过程中，梁安很少说话，也不喝酒，一边听着，一边很周到地照顾大家。他吃饭非常少，能感觉到他心里不舒展，有郁结。

龙叔说："梁安啊，心事有点重。从小都好操心。小时候，村里人都说，这娃儿将来有材料。我都给他说，凡事别想恁多，咱干哪儿是哪儿，肯定是饿不死。"

在梁庄的同龄男孩中，梁安干得非常不错。1987年出生，2001年来北京打工，先是在建筑工地做小工，刮腻子，拎泥包。2006年开始单干，做一个"小包工头"。自己找活，承包下来，然后领一帮工人去干。2008年，21岁的梁安开着自己的昌河车回到梁庄，盖房，结婚，共花了二十三四万。离开时把车放在家里，回北京又买了一辆长安之星，中型面包车，手续办下来，将近七万块。

那是梁安的全盛时代。这之后，他的生意一直在走下坡路，"去年在顺义××农业公司干个活，有个老板，关系好，时间长了，给我找些活。其实算是转包。活干完了，钱还没有结完。咱只是'清包工'，只干活，不管料，料是人家的，净活，将近三十万。只结了一部分，还有十来万没给我。我自己投入很多，电锯、切割机、电缆，光电钻都买了二十多把。这都不算钱。我现在不跟他干了。我找人干活，你不给我钱，我这边的工钱没法给工人结，工人不愿意，我也失去信用。再有活，我找不来人了。啥时候你把账给我结了，我再给你找人。这个账不结，越陷越深。

"算利润，从2010年10月到现在，对头一年，挣有十万块钱左右。但是，他这一欠，等于我这一年白忙活。包活最怕这。

"现在我每天在市场给人家公司拉活儿，有时候是货物，有时候就是干零活的人，不固定，干绿化的，装修的，谁需要拉人拉货给谁干。每天都结账，很利索。老板说，你凑个人数，干点活，也给你开人工钱。我不想干。"

下午五点多钟，龙叔家来了一位青年男子，手里提着一大袋子馒头。他的长相看不出实际年龄，平脸大眼，没有皱纹，眼神有些空茫，不含多少情感。龙叔说，这是梁安的舅舅。进到屋里，这青年人就叫嚷着脚疼。今天一整天他都在跑着找工作。和梁安一样，今年装修生意不好，他就想着进厂干活，工资保现，等春天暖和，活多了，再出来干。

我问他这些年出来打工的情况。他不太善于表达自己，话语非常枯燥，急着结束谈话的样子。

"我十几岁自己出来，在天津自行车厂喷漆，这是九几年的事儿，一个月一千多块，也还算不错。那油漆太脏了，干一天活，吐一口唾沫，出来的都是绿颜色的。后来跑到这儿，搞装修，干木工。一天十五块，每年涨，比大工工资还高，木工工资最高。

"大前年，我老婆的好朋友在穰县开个小超市，说不想干了，叫我们干。我回家看看，也不行。后来，在城里开一个干洗店，干一年就不干了，在屋里干啥都不好干。中间一段也干过装修，也不行，工资低，活不凑手。这才又来北京。

"想找个厂干。今天跑得脚疼，天冷。我以前在电子厂干过，拿不了多少钱。今儿我又去了，工资一个月涨到两千三四，也还行，他非要叫我上夜班。我不干，我一熬夜就不想吃饭，人也受亏。后来又去汽车配件厂，他说让当保安，一个月一千八九，按时上下班。我还没定下来。"

大家说起保安的话题，我问龙叔与同在北京的韩家建升有没有联系，建升在北京开了一家保安公司。龙叔往地上狠狠地吐了一口唾沫，鄙夷地说，从来没有。

六点多钟，龙叔家的人开始多起来，都是老乡串门。有的一看家里有陌生人，打个招呼，不等介绍，就走了，有的会寒暄几句，问是哪儿来的，啥亲戚。我也问问他们是穰县什么地方的，来北京多长时间，干些啥活。姚庄这一片聚集的大部分男性老乡都是个体搞装修，他们的合作对象不固定，谁有活跟谁干。也因此，活不固定，忙起来连饭都吃不上，闲起来可能一个月都没有事干。但他们一般不会闲着，没活的时候会去打零工。

一个中年男子来到龙叔的院子里，他的左腿微微有点瘸。龙叔给他搬个小凳子，给我介绍说，这是前院邻居，是梁庄旁边的王营人。他的腿肿得厉害，里面的青筋往外迸着，盘曲扭结，肌肉颜色有些发黑，好像有些要坏死的样子。我问他这是什么病，他说医生说是血栓，什么血栓，原因是啥，他也不清楚。他来北京这些年，一直干零工。

"原来工资低，最多四五十块钱，现在工资高了，一天最低九十块钱，咱干不成了。打零工现钱，一天是一天的钱。以前市场撑得不行，不让在那儿等活。农村搞建筑，单位搞建筑，打扫卫生，绿化啊，都是临时找人。只要是活，老板叫干，钢筋工、架子工，啥都干。只要想干，不怕累，都有活干。"

我们在说话的时候，一个漂亮的女孩子过来。上身穿着深绿色裙装，下面一条黑色的打底裤，一个土黄色的高筒靴子，长长的头发束在后面，小圆脸，黑眼睛，还有点婴儿肥的样子。女孩子走过去站在邻居大叔的身后。邻居大叔给我介绍说这是他女儿。我向她问好，她用普通话跟我打招呼，又用普通话逗小点点玩，不时用眼睛瞟我，似乎让我明白她不是一般的打工者。我问她在做什么，她说她在一个明星培训学校学习。不是培养明星，而是培养明星助理。学校保证将来给她们介绍工作。女孩子对自己将来能当上明星助理非常期待，觉得是一份很耀眼的工作，因此，说话的时候，颇有向我炫耀的意思，特别详细地给我介绍了她们培训的课程，以往那些培训人员现在的去向。

"我们上一届的学员，工作找得好好，有给范冰冰当助理的呢！"

女孩子睁着一双眼睛，黑白分明的，非常清澈，有着无限的向往和羡慕。她的普通话并不标准，不时迸出乡音，话一说多，一个没见过世面的乡下女孩子的神态就显现在脸上。但是，这并不让人讨厌，女孩子身上反而有一种特别的质朴和可爱。现在，她每天早晨五点半起床赶公交车，每天要来往五个小时奔波在顺义和海淀之间。

梁峰还没有醒，躺在龙叔的床上打着均匀的鼾声。和龙叔、梁安约明天再来，我又给三哥打了电话，说明天中午在他们工厂周边的饭店请大家吃饭。三哥答应了。

隔天上午，十一点多钟，我们到离姚庄几里地的大鸭梨烤鸭店吃饭。梁安熟门熟路，他和他的老板朋友、哥们儿经常来这个地方。龙叔一看是烤鸭店，叫嚷着要回去，说花这钱，不如在家买菜做饭。

我给三哥打电话，问他和梁峰什么时候能到。三哥却说，他来不了了，他已经到外地押车了，可能要三四天才能回来。电话声音很嘈杂，也很远，好像是在路上跑的样子。我说怎么那么不巧？他说，咱是打工，人家派啥活干啥活。

隐约觉得他有推托之意。昨天他没来，其实已经有点意外，走访了这么多城市，像三哥这样不愿见我的梁庄人还从来没有。

一会儿，梁峰骑着自行车过来。我问他三哥到哪儿出差了，他很生气，说别管他，不来算了。梁峰忍不住发牢骚："也不知道咋回事，在新疆这些年过独了。爱钱得要命，一天都不闲着。三婶恁瘦，天天在村口等着干零工。啥都干，建筑工地搬砖块的活儿都去，那活多重，多健康的女的都不去。清是不要命了。过到最后就剩他一个了。谁都不看。"

2008年我回梁庄的时候，见过三哥几面，没有过多交流。三哥的儿子梁平当时在吴镇上高中，谈恋爱、逃学、上网吧、偷爷爷的钱。三哥三婶这才从新疆回来。

梁峰的工厂在顺义通向北京的高速公路旁边。工厂很简陋，也很小，从大铁门望进去，可以看到最里面半开放式的大车间。几个工人正在往一个大桌子上抬玻璃。这是第一道工序，把拉来的玻璃按要求的尺寸切割。

我看见了穿蓝色工服的三哥。

他正和其他三个人抬着一张大玻璃往台子上放。看到我们，他有些诧异，有点不好意思的样子，但又好像没有过多表情，继续抬着玻璃，放到台子上，和其中一个人交代了一下，往我们这边来。梁峰走过去，戴上手套，开始干活。

我们谁也没提昨天和上午的事情。他没有解释，我也没有想着再问他。厂房很高，不时有机器切割玻璃的噪音，回声很大，我们提高着嗓门，相互问候了几句，又停了下来。一时间大家不知道说什么好，他手里拿着那双白线手套，左手右手来回倒着，眼睛朝我们这边看看，又游移过去。

我让三哥带我到其他车间转转，他嗫嚅着，说不出话来，很不方便的样子。我问他，三婶今天出去干活了没有，他说一早就出去了。问他梁平现在在哪儿，他的脸稍微红了一下，迟疑片刻后，说在郑州，先是在富士康厂干，后来跟着大哥家的老二梁东干活。

我问一句，他答一句。站在切割玻璃的现场旁边，问了彼此的近况之后，就再找不出话来。很尴尬，交流很困难，他可能也有同样的感觉，于是，就都把目光投向梁峰。梁峰拿着大尺子，熟练地围着玻璃，量，画，用玻璃刀或钻刀划，用手使劲往下掰或在台子边缘往下磕，并且及时托住即将掉下来的小玻璃块儿。很快，那一块玻璃就切割成了标准尺寸，梁峰小心翼翼地举着它，往另一边靠过去。那三个人过来，四个人又抬起另外一块玻璃。

三哥还在不停地捏那双手套。中间有好几次，他转过来看看我和父亲，似乎想要问我们什么，欲言又止，又把眼睛闪了过去，扭头过去，再次看梁峰。又是一阵静默。他不再看我，专心致志地看梁峰和工友们的动作。

三哥为什么不想见我们？舍不得那一个下午的几十元工钱？这

可以理解。奇怪的是他的神情和表现。敷衍，不自在，紧张。虽然也在聊天，但他的心没有跟我们在一起，他一点也不投入。他好像急着我们走，他好赶紧去抬玻璃、量玻璃、切割玻璃，进入熟悉的场景，把自己隐藏起来。他在自己周边垒起一堵结实的墙，在围墙内，他是安全的、自在的，他可以对所有人和所有问题都视而不见。

我们在一起聊了，不如说尴尬了将近一个小时。离开的时候，本想约三哥晚上一起到龙叔家吃饭，但是，我却没有说出口，那对他可能会是一种负担。

和我们告别之后，三哥迅速走到玻璃面前，开始专心干活，他的整个体态放松了很多。

河南村

第一次听到"河南村"的名字，以为是因河南人在那一个村庄聚集太多而有的绰号。觉得肯定里面很有内容，因为在北京郊区，都有很多这样的聚集点。就像内蒙古的老赵说的"扯秧子"，一个村庄、一个乡或一个县的人，来到北京，在郊区某个村庄或某个荒废的地方住下来。然后"扯秧子"，扯出那一地方的一群群老乡、亲戚，沿着最初老乡的居住地，往外扩散，租房子，或私搭私建，形成一个全新的、不被命名的、但却人人知道的聚集地。粗糙、肮脏、简便、毫无章法，内部却亲疏有别，充满着错综复杂的亲密关系。

打听之后，才知道，"河南村"在很早以前就是这一名字。一条河，河南边的村庄叫河南村，河北的村庄叫河北村。与河南人的聚集没有关系。

不过，倒也名副其实，河南村确实居住着大量的河南人。在吴镇，就有直接发往北京河南村的大巴。在穰县和河南的许多地方，都有开往河南村的客车。

梁安陪我到河南村去，那里有钱家合伟、韩家立子、青焕等十几口梁庄人。我们到达河南村的时候，正是早晨将近七点钟。河南村南门口人声鼎沸，正处于交易的尾声。

南门口既是进城上工的人坐车的地方，也是在周边干零活的人等活的地方。进城的人多在五点多钟就出门坐车，六点钟左右是干零活的人和小老板说活、交易、谈价的时间。"小老板"，是替需要人工的公司找人、谈价、拉人的人。小老板一般自己有车，和各类公司的老板或相关人员有联系，老板有活只需给他们打电话，交代清楚，干什么活、要多少人、多少钱，剩下的就是小老板的事情。小老板一大早就在南门口等人，根据活的需要相互挑选。成交之后，小老板负责把人拉到工作地点，晚上再拉回来，工人工钱一天一给。梁安就是这样的小老板之一。这里面也有猫腻，干的时间长的小老板会两头吃。报给老板一个价，报给工人一个价，工人的工资由他负责发放，这样，他还可以吃个差价。

大、中、小型面包车横七竖八地停在路边、花坛上、饭店前。穿着朴素、苦着脸、木着脸，或几个人在一起高声闲聊、哈哈大笑的多是等零活的农民，而被围在中间的、穿着整齐、头梳得整齐、拿着小包的则是小老板。说成之后，一群人忽忽拉拉跟着，上了车，就开走了。

八点钟左右，南门口变得冷清起来。人几乎走光了。无论年龄大小，一二十岁的小伙子，四五十岁的妇女，五六十的老头子，胖的瘦的，弱的强的，都找到了活，被一辆辆车拉走。

这个南门口就是一个小型的人力市场，这些人力大部分是来自于河南村的外地打工者和在周边村庄居住的打工者。

进南门，路两边的建筑物是老式的各式平房或简易板房，这些房子被各种商店、小吃饭店分割。约走一百五十米左右，一个丁字路口右转，再走约一百米，前面是一大片较为宽阔的空地，空地后面有一排房子。

梁安说："这是大队部。原来人们在村里面大队部那一块儿等活，最多的时候有上千人在那儿等。村里的车根本过不去。出了几次事，上面就不让在那儿等了。有一次，一个拉活的小老板急着走，开车把人撞死了。还有为抢人、抢活打架的，啥事都有。南门口那儿也出过事儿，一个人没有挤上公共汽车，挂在门边上，结果被甩飞了，人也死了。人家河南村的居民不愿意了，说外地打工的把人家村里的环境弄差了，这些打工的素质低，吵吵闹闹的，让人家没有安全感。

"后来，就开始对河南村的打工者进行整治。也不知道是保安队，还是警察，赶在大队部等活的人，因为赶，又出事了。一个人怕被抓住，急着跑，撞到了公交车上，被撞死了。是个年轻人，咱们穰县老乡，来河南村住还不到一个月，老婆刚怀孕。他妈从老家来，开始闹，好像是最后连带河南村也赔了一些钱。惊动可大。最近说是又要整顿了，还要拆迁。"

河南村里面，新房和旧房混杂，崭新的、砖红的几层楼房和空间宽阔但房子低矮的大院子交错在村庄中，显示出急进和停滞的矛盾形态。

青焕和她的丈夫王福住在大队部旁边的一个院子里。青焕今年五十五岁，是梁庄韩家的姑娘，他们家在梁庄辈分很高，我们得叫她姑奶。2009 年，青焕在河南村南门口被一辆同向而来的小轿车撞飞，之后住院，做开颅手术，打官司，要钱。这是一个漫长的官司。在这一过程中，青焕一家经常与我联系，托关系、找律师、找法官，包括如何上法庭，见被告，到最后，我几乎有些害怕接到他们的电话。

我从来没有来过他们在河南村的居住地。这样一个突然呈现出来的事实使我略微有些尴尬。王福姑爷迎了出来，他至多一米五多一点，黑红的、风吹雨打的一张脸，两只小眼睛倒是很亮，闪着狡黠的光。此时，他的脸涨红着，手相互搓着，不知道怎么招呼我们。青焕的侄儿合伟从后面跟了出来，对他姑夫的木讷很是瞧不上，把我的背包拿下来，放在沙发上，让我们坐下来，又张罗着找杯子、倒茶。五十多岁的王福姑爷一直张着两只手，小眼睛笑得眯在了一起。

合伟，在见他之前，已经听很多人讲过他的事情。

"他今年二十九了，还没有找来老婆。"这是人们用来证明他人品差的重要证据。合伟在梁庄的名声很差。其原因不是吃喝嫖赌，而是懒惰。说是有一年出去打工，春节回梁庄，声称自己很累，躺在床上，让爹妈端吃端喝一个月。他父亲韩九爷又气又急，逼着他去他们承包的砖厂干活，结果，他搅拌的沙子、石子做出来的砖是软的。他根本不按照比例来，想当然地就各自放了一些。韩九爷的砖积压在厂里，卖不出去。这在梁庄成了一桩笑话。说起这些事情，梁安皱着眉头，非常鄙视："那就是个憨家伙。"

眼前的合伟穿着一件红夹克、蓝色牛仔裤，瘦长，头发枯黄。他说话很慢，好像深思熟虑，但又好像只是为了证明自己思维的合理性，力求句句准确，但又句句生硬。神情里透露着一丝孤僻，一种长期被孤立所产生的自我保护。看来，他清楚自己在村庄里的形象。他的姑夫王福也有点孤僻，一个农民保持着顽固的自我，并对周围事物视而不见所产生的那种孤僻。

我问王福，怎么没看见青焕姑奶？前几天打电话联系的时候她还在。

"回梁庄了。在这儿弄不成。干活老晕倒，时间一长，这一片儿拉活的小老板都知道她这毛病，怕出事儿，找零工就不找她。有时候她要去，一到中午，人家就说，你走吧，别晕到这儿，负不起这责。"

"回梁庄？不治病了？"

"治啥？是后遗症，治不好了。现在连数都不认识了。10 减 3 等于几都不知道。她还非要出去干活。刚好前几天你明焕姑奶来，我说叫她回去，转转，说不定好些。"

"那官司呢？现在到哪一步了？"

"日他妈，那人坏得很，又开始反诉咱们了，让咱们赔他钱。我还正要给你打电话呢。你说，咱在前面骑自行车走，他在后面开车撞住咱，咱咋还要赔他钱？清是说不通。"

一说起官司来，王福姑爷就处于一种语无伦次的状态。他开始找他们打官司的材料，东翻西掀，嘴里嘟囔着，"这儿，这儿"，矮小的身体在房间里来回转着，看着让人烦恼。我说不如我们先出去吃饭，吃完饭回来再细说，下午时间长。他马上停下来，说，好好好，吃饭，赶紧吃饭。

我们走出院子，王福姑爷指着靠里的一幢楼房说，这是房东的新房。我问他和房东有来往吗？他摇摇头，说："这些年都没见过几面。一年交一回房租，没啥事，有啥来往？"

"那这里的村民和打工的有来往吗？"

梁安、合伟和王福姑爷几乎同时摇头回答："没有。"

"那年轻人之间呢？"我指着不远处的那几张台球桌，有一些年轻人正在那里打台球。

合伟缓慢地摇了摇头："不来往，各打各的。没发现谁和谁混在一起。"

"譬如说他们村里有什么矛盾，你们都知道吗？"

"都是听说的，模模糊糊的，人家谁也不会跟咱说。"

河南村里住的外来打工者几乎占村庄总居住人口的百分之八十，而百分之八十中又有百分之八十是河南人。但是河南村的村民和河南村里的河南人从来不来往，或者，没有真正的来往。王福姑爷一家在这儿住了十几年，他不了解河南村的内部矛盾和人情是非，河南村的变化、利益、纠纷、扩张等等与他也没有关系。在西安的德仁寨、金华村，堂哥、虎子和那个村庄的交往也只限于收房租的时候，虽然他们是这个村庄的实际居民。

我在东莞的时候，有非常明显的感觉，那些小老板们和当地居民也从不来往。早晨的时候，他们可能会出现在同一个早茶店里。本地居民带着孩子，全家老少出动，吃饭、喝茶、聊天，从容自在。那些外地的有点钱的加工厂小老板也会带客人或自己去吃、喝，他们学会了当地的生活方式，但是，他们仍然是两个世界的人。他们从不来往。所有关于本地的故事都只是流传，流传到了外地打工者的嘴里。一个出租房子的虎门镇居民更不会走进这些小加工厂，去看看生活在他的房子里的那些工人如何生活、如何工作，从来不会。

他们对彼此都不感兴趣。

他们生活在同一村庄同一场景中，彼此却完全隔膜。当地人依靠出租挣钱，但同时，也是这些打工者，扰乱了他们的生活。大量的打工者对河南村治安的混乱、环境的肮脏和人口的拥挤负有直接的责任。因此，驱逐也是不可避免的事情。但驱逐只是一种形式和心中不满的发泄，只是界定、强化各自的身份、地位的一种游戏。

河南村，不属于河南人的村庄。在这个村庄里生活的河南人只是借居者、流浪者，没有权利拥有河南村的居民所拥有的任何事物。但是，它又是王福姑爷的第二个家。他已经七八年没回穰县了，"在这儿都习惯了。回家，两三天行，时间长了都急得圆圈转。树叶落到树根上，老了还得回去。咱还得回去。"

王福姑爷在河南村的周边收废品。一开始，沿街叫着，或到工厂门口等活。时间长了，和几个厂子有固定联系，人家有废品了，打个电话，他就去。一个月也能挣两千多块钱。依靠这收废品钱，他供养他的儿子大学毕业。

"我今年五十七了，再干个五六年，估计干不动了。"

"你想回家吗？"

"不愿回家，没有回家二字。在这儿习惯了，觉得是第二个家，也没有梦到过家。"

打官司

吃过饭，重又回到王福姑爷的房屋。王福姑爷不善言辞，说话颠三倒四，说到一个地方，就四处找相关的文件，仿佛要让文件证明自己说的话。一会儿，打官司的文件、青焕的病历、照的各种片子就占满了整个房间。

2009年12月17日，是下午六点半的时候，那天没下雪。青焕骑的自行车，下班回来，她在飞机场清理垃圾，归类，在沙浮村那儿。刚开始工资是一个月九百五十块钱，被撞住前，工资一千二百块。

对方是北土村的村民，开的是夏利车。两人同向而行，咱自行车在前，他车在后，快到南门下，他车开得快，把咱人撞飞了，估计飞有两米多远，把前面正在走的俩人也撞倒了，最后才落到地上。当时头上就出血了。头晕，不停地叫着头疼。对方两人也没有走。

当时我没在家，老乡们打了110，来了拍照弄啥的。我赶紧回来。我懵了，不知道咋回事。刚好120来了，我就赶紧跟着车，把人往医院送。交警也跟去，说是人先治病。过了一个多小时，司机和他自己的人才去。我押了七百块钱，钱不够，把手机也押上了。司机来了，押了六七百块钱，我把手机拿出来了。第二天就做了手术，手术做得很成功。剖颅，说是里面积血，总共住院住了五十三天。第一次住了三十天，一开始就不清醒，一直昏迷，做手术之后，脑袋右边全都塌下去。

在医院里住的时候，俺们只要不打电话，车主人就不去，一般都是医院催钱，我打几次电话，他往卡上输个两三千块钱，又不见人。从来没有给赔个错道个歉啥的。到八九天的时候，车主就开始催着出院，说治了你治，我不管了。打电话不接，不管你了。主治医师不让出院，说要是自己出院了人家不负责任。当时车主就出了三万九千块钱，咱自己坚持住了一个月院。我自己花了将近四万两千块。在家休养了五个月，然后去检查、换颅、补头骨啥的，又住了二十三天。车主一般不接电话，接了说自己没钱，让我们先垫上。态度坏得很，恶狠狠的，还通过别人放出话来，说他公安局有人，让我别想着讹他。

我想着，通过交警，交警拍了片子，你也跑不了。这中间，交警队的交通事故鉴定书出来了，咱想着交警肯定是按理来的，咱对法律也不懂，想着那肯定就对的，所以，就同意了，交通事故书是对方是主要责任，咱是次要责任。后来，说当时车主开车的速度只有五六十，我不相信，五六十人都能撞恁远？人家肯定找人了。

咱不想打官司，咱是外地人，一个打工的，谁也不认识，人家是本地的，肯定有人情。我就打电话，找交警队，想着只要你给我治病钱就算了。找了几个月时间，交警队也不管了，他一直不给。逼得没办法，只好找律师。

找律师的过程你都知道。俺们把人家约到双兴酒楼，瞧[1]人家，说是需要六千块费用，先付三千块。咱还给人家律师个人一千块。第一审是两下协商，找法医进行伤残鉴定，最后，叫法院指定，就到石景山区。这中间都把咱弄

1　瞧人家：瞧，"请"的意思。

晕了，一会儿这儿，一会儿那儿，不知道咋办。人家就是这儿的人，肯定有关系。咱又啥都不懂。两天之后，咱和律师到顺义法院正式起诉。也说要审，审了之后，再进行伤残鉴定。再后来，那个人根本都不出现了，只在法庭上见面。见面连招呼也不打，也不问你青焕姑奶奶的情况咋样。

术后并发症可厉害了。今年八月份，忽然就晕了，癫痫症发作。摔到院里，头上摔个血包，眼睛红得很，嘴里吐白沫，浑身抽。十来分钟的样子才醒。到老乡的药店拿生脉饮，喝喝好了。第二次手术完之后，就犯过癫痫。医生说是继发性癫痫，药物维持最少得两年，吃德巴金，还有什么"丙戊酸钠缓释片"。

最近一次发病是 9 月 12 号，在工地上干零活，又晕过去了。干零活可辛苦，累得很，茶、水、饭都不赶[1]。一般是早上七点半开始干活，十二点收工，下午一点上班。中午就自己吃个盒饭，有的人舍不得只吃个馒头。女的东一起西一群坐在地上，男的就躺在台阶上，烂纸箱子上或者地上睡会儿觉。青焕的身体根本受不了。老板一看人晕了，惊了，说你赶紧走，你干这一晌，我给你开一天的钱，你可别来了。

今年看来，脑子清是差，反应慢得很。人清是废了，做饭都不敢做。她闲不住，还非要去干活。

第二次出庭见面之后，相隔有俩月吧，那个车主要求

---

1 不赶：供应不上。

在顺义西单大卖场见面，说谈谈，要求和解。我说和解不成。你不配合，再说，你也始终没说到家来看看，拿啥不拿啥的不要紧，关键来看看人，也算是你的态度。这是我最气的事儿。我说，就按法律来。

从青焕碰住到出院到现在，那个人至多出现三次。刚开始那一次。在医院里从来没有去看过，才开始要钱还往卡里打钱，后来，人也不见，钱也不给了。中间上法庭见过一次，后来反诉又见过一次，不超过三次。电话打死，就不照面。

法庭判之后，总共说是二十二万。保险公司是十二万，那个人给了七万多，咱自己出了四万多，因为咱是次要责任。我这才知道上当了。那个人认识交警队的人，早都串通好了。现在，他还欠我三千九百块钱，就不给咱了。

在这时候，那个车主又请个律师，反诉俺们，叫咱赔他车，说因为咱也有次要责任，所以得赔他的修车费。说咱人把他车撞坏了，叫我赔五千多。你看这混账不混账！我想着，咱在前面好好地走，你追住我了，你把我人撞飞了。俺们骑的自行车，你开的小车，咋还让我们赔！这说不通啊。

为这事我又找律师，律师说以后再说，以后再说，实际上是推托了。日他妈，一看没钱，律师也不想管了。

现在我每周五去法院。他撞住人还恁恶，凭啥？反正我这收废品的活也不要时间点儿。周五是法官接待日。我去要钱。我非得把这钱要过来。我不能便宜他。不说咋了，

你到我屋里看看人也行。我耽误多少工夫？我这两年花了
多少钱？

王福姑爷在屋子里那一小片空间里走来走去，眼睛看着天，嘟
嘟囔囔地说着，一脸悲愤的样子，一会儿用手比划着那颧骨切掉陷
下去的形状，一会儿又拿出青焕姑奶服药的小瓶子，让我看上面复
杂的药品名。他头脑里有一本混沌的账，他被这账里面的小细节纠
缠着。见到我之后，他一直试图理清这笔账，希望我明白他受了多
么大的冤枉。但是，在讲到"每周五去法院"时，他看着我，眨着
小眼睛，说不清楚是执着的还是生气的语气，让人感觉到，他在做
意义特别重大的事情，他会不急不缓地坚持下去。

说起打官司，大家都认为外地人肯定要吃亏。梁安说：

城里人肯定欺负咱农村人，更何况你还是个外地打工
的。咱们有一个老乡，在我那儿干活，下班回来，一个雪
佛兰车撞住咱，腿上刮破皮，脸上也有伤。司机和四五个
人从车里下来，骂他不长眼，又扇他几巴掌，踢他几脚，
把他肋骨都踢断了，威胁他不准告。骂完打完，走了。咱
报案了。刚好事情出在歌厅门口，人家歌厅有摄像头。调
出来找到了车和车主。那车主掏出三千块钱，威胁咱们说，
我这钱给了，你就不要在顺义混了。他想着他是本地人，
厉害，可以欺负住外地人。咱这个老乡很害怕。后来我说，
别说这，都是中国人。你要是不给钱，咱非告不可。你这
逃逸是真的，我告你，你得坐半年。你也不好受。后来，

才算赔了一万块钱。

另外，还有一个案子。就是六月份的时候。是咱那儿河东人，给一个公司装通风管道。那通风管就几个螺丝钉固定着，根本不牢固。正在下面固定，通风管脱落，"哐"一下，人硬是被砸死了。俺们都去看了，那真是没法说，惨得很，人都成浆了。后来家属来，咱也找了咱这在北京混得还不错的老乡去谈判。李秀中都去了。你知道人家多恶啊，知道你是外地人，带理不理的，拿这拿那来吓唬家属。俺们在这儿撑着，让家属不要怕，谈判就得几个来回。家属不听，让人家给吓住了，最后四万块钱给打发了。把李秀中气得不行，说早知道不管了，瞎耽误了几天工夫。实际上，它那操作完全是违规的，公司本身就不正规。

李秀中是谁？是吴镇在北京混得名头最好最大的人，他在北京良乡一带校油泵，已有几千万资产。他的名字总会在不同场合、不同层次的老乡聚会中闪现。

晚上七点多钟，在外面干活的立子、红旗、成子陆续回到河南村。他们都在做建筑方面的活儿，油漆工、砌墙、铺瓷砖、木工，干什么的都有，依着活儿的地点变动奔走在北京城的不同地方。

大家约好在南门下的饺子馆等，红旗、成子先到，穿得干干净净。他们俩在一个工地干活，铺瓷砖。这类活儿有时候按天算，有时按活儿给钱算。按活儿算，就是不管你多长时间干完，总共这么多钱。他们最喜欢后者，会连干一两个通宵，挣上一两千块钱，来钱快。

红旗、成子都是 1985 年以后出生的人，但看起来很是少年老成。

"咋不把老婆也叫来呢？"我问红旗，梁安说红旗老婆也一直在这儿，干零活。

"叫她干啥？"红旗有点不好意思，"俺们直接从工地回来。"

"不会吧？看你们俩的衣服怪干净的。不是铺瓷砖的吗？干一天活能有那么干净？"

"没有，没有，那活可脏。俺们拿有衣服，干完活把衣服一换。那身衣服放那儿，第二天去再换上。"

脱去"工作服"，换上干净衣服，坐车，回家。这倒是一种新鲜的做法。好像还有某种尊严的表达在里面。不以贫穷、肮脏和低下示人，不看轻自己的劳动和身份。

立子将近八点才到。他刚从工地回来，和一直在南门下等他的老婆、小女儿一起来到饭馆。立子看起来非常疲倦。果然，他说他连续几个晚上只睡了四个小时，他在一个建筑工地负责分发物品。老板看重他老实忠厚，让他管这一摊子，工资比其他干活的人要高一些。但问题在于，工地是连轴转，工人倒班，这一摊却只有他一个人。他几乎没办法睡觉。

立子老婆很时髦，染一头红发，穿一个黄色小皮夹克，眉毛有文过的痕迹。她喜欢替立子发表意见，喜欢显示自己的能干和见过世面。这和木讷、一脸灰尘的立子，刚好形成鲜明的反差。她在广州待了十来年，在大商场卖过化妆品，和梁安老婆小丽一样，也在富士康工厂待过几年。她和小丽并不认识，但都因为结婚离开广州，离开后再也没有回过那里。

整个一场饭，只听见立子老婆"呱呱"地谈她卖化妆品的经验，谈她对立子家人——她的婆妈、公爹——的看法，一种略带嘲讽但又完全否定式的评价，显露出一个乡村媳妇对婆家天然的排斥。立子父亲今年中风偏瘫，他以六十岁的年龄扛起装有两百多斤粮食的麻袋，弯腰下身，趴倒在地，就再也起不来了。立子妈在家照顾自己的丈夫。夏天在村庄的时候，每个傍晚都能看到她在村头站着和妇女们在一起聊天，还是眉眼乱飞，保持着我在少年时代隐约可感的某种风情。

我问他们平时和梁庄村里其他同龄人联系多吗？都摇摇头，言："各过各的，没啥事，很少联系。"

我又问："想过梁庄吗？想回梁庄吗？"

这几个年轻人似乎被这个问题问愣了。立子老婆在一旁说："想啥？回家一分钱挣不来。要是俺们回家，他爹治病的钱谁出？"立子用愠怒的眼神看了老婆一眼，老婆大声抗议："咋，我说的都是实话。"

"那想过在这儿安家吗？"

"那不可能。"没有经过任何思考和犹豫，所有人都给了我否定的回答。

在吃饭的过程中，大家也很少和合伟交流。梁安、立子、红旗、成子，都自觉不自觉地忽略他的存在。合伟来回跑着，拿东西，招呼服务员，要么坐下来，抽支烟。他也找不到话和他们交流。在抽烟的时候，一点点不易觉察的可怜相从他被烟雾半遮的脸庞上泄露出来。

合伟，一个声名狼藉的人，一个被自己的亲密关系排斥的人。在北京，他同样受制于这样的排斥，因为他无法超越这样的关系。

他这样的打工者，连活儿都难找到。他们的活儿多来自于同乡之间的相互介绍。对于这样的懒家伙，梁安连话都懒得跟他说。

院子里有棵树

傍晚将近七点的时候，表姐夫青哥才从城里回到林河村。

这是深秋的傍晚，微冷微寒。一辆辆公交车停下，走出一批批的人，或过马路进到河南村的南门里，或沿着公路往两边的村庄走，个个神情漠然。这群人身上有特别明显的标示：农民打工者。标示来自于哪些地方？宿命的表情？简陋的穿着？还是某种因对自我身份的认知而流露出来的气质？在他们的脸上，有一种被自觉认同了的命运属性。农民被局限于一个无形但却有明确界限的围墙之内，这围墙是几千年的历史累积而成，牢不可破。农民自觉退让，围墙越来越高，也越来越坚固。

青哥下车了。光秃秃的前额，瘦长脸，穿着皱巴巴的西服，里面是红色鸡心毛衣和洗得有些发光的蓝圆领秋衣。一个忠厚、诚恳的农民。他每次来北京，都要奉表姐之命先到我家坐坐。只是，我也从来没有到过他的居住地。

离开河南村南门口的主路，向右转，约一公里的样子，就到了林河村。林河村规模比河南村规模略小，也更安静些。在一条小路尽头，青哥指着前面的院子说到了。

这是一个长方形的院落，房子很老很旧，一排过去，七间格子房。平房低矮，门是薄的铁皮门，锈迹斑斑，有些门下半部分用硬纸壳钉着。青哥打开其中一间房门，请我们进去。

房间约有六七平米，很矮，我这样的个子，站起来几乎就要撞头。没有窗户，房间里所有的物品，凳子、桌子、案板、碗、床等等，都将就着堆在各处。屋顶横七竖八地拉着各种线，墙上白色的石灰脱落殆尽。左墙上面斜钉着两个宽厚的长木条，下面用一根木头顶着，这间房的墙体已经有点倾斜了。床是用砖头支起来的一个木板，上面堆放着被子，衣服和杂物。靠门左边是一个用几块木板钉起来的简易桌子，上面放着一个长案板，案板上放着半个包菜，两个半把面条、盐袋、醋瓶、洗洁精瓶、塑料盆和大瓷碗等等，油烟把墙上蒙的一层塑料熏成了油黑色，硬直地挂在窗户上。桌子下面是一个白色的、圆形的装乳胶漆的桶。我在很多出租屋里看到这样的桶，用来装水、米、面，或腌制酸菜。靠右墙边堆着一些长铁条，还有自行车篓、钢精锅、纸箱子以及各种塑料袋。房子中间是一小片不到三块瓷砖的空地，那朱红色的瓷砖，发出刺眼的光。

"青哥，你咋连个电视都不买？这样待着，会傻的，至少得有个电视吧，看看新闻，知道发生啥事了。"我有些着急，不解，我被房间的简陋、粗糙和那种封闭的气息弄得诧异了。没有任何精神的意味，也没有任何放松、悠闲、丰富和湿润，就好像一条深海里的鱼，被死死地卡在石头缝里，不能动，也看不到任何事物，一任黑暗、冰冷的水流过。青哥并不是迟钝之人。他的眼神所透露出来的柔和和细腻，他整个动作和话语的内向和怜悯，都可以让人觉察他内心丰富的情感。

青哥笑着，用手挠挠头发，说："也不是没有，有个小收音机，晚上回来听一会儿，听着听着就睡着了。"也许看到我的夸张表情，他补充了一句："晚上干完活回来，一般都得七八点，再做饭吃吃，都九点了。没有时间看电视。"

　　我张嘴想反驳他，他又赶忙补充一了句："知道又有啥用呢？咱一个打工的，干咱的活。不过，你看，前面有棵大树，一到夏天还怪凉快。"青哥朝外面指了指。正是深秋，院子里那棵高大的杨树已稀疏苍老。邻居的一个胖大嫂正出来倒水，她一边朝我们这个方向看，一边把水往花坛里浇。青哥的思维突然转向了那棵大树，我一时有点迷惑。他想向我说明什么呢？

　　青哥说话声音很平和，带着一点点软弱、温柔的语气在里面。在表达感情时，总是笑笑的，习惯性地抓挠着头发。此时，他坐在房间唯一的那个矮凳子上，左腿跷在右腿上，上身朝着大腿部挤压，仿佛要把自己缩起来。

　　　我是 2004 年来这儿住的。一开始，房租一个月五十块钱，后来涨了二十块钱。这几年房东也怪好，没有涨。这房间里的东西也是房东的，一般租房都是给你张床，给你个坏桌子，就行了。

　　　这村子的人，本地村民连十分之一都不到，住的基本上都是打工的。村子等着拆迁，等几年了。哪一家都至少有两个院子。打工的和村子里的人基本上不来往，我住那个院子，是别人帮着看的，房东连收水费电费都不来。有的和房东住在一个院子里，你那儿要是来个人，说话大声，喝个酒他都不愿意。娃儿们哭一下闹一下，都不愿意。有些人有歧视，说话口气能感觉出来。

　　　我来北京有十一年了。一开始来砌墙，跟着工地走，没有租房子，住在工地上，那可辛苦，冬冷夏热，受罪得很。2002 年的时候，一天五十块钱，在当时要说是不算低。天不明都起来，五点半左右吧，六点多都上工，十一点半收工，吃饭，下午一点上班，晚上五六点收工。就在工地上。有啥娱乐活动？吃罢饭，嘴一擦，有的上街转转，有的歪那儿休息，有时玩个牌。我不喜欢玩牌，有时买个闲书，打发个时间，看小说，都是在街上胡乱买的，一本书四五块钱。也看算命的书，麻衣相法，求财的，胡看的。在双兴小区，干有三年，有时候工地上包点活，粉刷、砌砖。挣得多的时候，一月能到快两千块。

后来老乡说这边的工钱高，一天五十五块，我就过来了。也干有两年，还是在外边工地。2006 年的时候，人家说搞家装工资高一点，就想着干家装，在室内干，条件应该好一点。一开始也不行，原来在工地上管吃管住，现在没地方住了，得自己租房子自己吃，有时候还找不到活。

慢慢活多了，涨到八十块钱。2007 年年底、2008 年年初的时候，一天都涨到一百二十块，2009 年又涨，到2010 年到一百五十块左右。干得好的话能给到一百八十块。啥叫好的？意思就是数量上和质量上都给人家有保证。干这活时间长了，大家都知道大致是多少，是啥样，你偷奸耍滑大家都知道。也会遇见坏人。去年秋天，有一个坏货，都是老乡，说在一块儿做点活，到时平分，我就找几个活做得不错的，干了一个多月，到最后算算，一天才顶一百块，那段时间市场价都到了二百五六。大家都不愿意，但是，是人家联系的活，钱在人家手里，没办法。最多以后不和他合作了。在通县白庙那儿干过一个活，五六天，一天顶四百多。不过这种现象很少。2010 年在这儿干十一个月，拿回去两万多块钱，2011 年在北京干有八九个月也拿回去这么多。

那几年上哪儿攒钱？一年到头，从北京回去的时候，一般能带上一万块，最多一万五，回家花花，也没啥了。这两年好一点，能挣个四五万，不过家里花销大，人情世故，一年得一万多。我在这儿一年日常都得一万多。落到手两万多。我给你算算：

房租：70 元

烟：一天一包半多，一包 3 块，一月 150 元

电话费：100 元

生活费：一天 20 元左右，一月约 700 元

日用品：卫生纸、肥皂、牙刷牙膏、洗衣粉等，一月约 50 元

一月总计：约 1100 元

就说这一天吃饭的花销吧。早晨：三块。一碗粥一块钱，三四根油条，一根五毛钱，有些五毛还买不来，这得两块钱。鸡蛋不敢吃，那又贵了。中午：十块左右。在工地，没地方吃饭，有时有盒饭，一般都是买最便宜的，十来块钱；要是没有卖盒饭的，就在小饭馆吃，得多花俩，吃碗拉面，有时要个小凉菜，再喝瓶啤酒，得十几块。咱很少吃肉，随便一盘都得二十块以上。实在想吃了，就自己割

点肉，食堂吃肉那多贵。晚上：六块钱左右。鸡蛋面条，弄个西红柿，加点青菜，有时候买个包包菜，一吃吃几天。偶尔也请一块儿做活的老乡吃个饭，又得几十块钱。其实每个月也都要超过八百块。

这还不算从老家到北京来回的路费钱。我一年至少回去两次，原来种地，麦收、秋收都得回去收。这两年没种地（地租给别人，一亩地给三百斤麦）了。那回去也不少，一年至少在家两个月。主要是你表姐身体不好，家里还有个小卖部，她一个人照顾不过来。这来回路费算下来又得千把块。

（那表姐怎么没想着来？平时不想表姐吗？）

家里还有一摊子，走不开。有啥想哩。时间长了，主要是想屋里的事。小卖部、二胖的学习、房子咋样？不过也是干操心。年内你表姐不合适，做一个子宫切除手术，我回去一星期。这儿又有点活，老板打了可多个电话，非要我回来，我又回来了。刚好大胖回去了，要是不回去，真不知道咋弄了。

你表姐心里也不美气，身体都成那样了，也照顾不成。可是她也想叫我过来。那你说咋办？都是为维持这个家。你还想挣俩钱，还想在屋里，哪儿恁美的事？

在说话的时候，青哥的两只手一直相互抓着、挠着，手掌有些部位是粉红色，还有过敏的痕迹。1995年冬天，我在南阳读书的时候遇见过他，他正在我们学校的建筑工地上干活。当时他手里拎着泥包。他的整个手背裂着无数的口，从里面浸出些黄色的脓水，这些脓水混合着沙子、泥，成糊状溢流在他的手背上，手心也红肿着，有些地方翻着红肉。那双手有些触目惊心，所以记忆很清晰。

手是咋回事？1994年、1995年的时候，在南阳工地上干，那时候一天九块钱。一开始手上磨个沙眼，就是把手上那层皮磨掉了，浸血，我自己缠个绞布，就不管它了。可能缠得太紧了，等几天过后揭开，皮肤发皱发白。就开始过敏。不懂得，如果天天揭，就不要紧。后来，手掌手背都烂完了，还在干活。最后，实在干不成了，才回去治，也治不好。都一二十年了。叫人家医生瞅瞅，说，别干这个活就好了，石灰绝对不能碰。说得可好，咱就是干这个活的，不干咋办？所以，就好好烂烂，烂烂好好，好不了了。

说起来，打个工不容易。那几年在一个木器厂干活，一天涨到十几块钱，我自己也拉了一队人马，去干活，做有几万块的活，最后，那个木器厂欠我几千块钱，不给了。工人钱我肯定得给，都是一个地方的，咱不能不给人家。我自己把这钱欠住了。每年都去要，他自己也被欠，对方给他一些烂袜子、廉价衣服抵账，他又给我算抵账，我要那些东西干啥？好几百双袜子，这些年我一直在穿，现在还没有穿完。卖也卖不成，褪色得很，穿上把脚都染黑了，还发臭。

现在打工，尤其是像我们这种工，基本上都是一家一家的，夫妻俩在一块，男的搞装修，女的干个零工，每天在河南村南门下等活，一天也能挣个百八十块钱。春节大部分都不回家。把娃儿接来，过个年。回家花销大，再说，人情也淡了，觉得回家没意思。爹妈是管不了了。你不知道，现在农村人情可淡薄，爹妈老了，可怜得很。许多人被送到养老院，不是孝顺，主要是不想管，也没有时间管。

在北京的郊区，尤其是像河南村这样的城乡结合部村庄，我见到很多如青哥这样的出租屋。几将废弃的房子，主人简单收拾一番，或者，就在自己院子的空地里，临时搭一些简陋的板房，出租给打工者。

在温泉村，我伯父的儿子红义哥的出租屋盖在房东后院辟出来的一个小空间上。一间低矮的十几平米的石棉瓦小板房，红义哥在小板房内用一个旧柜子从中间隔开。后面放一张床，作为夫妻俩的卧室，前面放一张沙发床，是十六岁的闺女住的地方。紧靠板房，一个更低的小棚，是厨房，那是个两平米左右、用几块长条型薄木板和石棉瓦搭成的窝。

后院的另一端是主人家的大狼狗的窝，窝的高度可比红义哥的板房。从前院过来，必须要经过这个狗窝才能到红义哥的小房子。每次从那里走过，那条黑色的狼狗就拼命地挣着链子，发出凄厉、低沉的嗥叫。

那间房一月一百元房租。价格很低廉，因为红义哥是熟人。红义哥在温泉村住了二十九年。他骄傲地告诉我，他认识所有温泉村的居民，温泉村的居民也都认识他，都叫他"老梁"。[1]

青哥的房间有一种显见的匮乏。这一匮乏是属于个体生命的内向而又舒展的东西，是作为一个人应该拥有的悠闲、丰富。一盆花，一幅画，干净的地面，整齐的床铺桌椅，等等，都可以看作人对生活的信心和内心的某种光亮。青哥的房屋显示了他这一层面的枯燥、封闭和压抑。他被剥夺了，或者说自我剥夺了除挣钱之外人所应该拥有的一切，哪怕最微小的那一点。完完全全的枯燥，没有一点空间和亮光。他在这个城市，仿佛一个小偷，不光彩地偷一点钱，没羞没耻地生活。他的小屋就是这一不光彩的存在的表征。

"前面还有棵大树，一到夏天还怪凉快。"聪慧、细腻如青哥，他懂得最微妙的感情。他看见了那棵大树。

千万富翁

那天谈起穰县老乡在北京打官司时，梁安轻轻一句，"连李秀

1　2012年7月1日，红义哥带着老婆来我家。他得了"网球肘"病，是厨师的职业病，两只手腕因长期用力端锅、炒菜而无法抬起来。电话里他告诉我，他准备回梁庄，歇几个月。见面之后，他却告诉我，他已经应聘了另一家餐厅，第二天就要去面试。短短几个月中，他瘦了非常多，从一百八十斤掉到了一百三十斤。我问他怎么回事，手都抬不起来了还要去工作，不是说要歇一下吗？他笑着说，歇啥歇，哪会敢歇？只要不死，都得干下去。刚好他也不想在那家餐厅干了，就以这个为理由把工作辞了。他的胳膊看起来还很正常，但却不能往上抬，尤其是不能拿重物。吃饭中间，他不停地往吴镇姐姐家打电话，安排他的两个孩子来北京的事情。他的一双儿女，十六岁的女儿和十四岁的儿子，在吴镇上初中，寄宿在他们的姑姑家。红义哥告诉我，温泉村未来一两年要拆迁了，他的房东，至少能得到几百万赔偿款。在温泉村住了二十年、熟悉温泉村一草一木的"老梁"，也要考虑搬家了。

中都来了"，李秀中在北京老乡圈里的威信和地位可见一斑。很多来北京的吴镇人，都以见到他为荣。我是很晚才知道，他是我的初中同学。我印象中，他个子高高的，眼睛眯眯笑，说话声音也低声细气，没有看出他有多大的闯江湖的能力和魅力。

2011年深秋的一天，我们约好到他的新公司见面。秀中的办公室豪华、气派。房间正中央放一张巨大的、紫檀色的办公桌，后面是一个整墙的隔架，架子上放着各种瓷器、根雕和类似于古董的玩意儿，靠窗户边是一个巨大的根雕样式的功夫茶具。

李秀中还是眯眯笑的模样，看不见眼睛里的具体内容。但是，偶尔睁开一下，能看到精光闪烁。我问他到底有多少资产，人们都哄着说有几千万？李秀中朗声笑了起来，爽朗，开心，好像默认了这个传说。

我让他谈谈自己的发家史。父亲告诉我，李秀中曾经跟他学过做凉粉的技术，走乡串户卖过。他早年丧父，弟妹又多，家庭相当困难。

那说来话可长了。一人一本故事。我啊，五年级上仨，初中一年级上仨。上五年级时忽然发现原来咱那儿有个河头，恁大恁好玩。虽说离家只有几道街远，可是爹妈稀罕，哪儿都不让去。从此以后，说是去上学，其实就是去河头。整天在河里跑，夏天整天在河里钓鱼，钓完了，也不敢拿回家，又扔了。就这，还百钓不厌。冬天逮野鸭子，听见钟响了，赶紧回家吃饭了。最后，连个鸭毛都没有逮住。我妈一直不知道我逃学。二十岁结婚，开始在吴镇河坡开荒、种地、卖菜，大战河沙滩。一个人开了四十亩地的荒，真是把命都泼上了。后来为别人看不起我，打了一场大官司，到最后，我偷偷把雷管都买好了，准备和仇家、派出所同归于尽。那场官司后，我明白了许多事，人不能老鳖一，非得活出个人样来。

我是1996年最后一天来的北京。我记得清，第二天是1997年阳历年。来投靠老丈哥，人家生意干得不错。到北京以后，寄人篱下，相当难受。到人家家，咱也知道，不是做客的。扫地、做饭，啥都干。譬如煤炉里面的煤，北京是把烧过的煤夹出来，咱家里是踩下去的，我不知道。弄坏了，她哥说，看看这都知道你们是啥人家儿。这叫狗眼看人低。人到贱的时候很贱。我在他那儿干了三四个月。右不是，左不是，咋也不行。废件下面，拆拆看看，练练手，他去了，脸一绿，出去了。不知道啥意思，没有任何沟通。吃饭，那时候在屋里出气力，咱饭量大，他们喜欢吃小馍，吃糊汤面，饿得胃疼。男子汉觉得丢人。一天从早上到晚上，几乎没有闲的时候，那些机器零件，百十斤，提来提去，腿都站肿了。我去的时候快过春节了，没地方待，人家俩人涮个火锅，连让都不让。

1998年正月初九我开始单干，那冒很大风险。主要是寻地方，两边有两个大修理厂，把市场基本上占完了。可我去干成了，关键是思路、经营策略。那两个厂大，但它们有个缺点，就是有个上下班，咱的优点是没有上下班。它还有个缺点，工人上班干也是那么多钱，不干也是那么多钱，积极性不高。咱是不干就无法生存。

另外，我价也要得低。别人一拆一装一百，维修还要钱，配件也要钱，我是一开始就不要钱。硬顶了三个月，就把客户拉来了。有一两年，他们干不下去了，客户来找咱不找他。他们也没有忧患意识，咱有忧患意识。那时候有些泵型咱也不知道，学的时间也短。人家客户来了，非得拉住，不能让人家走啊。我就晚上自己拉个电灯，一个螺丝一个螺丝拆，我咋拆咋装还不行嘛。从没有一点理论到最后掌握一定的理论，进步很快，只有掌握了理论才能触类旁通。你的思想不开阔也不行，包括你用人。这就涉及后期发展的定位，还有你的人员管理。

1999年开第一个分点，2000年一下子开两个，到2002、2003年一年开两三个点儿，培养的人都不够用。最高峰的时候在这条路上布了十一个点，全是我的。到2008年全撤了。不是不挣钱，主要是车辆排放标准变了。原来欧二排放标准，现在是欧三。欧三这块儿，有的变成电控柴油发动机，这就淘汰了一部分人。有的根本都看不懂电脑，很多东西都干不了。

另一方面，亲戚太多，素质太低。叫他看门，男的过来了，女的过来，儿子孩子也过来了。这事那事，整天都在忙着给他们擦屁股。靠扩张修理点儿发展也确实很难。他干多少活你也不知道，不给你，你也没办法。

这个店是我的生产店，准备以这儿为主，发展生产，不只维修。维修那一块我只保留我最初的那个根据地。前期完成了原始积累，后来主要卖配件、修配件。现在上马的是自己开发兼生产。汽修市场很大，只要肯用心，肯定可以分一块蛋糕。在管理方面，我主要就是靠提成管理。对工人很有效，你要是多干活，就能多挣钱。学徒按积分来算。维修一个喷嘴十分，一分两块钱。前台、库房、配件都各自管一摊，清清楚楚。这种管理模式都是我自己琢磨的，没地方学。实际上，我后来的发展跟前期的积累，跟在吴镇的经历和受的难是有关系的。一是吃过苦，不怕吃苦；二是不怕失败。

我现在主要做公交车生意，给公交车校油泵和清洗喷油嘴，占其中一个公交公司份额的四分之一。我已经起步晚了，早几年我集中做社会车辆生意，生意非常好。是好事，也是坏事，忙于应付那些，把北京这一块市场给耽误了。现在难了，非常难进入，和种庄稼一样，上午下午错半年。我从2008年开始才跟公交打交道，首先进入人家的供方体系，这都需要关系。咱这儿一个老乡认识公交维修车间主任的弟弟，是一个公交司机。就这，起大作用了。通过他，给车间主任送礼。别看就是个车间主任，可起作用了。

送礼可是大学问。你知道办成一个事儿要打点多少层？这个中秋给一个副总送月饼，让司机去，之前打好电话，结果去了人家说不认识，非常冷淡。这几天正琢磨着还得请人家吃饭、玩，还得再去给人家赔不是，谁都不敢得罪。别看他没用，他要是想坏你事儿，可容易得很，一句话就行了。政治方面，都是走路线的。一是看领导是否用劲，二是也看你做事怎样做。大局都是一样的，关键看细节怎样。不管你是采取什么样的方式进的，实际上诚信是关键，没有诚信是不行的。

不过，还是得发展。公交车的活儿挺多，但不是每天都有，有时集中修理，有时到公交车站那儿去。我还是想着开发实验台。我现在正在谈一个生产实验台的项目，和理工大学的专家谈。估计到时得投资三百万。要是这个项目谈成，到时公司就发展大了。产品是自己开发，我和理工大学共同占有股份，我是投资人，股份肯定是大头。

说起"送礼"，李秀中很有心得。除了安排公司大的发展方针之外，和专家谈判，他的主要工作是陪吃陪喝，洗澡按摩唱歌，疏通各种关系。他进到里面的房间，拿出一个朱红的、长方形的礼品盒说："像这样的人参，一年至少送出去几十根。"打开盒子，里面一支长着须的人参娃娃，圆润饱满地躺在那里。

秀中的校油泵事业也曾遭遇了如内蒙古恒武那样的难题，只能是夫妻店，无法扩展，无法发展成现代管理企业。还有，就是亲戚的问题。和其他进城农民不一样，秀中对自己的亲戚充满厌恶，在最初的努力失败之后，他直接拒绝和他众多亲戚们发生生意上的联系，包括他的亲弟弟妹妹。

家族企业是可以的，但是没有好人不行。国美电器黄光裕也是家族企业发展上去的，人家顺势上去。总体来说，如果说发展，原始积累靠家族，到一定程度，家族会阻碍你发展。他水平达不到，必须要引进新的人才。干什么事，到一定程度，必须要打破这种思维。

但是咱那儿绝对不行。亲戚不共财，共财再不来。来的亲戚，舅舅、表哥、堂哥、堂妹，还有啥拐弯亲戚，都是我带出来的，到最后全有矛盾，把人搞得很疲乏。我把他们都撵走了，你生气也罢，断亲也罢，也是没有办法。

我四个姊妹，我是老大，我压根儿也没有想着叫他们来一块儿干。管理很难。你说让他当领导，他说是应该的，你要是有一点对不住他，他就会说，我是亲妹子亲兄弟，你还这样？你也没法说他。他们也都成家了，都过得去，平时各过各的，有难的时候，我帮一下。这就行了，我不叫他们掺和我的生意。

农村人到大城市，更多的是在战胜自己，不是在战胜别人。得有下一步目标的定位，并且，还得有适当的管理条例，得修订自己的管理。别说先战胜别人，先得战胜自我。老想着在家盖个房子那肯定不行。得挑战自己的极限才行，台阶上面还有个台阶。实际上，一个人真正的快乐也在这里，一个目标实现了还有另一个目标。挣钱也能上瘾，实际上钱到一定时候也是一个数字。到这时就是怎样融合这些钱，乐趣在这一过程中。真是到一定程度，到最后跟公益事业差不多，只是一个追求而已。

咱那边人穷是一方面，关键是社会风气不好。温州人为啥发财了？有互信，有团结，就有合作的基础。自然就会发展。河南人不抱群。只要有什么事，各奔东西，各找各妈。一个修水箱的老板跟我说，他手下有几个修水箱的河南人，争着说对方坏，后来没办法，只好都不让他们干了。老板说，今天你说别人坏，连老乡都说，说不定有一天会说我。你看，斗来斗去，最后所有人都吃亏了。

整个河南帮，我所知道的，十个八个都没有发展前途，在规模层次方面还不行。关键是不能突破自己，不能自我突破。心胸有多大，舞台就有多大。

（"北京有河南帮？"我对这一突然出现的信息非常敏感，觉得其中可能有更多的内容。）

啥河南帮？就是一群河南人，搅在一起，天天想着歪门邪道。咱那儿人风气不好。我不和他们搅。为啥2000年叫着"不用河南人"？那时候就是明摆着不用河南人，现在是隐性歧视河南人。因为我是河南人，我吃大亏了，很大的亏。别人给我介绍一个领导，让我去见。去了之后，领导问我是哪儿的，我说是河南的，领导直接让我走了。后来，介绍人给我说，领导埋怨他说，你怎么给我领个河南人过来了？人家不让我做他的供货商。我也气，气有啥办法，自己不争气。

其实我也努力过。北京这边河南校油泵的最少三百家。我曾经想建立平台，成立一个河南人校油泵协会。一是从技术上我从厂子里请人，给大家培训人，二是保证进货渠道畅通。等于是给大家弄个平台，既带有相互支持的性质，也可以垄断这一片的生意。后来我不给他们干了。他们来了之后，翘着腿跟我谈价钱，好像我从中得多大利益似的。

他们再打电话，我不管他们了。不团结，不信任，啥办法
也没有。

秀中在谈到他和三弟妹之间的关系时，他的老母亲在一旁神情焦
虑地看着我们，一再表达："他们都可不错，都过得不错。"但是，她
急迫的表达，反而让人觉得那只是一个顾全家庭声誉的老人所特有的
遮掩方式。秀中的三个弟妹也在北京郊区各开了一个校油泵点儿，生
意很一般。我听说过他们姊妹之间有一些矛盾。也许，秀中的这一思
维方式，并没有得到仍然生活在普通线以下的弟妹们的认同。

秀中对兄妹和亲戚的冷漠基于他对事业的理解。但从他的言谈
中，我也能隐约感觉到，他的冷漠不只是对"个人"、对"现代企业"
的理解，也夹杂着他成为新富阶层之后对过去生活的厌弃和对"农
民"身份的回避，他以"现代管理"的名头来遮蔽他的厌弃和逃避。

已经成为千万富翁的秀中精神境界并不稳定，心灵空间的宽度
也游移不定。他仍然纠缠在昔日贫穷的阴暗中，在言谈之中，始终
纠缠于个人恩怨和历史往事，有一种很狭窄的情绪和情感。讲起他
老丈哥对他的污辱和自己的屈辱经历，秀中仍然耿耿于怀。他讲了
很多细节和例子，在许多地方都忍不住提一下别人对他的轻蔑。

另一方面却又很开阔。现在的秀中已经成为行业中的一员，经
常被邀请参加这个行业最前沿的开发会议、销售会议。他已经摆脱
了如内蒙古恒文和众多穰县校油泵的"停滞"特点，而成为一个有
发展可能、具有现代管理模式的企业。从单纯的"挣钱"过渡到去
思考"公益"，时下最新的理念他也都有认知。

这以后，在不同的老乡聚会场合，我都能碰到秀中。他的笑声

爽朗，神情开阔，享受着周围的人或多或少对他的逢迎。他也会不断地讲起他正在运作的新项目，他还告诉朋友们，他在穰县的山里买了一面山坡，山坡对面就是一条河。他准备盖几幢别墅，养几条狗，约几个朋友，将来在那里养老。而吴镇的房子，早已塌了，他也不要了。他很鄙夷那个他曾经生活了将近三十年的地方。

保安

韩家建升也是梁庄打工神话人物中的一个。梁庄人都说他发财了，但神情中又带着某种不屑。建升在北京通州那里办一个保安公司，有亲戚邻居来北京打工，找过他，在他公司当过保安，闹过矛盾，翻过脸吵过架。我在北京这些年见过他好几次。他很喜欢参加穰县老乡组织的一些活动，尤其是文化方面的，很热心。2008 年，穰县组织了一台地方戏进京汇演，建升跑前跑后，张罗联络，很是用心。

建升说话的声音非常高，开朗、健谈。言语之中，他非常讨厌北京人，但其实已经很有北京人气息了。说话语流平滑顺畅，略微有点儿卷舌，表示愤怒之时，时不时蹦出"丫的""姥姥"等之类的口头禅。他直接把我们带到一个饭馆，请我和父亲去吃炸酱面，不看菜单，直接点了爆肚、炸咯吱、油豆腐等北京小吃。他的妻子瘦小，大眼睛，剪一个娃娃头，看不出实际年龄。十一岁的儿子在通州实验小学上学。

他的公司给通州一个小区做保安工作，建升就把自己的家也安置在小区边缘一个简陋的平房里。

建升能够很准确地表达自己，就好像这些话一直排列在嘴边，只等着人来问他，他就像倒水、倒豆子那样，不用思考，"哗哗哗"地就流了出来。

我是 1987 年到西安，新城区商德路 11 号，在一个小吃店打杂，"商德路小吃店"。

1989 年收秋的时候我又回梁庄。回家就想找个固定工作。我要好好干活，做人就做邱娥国，干活要如赵春娥[1]，这两个人都是那几年的宣传对象。想着有个固定工作，给国家贡献点力量。1990 年通过个关系在××县化肥厂买个集资工，花了三千五百块。当青工，三级半，一个月基本工资四十二块。那时候，整个化工行业不景气。这期间，我舅家表哥从北京回来，说北京招保安。当时我的想法是，这辈子没当过兵，当个保安就相当于当兵。

我是 1991 年农历八月十五晚上到的北京。我都不知道这个日子。一下火车，月亮那个圆啊，我问人家说，大叔，这是啥日子，人家说是八月十五。我这才知道，心里可难受。坐火车坐一天多，舍不得吃，饿得不行，一听说是八月十五，眼泪都想掉下来。坐火车花二十四块钱，下火车也不懂，有人在车站拉客，就把我们拉到三里屯幸福

---

1 邱娥国，1946 年出生，1967 年入党，南昌市一派出所户籍民警，荣获过全国先进工作者、公安部一级英模、全国五一劳动奖章、全国优秀共产党员等等，被选为"全国劳模"；赵春娥，1935 年出生，中共党员。洛阳老集煤场现场工，工作认真，惜煤如金。1982 年，赵春娥因病去世，1983 年被国务院追认为全国劳动模范。

三村。住一夜，十七块钱，说好了是十块钱，人家非要多要。觉得受骗了。就萌发一个念头，不混个样就不回家。我和另外一个老乡从地下旅馆出来，拿个大被子，大行李，去坐405路公共汽车。售票员不让俺们上，说满了满了，挤什么呢，讨厌。尖着嗓子的北京话。

当时找的一个保安公司不要人，就在一个服装厂蹬三轮，给人家送货。冬天，从通州拉一车货到北展，几十公里。俩多小时，站着蹬，一是累，二是站着拉快，一天六块钱。干到1992年春天。

刚好保安公司招人，交押金两百块钱。1992年5月13号去当保安，是武警总队办的分公司。六一给我分配到燕山石化，公司发一百七十块钱工资，不管吃，管住，但是，可以给厂里干些杂活，一个月能挣三百多块钱。自己做饭吃，得花三四十块钱。咱工作不错，深受领导喜爱，踏踏实实干到九四年，九四年下半年当班长，对我来说，这是个积累。

1995年我从燕山石化调到凯迪克大酒店，为世妇会服务。在那儿以后，开始发胖，那儿生活好，直接升上副中队长。咱对工作热情，廉洁奉公。每个行当都有门道，也可以腐败一下，但我坚决抵制。因为啥，我们家你韩叔到死写信都是"遵纪守法，团结同事"。我老婆来了，他写信又给我添了四个字，"相依为命"。一个中队六十个人。那时候管吃管住，五百多块钱，年底奖金六百多块钱。另外，一心想着，干得好了，说不定到时候自己还有可能转正啥的。

1995年冬天，保安行业评"优秀保安员"，考试，考你的保安知识、业务技能、法律常识、保安体能、术语和待人接物等，有笔试口试。我考97分，被评为"北京市百名保安员"。心里非常高兴，觉得有希望。

1996年，心情很灰色，不想干这个行当了。原来是看到曙光，后来发现都是空话。评上"百名保安员"以后，想着拿这个优秀证应该可以了，模模糊糊觉得应该可以纳入到正式职业里面。结果都是假的，最根本是不想给外地打工者机会，都是糊弄你。我就想着，马上离开北京，不干。几乎跟我一块儿来的都走空了，我们燕山石化那一帮人都走了。不是去别的公司干，就是从事别的行当。

刚好那时候又跟你嫂子谈对象，感情丰富，觉得前途一片黑暗，啥都是空的。1997元旦回梁庄，和你嫂子一块回去，想在老家创业。在家待了几个月，啥都想过了，不知道做啥好。我爹说，你俩在家里不行，还得到北京去。

建升的脸有点涨红，他还沉浸在他早期的希望之中。有谁会知道，在这样一个胖头大脸、庸俗的中年保安小头目的心里，还藏着邱蛾国这样的共和国典型，"做人就做邱蛾国"，那是一个明亮的、可以超越一切的形象。

大概1995年左右是建升人生最光辉的几年，讲到那时，他两眼放光，声音也提高了很多，充满了骄傲和自豪。一个尽职尽责的保安，经常培训、考试、定级，这使他觉得自己有价值。最关键的是，北京市成立了保安总公司，成立了工会、团委，"保安"被纳入了制度的秩序之中，它是一个得到国家承认的、可以升迁的、有荣誉感的、当然也可以改变命运的职业。那时候，建升觉得前途无量。他肯定想到了那两个劳模典型，他记得非常清晰，他喜欢那种荣誉感，依靠自身的贡献而被社会承认而带来的荣誉感和身份感。

但是，这希望犹如一个火花，在他人生中闪一下微弱的光亮，就熄灭了。他天真的平等的幻想，依靠自己的努力、尽职获得职业通道的想法被粉碎。

我是 1997 年过了清明回来的。想着干啥呢，我要挣钱，挣大钱，钱是最实在的，其他都是虚的。还是保安这个行当熟悉，就还从保安干起。那时公安大学下面办一个保安公司，我去帮人家带队。又干了两年，到 1999 年，感觉自己也吃透这个行当，知道它的奥妙之处，其中的猫腻之处也都知道，咋去运作都清楚，就想着自己去干。

我运气也不好，刚好赶上北京清理整顿保安市场。挂靠的全部被取缔了。因为黑保安老出事，人员参差不齐，保安行业犯罪率上升。

我公司是 2000 年 5 月成立的，开始招兵买马，也没有手续，当时人家说没手续也可以招人，我们可以用你的人。咱的保安就是他的"协管员"。刚开始五个人，慢慢七个、九个，到最后，变成三十七个人，贵州、云南、甘肃各地的人都有。

给人家开工资，管吃住，管发衣服，管烟抽，住的是劲松一个地下室，打地铺，铺了四五层报纸，就当床铺了。我给他们做饭，还得去查岗。总体还算让人家满意。我的人都在十字路口，就是协管员，逆行、闯红灯、骑车带人、停车越线，都属于俺们管的范围。保安骑自行车，一圈儿下来得一个多小时，真是冬冷夏暖。那时候管吃管住一个月三百五十块到三百八十块。我从中一个人扣五十块，算管理费。

我还要考查对方给我保安的环境怎样，住的情况，吃的标准。EMS物流找我，叫我派保安去。我一问，他说没地方住，我就不让我的保安去。晴天还行，下雨咋办。那几年工地我也不去。我在工地待过，真是艰苦得很。那年清华大学盖宿舍楼，俺们在那儿看着。真脏，浮土太大，土没过腿，风一刮，把人的眼都迷坏了。工地上太冷，冻得太可怜。从老家来的孩子，都不会生蜂窝煤，也没有水，屋里比外面还冷，那个工地简易棚，早晨起来被子都冻得拉不动。娃儿们手都像肿瓜子一样。我说，咱又不是不能找来其他活儿，不受这罪。

然后才开始涉足干小区，接厂子。这也需要培训，这是两个概念。在马路上保安是执法，到小区保安主要是服务。一般是通过关系，找到物业经理，给人家提供保安服务，这纯属服务行业，保安费来自物业费。

人们瞧不起保安。像那些大型商品楼、超市、高档小区里的人都没有素质，认为自己是白领，瞧不起保安。原来是北京人瞧不起保安，现在是业主看不起。其实一些北京人，原来是国有厂的，工龄买断了，现在四五十岁，啥也没有，还不如那些保安挣的钱多，就这他也瞧不起保安。

　　我的孩子，我也不让他当保安，社会地位太低。那天有个人说，牛什么牛，不就是个保安吗？想想也是。这个行当是四大低行业，"保洁、保安、服务员、壮工"，收入最低，谁都能骂几句。还有几点，一是社会上还是不承认，不把保安当作一个正当职业，就是低级工；二是歧视外地人。那些正规的公司，就是所谓公安局办的公司，他们也歧视外地人。北京户口的保安有五险一金，外地保安没有五险一金。工资也比外地的高。国家都歧视他们，普通人肯定更歧视。我现在为了减少成本，走的和他们一样。现在我们上的意外险，三个人上两个人的，也是为了省钱。

　　要是相关单位都把保安工资提高，同工同酬，那咱也没话说，我肯定都给他们上保险。要想使这个行业有起色，必须社会尊重它，一尊重，自然而然待遇会上去，社会要关注他。奥运期间，《北京青年报》采访了十来个小区，只有一个保安是微笑的。你说咋可能微笑？妻儿老小都在家，两地分居，节假日人家都休息，他不能。比较正规的公司，平时还要训练、学习，还要考核，考完啥也没有，没有说法，也不知道走那形式干啥，只有招忙，也没有人尊重。工资太低，也有很大的职业风险，遇到小偷，万一伤了死了怎么办？又枯燥无味，三点一线的。你说有啥笑的？笑也是假的。

　　我们一直聊到傍晚，建升的儿子放学回来。很自然地，他谈起了儿子的问题。

　　我现在最困惑的是，孩子上学怎么办？这样会毁了几代人。如果政策不变的话，到上高中时，就得让你嫂子回去，带着孩子上学，娃儿不一定能适应。那年回家，娃儿出一身痒疙瘩，治了很长时间才好。人家不适应，不是梁庄人了。我们可怜，娃儿们这一代更可怜，生活在真空里。他们到咱们这个年龄，连小时的玩伴都想不起，都四零五碎，越来越孤独。

　　这种现象我也觉得不公平。今年有领导说，可以接受异地考试，但是要有标准，第一，要有房，要有工作；第二，要有保险；第三，孩子要在这儿上学。说完这句话，又说句混蛋话：各地情况不一样，"北上广"三个城市，没有具体的时间表，等于是放个闲屁。不平等，老百姓没有权利，那啥时候他也不能直起腰。就像那年，咱们村里放电影，两家为宅基地打架，大家电影都看不成。咱们老支书老兴隆上去骂他们，日你妈，连你们都是国家的，还吵啥吵？！

我问他最后一个问题，"在外这么多年，想不想梁庄？将来回不回梁庄？"

　　想梁庄，咋不想？我梦见过找不到回家的路。回到家里，家里那几间烂房子也找不着了，最后哭醒了。前两天还在做梦。每次坐上火车，离梁庄越来越近，我就会不断地想，要是回到家，会先碰到谁，后碰见谁，千万别说一些让人家反胃的京味儿话。我可注意得很。我要是从家里回来，也得说几天家里的话，改不过来。

但我肯定不在梁庄住，不会在梁庄盖房子。我将来根肯定也不扎在这儿，可能会在吴镇上，你哥的房子旁边，也弄个房子，每天能给你哥说说话。

有时在这儿还真有个恐惧感。我经常想，如果有个啥事，警察不分青红皂白把我拉走了，你嫂子去找谁？连个人都找不到。或者想，正走着，谁给你打一顿咋办？突然生病，倒在路上咋办？找谁？在吴镇，我可以找你哥，没啥说的，他肯定会帮你。就不用想啥原因，心里踏实。在这儿，虽说有俩朋友，但还没有到那地步。也有人尊重，但是没有归属感，就好像风筝断了线。在家还是有种安全感。

玻璃厂里的梁庄小伙

河南村的出租屋

在母亲身边笑得开心的点点

抑郁的梁安和安贫乐道的青哥

第六章　郑州

工人在劳动中耗费的力量越多，他亲手创造出来反对自身的、异己的对象世界的力量就越强大，他自身、他的内部世界就越贫乏，归他所有的东西就越少。

——马克思《1844 年经济学哲学手稿》

"机器"人

2012 年 1 月 16 日，郑州，雨夹雪。我和一位朋友到设在郑州航空港内的富士康工厂去参观。朋友是本地通，一路上兴致勃勃地给我讲了很多关于富士康进入郑州的"内幕"，譬如政府某领导的强势支持，对就业工人和提高河南工业能力的预期，零税收的优惠，运送苹果手机的货车被调包等等，每一个小细节都是一个错综复杂、真假难辨的中国传奇故事。

经过了长达三个小时的等待和交涉，我们才进到富士康的厂区，一位保安队长全程跟着我们。

毫无疑问，这是一个规范的、崭新的工业区。沿着主道路走，两边是几栋白色建筑物，那是操作车间。路的中间有几个过街天桥连接着，通向四面八方，就像巨大的网络。厂区宽阔，有篮球厂，有树，有规划整齐的花坛和绿地。也许是临近春节，厂区工人很少。在一个拐弯的不起眼的厂房外面，我看到一群年轻人，这是正处于休息时段的富士康工人。我让朋友停下车，向保安队长请求，和工人们聊会儿天。保安队长犹豫着，但看我已经迈下了车，也就点点头表示同意。

一个年轻人迎过来，眼睛里闪着警惕之光，对我进行详细地盘问，他是这个车间的车间主任。我说我是大学老师，他表示怀疑，我说我只是想来参观并了解一下著名的富士康，他不置可否地笑了笑。我们只简单聊了一会儿，他们就回车间工作了。实际上，这样的对话也无法获得什么有效信息，反而是我和他之间这种戒备森严的对立方式让我很感兴趣，包括车上那位一直阻拦我们进厂，并且随时催我走的保安队长。

到郑州的富士康参观、探访，一方面是长期以来对它就有巨大的好奇心，另一方面也是因为万科三哥的儿子梁平在这里打工。这样一个顽劣少年，如何能够坐在工厂的枯燥的板凳上，是很值得探究的事情。梁平几个月前已经离开了富士康工厂，现在在梁东工作的建筑公司干活。

我没有想到，梁平长得如此像他的小叔小柱。深陷的眼睛，目光逼人，突出的光亮的前额，我们那边人都称之为"锛颅头儿"，尤其是那厚厚的嘴唇，他的小叔似乎在他这里复活了。唯一不同的是，小柱一直是一头微长的黑发，梁平却把头发剃得很短，几乎能够看到青色的头皮。我的心为之一颤，几乎有些怜惜眼前这个神情冷漠的孩子了。

那个顽劣少年梁平是一个很酷的年轻人，和他相处一段时间，尤其是春节在梁庄又和他近距离接触后，我发现，他的冷漠只是酷的外在表现，有着思虑少的年轻人特有的直接和单纯。在一个小饭馆里，梁平斜坐在凳子上，身体朝向另一边，头转向我，说话的时候微微斜睨着，整个身体姿势有点别扭。目光冷淡，表达出一种率性，随时回答问题，又随时停止，不让人看出他思考的痕迹。

我上的是信息工程职业学院，学数控模具。其实用处不大。毕业后，被招到郑州经济开发区一个工厂，做刀具，它的技术在全国都很先进。当时一个月一千块钱，一天上十五六个小时班，干半年，受不了，不干了。不让坐，连喝水、吃饭都得小跑去，根本受不了。

跑到深圳，刚好观澜那边的富士康招人，我就去了。我在那儿也干了半年多。后来，郑州富士康这边招人，我又跟着一些工人到郑州。干不到三个月，我跑了。太压抑了，受不了。往那儿一坐，一天十个小时，流水线，一个动作就几秒钟，来回不停，完全和机器一样。往一个槽里插零件，其他身体的哪个部位都不能动，也没时间动。

你想歇一下，偷个懒，门儿都没有。操作机床的人还可以来回动，像其他的，人固定在机位上，根本动不了。还有这评比，那积分，零件损伤都要赔钱。天天有人看着你，有人给你记录。弄得像军队一样。在那儿每多待一天，都像多坐一天牢。我就跑了。到哪儿不是挣钱？受这罪划不来。和我一块儿去的，差不多都跑了，不干了。

厂里倒是有篮球场、电视房、活动室啥的，那你也得有劲有心情啊。一天干十来个小时，都累得不行，吃完饭回宿舍，拿着手机玩一会儿，连电视都不想看。他要是再组织个活动，还想骂他呢，谁去啊？

工厂大得很，时间也紧张得很。我们厂里流行个笑话，说是两个老乡一块儿进富士康，被分在两个不同的车间，一年之内都不会在工厂内碰到个面。这是真的。观澜那个厂还算是小的，龙华那个厂大得很。要是大家不联系，估计几年碰不上面都有可能。

我在富士康总共干了不到九个月，工资始终是基本工资，一千两百元。加上加班，我最高工资只拿到一千八百元。说是过了三个月的实习期，就可以涨工资，但是，三个月过后，还有六个月的考核期，也只能拿基本工资。离九个月还有几天的时间，实在坚持不下了，就走了。说是最高三千多元，那可不是好拿的。老板好说工人喜欢加班，愿意加班，说是自愿的。你正常时间工资发那么低，不加班行吗？

我给你说一下我的工作时间表：

上午 7：40-9：50，工作

9：50-10：00，休息

10：00-12：00，工作

中午 12：00-13：00，吃饭

下午 13：00-16：20，工作

16：20-17：20，吃饭

晚上 17：20-19：40，加班

加班费是基本工资小时的 1.5 倍，法定假日是两倍。所以，厂里更愿意大家在平时加班，而不愿意在双休日加班。早晨六点半多，就得起来洗漱收拾、吃饭，在厂里的十二个多小时，除了吃饭时间，可以和同事聊聊天，根本没有机会说话。工厂根本就不鼓励工人之间相互来往，那样会降低效率。

管理非常严。富士康走的就是军事化管理。保安队就相当于特务连，你说的那个保安队长就相当于特务连连长。厂里一般人管不了他们，权力非常大。不知道他们归谁管，要是逮住工人违规或偷东西，可以随时打工人。一般是拉到没有视频监视的地儿，狠揍一顿，拍拍屁股就走了。你有啥办法？找谁去告状？谁给你证明？只有吃个哑巴亏了。

（富士康的跳楼事件你知道吗？你是怎么想这个事的？）

知道，咋能不知道？就是一个厂里的，还刚听说跳一个，可又跳一个，把人吓得心里一凉一凉的。好像跳下去还挺轻松的。我们宿舍前后栏杆、窗户都挂着一层铁丝网，把宿舍变成全封闭式的空间。有啥用？想死谁也挡不住。死了不只十几个，我在那边的时候都至少超过二十个人了。

不知道他们咋想的。太压抑了，受不了吧。待的时间长了，真要死人。人都被机器控制了，不过这些人自己肯定也有些问题。有些娃儿们傻，以为跳楼，会给他赔钱。命没有了，要钱干啥。

我肯定不跳，大不了走。此处不留爷，自有留爷处。

从富士康出来后，在咱们家里歇俩月，在郑州歇俩月。后来看卖纯净水生意不错，就去给人家送水，也不行。又去房地产公司卖房子，干销售，干三四个月，一套也没卖出去。最后连生活费都没有了，就去找我二哥了。想着在他那儿挣个生活费再说。我在他们公司干施工员，就是监督施工，也有具体技术，像放线啥的。一个月五六百块钱。楼盖起来，一年时间，我也差不多都会了。才开始怕人家说闲话，说我二哥开后门。就藏着掖着，不让人家知道咱这关系，后来他们经理也知道了，说我干得不错，把工资涨了，快两千块了。

工资也不高，但比以前强多了，将来可以考个二级建造师，还算有个希望。

与我的强烈好奇相反，梁平不愿过多地谈他在富士康的生活，他觉得那段生活枯燥无味，无话可说，他也特别鄙视那些跳楼自杀的人。梁平对我所在意的"网"的象征性并不在意，他不愿意过多分析自己的心理感受，他感觉更清晰的是他在操作过程中的枯燥和无聊。

在说到工作身体不能动时，梁平扭过身，头低着，把两只胳膊撑在桌面上，胳膊、手腕一动不动，双手也不动，只有大拇指和食指飞快地绕动着，"你看，就这样，一个动作就几秒钟，来回不停，完全和机器一样。往一个槽里插零件，其他身体的哪个部位都不能动。"他的表情夸张、僵硬，就像一个没有知觉、肢体呆板的机器人。大家被他惟妙惟肖的表演逗得大笑。

工人工作时间之长，工资水平之低，远远超出了我的想象，而这些工厂还是相对规范的一些企业。以我走到的地方，青岛、深圳、广州、东莞、厦门，大部分工人状况都差不多。在和厦门几家外资企业的中层干部交流之后，我了解到，所有的工厂都只按国家规定的最低工资标准——一千二百五十元（去年刚涨，以前一千一百五十元，之前九百六十元、八百元等都有过）——给工人基本工资。更多的钱，必须依靠加班换来。这意味着，工人的月工资，在满勤、干够八小时、过一个星期天的情况下，只能拿到一千二百五十元。所以，当我们在说一个工人一月可以挣到两千多、三千多的时候，一定要清楚，这是指一个工人每天在流水线上至少要坐十到十二个小时的情况下才能得到的。

一个年轻的工人，他每天必须在厂里待十个小时以上，才能够离开车间，回到宿舍。工作是沉默的、枯燥的、机械的、没有任何生机的。一些欧美外资企业，相对人性化一点，在操作过程中，可以说说话，休息一下，或听听音乐，喝喝水。中国台湾企业和日本企业，走的是日本模式，军事化管理。讲究阶层，等级森严，丁卯分明，工作要有工作的样子，不允许说话、聊天，更不允许随意走动，即使上厕所也得一溜小跑。长时间的加班，再加上这些严格的制度都会给工人心理造成一定的压力。

但是，梁平用他特有的简单方式来理解这一事件，倒也意外地明朗。他不愿意按照我的暗示来思考，也不愿意去思考这一事件所蕴含的本质问题，单纯自信，满腹牢骚，但相信前途，抽象的、模糊的前途。我在很多地方遇到过梁平这样的年轻打工者，他们对所遭遇到的事情朦朦胧胧，并不愿意去深究，对自己的命运，尤其是在社会中所处的位置更是很少去考察，他们关注的只是自身，这样的懵懂和单纯反而使他们能够生存下去。

我最后问他："将来会回梁庄吗？"

"回是肯定不回了，我想在县城买个房。那时候我爸在家里盖房子，我不让他盖，说在城里买个房算了。我爸不行，说是在城里买干啥，还要交啥管理费、物业费，说太贵。现在后悔死了。咱们县里房子现在也买不起了，一平米都快到五千块了。"

"会在郑州吗？"

"肯定不行。你看我二哥，他们俩都是上班的，都恁艰难，咱肯定不行。"这样说时，梁平并没有多少忧郁，他接受这样的现实，他对郑州没有多少渴望，他对自己的定位也较低。这一点，和梁东那深沉的忧虑形成明显的反差。

"孤独症患者"

2011 年 1 月，我到厦门著名的城中村安兜村，去参观一位乡村建设者在此创办的"国仁工友之家"[1]。安兜村的主路是一条弯弯曲曲的窄小道路，约有三四里地，不能通车。左右两边是各种小商铺和小饭店，这些小店往道路里面延伸，侵占着本来就非常狭窄的道路。道路的上空，被种种奇形怪状的条幅、标牌所遮挡，使得这城中村一直处于昏暗、潮湿、拥塞的状态。在这巨大的昏暗中，住着将近十万之多的外地打工者。

那是我第一次在繁华的城市里看到如此规模的城中村。它就像一个肿瘤一样，使得秀丽、干净、温馨的厦门多少有些肿大、扭曲。后来，在深圳的沙河街、西安的德仁寨、郑州的陈砦，我都看到这样的城中村。当时，我感叹于安兜村环境的肮脏，感叹于政府的迟钝与疏于管理。一年之后，我的观点发生了变化，当再回想起那些

1　厦门国仁工友之家：当代乡村建设者邱建生创立，是一个工友社区平民教育服务机构。主要开展针对城市外来务工青年的免费教育培训，并在教育和小组活动中输入现代公民意识，促进工友群体意识的觉醒和价值认同，增进工友个体社会意识和自我意识的提升。

昏暗、拥挤的村庄时，竟然和西安的二嫂一样，有一种劫后余生的庆幸。如果村庄果真拆迁、改造，这数十万农民打工者又该到何处呢？

我在那儿的几天，遇到一位年轻的工友，叫丁建设，个头不高，神情略显迟钝。每天晚上下班之后，他从工厂步行四十分钟左右到"工友之家"，不多说话，很少参与活动，也没有看到他交到什么朋友，只是一个人默默坐在房间的角落，坐那么一个多小时，翻翻报纸，看其他人打球、讨论、争吵，有时候什么也不干，就那样眯着眼睛，睡着的样子。九点多的时候，又徒步回去。

我被他的形象深深地吸引。哀愁的、憔悴的、失去了某种主体意志的形象。看到他的那双眼睛，我总想起卓别林《摩登时代》里的那个工人和那个卖花姑娘，大大的黑眼圈，黑眼圈里是巨大的哀愁。这哀愁溢出眼眶，和外面的世界——机器的坚硬和无所不在的孤独——形成对视。那坚硬的源泉正来自于对这哀愁的主体毫不留情的和贪婪的摄取。

他非常内向。说话声音很轻，思维不连贯，是那种有些封闭的人所特有的失语。当得知我也是河南人时，他的眼睛里闪出一丝亮光。他是河南安阳人，三十岁，家里有两个弟弟一个妹妹，都在外打工。他现在已经做到段长，每月工资加奖金一千四百多块钱。

我问他觉得工作怎么样，他用一种轻微的自我辩驳的语气说："那能咋样？但凡有办法，说啥也不要在工厂打工。人就是零件，啥也不能想，没意思。"但是，他表示他也不会回家，回家没意思，他不想干农活，他承认他已经不习惯干农活了。

我问他是否成家，他的脸不易觉察地红了，他说他不打算结婚，结不起，结婚也没意思。

在座谈会上，我们大家相互自我介绍。丁建设犹豫着站了起来，说："我叫丁建设，来厦门快五年了，来工友之家快一年了。在这里，通过聊天、看书，可以学到想学的东西。能放松在工厂的紧张感，在工厂压力太大。在这里，还可以义务帮助别人。我很愿意来这里。"

他激动得满脸通红，结结巴巴。可以感觉出来，他非常不安，突然置于公众之下，还可以表达自己，对他来说，应该是很新鲜的经验。对于许多农民工来说，这都是陌生而新鲜的经验。那些农民工，最大的四十三岁，最小的十九岁，都特别希望能够表达自己，在言语之中会使用一些特别光亮且具有公共关怀的词语。

"工友之家"试图给在城市打工的年轻农民一种更为开阔的思想。健康向上的生活不只包括使自己更上进，也包括为自己创造更为合理的公共空间。一些年轻人成立了学习小组、互助组，给城中村不识字的妇女上课。有些年轻人回到自己的工厂宣传，成立类似于工会组织的小组，以维护自己的权益。这些都似乎给这批在城市打工的年轻农民工某些朦胧的希望。

也许，正是这种内在开阔的东西吸引疲倦的丁建设每天往返于这里。但是，这些理念又好像和他的生命内部没有真正对接，无法激发他的某种意志力，无法改变他无力的生命状态。

2012 年 4 月底，在厦门安兜村的"工友之家"，我又一次见到丁建设。听到我专门为找他而来，他略微有些激动。我说想去他工厂看看，他说不行，根本进不去，工厂不让外人进。我请他吃饭，他答应了。在饭桌上，他矜持而礼貌，不多动筷，表现出一种强烈的自尊和自持。

他已经有将近两个多月没有来"工友之家"了。去年初我在这儿见到的那些颇为活跃的工友们，只有少数几个还在做志愿者，大部分都没有来了。有的回家结婚了，有的换了更远的工厂，有的离开了这座城市，有相当一部分觉得没有什么意思，对自己的生活没什么改变，就不再来了。这也是丁建设的想法。他比我去年见他的时候要健谈一些，愿意谈他的生活。但是，我听到的第一句话却与他去年说的话完全相反。那时候，他告诉过我他不想结婚，结婚没意思。

2006 年 11 月份来厦门的，当时没想着赚钱，就想着，一边工作，一边解决个人问题，想着来城里机会多些，其实完全错了，根本没机会。我现在可后悔，当时没有在家时先找一个。不过，在家也不见得能找到。2007 年，追过一个厂里的女孩子，是闽北的女孩，第一是年龄，差距比较大，我比人家大好几岁；第二是地方，她是福建南平的，两家离得太远。谈了快一年，后来没有成。人家会跟你跑到北方吗？肯定不会。我赚钱也很少，根本没办法和人家结婚。其实一开始谈就有预感，可能成不了，咱收入太低。

人家不愿意，我也生气得很。我生自己气。恁没本事，挣不来钱，连个人都留不住。那些比我们早十几年来打工的，夫妻两个也在这个厂，在这儿都买了房了。要是现在，肯定不可能。这件事对我打击大得很，我本来就比较封闭、自卑。从那次以后，再也没有在厂里想过这样的事。我也去过厦门有些地方办的打工者相亲会，去了之后，感觉没戏，根本在浪费时间。那么短的时间，谁也不认识谁，又是"打工者"，哪个女孩子愿意跟你走啊？不可能。我就不去了。说实话，咱还是自卑，首先咱的生活条件就达不到。

去年回家了一趟，爹妈打电话叫回去相亲，亲戚介绍的。女孩子结过婚，有一个小孩，就这人家还要求至少有个房子。我回去了，我心里想着，就这了，赶紧把这事儿解决了。结果，见一面之后，人家再没有信儿。我心里可难受，连结过婚带小孩的都看不上我，你叫我咋想？今年春节我没回家，也就没这样的事了。我父母压力大，我们兄弟三个，我是老大，我的事要是不解决，下面俩也没法弄。我二弟也谈了一个对象，最近吹了，他心情很不好，与家里条件有关系。我是心结没有打开，我个人感觉不是很好，因此有点自卑，怕承受失败，怕遭受拒绝。

我自己也觉得我心理有问题，来"工友之家"，听他们说话，还听一些老师上课，觉得自己有问题。就想着要改变，不能这样。我买了一些心理学的书，卡耐基的《人性的弱点》《人性的优点》都有。去年底我又攒钱买了个电脑，在网上看了麻省理工学院的心理课程，还挺有收获。我个人经历也算坎坷，能够听懂人家老师在讲啥。但是，现在事情太多，这些又都放到一边了，工作太忙，有些事情要处理，心里乱得很。我觉得，必须把自己的状态调整到很平静，看心理课才有效。不然，说啥对你也没用。

2008 年以前我的底薪七百九十元，2008 年到九百一十元，加上两个半小时的加班费一个月能拿到一千四百五十元。八小时之内的工资没办法生存，必须要依靠八小时之外的加班费才能生活。现在工资稍微高一点，我算老工人了，能拿到两千多一点。但是，要想再加工资，基本上没门儿，比我在这儿早几年的人工资也就这么多。

要说不适应厦门，也没有。来这几年，适应厦门了，主要是生活惯性，习惯了，但还是没感情。就像一个牢笼，在这边没有人情味儿，咱们那边人，逢年过节门都是敞开的。在这边，门一关，就是自己。春节更可怜，一个人在家看几天电视，没地方去，也不想出门逛。再热闹，不是你的，啥意思。商场进不起，超市不敢进，饭馆更是不敢去，哪儿也不行。

要走的话，也没有什么好留的。关键是没下决心，下了决心就没什么。来六七年，也没啥朋友，工作比较忙，很难有机会结下感情，很少到很好的朋友那种程度，至多就是个朋友。一个流水线的人换得快，根本来不及有感情。我们线上有几个人，待的时间还算比较长，可不是老乡，交往也少。下班之后，也没说在一起吃吃饭，聊聊天。说实话，我也舍不得花那钱。

我要是离开厦门，就不会再来了，跟咱没关系。即使是再来，最多就是办医保、社保，手续一办，我就会回家。不过，也不是回我们村里，我打算到郑州去，我二弟在郑州的富士康，他那儿比我这儿强，工资高一些。

我妹妹前段时间也走了，她在厦门待了三四年，挣的那点钱都给家里了，我弟给家里的钱少，就是多，一年最多一万多块钱，也没啥用，盖不起个房子。我是老大，心里可难受，自己没有能力，也连累弟妹。

现在出来打工的人都没有想那么长远，他看不到以后是什么样子，他看不到希望，所以，过一天是一天。"80 后"还在想以后怎么办，"90 后"根本不会想以后怎么办，只要眼前过得好就行。都是想干了干，不想干就不干，拍屁股走了。说白了，工资太低，加班又多，非吊死到这儿有啥用？像我们这些年龄大的，就被炕到这儿[1]了。自己心事大，想不开，干熬煎。

坐在"工友之家"的一个角落里，丁建设断断续续地给我聊他现在的状况。他的相亲经历，他的工资，他对厦门的感受，他对工作的看法，他还去学习心理学课程。他在努力打开自己，使自己适应这个社会。然而，他的眼睛，还是疲倦而无奈的。他要离开厦门，再在这儿待下去已毫无意义。厦门与他，他与厦门，始终没有任何关系。他想找结婚对象，没有可能；他想涨工资，没有可能；他想交朋友，没有可能；他想找到光亮，光亮离他还很远。他像被悬置在半空中，被锁在一个封闭的玻璃罩里，看不到希望，也找不到可以下落的位置。最终，在厦门，他成为一个非典型性"孤独症患者"。

"工人在劳动中耗费的力量越多，他亲手创造出来反对自身的、异己的对象世界的力量就越强大，他自身、他的内部世界就越贫乏，归他所有的东西就越少。""农民工"和"新生代农民工"在现代都市的存在方式反而最典型地体现了现代人在精神上的贫乏状态。这是一个孤独与疏离的时代。这一批城市流浪者无法战胜疏离、劳累

1　炕到这儿：意指被局限在一个地方，没有去处。

和孤独所带来的摧残性的忧郁，无法战胜无用感、无根感和自卑感。

在与厦门一家电子公司人事资源部的主任聊天时，我问他工人的文化生活是否能够得到有效的推进，能否对工人的心理空间和生存空间有帮助，这位一直积极参加"国仁工友之家"活动并试图在工厂实践的年轻人坦率地回答我，非常非常难。从理论上，并不是所有的老板都是万恶的资方，有些老板也希望工人能够得到提高，能够在工厂安心干活。但是，在实际操作中，会遇到种种困难。这位年轻管理者在厂里一直鼓励年轻工友，尤其是高中毕业的人报考自学大专，学习法律、行政管理、计算机等等。他负责帮助购买书本、帮助选择学校等具体事务，并且，还经常请一些愿意做公益的大学老师或专业人员给工友培训、做讲座，希望能够激发他们学下去的愿望和信心。三年多下来，他这个自考班的学员从二十位减少到五位，只有一位拿到了毕业证。工人流动快是一个原因，一旦换了工厂，没有了氛围，就无法坚持下去。另一个重要原因就是工作时间太长，无法保证工人的学习时间，这是最现实的问题。工人必须依靠加班挣钱，一天十个或十二个小时的工作量后，很难再捧起书本去读书。一个更现实的原因是，即使他们拿了大专证甚或本科证，对他们的职业前途帮助并不是非常大，很多时候，这一努力是无效的。所以，现在，他的这个自考班基本上停滞了下来。

他给我找了十来位工人聊天。其中几位工人都是大专毕业，有学新闻的、电子的、计算机的、行政管理的，毕业之后，没有一个从事所谓的专业，都进了工厂。另外几个则多是初中毕业或高中毕业，毕业后直接来到南方，在不同的工厂之间流转。在这个工厂，一天工作十小时左右，能拿到两千到两千六百元。我问他们是否还想参加自学考试获得一个文凭，几位大专毕业的年轻人都略带嘲讽地笑了。他们都拿过文凭了，有什么用？其中一个年轻的男孩低声说："哪有心情学习啊，我那个拉钢丝的活儿干一天下来，都快累散架了。再说，在学校都是个坏学生，成天不摸书，出来再去读，肯定不行。"

真是一语道破天机。读书、学习和思考，对这些年轻人来说都是非常遥远的事情。

这些所谓"新生代农民工"已经成为城市非常典型而庞大的一个群体。[1] 在北京的一所高校，我举办了一次工友座谈会。在交流中，我发现年轻打工者和中老年打工者的心态有很大不同。

中年夫妇有强烈的愿望和清晰的目标，他们就是要给儿女挣钱，让儿女上学，回家盖房，等儿女长大结婚，回家抱孙子外孙。对城市，他们有一种外来者心理和暂居心理，并不过多考虑其他事情。

年轻工人却对自己的未来相当迷茫。在问到一位二十五岁的年轻人将来在哪里安家时，他颇为踌躇，边思考边说："绝对不会在村里，也不想在县城，肯定也不会在北京。极有可能的是，将来结婚，把孩子留给家里的父母，两个人继续在不同的城市打工。"在这样说的时候，这位年轻人并没有愁容满面，也没有极其心痛，甚至，只是一种描述而已。他们还正处于盛开的年龄，还不甘于命运，活力无论如何也压抑不住。他们会坦率地谈到工资问题，其中一个在

1　据统计，仅在河南，新生代农民工就有 1500 万之多。"新生代农民工"这一称谓是 2010 年的中央一号文件中首次使用的，主要是指 20 世纪 80 年代、90 年代出生的，在城市务工的农民。他们目前已占农民工总数的 70%。

食堂当厨师的年轻人，抱怨他们没有三险，一月三千元，除此之外，什么也没有，工作时间也很长。但当问他们是否会去维权时，他们不以为然地笑了，"维啥维，到处都一样。"他们不会轻易选择去维权，因为你去"维"了，就意味着你要做好丢失工作的准备。况且，在这个地方"维"，换个地方，还是一样。

这些年轻人喜欢上网、聊天、打游戏，喜欢穿着帅酷的劣质衣服，染着黄头发，穿着牛仔裤，挣一点钱就去买手机，在城市的大排档和同伴大声地聊天、喝酒。他们宁肯在城市闲逛，也不会回农村定居。但是，他们的命运也在悄悄发生裂变。如丁建设那样懦弱胆小的人，被枯燥、压抑和无望所控制；一些极端脆弱的人选择了死亡；性格活泼、有决断力的梁平选择了逃跑；大部分年轻人继续留在那里，熬着时间；还有一些年轻人，则因为各种原因走向崩溃。梁庄的梁欢就是最后一种类型。

梁欢，五奶奶的二孙子，梁安的亲堂弟。一个高大、俊俏的男孩。梁庄人都认为梁欢精神上有点问题，魔怔了。在北京和梁安聊天的时候，我了解到一点内情。

2007 年，梁欢在广州一家鞋厂打工，和同厂的一个女孩子谈上了恋爱，那个女孩子是湖北人。2007 年春节，两个人说好回家各自给父母讲，父母同意后，梁欢就到女孩子家去提亲、订婚。回梁庄之后，梁欢就给父母说了这件事，父母一开始坚决不同意，在梁欢的软磨硬泡下，又想到湖北也不算很远，就勉强同意了。一家人商量着到女孩家要带什么东西，让村里哪个长辈去合适。可是，女孩子却莫名地联系不上了。电话突然关机。直到大年三十，那个女孩还是没有消息。梁欢像疯了一样，天天盯着手机，一动不动，每过一会儿，就发出压抑的嚎叫声。大年初一，梁欢决定去女孩家里找她。但是，到那时，他才突然意识到，他根本不知道那个姑娘家的具体地址。他没有想到他们会失去联系，也就没有费心去问，去记那个陌生的村庄名字。

春节过后，梁欢又回到广州，回到那个鞋厂，那个女孩却没有再来。2008 年夏天，梁欢被父母叫回梁庄相亲。他回去了。但是，他的目的不是为相亲，而是去找那位姑娘。他跑到女孩家所在的那个县城，胡乱转了几天，又回来了。他曾经想让梁安和他一起去，被梁安骂了一通。2008 年春节他又去找，依然没有找到。

好像和这个世界的某种本质联系被切断了，梁欢堕入了没有过去和未来的时间的黑洞。他衣着整齐，带着梦幻般的微笑，四处流浪。总是频繁地在城市间流浪，不停地换工作。干几个月，拿着挣到的钱，就不知道到哪儿去了。然后再回来，再出走。工作和相亲的机会越来越少，梁欢也越来越深地滑向了异常人生。

2012 年春节，我在梁庄看到梁欢的时候，他正和一群比他小得多的男孩子们在一起玩耍。他高大的个头格外抢眼，看到我时，他的黑眼睛霎时闪亮，朝我露出一个茫然又迷人的微笑。

当青春的激情面对冰冷坚硬的现实时，那一堵围墙开始发生作用。梁欢看到了那堵围墙，他在那堵围墙前倒下，崩溃，失去了自我。在精神的深层，他无所归依，不知道何去何从，他被阻隔在一个地方，再也无法达到完整的人生。

凤凰男

在西安的时候，从万国大哥和万立二哥那里已经听熟了梁东的名字。知道他因为没房，不能结婚，而为他买房，大哥四处借钱达八万元之多。万国大哥五十多岁的人了，不管天寒地冻，拼着老命蹬三轮车。我觉得，这个孩子有点不太体谅他的父亲。二哥对大哥和梁东一直不满意，认为大哥太过偏向梁东，辛苦挣钱供他上学不说，自己上班了，还得他老爹拉三轮车给他挣买房钱。

梁东身上有一种忧郁的气质，是那种接受过良好的教育，对问题有深入思考后的忧郁。他没有梁平的冲动、单纯，那冲动里面还蕴含着某种乐观。他也没有那种无所畏惧的蛮劲儿，梁东身上有一种温柔，他被这温柔束缚，被这温柔背后所衍生出的世俗生活深深羁绊，这使他无奈和悲观。他和他的哥哥梁峰长得非常像，俊秀、白皙，长长的丹凤眼，个子不高，单薄瘦弱，有很浓的书生之气。他说话声音不大，脖子往前伸着，喉结突出，随着缓慢的说话声艰难地上下吞咽着。目前，梁东在郑州一家建设管理有限公司上班，做房建监理。

和他的聊天是在郑州和梁庄几次完成的。第一次在郑州见他时，本来约好他的女朋友也来，但等见面之后，却是梁东一个人来，说女朋友临时有事来不了。看梁东的神情，我很怀疑人家姑娘根本不愿意和他一起来。果然，梁东说他们俩又吵架了，还是为房子的事情。

> 也不是吵架，就是斗几句嘴，心里都不顺。我理解她。
> 房子已经买过了，是期房，还没有交。航海西路与秦

岭路买的复式房，50多平方米。八千多块钱一平米。其实就是个一室一厅，上面一个小阁楼。当时我和女朋友俩人加起来就有两万多块钱。也想着不让父母操心，可是不操心咋办？问谁借？最后还是我爹给我借了七八万。去银行刷卡看钱时，真是想哭，也不知道我爹作的啥难？剩下的就都是贷款，我贷了二十年，一个月还两千五百块钱。这相当于我必须要还一辈子，压力很大。让我爹借钱，我心里难受得很。我上那五年学，花了多少钱，这出来工作了，还得再花家里钱。

原来我还想买个经济适用房，能省一些钱。这得申请，符合条件才行。必须是郑州户口，满三年，结过婚，满二十七岁，还得多长时间纳税证明。为这我和女朋友去办个结婚证。她有郑州户口，但还不满三年，工作时间长度也不符合。最后就没办成。为这，俺俩也老是生气。

她家里一直想着是房子买好，装修好，结婚在新房里。哪有钱装修啊？她就是不高兴。我说，你想结结，不想结算了。其实，人家也没说啥。

俺俩是大学同学，在学校第二年就谈恋爱，这都七八年了。她家是县城里，条件稍微好一点，父母都有工作，就她一个孩子。大学毕业后，我第一次去她家，人家明确表示不愿意。我也理解，要我是家长，我也不愿意。人家姑娘长得漂亮，工作又好，又在大专院校教书，又有郑州户口。我啥也没有，没户口，没钱，没房，家还是农村的。指望啥让人家同意？

我俩分手过好几次。有时是她想分，觉得两人在一起没希望，压力太大。有时是我想分，我压力也大，一个男的，老让别人觉得不如女的，心里也难受得很。有一次闹得最厉害。她们家里安排她去相亲，她问我去不去，我说，那你去。我想的也比较淡。咱不能拖累人家，死皮赖脸的，没意思。她其实是试探我，看我不主动，就生气，说分手。分就分。其实都是气话。还是有感情，毕竟那么多年了。不过我知道，她的确也动摇过，一上班，见的人多了，实际的事情考虑多了，自然和只谈恋爱时的想法不一样。

我上学学的是室内设计装修与管理。专升本，人家上四年，我上五年，还多交学费，为这，我爹没少为我花钱。我现在一个月也就三千多块钱吧，没有三险。私人企业，很少有交三险的。现在都是私企，老板说了算。有多少人想来还来不了，你还在那儿挑三拣四，肯定不行。所以，虽说工作也算稳定，但焦虑很大。没有长期的保证，内心不安全。

我这是典型的农村出来的凤凰男与城市女孩的关系。在以前，人们说，山里飞出来一个金凤凰，多宝贵，姑娘家长争着把姑娘说给他，现实可不是这样。现在的凤凰男可是作难死了。看那啥电视剧，《双面胶》《结婚时代》，把凤凰男糟蹋成啥？谁家姑娘还敢嫁给农村出来的小伙子？我是看着看着，就想把电视砸了。农村人都恁不堪？完全是丑化，制造对立。

我心里也难受，好坏也是大学生，家里供出来了，有工作了，不但帮不上忙，还得让家里再替我操心，真是没志气。家里没钱，就我爹一个人挣钱，拉三轮，出死气力。我爹身体不好，经常胃出血，都是累的。他好喝酒，一累就想喝点，身体都垮了。按说，我的工资也够生活、吃饭了，也应该能给家里一点。可是，房子压在人头上，喘不过气儿。

没房子，就低人一等。你再有尊严，也没尊严。你再争气傲强，也都没用。你想靠自己争气傲强去挣钱买房，连门儿都没有。

后来，人家家里就提出条件，先买房子再结婚。不管大小，得有一个。我也想买房，房价不断上涨，没个头，不敢等。另外，长期租房肯定不是个事儿。说搬就搬，说让你走你就得走，将来有了孩子，也不安定。2012年肯定要结婚，房子今年交钥匙，人家也二十七八岁了，再拖，说不过去。装修房子至少又得几万元，又是一笔钱，都是愁人事。

说到"愁人事"，梁东的表情并没有太多的变化，"愁"的地方太多，也就不愁了。他现在也只能是"车到山前必有路"的心态了。在了解到梁东可以考"注册监理工程师"之后，我长吁了一口气。"注册监理工程师"，相当于"注册会计师"那样的资格证，非常难考，但是一旦考过，工资就会提高很多，自由度也非常大。梁东现正在准备考试。他的职业还有上升的空间，他将来在生活、家庭和婚姻中的空间可能就会更大一些。

春节在梁庄见到梁东，他正和梁平、梁磊（二哥的孩子，重点本科毕业，在深圳打工）在二哥家的院子外打羽毛球。我问梁东，女朋友来家过年了没有？梁东笑着说，人家说没名没分的，不来。

我们四个人坐在万立二哥家里，门敞开着，屋里和屋外一样冷。我们就在这零下十来度的房间里，蜷曲着身体，聊着天。在谈到"农民工"及这一称谓的含义时，梁东字斟句酌，语气里却又有些激动。

不管从谁嘴里说起来都是一个贬义词。本来只是一个职业而已。为啥叫"农民工"，而不叫"工人"？

它确实有一种歧视。"农民"从来不是个好词。咱们小时候，爹妈让上学，不就是想让你脱离农村，不当农民吗？为啥，农民可怜，过不上好日子，农民被歧视。但是，农民离城市远，交锋不多，人们想起来农民时，觉得农民朴实、厚道什么的。现在，农民进城的多了，农民和城市直接相遇，那差别就出来了。"农民工"这个称呼是对进城农民的一种歧视。你看，电视剧从来不说农民工不好，但是，它会说农村婆婆多不好，农村负担大，农村人不讲卫生，不讲个人权利，其实都是对应大家心里对"农民"的负面判断。

那些电视剧，像《双面胶》《新结婚时代》里面的农民和农村是什么样子：贫穷、落后、粗俗，还侵略和毁灭城市人和城市生活。这些形象从哪儿来？

我在网上看到过一个事情，说一个农民工在公交车上，看到一个妈妈带着小孩，就主动让座。小孩要过去坐，妈妈阻拦小孩，说太脏。那个农民工用袖子把座位擦擦，那位妈妈还是不让孩子坐，给小孩说，太臭。这个事儿不知道是真是假，但是，类似情况肯定是有的。你说，她还是个妈妈，她给孩子的啥教育？她这观念从哪儿来？

反过来，你说我们是啥？梁平户口在梁庄，这不用说，梁磊户口也在梁庄，他还是重点大学毕业，他到底算啥？你看我的身份证上的户籍写的是"吴镇派出所2号"，不明白吧？我2004年参加高考，考上之后，户口不是转到郑州的集体户口上，而是转到吴镇派出所，这样，在算农村户口时，就没有算上我们这一批学生的户口，算是帮助实现政府的"农转非"目标。说是农民市民化，其实俺们这样的大学生占很大比例。都是数字游戏，自欺欺人。

"吴镇派出所2号"，多聪明的安排，既非农业户口，减少了农民户籍数字，但也不承认我们是城镇户口，又符合我们去到城市上大学的实际状况。这样，我们就被"悬"起来了。

我妈一直想把我的户口转回梁庄去，这样老悬着也不是个事儿。去派出所找，问人家，"派出所2号"到底在哪儿？既然是户籍，那肯定得有个具体地儿。派出所人都笑她，说就在派出所2号嘛。

前一段时间听说有大学生直接写信给政府，说大学毕业生这么艰难，在城市没有户口，享受不到那些待遇，又把农村户口取消了，没有补助了。这岂不是太不公平？后来，才有松动。你看，我现在，不是梁庄的户口，在梁庄没有地，但与农村相关的政策补助也还有。我想把户口转回村里，派出所还不同意。我听说湖北那边，有人想把户口转回村里，掏十万元也不给转。咱这儿肯定没有那么大的资源，但是，万一将来国家政策变了，有更多优惠了，到时，还给不给我就很难说了。我又不算是梁庄人。

城市户口没有，农村户口也没有。梁东的身份界定非常模糊。从这个层面讲，他连"凤凰男"都还够不上资格。梁东又一次提到那些极其流行一时的电视剧，并对这样强调城乡对立和蔑视乡村的观点表示强烈的愤恨和担忧。

政府和一些研究人员关于"新生代农民工"的界定非常模糊。如正林、梁东和梁磊这样，受过良好的教育，在城市漂着，身份证的户籍还是"吴镇派出所2号"和"梁庄×组×户"的年轻人，他们究竟属于哪一类？难道他们不是"80后、90后，在城市务工的农民"？他们的位置完全符合这一界定，但他们又不是。

这一身份的迷惑似乎不重要，但在这个时代，它却又结结实实地充塞在梁东的心灵和现实生活中，无法绕过。

狐狸精

最早对兰子有真正的感知是1992年或1993年的春节。正月十六爬灵山拜神，这是穰县一直有的习俗。灵山顶上有几座庙，庙里供奉着不同的神，佛祖、土地神、祖师爷、关公、财神爷、观世音菩萨，什么神都有，人们在这里拜神，祈愿，据说灵验无比。

在一个佛祖像面前，我突然看见兰子。她跪在那里，认真地做着动作，燃香，叩首。她的双眼紧闭，双手合拢，举起，停在额头，停顿片刻，深深地叩了下去，头触着那黄色坐垫前面的青石地面。然后，起身，手一直放在额前，再深深地叩首。

那天她穿着一个红色长至小腿的羽绒服，白皙的脸，漆黑漆黑的眉毛，漆黑的眼珠，在清冷的空气中，忧郁至极。熙熙攘攘的灵山，我只看见她，她的美丽，她的孤独和她的忧伤。那是经历过巨大变故，蕴藏着无数心事的人才有的深沉与哀恸。

那是兰子在我心中的定格。她之后在梁庄的出现、离开或再出现似乎都与此哀伤有关。

2012 年 5 月 8 日，我们在郑州见了面。兰子留一头披肩长发，她的两条眉毛仍然是整个人的重点，清晰、突出，显示着她的性格。但是，她的皮肤竟然是典型的紫膛色，有些粗糙和干涩。我说起当年对她的印象，她的白皙和她的美丽，她大笑着说，没有啊，我一直都比较黑。难道我记错了？

意外地，兰子很乐意分享她的经历给我，她有自己的人生观和生活观。她对自己的生活和观念很笃信，反复地强调一句话：女孩子一定要自立，不能想着依靠男人怎么样，靠谁也不如靠自己。提到村庄里和她同岁的玉英——她们一起到北京打工，后来玉英做了一个北京人的情妇，生了孩子，孩子被接走，自己却被赶走，兰子非常生气，"我最反对她那活法，不明不白的，很窝囊。要是我，打死也不会跟着他的。女人得自强。我现在有个朋友，老给我诉苦说，老公出去喝酒不回来，打电话人家还生气。我告诉她，不要给他打电话。我老公也经常有应酬，我从来不给他打电话。我给我老公说，你要是出去找人了，不要告诉我，我要是知道了，绝不会容忍。他

是郑州市民，家庭也不错，但他从来没有嫌弃我，关键是我也没有
想着他是郑州户口就怎样。北京户口我都没当一回事，他那算啥？"

果然是一个豪爽、清楚的女子。兰子自己提到了北京的那场恋
爱，我表现出强烈的好奇，请她详细讲一讲。有一种久远的羞涩和
记忆慢慢爬进兰子的眼睛，她看着我，"你想听啊，那可曲折，到
时你要是写书，可一定把它写进去。"

　　那应该是1992年的事吧。那时候，我跟北京那个娃
儿正在谈恋爱。是咋认识的？不是当保姆那家。刚到北京，
就在丰台区卢沟桥那一带，干了不到半年保姆，就不干了。
干不了，你再勤快，人家还是很警惕，受不了那监视劲儿。
出去买菜，刚好看到有饭馆招服务员，我就去了。我们那
一片是一个军工厂，那个小伙子是军工厂的工作人员。比
我大五岁，当时我十八岁，他二十三岁。他爹妈都是那个
厂里的职工。他到饭馆吃饭，看到我。后来就天天来吃饭，
一来二去，就谈上了。他一米八几的个子，长得也不错，
我不到一米六，走在人家身边，心里也可美。当时，这种
情况怪普遍，北京娃儿好像比较喜欢我们这些外地来的女
孩子。和我一起在饭馆干活的两个姑娘都和北京人好了。
不过，就一个成了，结婚了。

　　一开始我们自己谈着，他们家里人也不知道，我根本
没想着他们家里会不愿意，天天可高兴，跟着他一块儿逛
街、看电影、玩儿。有时候，我忙着，他就在饭馆的一张
桌子那儿坐着，要一个菜，等我下班。那年春天，我俩一

块儿回咱家，在家里住了好几天。当时村里人都来看他，对他印象可好。那个小伙子给人敬烟，让座，可有礼貌。也会稀罕人，细致得很，到咱们梁庄，在咱家里，还给我倒洗脚水，给我洗脚，剪脚趾甲。可自然。所以，我妈也放心。原来怕人家是北京人，嫌弃我，对我不好。

也不知道咋回事，他妈知道了，就跑到饭馆里，给我说，不要跟他儿子好。咱当时小得很，十八九岁，不知道咋处理，还求人家，说我们俩已经好了，他妈可生气。他就把我带到他家里。你想，咱当过保姆，也在饭馆干，可有眼色，到那儿可勤快，买菜做饭洗碗洗衣服，啥都干。她妈当啥也没看见。

有一次，我俩在街上玩，他妈看见了，二话不说，上来就给我一巴掌，嘴里还不干不净骂我："你这个土鳖，狐狸精，你勾引我儿子。"我当时就傻了，不知道咋办，心里可害怕，也不知道跑，就在那儿哭。多少人围在那儿看，他也气得不得了，还给他妈讲理，他妈连他也骂。

后来我怀孕了。我也老实，想着当时不能结婚，就做了人流。要是我稍微有点心计，我要是不去做，生个孩子出来，那他家不愿意也不行了。咱不想那样，从来就没想过。做人流后，得休息，工作干不成了。他让我住他家。当时实在是傻，想着那个娃儿稀罕我，我住在他家，对他妈好一点儿，总会答应我。我搬过去了。他妈下班，看我在家，上去就把我的东西扔出去，说："你这个土鳖，不要脸，有人生没人养的，别想着怀孕了就怎么着。"这话，我一辈子都记得清楚。

我站在他家院门外面，不知道往哪儿去，又怕那个娃儿回来找不着我，在那儿哭，他妈在院里骂，可难听。那个娃儿和他妈吵一架，又让我回去住。当时太小，在北京无依无靠的，不知道咋办，心里也害怕，就又哭着回去了。她妈天天给我白眼，她儿子在家还稍好一点，她儿子不在家时，简直就没法说。哪还给你炖个鸡做个汤？不可能有。我是啥活都干，洗涮拖擦，想讨她欢心。想想也傻，那时候身体还很虚，为这都落下病根了。你知道我有多害怕，那时候，一听见她妈的脚步声、喘气声，我就浑身发抖，想赶紧藏起来，不让她看见。

后来，等身体稍微好一些，我就在附近又找了一家饭馆当服务员，从她家搬出来。我是一天也不敢再待下去了。

这就到了春节，我想回家，他和我一块儿回去。我都不知道他妈后脚跟来了。她到村里，乱问，我怕她在梁庄吵起来，太丢人了，赶紧叫那个娃儿跟她妈一块儿回去。就是那年，我去灵山拜佛，真是心里不美得很，想着佛祖保佑。我不知道以后咋办？

她妈还有那些亲戚为啥不愿意？那还用说，肯定因为咱是农村的，他们看见我，一股子瞧不起人的样子。要说知识，他们家也就是工人，不见得有多少知识。相貌，咱也还算行，拿得出手，配她儿子绰绰有余。咱也勤快，有眼力见儿，到那儿都抢着干活，迎来送往也不是死劲头儿。怀孕那次，我二哥来北京找我，想看看我咋样。刚好我那会儿出去，他妈以为我哥来找他们要东西，说话可不客气，说农村人招惹不起，来一个，就来一窝，又说我不是正经人，勾引他家儿子。把我哥气得不得了。后来，我哥找到我，说咱不受这窝囊气，北京有啥好？不过咱家里确实也不争气，经常这事那事向我要钱，我没有那么多钱，那个娃儿就替我给家里寄钱。被他妈知道了，又是骂。要说，当年我为啥小学没上完就出来，就是为供我二哥上学。

说起来太傻，那时候啥也不懂，那个娃儿也粗糙，不知道做什么措施。为他，我怀孕三次，流了三次，每次都是休息两三天就出来干活，端盘子洗碗洗菜，把我身体弄垮了。现在真是后悔死了。

这前前后后拖了有两三年，他们家里一直不愿意，那个娃儿坚决要愿意。就僵在那儿。他们家里，他爸不说话，都由他妈主事，他外婆、奶奶家里人也时不时来看看我，骂骂我，有时装好人还劝我，都是想让我走。

我说我要回郑州，那个娃儿说我跟你回。说走就走，他工作也不管了，跟我一块儿来郑州。我打工养活他。他有个姑夫在郑州，比较同情我们俩，算是有个照应。后来，他跟人打架，把对方打伤了。人家告他，他被抓到监狱里，判一年刑。那时，我一心想着，要是能替他坐牢，我就替他坐。可是，替不了。我就拼命挣钱。晚上回家哭，白天去干活。那段时间，我是啥活都干过。最艰难的时候，在地下赌场发过牌。啥地下？就是流动赌场，经常是一天换一个地方，怕公安抓住。我们这些发牌员也得跟着跑，那可危险。但是，工资高，一个晚上五百块钱。挣了一些钱，全给他买东西了，每星期我都去看他，他可怜巴巴的，就盼我来。看见我，就哭。

在我们来郑州之前，他妈来找过我们可多次，每次都骂我，最后还打我，说我把他儿子带坏了。后来，听说儿子进监狱，他妈简直气疯了，见到我，上来就抓住我，打我几巴掌，抓住我头发，甩我。哭着骂我，说我把她儿子带到监狱里了。说得可难听，说我是个妓女啥的。我就受着。你说咋办？咱确实理亏，人家娃儿跟着咱来郑州了，结果，到监狱去了。

他从监狱出来后，他妈就在他面前哭啊，说要不行了你们就结婚，只要你回去。我不回去。我离开北京，就不会再回去了。我知道他妈只是说说，她不会让我们结婚，她恨不得撕吃了我。我对个娃儿说，不行你先回去也行，工作也不能不要。

他听我的话，就回去了。一回去，半年没有来。我心里就知道咋回事了。听他姑夫说，家里给他找了可多对象，他也见了。我就搬了家，我不让他找到我。不好就不好。

他后来又到郑州找我好几次，他向当时的一些朋友打听。我不见他。他一离开我，我感觉自己反而一下子长大了。原来受的委屈都可清楚，觉得不能再受那委屈。关键是，不能让人家老说咱贪人家是个北京人。北京人咋了？老娘还不稀罕呢。

说起来还是有缘分。那年春节，我从郑州坐火车回家，在咱穰县火车站上，看见他也从火车上下来。他是从北京坐火车来的，我俩竟然坐一趟火车回来。他来梁庄找我来了，当时我俩抱着就哭了。真是不知道咋说，心里难受得很，毕竟在一起那么多年了。那些年，不知道为他，为他妈，为他是个北京人，哭有多少眼泪。

后来还是不行。他不行，我感觉到他还是有压力，我也不行，我不想再受他妈的气。另外，我也开始和我现在这个老公接触了，感觉能靠得住。

咋说呢？那个娃儿，人是好人，对我没啥说的。你叔生病，要动手术，一把需要拿一千五百块钱，家里没有一分钱，那个娃儿啥话没说，把自己的工资取出来，寄回去。我可感动。那时候一千五百块钱可不是小数目。就是没有上进心。在郑州，他姑夫想给他找个啥活干干，他不干。天天闲着，所以才惹是生非，坐了监狱。

你知道吗？那个娃儿前几年死了，得肝癌死的。有一天，偶然遇到他姑夫，他姑夫给我说的。他一直好喝酒，我俩在一起的时候，我能管住他。他妈肯定管不住他。他媳妇也改嫁了，儿子留给他妈。我一听这个消息，跑到当时我们一起认识的一个女朋友那里，大哭。女朋友不理解，说都分手那么多年了，跟你都没关系了，哭恁伤心干啥。她不知道，后来再想起那个娃儿，觉得就是个亲人，想起来可亲。你想，从十几岁就在一起，一直到二十几岁，那个时候的啥记忆都有他。一听他死了，觉得心里像缺了一块儿，难受得厉害，直想哭。要是我俩在一起，他肯定死不了。

　　我现在还经常想，有时间了，我一定要再去卢沟桥那边去看一看，看看那个小饭馆，想起来心里都可亲。他妈现在我也不恨，她没了儿子，也怪可怜的。我也想去看看那个娃儿的儿子，看是啥样，像不像他。

　　说到"那个娃儿"去世，兰子的眼睛又红红的，眼泪溢满了眼眶。她漆黑的眼睛眯了起来，那漆黑的几乎连到一起的眉毛也皱了起来，有点忧郁，但也有说不出来的娇媚和风情。不管怎样，这是一个美丽的、有主见的女子，尽管在"那个娃儿的妈"的眼里，她只是个"土鳖"和"狐狸精"。

　　兰子现在还没有小孩儿。她知道梁庄人传言她不会生小孩，她坚决地予以否定。她说她和她老公都是主动型的丁克家庭，不要后代。不过，她也承认，她的身体不好，年轻时代的轻率、无知与眼泪伤害了她的身体。

工厂里的年轻人

居住在城中村的年轻人

喝粥的打工者

第七章　南方

南方，南方。

我不是深圳人

第一次和梁磊联系时，他刚到深圳一家认证公司上班，听我说要去看他，很高兴。几个月之后，等我真的准备好去，给他打电话的时候，他已经辞职，准备回梁庄。春节期间，我和梁磊在梁庄见了第一面。一个白净、内向、有主见的男孩子，和他的堂弟梁东的忧郁、焦虑相反，他的神情有一丝倔强和阴郁，显示出生活挫折对他内部精神的挤压。

2012 年 5 月 3 日，在深圳南山区下白石洲的沙河街，我见到了梁磊，他怀孕六个月的老婆小敏和他的妹妹梁静。

梁磊夫妻住在沙河街头一个典型的"握手楼"[1] 里，他们和另外一对带孩子的夫妻合租一个两居室。梁磊房间的简陋、狭窄和凌乱让我有点吃惊，我印象中的梁磊气质冷漠、时尚年轻，不应该住在这样的房子里。

邻居家不满三岁的女儿闭着眼睛持续地嚎哭，她的妈妈一直坐在客厅角落一个肮脏的电脑桌前看电脑，不时把女孩拖过去打几下，

1　握手楼：形容楼与楼之间距离的狭窄。前面一家站在后面的阳台上，可以和后面一家的人握手致意，深圳俗称"握手楼"。

女孩的哭声更大了。梁磊坐在房间里那已经卷了皮的黑色皮椅上，梁静坐在门口的小凳上，我和已经怀孕六个月的小敏坐在床边，开始我们的谈话。他们对那个女孩的哭声都漠不关心，既不烦躁，也不生气。这哭声是他们在沙河街这间出租屋里的正常背景。

上学没有优势可言，深圳这边的小商贩或者捡垃圾的可能比你挣得多，只不过，他是力气活。

我2006年重点大学毕业，学机械制造专业。当时已经扩招，所以我们是"先毕业，后失业"。毕业之后换了不少单位，先在安阳一个私人企业，生产光盘的厂子，与香港合作，摇身一变，成外资了。我一个月两千五百元，拿那边的工资却被派到东莞干活。刚毕业时没考虑那么多，只想着与自己的专业相近一些，想着自己有一定的理论基础，再加上实践，会好的。但进去之后，发现与我的专业也没啥关系。干了半年，我就出来了，到另外一个厂，跑业务，给一个厂子卖机械，与专业也没啥关系。后来跑到上海，也是在一个机械厂，去了人家就不让沾设计的边儿，没办法，只好又跳槽。坏就坏在这里，毕业初那几年，一心想找个与自己专业一致的。现在看来，不算太正确。

2010过完年来深圳，有同学在这儿，到一个认证公司上班，就是按国际标准给产品进行认证，认证之后才能出口，电器产品比较多一些。这业务在珠三角还挺吃香。刚开始看不懂英语简介，都比较专业。做这个行业两年之后才可能比较熟悉。这个行业只是一个挣钱的行业，也会做一些假报告。干一年多，工资一个月四千多块钱，做的也是机械这一块，也还行，其实跟专业已经没关系了。

接着到深圳一个外资企业，也是一个华人从中国出去，再回来，变外资了，这种情况在企业里很普遍。换汤不换药，他能有多好？在这个公司待半年。怎么说呢？工厂对工人"很扯"，公司全部由女人管理，亲戚老婆情人，各分管一块，不是小看女性，的确是非常小气。制度也非常不健全，不人性，加班三个小时以上才给加班费。一个小时才十几块钱。有人要走，不让人家走，去要工资也不给，还把人家手机收了，最后打110才解决。管得也非常严，划分得很细，各种各样限制工人行动的制度，恨不得把工人绑到椅子上，一天一动不动为她干活。

整个工厂气氛很压抑。你在工厂工作一天，心情沮丧到极点，每次回家都想着第二天我不来了，就是精神折磨。我就想走。我的想法是拿的钱也不多，环境又这么累，我没必要承受这样的压力。本来干工作是为了生活，工作不开心，生活也不会开心，那觉得也没必要。

我爹他们那一代人手里没有资源，没有知识，没有技术，他们受过苦，觉得再苦也不是苦，只要能挣到钱就行。我们这个年龄不可能像我爹们那样：你怎么欺负我，我都行，只要你给我钱就行。我们没有受过这些苦，也有自己的打算，也不愿意别人欺负。观念不一样，活着为什么？不是只为了挣钱，还得活得像个人样。最起码，你不能过分。我们对生活有自己的感受和理解。有些事愿意做，有些事情不愿意做。

"90后"可能会更冲动,忍耐力更差,但总体来说,工厂、公司还是制度不健全,欺负工人和职员。大的政策都挺好的,有劳动法什么的,但是,你一个打工者是个弱势群体,你能和公司抗衡吗?你抗衡,你就会被开除。另外有些歧视是隐性的,真要拎出来说,也模棱两可的。大点的公司有些自己的企业文化,算是比较人道,工作开心,公司也有收获。小公司的文化都是"为了企业,可以牺牲工人"。

在这家公司实习期六个月才能转正。我没到实习期结束就走了,因为确实挺压抑的。我现在也是在一家认证公司,是国际机构,美国的,前身是爱迪生一个实验室,全世界一百多个国家都有分公司,在英国已经上市,算是大公司了。

公司案子多,每天都能加班。加班是好事,你说梁平、我光亮爷和云姑他们靠加班挣钱,我们也是。你不要以为我们这些人就不想加班,一样的,好不到哪里去,也是全靠加班多挣点钱。工作其实我也不挑剔,只要环境稍微好一点,工作压力没有那么大,案子多一点,就可以了。就目前来说,你干别的也是一样。我没有优势,因为不是学这个技术出身,但是大的方面还有用的,毕竟是大学毕业,各方面素质还是有好些。反过来再说,啥专业不专业,本来就是养家糊口而已。

这个公司和我谈的月薪是五千块钱。上升空间很少,我在技术部门,大家都是干技术的,领导不走,你就没机会。

工资几年之内可能不会有调动。除非你换一家比较小的公司，能应聘一个领导职位，工资会稍微好点，但工作又不保险。

我现在倒是有五险一金，但这对我来说没有实际意义。社保对我们来说也没有意义，它必须交十五年才能取出来，住房公积金也没用，我们宁可不交。出来打工的，像我们这种状况，能在深圳待下去吗？你换城市，再去换这一套东西，非常麻烦。况且，你生病感冒会去医院吗？肯定不去，一去肯定就会多花钱。你的那点保险根本不够。

对于打工的大多数人来说，没有什么意义。我问过周边的人，除了那些已经是公司领导或部门经理的人——三十五六岁，有房有车，来深圳较早，完成了原始积累，生活稳定——这些东西对他来说就很好。其他大部分人只是买个车，没有房，不可能在这边生活，那些东西意义不大。

我现在只能是走一步说一步。我的想法很简单，有一门技术在手，再攒一点钱，将来做一点生意，小生意也行。这边生活成本太高，如果能在家里做生意，即使一个月只挣几千块钱，也会好很多。这也是我最近才扭转过来的观念，原来我根本没想过自己将来可能要做生意。我读书时的理想可从来不是这些。怎么可能？那时一心想着自己要从事一个高尚行业，要过不一样的生活，觉得自己又勤奋、又刻苦，人也不算笨，起点也不算低，肯定能混得很好。没想到会是这个样子，更没想到有一天我会想着去做个小生意。

如果房子买在这边，我肯定会留下来。我们旁边的房子是两三万元一平米，怎么可能买得起？就是再降一半，还是买不起。即使买了房子，在这边，也够呛。咱们一个老乡，一个月九千块钱，在这儿买了房子，要还房贷，孩子还要上学，压力很大，他比我大很多。万一失业了，就麻烦大了。不过在深圳的好处是，失业之后工作一般都很快能找来，机会很多。

我们这批人比较尴尬。网上不是说吗？让你活得不好，但也死不了。我们一个班三十几个人，百分七八十都是我这种状况，那百分之二十比我们强，不是自己强，主要是拼爹妈的背景。干农民的活，你干不了；往高的，你又干不了。我们这种人，是吊在半空的，上不去，机会很少；下不来，不愿放下身段。

回内地也是一样，只是机会较少。内地的生活质量会比较好一点。整天忙于工作，哪有幸福感？其实幸福只是一种感觉而已，譬如说两个人在一起出去玩一玩，回到家里一家人坐一起吃个饭，看个电视。但是，像我们都比较少出去，你走个路都需要钱，走个路你还需要买瓶水喝，都得消费。

我户口还在梁庄家里。我们都是农民，只不过不种地而已。只要形势差一点，还得回去。有一块地在家，心里还踏实些。

我们这边可以办深圳户口，有啥用啊？我不可能作为深圳市民在这儿生活，我所知道的同学，没有可以在这儿生活下去的。房子是个首要问题，孩子上学肯定也不行，上个幼儿园还得去找人。所以，还得回家，你的社会关系都在家里，最起码不受罪。

平静早就平静了，刚出来一两年有点幻想吧，想得有点大，老是有挫折，解脱不了。从小到大，学习方面没有落过别人，有点小理想，上过学之后，心里根深蒂固地烙下一些东西，信心满满的，总想着自己毕竟上过学，肯定行。后来才意识到有些东西不是想象那么简单，经历过才知道。

你说我将来在不在梁庄住？这个还真难说。还是不能去预判。百分之八十的可能是不会住村里，也不太方便。在外面找不到归属感的话，总是想回家。你在外面如果有归属感的话，可能这种感觉会比较淡一点。现在的中国人，尤其是农民和我这样的打工者，在哪个城市都没有归属感，家庭也分离，所以才老想着回家。不然哪有春运？

年轻人为啥对村庄事务不关心？你能关心得了吗？我爹当过几年村长，我知道情况。说是选举，选票是怎么来的？写的都是同一个人，选票那么多张，写的都是一个人。大家心里都知道是什么样的。村支书，一个月一百六十八块钱，那么少，他怎么给你干活？他凭什么给你干活？贪，是必须的。你关心不关心，事儿都是那样的。你觉得，以你的力量，你可能阻止贪污吗？既然不可能，干吗要去白费心？一个村里，低头不见抬头见，有些还是朋友。这不是麻木不麻木的问题。这是根本行不通的。

没有大的事情推动，没有日积月累到一定程度的话，农村的情况不可能发生变动。

　　梁磊始终有些沉闷，似乎有什么东西他无法放开。他对我写村庄里的事表示高度的担忧，他认为我这样深地介入不太对头。"一个农民怎么去查政府有没有贪污？"这个不是问题的问题困扰着所有的中国人。作为一个有想法的大学毕业生，梁磊在思考这些问题的时候不自觉地认同了现状并消极地看待一切，也许，对梁磊来说，他看到的、听到的和他所经历的，都使他无法找到亮光来支撑行动。他和他的同代人，经历了这个国度最大的变幻，他们在前现代那一刻出生，在"日新月异的巨变"中经历童年和少年，等长大时，展现在他们面前的已经是一个后现代社会的超越景观。而此时的他们，感受最深刻的不是景观的宏大耀眼，而是这景观背后的支离破碎。"宏大耀眼"可望不可即，"支离破碎"才是他们要面对的。

　　傍晚，梁磊带我去沙河街吃小吃，体验这深圳著名的城中村的夜生活。村中道路也是弯弯绕，没有哪一片空地被留出来，楼的间距很窄，楼层又很高，整个村庄潮湿、阴暗，透着阴郁的气息。几个中年男女坐在店铺中间，在昏暗的灯光下，搓着麻将，那偶尔抬起的看过往行人的眼睛，好像是从中世纪走出来的。怀着一种阴郁的、冰凉的心情，终于走到了村庄的主路上。街上熙熙攘攘，人头攒动。各类饭馆里面雾气缭绕，看不清里面的人，但听得到年轻的、肆意的阵阵笑声。路边各种临时小摊绵延而去，大排档也坐满了人，那羊肉串在长长的铁炉上"嗞嗞"地响着，一阵阵带着焦香和糊臭的浓雾也随之飘起，笼罩着整条街。

　　街道边污水横流，街道中又摩肩接踵。麻辣的浓香，啤酒的清香，也有肉的臭味、食品腐烂的味道，它们交织在一起，泼辣厚腻。走在其中，人好像被什么吸力拉回到地面，回到纯粹形而下的，然而又是结结实实、可感可触的世俗生活。而梁磊，仿佛被他房屋的形态，沙河街的形态和这厚实的味道给束缚了起来。

电话推销员

梁静去年刚大专毕业，计算机专业，暂时处于失业状态。梁磊特别期盼她能找到一份较为稳定一点的工作，这样，也能找到一个条件相对好点的男朋友。他非常担心她最终适应不了这里，那就还得找新的城市去生活。梁静性格沉闷，对深圳还处于适应和调整的阶段。她说话的声音很低，有一种压抑着的苦恼。

上三年学等于啥也没学。计算机专业，等于是没专业，现在哪个单位还要这专业的人？我嫂子也是学计算机的，毕业比我早两年，出来就到惠州那边的电子厂打工，与专业没关系。俺们一个班的学生都七零八散，毕业之后四下里乱跑，乱找工作，找到啥干啥。有许多女孩子都结婚有孩子了。

感觉深圳这边节奏比较快。在老家那边上学，不咋说普通话，我适应能力比较差，猛一下说不出来。刚来感觉饭菜可贵，在咱们那边，中午吃五块钱的饭，一个月都得几百块。这边翻一倍，这边工资是比较高，但是，房租又贵，吃饭也贵，算下来，也落不住啥钱。稍微不节约的话，还不如咱们那边。我刚开始来的时候，想的是虽然消费比较高，但是挣钱多，图的是拿住钱那会儿高兴，说起来一个月能挣那么多钱，好听一些。在家那边，虽然工资低，但是消费也低。

我去年六月份开始找工作，在南阳那边找。第一份工作做销售。做保健品销售，针对中老年。你发传单，发来客户，先让人家体验，成为潜在客户。然后通过各种形式去拜访。卖产品一般是先接受你个人，然后才接受你这个人的产品。做到十月份，我业绩还算不错。我这个人比较实心眼，人都是这样，你要是真心对他好，他也会接受你。

那时我一月底薪七百块，完成基本任务，一月销售七千块产品，给两百块钱奖金，再加上提成，百分之三的提成。第一个月就挣了个基本工资，没卖出去产品。第二个月挣一千一百块，第三月、第四月都是一千两百块。

我租的房子六十块钱一个月，住了五个月，电费总共花三十块钱。房间只有一张床那么大，二楼，虽然房间小，还有两个窗户。有时还能冻醒。也是城中村，南阳汉冶村。

我辞职有点冲动，主要是同时来的女孩子都走了，我一个人在那儿，再加上老板娘对人也太不实在了。老板娘光为自己着想，人比较多疑，有时候出去跑客户，回来很累，坐在店里歇一会儿吧，她都会说你。不停地给你找活干，让你擦这儿扫那儿，只要你在店里，就别想坐一会儿。也不让和同事聊天，看见我们谁和谁说话，眼都瞪着，脸也呆着，可生气的样子。后来，就去火车站一家卖电脑的店里，给人家当会计。那个软件很容易，去两三天就会了。老板还挺好，干了二十天，给了六百多块钱，后来，又干了五十天，给我两千一百块。那边唯一一点不好的，就是没有假期，一天也离不开人，一个月没有一点休息时间。不过在卖保健品那边，说的是可以轮休，也没有休息过。

过完年和我哥一起来深圳。来之后，先在淘宝一个服装店做客服，给客户介绍情况。经常加班，有时候很忙，有时候很闲，这边工资一个月两千多一点。也还行，比南阳那边好，但感觉没啥意思。不能锻炼人，面对机器冷冰冰的，不知道干啥。有时候想学个软件，又不能。店里只有两个人，一个客服，一个美工。干有两个半月，我辞职了。还有一个主要原因，就是店里不管住，我得找地方住。人家其他家店都管住，他们不管。才开始他们对我说管，是骗我的，要是一开始知道他们不管，我肯定就找其他工作了。在我哥这儿，天天在客厅住着，不方便得很。那家人怪好，就是太不方便。我就想找个管住的地方上班，哪怕工资低点。

第二天再去上班，在宝安那边，是个房地产公司。我看中它管我住宿，但是人家不管吃。一个月一千五百块的底薪。俺们主要是打电话，发传单，在网上发布信息。也不好做。我去发了一下午传单，很累，站在路口，晒着太阳，还得受白眼，难受得很。但是，看你图啥的？对于我来说，一是有住的地方，二是锻炼人。脸皮厚一点儿，嘴会说一点，做人做事的能力得有吧，比较锻炼人。我太内向，这样下去肯定不行，我得改变我自己。我去看过她们的工作情况，一般都是给人家打电话讲房子的信息。有人专门收集个人资料，不知道从啥地方买来的信息。按照那电话，一个一个打出去。被拒绝的比例非常高，十个电话有六七个都被挂断了。对方挂了，这边也挂了，继续打下一个电话。不会不高兴，人家拒绝太正常了。还有人上来就破口大骂，骂他骂，那也当没听见，继续打下一个。

　　我妈老想着我咋办？她老觉得我都二十三岁了，该说婆家了。我哥也是。主要是觉得我没有一个固定工作，不知道该找个啥人。找个没知识的人吧，觉得亏了，找个有固定工作的吧，人家又看不上咱，找个和我一样打工的，又觉得不甘心。我也不知道。走哪儿是哪儿，该是自己的命也跑不了。到哪儿都是一辈子。

我以前从来没有想到过，那些让人疲惫而愤怒的房地产广告电话、保险推销电话或哪一个什么销售电话就是小静这样的姑娘打来的。在城市生活中，我们一天要接到多少这样的电话？恐怕数也数不清。在开车或开会时，在听到那语速迅快、没有任何停顿的套话时，在怎么说"谢谢"也挂不断时，那愤怒是油然而生的。于是，很多时候，我们选择了直接挂断，听都不要听，更不用说给他们说一声"谢谢"。

　　是的，这些年轻的孩子可能就是我们的堂妹、堂弟或哪一个远亲的孩子。但是，我会怎么做呢？在知道了自己的堂妹也加入其中的行列后，我会更耐心点吗？我不知道。我想更多的时候还是会不耐烦的，因为那确实是一种轰炸，确实是一种侵犯，但这是小静的正常工作。她必须一个个打出电话，这些电话就类似于魔鬼训练，我内向的小堂妹希望通过此把自己训练成一个能够适应城市生活的人。

隔天下午，朋友带我去参观深圳书城。据说不去书城，就等于没来深圳。从沙河街路口搭出租车出去，经过一个转盘，就上了深南大道。车速马上快了起来，风掠过耳后，清凉、舒适。平坦、宽阔的大路，两边是修剪整齐的景观树，远处是威严而设计感极强的楼群。

无论从建筑、功能和美学上看，深圳书城都堪称美轮美奂。广场宽阔无边，也热闹异常。有各种团体在这里活动。怀才不遇的摇滚歌手，手拿古老乐器的民间音乐家，公益演出，志愿者招募，募捐等等，仿佛多元而开明的文化与生活已经来临。突然有一种感慨，这些所谓草根的团体和不得意的歌手，其实都属于这个社会高雅文化的一部分。他们能够来到这样的广场上，去展示自己，并且幽怨地唱着属于自己的歌，怎么能是草根呢？

书城里面是另外一种阔大无边。高尚的、高雅的生活。读书会，肯德基快餐，阶梯式休息室，瓷器店，各种名吃和名店。冷气开放，一些孩子在书城里面玩耍、阅读，三五朋友在此逛街、聊天、欣赏和吃饭。书城一层楼梯角落种植着名贵的阔叶绿色植物，它们向上伸展，直伸向二楼顶层的地方，生机勃勃，又雍容华贵。顶层一条宽阔直道，一边直通向郁郁葱葱的莲花山，另一边通向那具有象征意义的金属建筑。开阔的、开明的、开朗的生活和文明。

是的，这才是深圳。当我们说"春天的故事""南方的神话"，当我们说"取得了举世瞩目的成就"时，我们指的是这个深南大道、滨河大道和北环大道的深圳，指的是那富士康加工厂和无数个企业累积出来 GDP 的深圳。它不包含那拥挤在沙河街上和居住在富士康那带铁丝网的宿舍里面的打工者，不包含梁磊那个出租屋和他所必须面临的焦虑。

每扇门后面都是工厂

我最近一次见万敏哥是 1992 年，他到我教书的乡下去找我。那时候，他刚结婚，在穰县卖菜，到我所在的镇子去进新鲜的蘑菇。他瘦长、黝黑，眉宇间有现实生活所带来的丝丝焦虑，但是，我们竟然还谈了一会儿文学。我刚在一个日报上发了一篇小散文，他把它抄写了一遍，像宝贝一样带来让我看。他写一手好字。在高中时代，因为会写文章，会打篮球，能长跑，他赢得无数女生的青睐。他的老婆就是当年迷恋他的小女生。作为一位痴迷文学的青年，从离开学校那一天开始，他的生活就与文学无关了。之后的二十年，他一直在北京、广西、广州等城市间辗转，最后在东莞安定下来，先是做服装批发生意，这几年自己开了一个服装加工厂。

万敏带我去快捷酒店旁边一家当地的早点店吃早餐。早点店里几乎可以说是人山人海，一个将近两百平米的大厅里全是人，几十张大圆桌塞满所有的空间，服务员推着装满各种粥的小餐车在桌子间艰难移动。这些坐着、站着和大声吆喝的人以家庭为单位，老中青幼，七八个人，穿着背心、短裤，坐满一桌。他们吃着早点，喝着茶，在巨大的嘈杂中从容地聊着天。间或有小儿发出刺耳的哭闹声和奶奶低低的、甜软的哄劝声。喧闹而徐缓。喧闹是一种生活习惯，徐缓是一种心理状态。这些人全是当地的房东。每一家都至少有两三套楼房，一套自住，另外两套出租，一栋四层楼房会租给四个或五个不同的厂子，每年会带给他们几十万的收入。这还不包括村庄固定的分红。他们不需要任何劳动，只有享受生活。因此，早餐和早茶的时间可以无限延缓。

在平时，万敏绝不会跑到这样的饭店里吃早餐，这种浩大、繁杂、丰富和舒缓的早餐不属于他这样的外地人。万敏们的地点是晚上的大排档。忙碌了一天后，约几个同道中人，到"美食大排档"喝酒聊天，那里是虎门小老板们和打工者们去的地方。

走出早餐店，走上马路，马路两旁是一排排四五层的长方形楼房，光秃秃的、呆板的、丑陋的，没有任何装饰。万敏指着这些楼房说："虎门这地方，推开每一扇门后面都是工厂，每座楼的每一层都是一个小工厂。工厂多得你都想不到。就像这条街上，靠街的这几十栋楼，全是工厂，估计有几百家。都是像我这样的小老板，搞服装的。这两年金融危机，倒了很大一批，有许多人没撑过去，又变成了一个打工仔。但是，你倒归你倒，房子从来不会空着。房东的房租不会不要。人家不认你人，到时候了，房租一拿，扭头就走。你要是没钱，对不起，那肯定不行。"

我们走进一栋楼，沿着那长长的铁楼梯往上爬，二楼和三楼的楼梯口，都有一个铁门把守，铁门紧紧地关着，铁门上歪歪斜斜地写着"××制衣厂"或"××印花厂"。万敏的厂在四楼，楼梯口的墙上写着四个字："英雅制衣。"是万敏的字，刚硬、骨感，但气有点散，收不住，显示出字的主人好大喜功的性格。

推开铁门，"嗒嗒嗒"的机器声立即传进耳朵里。万敏的服装加工厂，就是一个简陋的加工车间。大开间，水泥地，白灰墙，老式玻璃窗，天花板是一些裸露的管道，上面挂着许多个吊扇。迎着门，并排三行缝纫机，约二十几台，有十来个工人在操作，其余的机位都空着。万敏说："招不来工人，那些熟练工人到处抢着要。另外，也不敢招，招来了没有活给人家干，咱还得倒贴钱。"

房间的右边分三个区间。最靠里的区间是一个拼起来的大长方桌，桌上堆着红红绿绿几个品种的儿童服装，几个妇女，包括万敏的老婆霞，站在那里，正低头检查并剪去衣服上的线头。中间一个区间是设计处，一张长桌子上摆着图纸、衣样、剪刀、电脑和一些碎的布片。一个相貌秀丽的矮个姑娘正俯着身子拿长尺子在图纸上比划着什么。靠这边的是熨烫区，一个瘦高穿红背心黑短裤的小伙子背对着我们，熨斗在衣服上飞快地来回划动着。

车间尽头有一个用玻璃隔开的小房间，这是万敏的办公室，办公室里还有一个隐藏的小隔间，有三四平米的样子，这是万敏夫妇的卧室。办公室旁边还有一个长长窄窄的通道，通道左右共四个宿舍，一个简单的卫生间。继续往里走，是楼房的顶层，一个宽宽的平台，平台靠后有一个低矮的小房间，这是英雅制衣的厨房。我似乎有些明白为什么虎门这些出租楼都盖成这么长的长方形，它适应这些家庭作坊式的小工厂。一条龙服务，吃喝拉撒，在一个楼层内，一个家庭作坊所有的功能都能够完成。

这些工人似乎根本不关注我的到来，面无表情地扫视我一眼，然后就把头垂下，继续着单调而紧张的缝纫工作。年龄较大点的那个男工是监工，他也操作机器，间或站起来去看另外工人的工作状况，并进行指导。一个穿粉红横格 T 恤的男孩看起来非常时尚，前额头发稍长，全偏向一方，是经过仔细打理的样式，脖子上挂一个菱形的鱼状项链，脸庞和神情中还有略微的稚气。我想和他交流几句，但他只是朝我微笑一下，没有停下手中的动作。

其中一个圆脸的小女孩，穿一件红色圆领 T 恤，黄色短裤，梳一个小独辫子，额前稍偏的地方别一个红发夹。额头光光的，略有点"锛儿"，眼睛黑黑大大的，看起来淳朴可爱。我在一旁观察着她，只见她一只手撑着一个小布片，另一只手迅速地在旁边的筐里拿起另一布片，两个叠在一起，放在针眼上，手往前拉，脚快速地蹬着，手再快速把布片往左拉，又是一道缝合，再从筐里拿起一块布片，拼到另外一个地方，再缝合，以另外的叠加方式放在一起，这样，一个衣服的前襟形状就出来了。她的右手往前一划拉，直接把缝合好的布片推到缝纫机前面的地下，连线都没有断，那里已经堆着厚厚一摞加工过的布块。她的头不抬，又拿起另一个布片，快速而又机械地重复着前面的动作。

"这个姑娘和那个烫衣服的小伙子是一对儿。"万敏指着房间另一头烫衣服的小伙子，悄悄地对我说。我在虎门的那几天，一直偷偷观察这年轻的一对儿。他们在工作的时候，非常严肃，一整个上午或下午，他们都能做到互相不看一眼。

霞嫂兼作厨娘。她清晨五点多就要去市场买菜，十点多开始准备午饭，活不多时，年龄大点的女工会过来帮忙，如果活多，她就只能一人做这二十几口人的饭。虎门的春夏秋冬只有热或更热之别，在厨房里转圈并不是一件享受的事情。霞嫂一边在厨房里忙着，一边向我抱怨："说是老板、老板娘，其实是连工人也不如。人家拿的是净钱，不管你赔赚。咱这是出苦力，担大责，到最后还是一场空。不是你敏哥坚持，我是早都不干了。干档口多舒服，雇两三个服务员看店，生意也熟，坐在那儿，不动弹就能挣钱。你敏哥非要干，说这是事业。可倒好，钱赔光了，事业还没见影。"说到"事业"时，霞嫂嘲弄地笑起来，一副夫唱妇随的样子。

中午十二点，英雅制衣开饭。两个大锅菜，土豆丝，豆角，一大锅米饭。工人们拿着自己的碗，自己盛饭，自己找地儿吃饭。大部分工人又回到车间，车间有吊扇。那一对小情侣终于走到了一起，端着饭到女生宿舍，门半掩着，其他人自然也就不进去。设计处那个个头矮小、看起来伶俐聪明的女孩已是一个九岁男孩的母亲，大家叫她娟子。此时，她也带着儿子过来吃饭。她的儿子去年来到虎门镇，插班上三年级。平时，这孩子和他母亲一起在万敏这里吃饭，晚上也和母亲一起睡在厂里宿舍。这个厂就是他的家。他的父亲在另一家工厂做印染技术工，住在那个厂里的集体宿舍。

下午一点钟，英雅制衣开工。机器声音响起，娟子送儿子去补习班，回来继续画图。那个烫衣服的小伙子拿出一个收音机，搁在他面前的窗台上，放起了音乐。这音乐混杂在机器声中，只漏出微弱的声音。万敏带着我，开着他已经破旧的金杯车，要到镇上的面料城、辅料城去对色找衣料，找蕾丝边。一个看起来很简单的儿童服装，至少需要一二十种不同料子的布和各种如拉链、绣花这样的配件，这都需要万敏一一采买。有时买来的布料颜色不符合最初设计的要求，还要再次返工，那就意味着这批活儿他要赔了。

八月的虎门，像下了火一样。我和万敏一起去采买原料。车上的空调早已坏了，太阳把前座两个位置晒得滚烫，坐上去就像坐到烧旺的铁炉上，屁股发出烤肉一样的"刺啦"声。万敏带着我，在面料城、辅料城、蕾丝批发城、物流站和其他地方出出进进。他要挑选各种布料、纱料、蕾丝，要去物流站取回广州或其他地方发回来的布匹，要去其他地方买我不懂得的什么辅料。下午五点多钟，终于转够了圈儿，我们坐到车里，开始往回开。车内像蒸笼一样，坐进去，顷刻就大汗淋漓。

晚上七点开饭。粥，馒头，凉拌黄瓜，肥肉熬白菜。吃完饭，七点半多钟，工人又开始干活。他们要做工到晚上九点钟。每个人都神情淡然，吃完饭，自动地坐到机位上，发一会儿呆，就开始干活了。

我、万敏，还有昨晚和万敏一起去广州接我过来的那个强哥，坐在办公室里聊天。隔着玻璃，我看到娟子的儿子在厂里来往跑动，一会儿到妈妈那里，一会儿又到缝纫机旁的一个年龄稍大的妇女那里，有时候，也抓起布片，剪上面的连线。八点多的时候，他自己到后面的宿舍睡去了。

万敏坐到电脑前，要给我看他的博客，上面记载着他的汶川之行。2008 年汶川地震的时候，他开着自己的金杯车，拉一大车物资，矿泉水、手套、口罩、饼干等约六七万块钱的东西，带着内弟和强哥，长途跋涉，到汶川救援。

干事业

别以为我们就没追求，也总想着为社会做点啥事。

你看这些照片，都是 2008 年去汶川路上拍的。当时，每天看电视，我都哭得吃不成饭。那么多孩子，一下子都没了。那么多人咋办？我就想着，不行，我得出点力。你霞嫂也支持。我就去买东西，快把虎门超市的水搜罗光了，花有六万多块钱。你想,那时候,我总共就那百十万,加上来回路费,三个人的吃喝,下来基本上小十万了,等于是我总资产的十分之一了。现在想想,可能舍不得,那会儿也不管那么多了,看见水、饼干就想买。

我还去弄块红布,自己写上标语:"救援汶川,人人有责","汶川,雄起",挂在车厢的左右两边。前面车头下面也拉上标语"汶川救援物资"。看这张相片,你哥的字还有往日风采吧。这标语,还很有用,许多收费站都不要过路费。从虎门往汶川去,有两千公里吧。我和你霞嫂的弟弟,还有强哥,我们三个人轮流开,开一天一夜。到汶川边上,就有人拦住了。说是车不能进,东西可以放下,他们来统一分配。

我们看着,当时确实紧张,很忙乱,就打消了自己送进去的念头,不能再给国家添乱。我们自己背着包,在边缘地方转了转。过了几条河,看那路都断了,很惨。当时就想,还是得挣钱,要是挣到钱咱就能出力了。

以前开档口仅仅是挣钱,维持个生活,买个房,买个车,就这。现在是在干事业。路子是正确的,虽然是辛苦些。这个东西是我要的东西。不管咋着,是个事儿。如果操作好的话,是个事业。只要老板不胡整,肯定可以发展。钱不是最重要的,但是是衡量一个人成功的很重要的指标。

我说过一句话,没有三年时间,是不能在制衣行业发言的。在虎门镇,开奔驰宝马的,还都是做制衣的。利润比较可观,百分之十还是有的,做得好了百分之二十。当地人大部分靠红利生活，很大的红利，好的一个人一年分十万，啥也不用干，稍微有能力一点点的都会盖一两栋房子，出租出去，这是最正常的收入。我这一层一年五万块钱，总共四层，一年二十万，我这家房东三栋楼，一年加上分红，有百十万，啥活不干，属于是正常的。当地人喜欢贷款盖房，三两年就回来了。

但是我们去贷款，肯定不给贷，用房子、车抵押，只能贷七万块钱，不可能贷多。超过十万块钱肯定贷不来。为啥？你没保证啊！你是外地人，不保险啊。

大厂数量也不多，但能量很大。有很小的，夫妻俩带两个工人，总共五六个人，这种家庭型加工厂能量也大。小的好维持，租一个住房，买几台机器，不担任何风险，也没有本钱，人身也比较自由。并且这些小厂好招工，比较灵活，挣钱也快，这也导致大厂缺人。

像咱这种厂，二十来个人，属于中型的。这种规模的不是很多，比较难做。工人对咱有啥感觉？第一，他得拿到他想要的工资，这点首先得达到，不能低于外面，加班是都加，那没办法，整个行业都是这样，咱只能保证不比人家差；第二，管理人员必须得认可老板，崇拜老板。工资是一方面，另外他得看到希望，这一两天工资他不看重。管理层不是一年的问题，心里舒心，遇到好的机会，自己也有好的发展。主管级和师傅级的，一起搭档三年五年很正常。工人随便流动对工厂影响不大，像士兵一样，一茬一茬的，这个退了那个又来了。师傅经常流动，那损失太大了。肯定有人打听他们，他们也打听别的公司多少钱多少钱。像娟子，也是我挖过来的，原先就认识，这也得给人家承诺。工资、儿子和待遇问题，说好了才过来。干一段时间，觉得老板可以，她就会待下去。老板必须得说话算话。老板很无能，很无聊，可能不要钱都走了。

服装是个几千年的行业，有很多技术，我们的衣服像手机一样，有欧美标、英国标、中国标，有个国际标准，不是想咋做就咋做，必须按照人家的要求来做。每个国家都有个标准，我们做是按中国标准去做的。以前开档口卖服装时，我很瞧不起做服装的，一进来发现太复杂了。

首先得有设计师。大的设计师中国一个也没有。真正的大设计师是意大利的、法国的，中国都没有。但是，中国服装业真是很发达，每天在中国做出来的服装够全世界的人穿几件。我们一个厂每天都要出几千件，像我们这种厂何止几十万，大厂更不得了。

我们是低档次的，在一个专门的服装网站上看图片，他们组织人在全世界各地去找，参加各种发布会，把上万个图片发在网上。娟子看中了，把图片打印出来，修改，变成自己的设计，其实是模仿。我去买布，做纸样，打版，打好版之后，到大公司挂版，让公司挑选。被挑中之后，人家给我们下订单，我们才去做。不是品牌的，我们可以随便模仿，大品牌不敢做，人家发现了，把你的东西没收，甚至把厂都封了，还要负法律责任。但是，模仿利益高。其实，很多厂都在模仿。

我四十时岁开这个厂，绝对是最后一拼，算个事业。那时我手里有一百万。和有钱人比，不算个啥，跟普通打工的相比，也还行。坚持这四年，硬是把这钱败光，才算刚得到门路，找到点诀窍。像我们这种小老板，十个人中有八个人都失败，只要能坚持下去，应该都能活过来。现在我最缺的就是钱。要是能找来投资，我这生意就不是这样了。

我和强哥一直在商量，想搞个联营公司之类的东西，就是老乡们在一块儿，集中财力，做大，一是自己赚钱，二是带动老乡也赚钱。你看咱们穰县，出来就是打工，永远是打工仔，不能发财，主要就是没知识、没想法、目光短，想着有碗饭吃就行。

做事业这一块，我们不比他们坐办公室当领导的，他们是夸夸其谈，我们是通过自己的努力、自己的实践来实现的，比较朴素。工厂这边也是人才济济的，也许学历不高，读书不多，但是通过长久的实践学到的东西很多。

现在想一想，从上学到现在，我总想着肯定要做个啥事，一直有这个自信。饿是肯定饿不着，总想着要干个啥事，不是光为挣钱，还得有个目标，有个追求啥的。如果真干不了的话，说明你确实不行，咱还老老实实搞咱的服装批发去。目前来说，我这个路子是正确的，虽然是辛苦些。

万敏对自己去汶川的壮举非常自豪，他最高兴和最愿意谈的也是这段经历，他也坦率地提到他是想去看看有没有商机，但是，以他那浪漫的理想主义的性格，他肯定把汶川之行作为实现自己理想的机会了。他认为自己放弃已略有规模的服装批发生意，而去开工厂，是因为这是"事业"，需要智慧、智力，可以实现自己的价值。最重要的当然还是为挣钱，但挣钱并不是他唯一的目标。他反复强调这一点。

我问他对他的工人怎么样，这样加班工人是不是太累了？他叫起屈来："不加班肯定不行，活来得时候，谁都得上。不存在你想的啥剥削。咱对他们也不错。你说，同吃同住，我平时忙成啥样，钱花了多少，赚了多少，他们也能看见，也大致知道，咱不是那种只顾自己享受不管别人的人。工厂条件都差不多，咱肯定不是最差的。机器少，活少，空间还算大，没有啥大污染。管理也松，你要是有啥事，请假干啥都行。工人在小制衣厂更能挣钱，因为老板缺人，管理不呆板。

"像我们这种小厂，工人比老板强。工人不操心，不管你这个月挣钱还是赔钱，活多还是活少，你都得给我钱。我和霞等于是不拿工资的工人。我还得承担所有风险，得有想法，得跟人交往，找活儿干。三险啥的，咱这儿都没有。只要多给他点工资，啥都有了。"

万敏肯定有美化自己和替自己辩解的成分。他和工人的关系或者并不如他所说的那么好。既然成为老板，在某种意义上就和工人成为对立面，至少，也是统一的对立。不管你多么讨好工人，在工人眼里，他也只是发钱的老板而已，真正的亲密关系很难建立。但是，因为至今还没挣到钱，并且倒贴了自己前半生的积蓄，这一现实给万敏带来了一些道德资本。他可以理直气壮地要求工人，并对自己的很多盘算心安理得。一两天的时间，我明显看出，万敏对娟子要更好一些，不但她的儿子可以在工厂吃住，可以随意玩耍，并且，娟子对万敏显然是平等且有决定力的。娟子是设计师，厂里所有的活儿都是她制版、投标，中标之后，才能够制作、加工。万敏最大的任务就是留住娟子，不只是钱，还要投入情感，从亲情上感动娟子。

这样一个家庭式作坊，感情的投入又是必不可少的。否则，工人会很快流失。

我和万敏说话时，那位疲倦内向的强哥一直听着。他的动作很少，表情也少，对万敏说的话几乎没有回应，即使说到去汶川，他的眼神也没有多少起伏。好像他的全身都被累垮了，累麻木了，无法再回应外部对他的刺激。

晚上九点钟，一直在耳边响动也就自然忽略了的机器声突然停了下来。整个空间安静下来，空虚突然侵入，让人莫名害怕。工人们离开自己的操作机位，开始往后面的宿舍走。他们的面部表情好像还被那机器声所控制，心还按照机器的节奏在跳动，梦游一般，心神分离。从早上七点到晚上九点，他们没有离开过这个家庭作坊，除了中午在阳台上看到的阳光和窗户的光亮，他们在虎门的生活只与这个空间相关。

九岁的打工者

早上九点多钟，工厂已经在井然有序地运转。

娟子的儿子也在厂里，今天补习班休息一天。他穿着绿色的碎花 T 恤，牛仔短裤，在整个车间飘忽来去，一刻也不停。此时他正躺在一堆布料里，跷着二郎腿，双手抱头，头在布堆里不断地晃着，以找到最舒服的位置。正在忙碌的娟子朝他大喊，让他起来。他却得意地看着我，腿不断晃动着，很镇定也很显摆的样子。娟子看他不为所动，就过来拉他起来，却差点被布料绊倒。小家伙哈哈笑起来，一个鲤鱼打挺，跳起来就跑，娟子又去拉他。儿子跑，年轻的母亲追，母子俩在车间跑个不亦乐乎。娟子个子矮小，抓不住她灵活的儿子，气得大叫，但从旁边看，就像两个小伙伴在玩逃跑游戏。娟子看起来还是个孩子呢。车间的工人都被这母子俩的追打逗笑了。这场景，给英雅制衣的简陋车间带来了一丝活泼和温馨。娟子其实只是一个初中毕业生，原来在大厂的时候，跟着一个师傅学习画图、设计和制版。经过几年的不断学习、实践，娟子可以自己独立设计服装，并且能制出准确的版。万敏给她的基本工资是一月四千元，再加上年底分红和平时奖金，娟子一月能拿到五千元，是普通工人的两倍。

和母亲追打一会儿，小家伙跑到机位这边，先是依着一个女工，抱着女工的腰，头靠在她的后背上，回头向母亲做着鬼脸。然后，躺到女工旁边的长板凳上，又是双手抱头，腿跷着，一副悠闲的模样。那女工有三十几岁，一边干活，一边和他说话。我和那女工聊过天。她是甘肃一个县城的下岗工人，丈夫还在本地县城上班，她出来打工。家中有一男一女两个孩子，都十几岁，正在上初中。她出来四年，回家两次。这位女工神情恬淡，说话声音很低，很温柔。她对现在的工资并没有多少不满，和她一起来的老乡因为所在的厂子活儿少，工资比她还低。她在外面挣钱，丈夫在家管孩子，也算有妥当安排。

过一小会儿，小家伙从板凳上一跃起来，拿起剪刀，蹲在女工操作的机器前面，开始干起活来。地下是一堆缝合好的衣片。为节约时间，女工们都不剪断衣片之间的连线。小家伙麻利地拎起这白色的衣片，把中间的线剪掉，再把衣片铺在地上，然后再剪，剪断之后，两只小手捏起衣片的两角，两边比划着，摞在前一个上面。他蹲在这堆衣料前，稚气的脸上显现出和他年龄不相称的严肃和投入。身体左一下、右一下，拎、剪、捏、对齐，最后放下，非常娴熟，很快，他面前就摞起一叠整整齐齐的白色衣片。那女工悄声对我说，娟子担心孩子老在这儿白吃白住，老板不高兴，就让小家伙干点活。放学回来，作业做完，剪剪连线，活也不重，不会累着。小家伙几乎把剪线的活儿给包下来了。但还是贪玩，总是干一会儿就跑了。

我在他面前蹲下来，笑眯眯地看着他，试图和他聊几句。事后回想，在他眼里，我的笑容估计和童话里的狼外婆差不多，狡诈阴险。

"你叫什么名字？"

"钱保义——"他说话的声音很小很细，末一个字拉长，软软的，很好听。

"钱什么？阿姨听不清楚啊。"

"钱——保——义，保证的保，意义的义。"他仍然蹲在那里，一只手还在拎那白色的衣片，另一只手拿剪刀剪着。

"上几年级？"

"三年级。"

"会背什么诗啊？"他的动作停了下来，手里还捏着衣片，拿眼睛警惕地看着我。

"我不告诉你。"

"给我背两首，好吗？"

"我不想背。"

"嗯，我怎么觉得是你背不过来？"我用激将法激他。

"我会背，就是不背给你——"他很得意地看着我，好像识破了我的秘密，"我知道你是在骗我，骗我背。大人经常这样骗人，别以为我会被骗到。"

"但是我还是觉得你背不过来。'春眠不觉晓'，会背吗？"

"谁不会啊？我们一年级就学了。我不背给你。"

"'离离原上草'会吗？"

"我会，我会背得很快，你听不懂。"他得意地看着我。他又得意起来，看来快上当了。

"我不信，你肯定不会背。"

"我会——"他睁大眼睛看着我，一股好胜的样子。

"我觉得你不会——"

"离离原上草，一岁一枯荣。野火烧不尽，春风吹又生。"小家伙把剪刀、衣片都扔到地上，看着我，用极快的语速背了出来。我几乎没来得及听清楚，他已经背完了。

"那'春眠不觉晓'呢？"

"春眠不觉晓，处处闻啼鸟。夜来风雨声，花落知多少。"他又一口气背出来，然后充满挑战地看着我，反问我，"你会几首诗？"

我和他都蹲在地上，他得意的眼神和背诗时的急速让我忍不住想笑。我装着思考了一下，逗他说："我不会，会也不给你背。谁让你不给我背呢？"

钱保义睁大眼睛，分辨清楚我话的意思，生气地把头别了过去："哼，我说你们大人好骗人吧。光骗人。我妈就老骗我，说出去一会儿就回来了，出去一年也不回来。"

话还没说完，他突然站起来，朝他母亲那个方向跑过去。那里满是散乱的布头、原料、麻袋和一卷卷的布匹。只见他腾起身体，"蹭"一下子蹦到那放在地上的几匹布上，准确地落在布的缝隙中间，屁股着地，头枕在那几个摞在一起的布匹上，跷起二郎腿。然后，回头得意地望着我。

我被他晶亮、闪光的眼睛逼得有些视线模糊。这个九岁的小男孩，年龄最小的打工者，在这嘈杂的车间，在这群工人之间，如鱼得水地生活着。

归零

万敏已把我这一天的行程安排好。先到强哥的绣花厂看看，中午在强哥的印花厂吃饭，他约了几个老乡聊天。下午到几个稍大一点的服装厂去参观。

绣花厂离万敏的厂不远。还未进车间，机器的轰鸣声就传了过来，"咣当咣当"，很有节奏。强哥的绣花厂只有一个狭长的车间，两排机器，机器平面上平摊着牛仔裤的裤腿。机器上的一排针正在屁股后面的口袋上来回穿梭，两个女工站在机器前。这两位女工，个子都很矮小，也很瘦弱。一个是湖南妹子，我跟着她，想和她说话，她一直拒绝我，往机器的另一头跑。另一个是广西妹子，她倒是站着不动，愿意和我说几句话，但是，她的方言我又几乎听不懂。

车间里面有一个小房间，算作办公室。强哥的哥哥坐在沙发上等我们。他看起来要比强哥坚定、乐观多了。旁边一个堆了很多杂物的大写字台前坐着一个年轻人，正在电脑上设计颜色的比例。按这一比例,把线团安在机器的不同部位,就可以自动织出不同的图案。

中午在强哥的印花厂吃饭。印花厂的生意萧条。几个合伙人只有强哥一人懂业务,生意不好,各自都有意见,有人萌生退意。如果倒闭,强哥至少要赔十万元。

万敏约了另外一个吴镇老乡过来聊天,说他很有故事。这位老乡,大家叫他山哥。山哥从番禺过来,做手提袋加工,挣过大钱,前年金融危机时工厂倒闭,目前正四处考察,寻找商机。山哥个头矮小壮实,面相老实,微笑着,表情不多,但也不呆板。

他礼貌性地抿了一口啤酒,夹了一口菜,把筷子放下。双手抱着一只腿膝盖,微微踮着,身体也随之向后摆动,开始讲自己的经历。

说起来,我出来这几十年,算是竹篮打水一场空。十三岁开始出门卖鞋底,拿新的换旧的,拿废料再去鞋厂卖。这种生意你们肯定都不知道了。后来自己开鞋厂,鞋厂赔了。后来开始卖辣椒,赚了一些钱,那辣椒粉里都掺些红砖粉,肯定赚。咱们穰县那儿又兴收废铁废铜,很赚钱,主要是收那些违禁东西,才赚钱。后来被国家逮住,东西全被没收了,还说要坐班房。满满一屋子铜锡铝啊,至少值二十来万。当时那个钱可是不得了的。实际上凡是收废品都收那些东西,不收根本赚不来钱。咱是后台不硬,不会搞关系,才被抓住。后来,又花钱找人托关系,才算没有坐牢。这算把赚的钱全部赔完。你嫂子天天哭,都想着死了算了。

1990年正月到番禺。在家里生存不下去了,本钱没本钱，名誉没名誉了，栽得大了。先是在一家韩国手袋厂里干，干几年，刚开始去一百多块钱，慢慢升到六七百。加班时间长，工资也是加班加出来的。干有八九年，一共存了几千块钱。1997年就回咱吴镇了。在吴镇开半年饭店，不挣钱，还把在番禺挣的那点钱赔进去了。去他妈那腿，不干了。

1998年又回到番禺。还是在厂里打工，是一家韩国手袋厂。一年多，摸到了一点门窍，脑子开始活泛。咱这个人好做生意，老老实实打工肯定不行。就借钱自己买了两台机器，放在家里，请个人，帮人家加工手袋内部件。加工一套，人家给你多少钱。那个时候，自己开厂的人少得很。我算是比较早的开窍的人。我这个人好琢磨。那时我自己还在厂里干活，一是保证有货源，厂里有啥活儿干不完，可以直接拿到我那儿干，另一个缺啥零件也可以拿出来。有时候，实在干不过来，还偷偷拿到厂里让朋友给做。拿厂里活，还让厂里干，还让厂里出钱。也算不错了。那几年挣有十来万块钱。在番禺买了房子。番禺那边，很多外地人，像小老板、打工的，可多都买了房子，买了房子户口就可以过去。番禺那边开发得早。我买了房子，但是户口没迁过来，不敢迁。那房子三室一厅，八九十平米，当时只花三万多块钱。又添了几台机器，儿子也接过来上学，算是春风得意了。

实际上，咱当时的本钱还是有限，做不了很多，如果有钱，可以干得更大。

后来，一个加拿大的老板来挖我，咱技术不错，能解决问题，也愿意下劲儿管理。到加拿大那个人的厂里，一月三千六百块钱，干了三年。工资算是高的了，算是个高层管理者。工作很简单，每天把活儿分配分配，下面有车间主管、组长，啥质量啥要求，一说，他们清干了。我可以自己干自己的活。我自己那个厂一年收入几万块钱。到2002年，我自己那个厂都有七八十个工人，货源充足，一年有个十几万二十几万，总共挣有百十万块钱。外来工对咱很信任，都愿意到我这儿干活，都叫我"王老大"，跟当地关系，分局、刑警队、交通上各方面都很好，没得说。

2002年，我又栽了。韩国老板要的货，六十五万块钱的货，他把货收了，人跑了。平时我和他关系不错，没想到他会这样。我开着车到处找，在番禺街上转，要是找到他，就是要他死，不是活。一直找不到。找政府，政府也不管，也管不过来啊。那段时间厂子倒闭的可多，老板都跑了，都是两三千人的大厂子，在番禺，韩国厂有十多家，倒闭有好几家。

咋办？又成零了，光剩机器了。我把剩下的钱给工人发发工资，又帮工人找好厂去干活。咱用不了人家，也不能不管人家，人都得讲信用。咱没想着跑，想着再翻盘。又开始慢慢给人家加工半成品，本钱少，就少干点，慢慢发展，一年多又开始做成品了。外单不做，只做内单。这个阶段没人敢接外国人的活了。但是内单小，赚得少。2004年到2005年只算是维持工人工资，赚个七八万块钱。

2005年我儿子大脑里长个虫，一头栽那儿，都要活不成了。天天抽，口吐白沫，一开始不知道为啥，到医院一查，说脑袋里有个虫。我听了，就哭啊，我就这一个儿子，他要是出事了，我和老婆都活不成了。为给儿子治病，我把房子卖了，光他生病都花有十几万。当时手里就几万块钱现金，只有卖房了。好在儿子的病没留后遗症。

2009 年，金融危机。咱一下子又不行了。可明显，最具体的就是订单没有了，厂又开不下去了。去年到今年，番禺关的小厂非常多，萧条得很。我把三分之二的机器都卖了，三分之一的机器设备发到湖北，看能不能在那儿继续做环保袋。想着东山再起。来东莞这个把月，想看看市场行情咋样。开厂其实风险可大，再多的钱都能被吸进去。我这都五十多岁的人，还得从零做起。你说这世道，真是难说得很。我是小学二年级毕业，基本上算是个文盲。老栽跟头与不识字肯定有关系。

去年回家盖了房子，花了二十五六万。手里就那么多钱，再不盖估计以后就盖不起了。盖好之后，给儿子打电话，儿子很生气，说我闲花钱。我这是为了挣口气盖这个房。在外几十年了，啥没啥，没法混人。咱还是陈旧思想，老是改变不了。

盖起就后悔了，三五年回家一次，没人住，房子也要放坏，把本钱都吃进去了，靠啥再起来？不过也不后悔，老了肯定还要回去，到那时，你连个房子都没有，哭都哭不出来。

比较来说，猛一回老家，很不习惯。农村的生活习惯、风俗习惯清是不习惯。经济来源很差劲，另外也觉得农村有点脏。我回家，自己给村里铺铺路，路乱七八糟的，横竖都没有趣。出去了也没有人给你闲聊天。老了肯定还是要回去的，六十岁以后，啥也干不了了，再回去。

我现在再拼搏个十年不成问题。从头开始，攒点钱，将来回家养老。

山哥的命运可谓比较起伏，从十三岁起，就开始做生意，赔钱，再挣，再赔。先是钻政府政策空子，被逮，东西没收；接着被韩国人骗走货物，破产；儿子生病，卖房凑钱治病；金融危机又来，资产直接归零；在吴镇老家盖房起屋，变卖机器剩下的钱也花光。到五十多岁，山哥的资产仍然是零。这真是百折不弯的农民。每一次大的危机，他都未能逃过，但他仍然有豪情壮志，还要"再拼搏十年"。因为形势正在好转，"这都要感谢政府，原来都是替老板说话，现在开始替农民工说话，给农民工要钱"。

从强哥的印花厂出来，已是下午五点多钟。我们到虎门一家在全国已有些名气的服装厂去参观。产销一条龙，设计、生产、销售都自己完成。万敏认识的小伙子是管理外包活的部门科长，在业务上和万敏有直接联系。但是，像万敏这种小厂，要想接到这样厂子的活儿，非常难，资质、技术和财力都不够。

正是吃饭时间，巨大而低矮的车间里空寂、安静，无数装满布料的大袋子堆在每一个机器旁边。车间四面都是窗户，但却仍然幽暗。想象着这几百台机器同时开动时的声音和盛况。物欲横流的世界，机器喧嚣，人被淹没在其中，连一声微弱的叹息都听不到。

我们又到益发制衣去参观。万敏说，这是他们这行中发展得不错的小老板，年收入至少二三百万，这是将来他的目标。万敏和工厂老板的弟弟很熟。那位弟弟不在，我们直接进到车间里。车间是一个有四五间房那么大的开放式空间，三排，五十几台机器。车间放着音乐，欢快的流行歌曲，机器"咔嗒咔嗒"地响，各种声音交织在一起，非常热闹。几个工厂参观下来，我发现，所谓大工厂和小工厂其实区别不大，只是空间大一些，机器多一些，活儿更多一些。在工人的工作状况和工资待遇上，并没有本质的区别，工人都是靠更多加班来挣更多的钱。

那位弟弟进来，看到我拿着相机，粗暴地把我和万敏赶了出来，对万敏做出了并不相识的神情，这使得我和万敏非常尴尬。他们对我这种拿着相机、四处张望的人有本能的警惕。

晚上七点多钟，我们回到万敏的工厂。和上午走的时候一样，工人们各自忙碌着。我看到小保义又蹲在那个年轻姑娘的机器前面，在熟练而又专注地剪那些连线，细心地一层层摞着。他前面，是一堆堆码得整整齐齐的布片。

眼球出来了

这是一位老乡在万敏的工厂里给我讲的故事。他来之后，经过攀谈，才知道，我们也算是亲戚。他是我妹夫的堂哥，死者是他的亲弟弟，叫金。

金人好，务实。挣二十年钱，盖一座房子，前后一进院，可气派得很。住了不到一年时间，人就走了。

他初中毕业之后，开始跟着别人在山里打被套，湖北南漳县，挑着担子下乡，干了一年多，那时才十七岁。在山里卖衣服，也跑有几年。在湖北竹溪摆摊卖衣服。1995年在湖北荆门卖电烙馍。在那儿干有十几年，也挣了一点钱，最后不敢在那儿干了。当地一个地痞生意不好，就老琢磨着把他们撵走。有一次金在店铺，人家上来就打他，把他胳膊都打折了。他那做生意的地方小得很，最多八个平方米，上下铺，上面睡人，排着睡两仨人，下面卖馍。早晨三四点起来，晚上八九点卖完。被打得干不成，2008年的时候，东西转给别人，回家了。把房子盖盖，又盖了鸡舍，在村里养鸡，最后没挣住啥钱。又到郑州干绿化，跟着我那小兄弟干。后来，爹中风，弟弟说你回来照顾，我给你钱。他心里不太美。你们都忙着挣钱，叫我照顾老人。这事儿，我是后来才知道的。其实我那个小弟也不是坏心眼，他就想着，让老爹有个人照顾。2010年7月份，金就到东莞这儿干活。从家里走，他是带着情绪走的。

在虎门这儿，把房子租赁好，两间房，对门，一间厨房，一间住人，这边还算比较发达，大路灯，大马路。就打电话让我那弟妹花枝来，做计件工，可以领回家自己做。花枝带着小孩儿从家里坐车往这儿赶，前一天晚上九点，在路上发短信还通，再联系就联系不上了。第二天傍晚的时候，花枝到东莞这边，找不到地儿，一下子也不知道找谁，就往家打电话，找老乡的电话，问金说的地方在哪儿。这一片儿有老乡。耽耽搁搁，等到虎门，已经是半夜了。叫门，一直不开，又到其他老乡那儿找，也找不着。再回去叫门，又不敢大声叫，怕引起注意，还是一直不开。一直等到下半夜，也不见人回来，老乡那儿到处找，都找不到。就想着肯定是出事了。第三天早晨十来点钟，周边住的人上班都走了，老乡们赶紧过来，偷偷把门别开，金躺在床上，已经不行了。估计是给花枝通电话的那个晚上就已经不行了。

所以，我好说，人出来可怜，这要是在村里，说啥也不会出现这事儿。你一天不开门，大家都会想，这是咋回事了。

门别开后，金身上啥也没穿，在床上斜躺着。心口乌紫乌紫的，往下陷着。老乡说，那时就有点味道了。你想，虎门恁热的天，人死一天两夜，肯定不行。花枝张着嘴，想哭，老乡上来把她的嘴捂住，说，千万别哭，要是把房东惹来了，那可不得了。花枝又把哭声咽回去。都不敢吭声。大家去市场买来冰块，用塑料把尸体包起来，冰块放在里面。咱那儿有十几个老乡，可不错。给家里打电话，当时我还在家里。一接住电话，就赶紧到市里租冷藏棺租车，准备把人拉回来。我们是那天中午十二点多走的，第二天早上四点多到的虎门，人已经去世两天两夜。老乡们十几个人都在外面站着，轮流一个一个地去，把流出来的水接下来倒掉。怕惊动别人。

我进去之后，感觉味道大得很，甜，腥，难闻哩很，死人气味很大。金的肚子已经胀多大，脸上不要紧，被子上流一摊血，估计是心肌梗塞，洗完澡，突然不行了。金之前得过病，嘴有点歪，面部神经麻痹。来东莞之前几个月头动过手术，头上有阴影，怀疑是肿瘤，打开头骨之后，没问题，又合上。

俺们都是闭住气进去的。用被子包出来，人抬到车上。从上去到下来连十分钟都没有。俺们开着车出来，老乡们马上散开，到各个路口，怕人家挡住，原来出过这种事。人死了，被房东发现，房东拦住不叫走，说晦气，还要赔偿他几万块钱？你说人坏不坏？

人装在尸体袋里，赶紧拉上走，第二天下午到家。我坐在那个车里，必须得有个自家人坐在旁边。花枝哭哭啼啼，小孩太小，不能让她们娘俩坐。气味非常大，甜腥味，怪得很，直想反胃。人家司机都有准备，拿着花露水不停在喷。中间有好几次，我被憋得上不来气，让司机在路边停下来，哇哇吐着，眼泪鼻涕的，把苦胆都吐出来了。后来就是干呕，啥也吐不出来。我是想吐也吐不出来，哭也哭不出来。我想着我这兄弟可怜，两个娃儿，一个十二三岁，一个七八岁，以后日子怎么过。

回家之后，尸体袋一揭，人都变了，全身都发紫了，变哩都不认得了。眼球都在眼外面了，开始坏了。冷冻棺也不行，主要是到的时候人已经坏了。颜色都变完了，不像个人了，浑身都发了，身体肿多大。这也没法。冷藏棺也不行，到夜里就埋了。下身勉强套个衣服，上身都不敢摸，一摸那皮都粘到手上。用毛巾洗脸，皮肤都粘到毛巾上了。

真是不像人了。俺们就直接拎着麻绳和褥子把他抬到棺材里。进来的人都被熏跑了。

当时也没想着火化还是土埋的事儿。一是怕火化,不想火化在外地,魂连家都找不着。真要是死在家里,政府非要火化,咱也就火化了。另外一个是想着老父亲再看看,娃儿没了,连人都看不见,那老头肯定受不了。还有一个,人是暴死,不明不白的,悬在外处,非得回来才算落住根,要不然,魂也没个着落。都没在一起商量过,就一心一意想着让他回来。

金在家盖了十四间房,2009年盖的,花有十几万,也没住几天。我这兄弟,说起来也可怜,一辈子没享过啥福。这还刚又出去,人就没了。

金的哥哥用他粗糙的大手抹着眼泪,长声叹气。大家都沉默不语。千里运尸,我们在电视、电影里看过这样的情节。但是,这样的事件,居然就出现在我的身边,就是我所认识的亲戚的命运。除开电影那喜剧的、夸张的表达,它要面对一个最具体的问题:那漫长的运尸过程,尸体该有怎样的变化呢?作为人的那一部分,他还在吗?

金突然在异地死亡,家里人连想都没想,就把他往家带。他们为什么要长途奔走,花钱,费时费力,忍受着异味,回到那个村庄?因为村庄是他的家。那个城市,跟他没有任何关系。葬在那里,只能是孤魂野鬼。哪怕是相貌改变,异味冲天,他也要回家。

伤心是如此普遍的存在状态,以至于我们把它尘封在心里,以为忘了它。当我们提起它时,眼泪才突然迸发出来,那伤心仿佛刚从黑暗中醒来、萌芽，并慢慢生长。有一天我和一位出版社的编辑谈起这本书，讲到这个故事。那个年轻的女编辑说起她的表哥。她的表哥在广州打工，有一天晚上跳河自杀了，因为恋爱的事情。家里人委派她去收尸，说到她看到尸体情形的时候，她突然捂着脸哭了起来，长发遮住了她的眼睛，只有肩膀在剧烈地耸动。

2012 年的春节，我到金的村庄去看他。金的老婆不在村里过年，她在外地打工，孩子跟着姥姥住，她就直接回娘家住了。

金的坟就埋在自家地里，一个孤零零的坟头，坟边有一地鞭炮的碎屑。金的哥哥领着我们，在颓败而又喜庆的村庄里穿行。金的老房子在村东头，土坯的房子，院墙还没有塌，但已经摇摇欲坠了。他盖的两个长长的鸡舍在村头的地里，红砖的高阔的房子，也空空的。墙壁周边不知被谁家堆着玉米秸秆和烟秆，这些枯萎发白的庄稼叶子簇拥在那里，有着意外的萧条和温暖。

金的新房子临着村庄的路边。上七下七的封闭式二层楼房，屹立在那里，很是雄伟。打开房门，客厅里堆着凌乱的物品。在凌乱的茶几旁边，我看到金的遗像。金穿着黄色的军装，领上居然还有肩章。头发微卷，眼珠里带着一点微黄的光泽，嘴巴略有点歪。这是一个还算英俊的年轻人。他透过玻璃相框看着我们，没有笑容，也没有表情，就那么看着。金 2010 年夏天去世，享年四十岁。

虎门夜市，老乡们聚餐的地方

流水线上的年轻工人

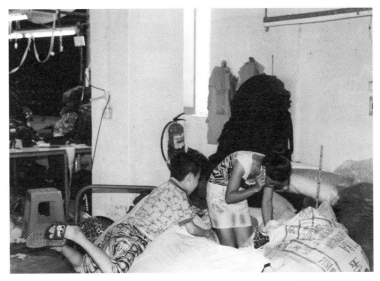

和母亲玩耍的小保义

正在干活的小保义

第八章　青岛

离弃村落的人们流浪很久了，

许多人说不定死在半路上。

——里尔克《世界上最后的村庄》

小柱

青岛是我最早定下来要去的城市，但却几乎是最晚去的。到最后简直是不想去了，我害怕，有点胆怯，有点软弱。我害怕真的去面对它。青岛是小柱丢命的地方。

在西安的那几天，万国大哥和万立二哥，经常提到小柱，他们最小的兄弟，并且几乎成了一个句式，"自从小柱死之后，我就怎么怎么……"，"要是小柱还活着的话，那肯定就打起来了……"大哥边流着泪边说："自从小柱死后，我感觉一下子老了，好流个泪。"二哥说："小柱死之后，我才知道操心。小柱不在了，那清是少了一个胳膊，原来兄弟五个齐刷刷站着，现在少了一个，像缺了一块儿。"

在北京，见到万科三哥和梁峰，他们内在的消沉，他们内向的生活，都可以隐约感受到小柱的非正常死亡对他们心理的影响。小柱和关于小柱的一切，对于这个庞大的家族来说，是一个巨大的伤疤。

关于小柱的死亡，我一直有很深的迷惑。我印象中的小柱，活泼、健康、阳光，怎么可能忽然就软下身体，倒在地上，再也起不来？夏天，我们在村庄里，田野上，在湍水岸边奔跑玩耍。冬天，有月亮的晚上，我们在冰冷的麦场上玩"冲撞游戏"。两队人马，每一队的小伙伴都紧紧地手拉着手，相距几丈远，高喊着：

> 大把刀，
> 耍得高，
> 你的人马任我挑。
> 挑哪个？
> 挑×× 。

　　然后，被挑的那个人拼命冲向对方的队伍，如果冲散，就把对方的小伙伴领过来一个，作为自己的队员；如果没有冲开，自己就留下。我和小柱都是队伍中的主力，当然，他是主胜，领一个伙伴得胜回朝。我是主败，经常被扣押。

　　我想去寻找真相，或者更为接近真实的原因。我想去看看小柱打工的工厂，工作的环境，日常生活，他平时的健康状况，他最后发病时的情景。我想理出一个线索，离开梁庄之后的小柱，是怎样走向他的死亡之路的？

　　还有什么原因？更为隐秘的说不出口的原因？是的，小柱的死是我心中的一根刺，这根刺一直扎在我心里，越来越深，越来越痛。我童年最要好的伙伴（他比我小了六个月），我的有着很近血缘关系的堂弟，在他生病最后的日子，我曾经回过梁庄，但我没有去看他。我从村头那个青石板桥上走过时，哥哥对我说，小柱在家里，他病得很重，咳嗽一下，血都喷得很高。我没有去看他。就那么几步远，过青石板桥，向左拐弯，不到十步，就是他家。在哥哥镇上的诊所里，嫂子要去给小柱打针。我问她小柱情况怎么样了，她说，小柱吃不下饭，只能靠输液和一点流食生活，喷出来的血都有点发臭发腥了。我也没有和她一起去看小柱。那次回家，我待有七八天时间，我都没有去看他。

在那之后的不久，一个晚上，小妹打过来电话，说小柱死了。小妹说，小柱死之前，特别想让人去看他，他对去看他的人们说，我喜欢人多一点儿，都来和我说说话，我不敢睡着，我怕一睡着就醒不过来了。那是2001年的初夏。那年，我和小柱都二十八岁。我在北京读博士，意气风发，他躺在梁庄的家里，在腥臭中死去。听到这个消息时，我伤心万分，眼泪不停地往下掉。我不相信，这样一个鲜活的、年轻的生命就这样没有了，而我们曾经是那么亲密。

可是为什么，为什么我不去看他？就只那么几步远。我一直不明白。我不敢承认我的冷漠，我告诉自己，是因为我没有想到他这么快就不行了，是因为我根本没有想到他会死去，是因为我不敢看他最后的样子，是因为……"因为"什么也不能说服我自己，我就是没有去。我不关心他，我对他没有了感情。他十几岁出去打工，我十几岁出去上学，我们的生活越来越远，也越来越有差距。想起他时，只是故乡回忆中的美好风景，至于那风景中真实的人和人生，我其实是不关心的。是的，很多时候，当风景中的人走出来，向你伸出求援之手，或者，只是到你的家里坐一坐，你真的如你想象中的那么热情吗？

青岛之行，与其说是为了小柱，不如说，是为了我自己。

氰化物

光亮叔还是那样一张黝黑大饼子脸，家族遗传的黑得像油一样亮的大眼，他的哥哥龙叔和二侄子梁欢都有这样的眼睛。在胶州万家窝子的村口见到他，他的打扮颇为整齐。作为梁庄著名的"溜光蛋"和"场面人"，他仍然不失体面。

我们走进万家窝子，村口左边就是一个面积很大的工厂，大门口红色的大理石面上写着，"××金属表面加工厂"。这是一个由多家镀金厂连在一起的大厂区，光亮叔和丽婶就在其中的一个厂上班。

光亮叔的房子在村庄的最边缘处，一个散发着巨大霉味的，低矮、潮湿、年代久远的旧院子和旧房子。他和另外一对老乡夫妻合租这个院子。

丽婶的相貌变化非常大。在我的记忆中，她是一个俊俏的小媳妇，小个头，整头齐脸，风风火火，敢骂敢爱。她和光亮叔属于自由恋爱，没有经过媒妁之言和父母同意，私奔到梁庄，和光亮叔过起了日子。眼前的丽婶，整个人的精神气质完全变了，脸部变宽变大，有浮肿的感觉，说话上气不接下气，呼吸短促，困难。她的面部皮肤似乎有些问题，表情僵硬，不自然。后来，再回想光亮叔，还有他们邻居夫妇和其他一些乡亲的表情，都有些虚、肿，面部皮肤僵硬，有些微的病态。

邻居老乡夫妻男的叫新华，女的叫秀珍。新华看起来非常老实，是那种山里出来的、没有见过世面、因此连眼神都有些迟钝的农村汉子，秀珍稍微活泼一点，笑容展得更开一些。

下午五点半的时候，丽婶去万家窝子幼儿园接他五岁的儿子阳阳。一个白白净净的小家伙，眼睛汪着一团黑，有点忧郁和寂寞的样子。一进家门，小阳阳就嚷着要看《李小龙》的碟子，他最近很着迷李小龙。

几杯酒下去，光亮叔黑黑的脸开始发红发亮，"一听说你们要来，我都激动得不行。你说，这些年，谁想起来来这儿看看俺们？我给王家传有都说过好几次。可说几次，你们都没来。"传有，是梁庄王家人，最早来青岛电镀厂干活的梁庄人。为来青岛，和光亮叔约了好多次，打了好多个电话，但总是因为这样那样的原因，最后又推迟时间。我没有想到光亮叔会真的期盼我们来。

"现在这儿人少了。原来在青岛的梁庄人可多。那时候还在青岛郊区，梁峰，钱家万俊兄弟，王家一群，有二十多人，再加上来来去去的后来的年轻人，至少有四五十人在那一片的电镀厂待过。中间走了一些。像钱家万俊现在在浙江，在开挖掘机，梁峰到北京去了，这儿就剩下我、传有。传有离我这儿也有二三十里地。其他十几个人到这旁边另外几个县去了，在大理石加工厂干活。那大理石厂也是污染重得很。"

他对我问电镀厂的情况这一话题，表现出高度的兴趣。

你都看见了，村口那工厂名叫"金属表面加工厂"，其实就是电镀厂。只要是电镀厂，都有毒。啥企业？就是一个小的首饰加工厂。通风设备、制污设备没有一样过关的。

你知道啥叫氰化物？剧毒，一个小火柴头那样大小，就能叫人死。氰化钾、氰化钠，都是剧毒。俺们就是天天跟这些氰化物打交道。我给你讲一下干活工序。先是要用氰化铜，上第一遍铜；然后，过硫酸铜，上光、上面，镀得面平，亮得能照见人影；最后，定色，全部要用金属，银色用银，金色用金。如果加工银，用一般银的话，要加入氰化纳；还有如果加厚银，要加氰化钾，要能测出来厚度，出来比较白，有厚度，好看。

定色，要是加厚金的话，要加入柠檬酸、柠檬酸钾，主要是用真金，腐蚀性比较大，属于贵金属。你要是身上沾一点，从脚下开始烂，往上烂。属于纯的，提炼出来的。尤其是最后这一道工序，全部是重金属，吸收多的话，肯定是有毒的。不是我经常说，俺们干这活，就是慢性自杀。有好几个老乡都死到这儿了。原来小柱生病时就想着打官司，肯定是厂里有问题，后来想着咱也找不来关系，就算了。好好一个人，硬是没了。

我干的是最前面的那道工序，前处理。首饰拿来，先去掉上面的油污、杂物、蚀锈。把首饰串成串，放在水里，水里全是硫酸、盐酸。要戴两层手套，里面戴着线手套，外面戴着胶手套。就这，手套也会被扎烂，药也会浸进去。说起手套，问老板们要个手套都难死了，要一回，骂一回，说浪费。再镀上铜，镀铜里面也是氰化物。药品化在水里面，然后水里面通上电，电不打人，变过压了。之后，再根据要求洗，定色。每一道工序都有毒。只要是电镀厂的，即使排风再好，也呛人。

俺们刚来的时候，工厂都没有引风机（大型的吸力比较大的排气设备），一个大车间，前面后面各一个大排气扇，能起个啥作用？连弄硫酸铜都没有引风，那东西腐蚀性大得很，就是戴着口罩，都呛鼻子。这些都是贵金属，剧毒性，必须得有引风，把蒸汽引出去。现在厂里倒是有引风了，还是不合格。你像我现在的厂里，碱性电机一个，酸性电机一个，按环保局规定至少得各两个大引风，冒的金属热气才能被完全抽走。它这儿就一个。

原来俺们在青岛市郊一个区，人家那儿的老百姓清是不让他们干了。听说是万家窝子这边老百姓也不欢迎，但是没办法，政府要办，老百姓只能想着，我或者也能得点好处。对周围环境都有影响。污染太厉害了，周边简直是寸草不生。在青岛郊区时，俺们周边就五六个厂，就把周边的地给烧坏了。你要是把电镀厂的药水泼到地里，草都干了，土都给你杀坏了。最简单的道理，一说你都明白，硝酸泼到地上是啥概念？草都能烧着，土也给你烧干。

说是有治污设备，真处理过吗？谁知道？！你知道俺们原来的厂离大海多近。按俺们一天的工作量，那得处理多少氰化物？需要多少东西？它有可能一点儿都不处理，二三里地，直接进入海里了。要是在咱们那里，流到湍水，那算是不得了，直接渗到河底下，几辈子也去不掉。譬如说镀金颜色，必须是三四样混合在一起，才能出来这颜色。化学金、化学银、化学铜，氰化铜版不能挂到硫酸铜版，中国只有镀铬、锌、镀镉等，这些东西哪一样都是重污染。

俺们这个厂的老板是韩国人，青岛这里的电镀厂基本上都是韩国人。每隔三年，电镀厂就都改一遍名，因为外资企业新厂可以免税。俺们厂从青岛郊区搬过来，也改名了，又免税了。我在这个厂这些年，都改了四次名了，永远不报税。这马上又要改了。

从 1995 年到现在，我和你丽婶一直干这个。刚开始来一个月三百多块钱，想着比建筑队强一点，不晒太阳，冬天也不冷，旱涝保丰收，还能过个星期天。当时谁想着污染啊、中毒啊，就想着挣个钱就行了。现在想，还不如在建筑队干呢，在外面干活，呼吸个新鲜空气。老板只讲钱，不管人的身体。

那叫咋说呢？咱是想要人家钱哩，人家是想要咱的命哩。咱们来是打工的，他们来是要命的，泼死来活地使你。引风不管，成天在毒气里上班。还叫你加班，老板是生尽千方百计省钱。早晨七点半上班到晚上七点下班，中间一个小时吃饭时间，也没有食堂，都还得自己做饭吃饭，紧张得很。除去这一个小时，还有十个半小时，八个小时法定工作时间，另外两个半小时怎么算？说是 1.5 倍的加班费，啥时候也没给够过，生门儿扣你钱，没有人去找。有人去说了，老板说还有的厂连星期天都不休息，你这还有个星期天，你还不满足？他的意思他还很有人情味儿。原因是啥？俺们这工资是论天的，一天多少钱，一个月多少钱，你要是休星期天了，你就别想拿钱。净是混账话。也没个啥工会，没有人去说这个话，大家都受下了。

人家连一分钟都给你算出来。要是早走一分钟，就会骂。昨天我去给老板请假，说这两天不上班，老板当时把手里的圆珠笔往地上一扔，使劲又踩又碾，恨得不得了，嘴里还不干不净嘟囔着，肯定是在骂我。我也不管它，反正听不懂，全当骂他自己。

韩国老板不好，资本主义国家和社会主义国家就是不一样，都是讲经济，没情没义。不过也不是没一点情，我在厂里干这么多年，请假也都可以，急事使钱也都借，阳阳还能在这儿上学。但是，对工人态度不好。见当官的也知道笑，环保局、卫生局来检查也吓得不得了，来了也是点头哈腰，递烟，笑得不得了。

我感觉我现在也有点职业病，一下班就精神得不得了。一到车间，头晕沉沉的，瞌睡，眼都不想睁。就这一个活，干了十几年，确实是个够。人啊，是个鳖，憋到那儿，也没办法。

工资原来一直是六七百块钱，拿了好几年，按天算，一天二十三块钱，不上班没有钱。那时候工资低，花销也小，买菜没有上一元的，小油菜一块钱三四斤，买壶油二十多块。现在一斤青菜都好几块钱，以前一罐液化气是三四十块钱，现在得一百多？你说还叫人活不活？

我现在的工资上全勤带加班费是两千七百元，你丽婶一千五。如果厂里管吃管住，还可以。又吃饭，又住房，阳阳上幼儿园也要花钱，一年花销也不小。开开门都是一家人，都需要钱。咱还好个三朋四友，还好吸烟好喝酒。一到星期天都有人来找，打牌的，喝茶的，来了也不能不招待。算下来，一年到头最多能到手两万块钱。话说回来，你就是不干，回家，还挣不了这两万。

要是我一个月工资能再加个一千块钱，你丽婶再加个六七百块钱，那还有个干头。厂里也鼓励俺们老工人在这儿。他熟啊，不用操心活干得好不好，这个人好不好的事儿。这个厂里的工人，有干六七年的，也有七八年的，估计占厂里总人数的三分之一。这批人都是像俺们这种年龄大的。年轻人调地方的多，年龄大的不敢调。出来挣个钱是难啊。会混的，还能多挣俩钱。有的在这儿干干，还不落啥钱。

现在也还算行。除了上班时间太长之外，五一、清明、十一，国家法定假期，都放假。八月十五还发点东西，两瓶酒、一壶油。春节一人发两百块钱，也还算不错。有的厂发得多。另外，要是还在厂里干，老板说了，以后一年一个月涨一百块钱工资。

咱为人好，在这儿几年，不管大事小事，早晚给人家说，没有不给帮的。长年搅在一块儿，都好得很。在这一地方，不管是厂里还是村里，问名字没人知道，你要是问"老梁"，人家都知道。老板也知道，咱不偷不抢，老老实实上班。

咋不想家里？谁不知道住家里美啊。出来为俩钱，想也没办法。我认识的老乡里面基本上没有人在这儿买房子。人打工，也不是常法，终究要落屋。在这儿买房子，户口咋办？在市里面买房，也能上户口。那怎么办？咱这打工的也买不起那房子。俺们厂里那东北翻译兼车间主任，一个月八九千块钱，他买房了。咱连想都不敢想。

树叶总要落到树根儿，你们是固定工作，俺们这都不固定，今天在这儿干三个月，在那儿干几个月，或者厂都倒闭了，你上哪儿去？

实际上也想回去，就是回去没门儿。不管咋说，总体也还算行，比在家强。

百度百科的词条上这样介绍"氰化物"：

氰化物，在英文中称为 cyanide，由 cyan（青色，蓝紫色）衍生而来。常见的有氰化钾和氰化钠。它们多有剧毒，故而为世人熟知。氰化物可分为无机氰化物，如氢氰酸、氰化钠、氯化氰等；有机氰化物，如乙腈、丙烯腈、正丁腈等均能在体内很快析出离子，均属高毒类。很多氰化物，凡能在加热或与酸作用后或在空气中与组织中释放出氰化氢或氰离子的都具有与氰化氢同样的剧毒作用。

工业中使用氰化物很广泛。从事电镀、洗注、油漆、染料、橡胶等行业人员接触机会较多。职业性氰化物中毒主要是通过呼吸道，其次在高浓度下也能通过皮肤吸收。口服氢氰酸致死量为 0.7 ~ 3.5mg/kg；吸入的空气中氢氰酸浓度达 0.5mg/L 即可致死。

幽灵

那村口的金属表面加工厂里面非常开阔，许多条水泥路纵横四面，分别通向不同的工厂。光亮叔所在的工厂现在的名字是"欣欣电镀厂"。站在工厂的大门口，光亮叔让我等一下，他过去给里面的人打个招呼。过一会儿他出来，向我摇了摇头。刚好一个矮胖的穿蓝白工装的人出来，他又跟过去给他解释，我也赶紧跟了过去。那个人看着我，看到我背的相机，摇着头说，"不行"，就没再理光亮叔，又进到车间里面。过了一会儿，光亮叔朝我示意，让我跟着他往里面走，刚走到车间门口，那个人突然从里面跳出来，把我们拦住，张着手，做出往外轰的姿势。

我回到门卫室，光亮叔的脸有点挂不住的样子，扎着两只手，在车间门口进进出出，没有协调出什么结果。我想，可能是车间头头看到我的相机，误以为是什么记者来采访。我把相机放到门卫室老大爷那儿，空手出来，慢慢蹭到车间门口，往里面张望着。那个车间头头正在车间里来回巡逻着，看到我，上下打量了一下，没有发现什么可疑物品，就把头扭了过去，往另一边去。光亮叔赶忙向我招了招手，让我进去。

一进到车间门口，一股巨大的蒸汽浪朝我冲来。这蒸汽湿度和浓度很高，呼吸一下，就像吸进去一块冰冷的厚重的湿毡，塞住鼻孔和嘴巴，有猛然窒息之感。我犹豫一下，往里面又走了几步。

车间是一个约有两百平米的大通间，分为两个区间。左边是挂饰品的地方。六个妇女，包括丽婶、秀珍坐在小板凳上，手里拿着长型的铁架子，把那些还没有经过加工的裸色铝制饰品一个个挂到架子上。她们每个人的身边都堆着各式各样的饰品。

右边是电镀操作车间。这两个车间没有间隔，右边的操作池把他们自然隔开。丽婶们离第一排操作池有六七步远。她们都没有戴口罩，没有戴手套，并且，这边也没有风扇，更没有引风机。我挨着丽婶坐在小板凳上，缩着身体，怕那个车间头头再次驱逐我。还好，那个人走来走去，对我都视而不见。坐下来后，空气浓度似乎更高，有颗粒之感，像在河里游泳呛水时吸入的满腔的沙粒，每一次呼吸都像呛到什么东西。丽婶们若无其事地坐在那里，相互聊着天，说着家常，一边飞快地挂着饰品。其他三位妇女都是河南老乡，年龄最大的有五十多岁，和老公在电镀厂待了十几年。

坐在小板凳上，往右边的操作车间看，觉得像看到了一个异象世界。白色蒸汽从操作池里袅袅升起，形成一团团雾气。几排操作室，形成了几排团雾，中间有略微的淡薄缝隙。工人的脸在这雾气中若隐若现，像幽灵一样。有时只露出一张脸，没了脖颈，有时露出半个身子，像个恐怖的残废人，有时只露出一双眼睛，那双眼睛没有亮光，没有色彩。

我站起来，慢慢走进那浓雾里。空气是湿漉漉的味道，有金属的质感，硬、涩、锈，仿佛要把整个口腔锁住。想咳嗽，咳嗽不出来，想打喷嚏，也打不出来，那带重量的湿度就附在整个鼻腔、口腔，驱除不掉。站到这个地方，你会明白，空气污浊不只是指沙尘暴、垃圾厂、工业废水的感觉和味道，它还会有这样沉重的质感。鼻腔里、口腔里塞满湿的各种金属的感觉是什么感觉？你很难想象。

第一排操作池做的是第一道工序，去污、清理、镀铜，在不同的池子里分别放入硫酸、氰化铜等各种氰化物，装满饰品的挂架放进去，一定的时间后，捞出来就是亮闪闪的、铜色的。后面几排是技术更高也更细致的定色程序。

我看到在操作的工人都没有戴口罩，手上倒是戴着长长的塑胶手套，脚上穿着胶鞋。他们的干活频率并不是很快，几个操作池的活交替着干，把架子放进去，再拿出来，换到其他池里，在来回倒换的过程中，池子的水也被带出来，落在胶鞋上、地面上。每看到那挂架被捞起，我心里就哆嗦一下，我害怕他们的手浸到水里。而那水珠落地时，我又极其焦虑，害怕万一把那胶鞋腐蚀了怎么办？可是，这欣欣电镀厂的工人们，安之若素，熟练地放下、捞起、再放下，间隔一段时间后，再捞起，俯下身子，头伸进浓雾中，细细地检查着色是否均匀。

雾里的眼睛、脸、脖子和身体逐渐清晰，他们正在打量我。遥远、警惕而又陌生的眼神，仿佛我是闯入的外星人。我朝他们笑着，同样微弱而遥远。新华也在其中，他看我几下，没有任何表情，但也绝不是淡漠，就又继续干自己的活。光亮叔在车间内外来回穿梭着，好像在替我站岗，一会儿又朝着相熟的工人介绍我，也向我介绍那是谁。这个车间里的大部分工人都来自河南，有少部分来自山东。被介绍的人朝我笑着，表示打招呼。我走到最后一排，问他们的工序是什么。他们耐心地朝我解释，这是最后的定色程序，是电镀工序中技术含量最高的活儿。

这时，一个六十岁左右的人进来了，高大、严厉，他进来就拿眼睛朝着整个车间巡视一轮。光亮叔一看见他进来，赶紧拉上我，从后门溜走了。走出车间，又快步走到工厂门口，光亮叔长呼一口气。我更是长呼一口气，觉得瞬间人轻松了很多，感觉到空气中充足的氧气。光亮叔说："那是我们的韩国老板。他要是看见你，那非得大吵一场。脾气坏得很，昨天请假他都气得拿脚踩笔，骂我是混蛋。"

一出工厂的大门，我立刻就觉得我所看到的那些场景模糊、遥远，不那么真实。也许那雾没有那么浓？也许那空气没有那么黏稠、沉重？都只是我这样一个在城里生活久了的人的一种想象？我想回去，再进到车间，再看看那蒸汽，以证实一下我心中的情景。我扭头看去，那个厂长正站在车间门口，警惕地看着我们。我们快快地逃跑了。

偌大的厂区几乎没有一个行人，间或一两辆小汽车轻轻滑过。我焦虑地问光亮叔，不是有引风机吗？为什么空气还那么差？光亮叔说："就是引风机的条件都达标，空气也不会有多好。电镀厂就这样子，本身属于高分解高污染。就这，条件已经比原来好多了。原来只有个排气扇。"

为什么大家都不戴口罩？我非常不解，这些金属的毒素所有的工人都一清二楚，他们等于是天天在毒气中工作、生活，难道连最起码的自我保护意识都没有吗？

光亮叔笑了，说："那你可不知道，戴个口罩可着急。车间里温度高，又湿，戴个口罩非常憋气，呼吸不上来，时间长了根本受不了。一般都是刚来的工人天天戴。像俺们这些十来年的老工人，都不戴，习惯了。干的时间长了，也没有事。你这是猛一进去，可能有点味儿，时间长了就闻不到了。不过，心里也清楚，干这个活儿都是慢性自杀，不是早死，就是晚死，早晚都是一死。"

沿着厂区的外墙，光亮叔用电动车带着我，试图查探一下工厂的排水系统，想看看那些巨量的废水排往哪里了。工厂左右墙周边是一些石板瓦红砖搭建的低矮的临时性建设，有做各种小生意的，也有一部分空置着。石灰墙后面是裸露着的大片田野。正是初冬，田野上光秃秃的，翻整过的庄稼地上的泥土已为浅褐色，再往远处看，是一条河道，河中和河岸上有一片片干枯的芦苇丛。

没有看到什么排水管道。也许是埋得很深，也许是我并没有意愿去深追细究。又有什么用呢？一切都并不是特例，眼见为实，眼不见也为实的事情太多了。来青岛的前几天，一直在看相关方面的报道。据香港《成报》报道，说是长江每年在长三角含杭州湾有5亿吨沉淀，其重金属污染名列前茅，其中锰锌镍铅铜分别高达91万吨、11万吨、4.5万吨、4.3万吨、3.1万吨。近岸50米海水的溶解铅比太平洋高数倍。

那绕着胶州湾的海水呢？我们从青岛往胶州来，透过车窗，看到广阔的、深蓝的海水，心里无限舒畅。不管怎样，水，总让人内心湿润、柔软、宽广。但是，在荡漾的波涛下面，又沉淀着多少重金属呢？

光亮叔带我们去见我的一位亲戚。我外婆家的，按辈分我要叫他舅舅。这位舅舅一家三口都在电镀厂上班。去年回家盖房，他从树上摔下来，全身瘫痪，变成了废人，依靠老婆儿子养活。

我们进到院子的时候，瘫子舅舅正在锻炼身体，一只手撑着轮椅，另一只努力抬起去抓双杠。一看我们进去，大声笑起来："老二哥，你们可来了。"父亲仔细辨认了一番，惊喜地叫起来："这不是奎子吗？咋变成这样了？"

"瘫了！你说，咱好端端一个人，变瘫子了。"瘫子舅舅这样说着，带着自嘲。瘫子舅舅个子高大，脸部皮肤是一种不健康的灰黑色。他用一只胳膊灵活地推动着轮椅，让我们进屋，房门没有门槛，他直接滑了进去，又用他能动的那只手忙着给我们挪凳子、找杯子、倒茶，动作都相当麻利。

光亮叔说："瘫子哥，你别忙了，我们坐一会儿就走。"

瘫子舅舅马上提高了声音，说："那可不行，早晨起来，你嫂子就去买菜了，你看，菜我都洗好了，面条也轧好了，就在我这儿吃。"说着，他朝厨房指了指，那里有一个小轧面条机。我很惊讶，这样的身体状态还能轧面条？那可是一个大工程，他一只手，如何配合？

"咱也不能吃闲饭啊。一开始是弄啥也不行，动都动不了，让你舅母伺候。时间长了，不行。我瘫了，不能挣钱。她再不挣钱，光靠儿子一个月那一千多，这一家人都没法过了。我就锻炼，弄了个双杠，又弄个牵引的东西，见天去练。还真有效，半年后，这只手就能动了。这一个月，他们中午回来还能吃上我给他们做的饭。就是有一条，一锻炼，又太能吃了。那天，我老婆说，你这解大便不方便，你还吃这么多。我说，我不吃不行，饿得心慌。"

瘫子舅舅个子高大，坐在轮椅上，整个身体窝在那里，很不舒展。他的声音非常响亮，说话幽默、干脆，善于自我解脱："我要是不出这事儿，也可美。一家仁人都能干。屋里房子盖得可好，就一个男娃儿。要是别出这个事儿，过两年我连小汽车都敢买。以前咱娃儿还有人提亲，现在我一瘫，连提亲的人都没有了。人家谁愿意嫁个家里有瘫子的人？啥也不说，混吃等死，赖一天是一天。要是哪一天实在啥也干不了了，就一根绳子吊死，不拖累他们娘俩。"说到一根绳子吊死，瘫子舅舅好像是在说别人的事情，非常顺溜，没有停顿，也没有悲伤。

中午，我们在万家窝子的小饭馆吃了一顿饭。瘫子舅舅好像很久没有出来了，看各样的菜都很新鲜，也很饥渴的样子。他确实吃得较多，狼吞虎咽。我想起了那位舅母的抱怨。那是非常具体的、外人无法想象的问题。

2000∶1的1

那几天，每到傍晚五点半钟，我和光亮叔就到幼儿园去接放学的阳阳。我们在后面走，小阳阳在前面又蹦又跳，每到一个小巷路口，他就扭过来，等着我们，用骄傲的眼神看着我。我看着他，那孤单的小小身影，在长满青苔的潮湿小巷里，在异乡的昏暗中，闪动、跳跃，仿佛随时都要被某种力量吞噬掉。

我问光亮叔这万家窝子幼儿园有多少像阳阳这样的外地孩子，光亮叔"哈"了声，语气里有了得意：

> 我是个特例。你肯定不相信，这恁大的厂区，估计至少有两千对夫妻吧，只有阳阳一个孩子在这儿跟着俺俩上学。2000∶1，你光亮叔也够牛的吧。这儿上班时间太长，早晨七点半上班，下午七点下班，活多了还要再往晚里加班。人家都没想到你还有这个事儿。一开始就没有考虑孩子的事儿。我就去找老板，我说我家孩子得在这儿上学，得跟着我们俩。娃儿在这上学，你丽婶不能上夜班，星期天也不能加班，娃儿放学时还得在工厂待一会儿。达到这个条件就在这儿干，达不到咱就不干。
>
> 一开始老板不同意，老板说，你这娃儿为啥不留屋里？人家别人都留在家里。我说，我妈年龄大了，照顾不了，你叫我干我就干，不叫我干算了。老板说，人家别人妈年龄不大，就你妈年龄大，那说不过去。老板一是不敢开这个头儿，怕其他工人都来找了，那不乱套了。另外也是怕

出事。娃儿接到厂里，万一出个事，是谁的事，人家也担当不起。

我说，出事儿是我的，你不用管，但是我娃儿一定得在这儿跟着我。我说我已经丢一个娃儿，我不能再看不住这个娃儿。我去说好多次，去了我就不走，坐在他办公室。后来老板同意了。同意了不是他有同情心，"鬼子"根本没有同情心。他是想着我和你丽婶都是老工人，人又靠得住，这才同意的。阳阳去，他只让到门卫室去玩，怕有毒气，万一小孩儿出啥问题，他不想负责任。后来，也有咱们老乡来问我，你是咋弄成的，我就说这种情况。他们也去找老板，但是不行。新华他们前几年生了二小子，到三岁的时候，也想着弄来，在这儿上个幼儿园。他们就是在家里嘟囔几句，吓得都不敢去找老板说。

阳阳天天到厂里，时间长了，老板也熟了，还挺高兴，掏个十块二十块给阳阳，说叫你爸你妈给你买个冰淇淋。有一回，掏二十块钱，说叫你爸给你买个烤鸭吃吃。阳阳一见我就说，我要买烤鸭。我说，好好，买烤鸭就买烤鸭。

别人说，娃儿在这儿，多麻烦啊，我说，给谁啊？我是谁也不能再给了，不放心。就是省事娃儿，也不行。你五奶奶肯定接受不了，她压力太大啊。要是再有个闪失，那都活不成了。

我就是命啊，我要是没出这个事儿，我肯定不在这儿。要是宝儿还活着，今年都二十一了，他是1991年农历十月十二生的，该说儿媳妇了。我想得很开，社会走到这儿了，人家有的连个娃儿都没有，咱黄焦泥嘴的，本来啥都没有，怕啥？社会走到这儿，只要有钱，就行。

说忘，那都是表人的。咋能忘了？一百年都忘不了。宝儿跟阳阳一样，白净，大眼。我还行，主要是你婶，她都有点迷了，我可不敢，我要是也那样，这家人都不得了。

那天晚上，他姑夫打电话。当时，是你哥一群人，他们把宝儿捞上来的。一打电话，我当时都难受得不行。丽一听电话，都软了，不会动了。我急哩把她抱到车上，赶紧拉回去。钱家立俊也在。最后我给家里打电话，说明天一早就坐车走。丽哭着说要见人，我说今晚上连明带夜把人处理了，别叫见。家里都说冷冻棺都拉来了。我说，不敢见，一见恐怕还要再出人命。五六月的天，一回家不让埋咋办？我都想了，别说丽不行，连我都不行了。我也要软那儿。

后来，俺们两年都没回去，不敢回。回家肯定受不了。这中间，你丽婶也不怀孕，你五奶奶在家里给俺们要个闺女，算是压一下。我说不要，你五奶奶哭着说，可管咋样，再要一个，是女，是男，都行。农村人没娃儿不行。

你丽婶六七年都没有干活，一直在这儿住着，养身体，生孩子。得胃炎病，又得结石病，肚子疼，看着看着脸上乌青色，赶紧拉到医院，不确诊，跑到青岛市里面医院，叫你做CT，化验，要办住院手续，一说得好几千。我说，你都没说出来啥病，就得花好几千。后来，就坐火车到德州，咱们有个老乡在那里，沾个亲戚边儿，人家也可好，一套检查下来，也没有掏钱。检查出来是尿结石。不用震，米粒那样大小，就吃点药。回来就好了。药钱不到一百多块钱，回来又买药几十块钱。到青岛一说又到好几千。好爷啊[1]，人生地不熟，没啥关系，人家捉你也不知道。

到明年，俺们准备回家，你丽婶肯定不再出来了，阳阳该上小学了，还有那俩女子，她照顾娃们上个学，我先在家里，看能不能干个啥。南水北调把咱地也弄没了，只能做生意。我想着弄个蒸馍机，卖馍，不过都说不行。看看吧，不行了我再出来。

2000∶1，这倒是我没有想到过的数据。2000 对夫妻只有 1 对夫妻的孩子跟着他的父母生活，这还是因为，这一对夫妻已经失去了一个儿子，他无法再承担失去孩子的痛苦。他去求情、耍赖，最终，才得来这样的好事情。而人家工厂，是根本"没想到你还有这个事儿"的。

那么，毫无疑问，阳阳是幸运的。光亮叔第一次提起了他死去的大儿子，宝儿，那个十一岁的捣蛋大王。光亮叔的表情平静，看不出心理的变化，也看不到曾经的伤痛。但是，一到这里，他的诉说欲望一下子变强了，仿佛一个长期封闭的闸门突然被打开了。

我们正聊着天，丽婶、新华夫妇回来了。光亮叔马上不说了，开始和丽婶一起做饭。秀珍忙着做饭，我招呼新华坐下来，想和他聊会儿天。新华坐在那儿，脸憋得通红，嘴张着，说不出一句话来，

---

1 好爷啊：感叹词，表示吃惊，不可思议。

不时扭过头看他的老婆。秀珍很干脆，说你来做饭，我和妹子说说话。

新华夫妻两个孩子，大的是个女儿，今年十三岁，在郭湾那边上寄宿初中；儿子今年四岁，跟着爷爷奶奶，在邻村的一个幼儿园上学。儿子一岁时留在家里，秀珍又出来打工，到现在，他们俩已经三年没有回家。

秀珍说："想不想孩子？咋能不想，多通电话，多说两句。隔两天就打个电话，问问情况，来这儿挣钱也是为他们。你光亮叔是特例，咱就没想着让娃儿来这儿上学，来也带不了。说不想也不想，时间长了，上班又忙，也没时间想。厂里基本上都是夫妻俩，很少一个人在这儿打工的。在这儿过年的人越来越多。我们厂里有一个男的，来有十来年了，就没有回去过，有的时候老婆带孩子来，有时候不来，反正自己不回去。

"就是孩子到入学年龄了，回去的也不多，都想着工资可涨了，舍不得回去。很少有人想着小孩没人管伤心，也都习惯了。现在的人们出出门，心也野，不想回家。只管挣钱，也不想回家。都想着，管他呢，反正有人照顾。有的没有大人，大一点就放到寄宿学校。小孩在寄宿学校，一开始还行，后来上网，学习慢慢就不行了。主要还是打工打坏了，没有培养出感情，也没有教好，学也没上成。这也是一方面，不能光怨家长，家长累死累活为谁？娃儿自己没脑子也不行。

"我这女子还行，学习好，一个月回去一次，还帮着照顾她弟，就是以后不知道咋样。俺们估计暂时不会回去，这边工资肯定还要涨。你回去了，啥都没有了。你要是再想来，那都不知道啥样了。"

晚饭快好了。凉菜已经拌好上桌，炖排骨的香气四溢在房间里，丽婵在炒最后两个菜。光亮叔用醋、盐和油凉拌了一个蒜薹，父亲他们喜欢吃这种刺激性的菜。阳阳上桌一看，是凉拌蒜薹，就生气地对妈妈说，我不吃凉拌的，我要吃炒蒜薹。丽婵和光亮叔都没有理他。阳阳发现自己的意见没有受重视，跑回到里间，爬到床上不下来，眼泪汪汪的。光亮叔喊他，说有炒肉，阳阳赌着气大声说，我就要吃炒蒜薹，就要吃炒蒜薹。

他一会儿躺到床上，一会儿下床用脚踢着物品，弄出"砰砰"的声响，又偷偷朝这边瞄一眼，似在看我们的反应。我说把他叫过来吧。光亮叔说没事，小孩子一会儿就好了。过了十来分钟，阳阳从里面出来，撇着嘴，谁也不看，跑了出去。

光亮叔站起来，转了一圈，又坐下来，说："要是按我以前的脾气，皮带早就上去了。这家伙我就没打过他。"

丽婵不时地到院子门口叫，"阳阳，阳阳"，又回来炒菜。过了好一段时间，在看到丽婵一闪而过的、极端焦虑的眼神之时，我突然意识到看不到阳阳对她来说意味着什么。我赶紧出去找阳阳。

无边无际的黑暗。远处隐约闪现着城市的灯光，近处黑黢黢的物体的阴影，非常庞大。阳阳趴在那个养猪场的矮墙上，一声不吭。我走过去，蹲在他身边，他的身子抖动着，委屈地啜泣着。让人沉没的寂静与黑暗，"就像那两个孩子，与世隔离，只有知更鸟听他们的哭泣。"阳阳，没有朋友的阳阳，那古老的英国童话中被坏人抛弃在森林里的两个姐弟，他们的孤单、哭泣只有森林和大地知道。阳阳也是孤单的。来这儿的两天，我发现光亮叔们在万家窝子的这一片聚集区，确实没有一个小朋友。那些幼儿园里的小伙伴都朝村庄的另一方向去了，那是万家窝子居民的新楼区，只有阳阳一人，走向这低矮的、破败的老屋区。那一天下午，我想让阳阳带我去新房区的另一边看看，阳阳扭着身子，坚决不去。我说，阳阳，那里有你的小伙伴啊，你怎么不去？阳阳摇摇头，也不说话。他不爱说话。

丽婶又出来叫阳阳，生气地对他说，妈给你炒了一碗，赶紧进来吃吧。阳阳仍然一动不动。我试图抱他进去，他倔强地挣着。我们又在黑暗中站了一会儿，我轻轻地拉了拉他，他顺从地跟我回到了屋里。丽婶把一个小板凳搋在桌子角，又把一小碗菜放到他面前。阳阳噙着眼泪，在母亲的注视下，逐渐安静下来，他很香地吃着，居然把一碗炒蒜薹都吃完了。

和前两个晚上一样，我和丽婶、阳阳睡在他们的大床上，光亮叔和父亲睡在前院那间空的房子里。丽婶给阳阳洗脸，洗脚，换衣服，白底淡蓝花的棉布秋衣秋裤，灯光下的阳阳干净可爱，很洋气。阳阳靠墙睡在最里边，丽婶的胳膊圈着阳阳，整个身体也倾斜过去，一动不动的，仿佛要护着儿子，不让他跑掉，不让他被什么东西带走。阳阳很快就安稳地睡着了，发出小孩子香甜而均匀的呼吸。

丽婶一动不动。我以为她已经睡着了。但她的呼吸并不均匀。到了十二点钟，我忍不住问了一下，婶子，睡着了吗？丽婶回答：没有。我说，那聊会儿天吧。

来这儿几天，我一直没有在丽婶面前提宝儿——她在湍水淹死的孩子，那个十一岁的捣蛋大王。此时，丽婶直接谈起了宝儿去世时的情况，仿佛就搁在心里、嘴边，随时就出来。

　　　自从宝儿出事后，我十二点之前就没有睡着过。我记得清得很，2001年5月26日，家里打来电话说，宝儿出事了。

打到厂里。我一听，当时晕了过去，脑子里一片空白。一直哭，猛一下接受不了。我们是 1995 年 10 月 19 号从家里出来，是王家传有介绍来的。想着出门总比家里行，就出来了。当时走到 ×× 县，在那儿倒一趟车，再上车时，我就想着回去算了，舍不得屋里，舍不得宝儿。要是想着要出这事儿，打死我都不会出来。

我们是 27 号早上往家走的，第二天上午到的家。回家没见着宝儿。你光亮叔让他们赶紧埋了，怕我回家受不了。一开始我还打你光亮叔，我埋怨他，骂他，娃儿最后一面都不让我见，太狠心了。幸亏没见，要是回家再见到，那是要我的命的，我肯定活不成了。

出事之前，我都有预感，那天加班加到夜里十来点钟，我眼睛忽然啥也看不见了，心里慌得很。还有一个晚上，蚊帐上落一层黑蚊子，厚厚的，一动不动，我看着害怕，就想着有事。

俺们回去，你五奶奶一直在哭，跪在我身边哭哭，又抱着你叔的腿哭。她是想着内疚。村里人还怕我埋怨她，你想，我咋能怨她，她比俺们还稀罕宝儿。她养活他的时间比我长。当时也根本没想着去追究谁的啥责任，水里的事，谁能说得清？后来，咱湍水又淹死那么多人，也没见谁去告状。

现在，我在屋里睡着，老是害怕，心里经常一惊，觉得娃儿在屋里。回老家住在老院，还感觉宝儿在院子里。就是现在，感觉他还在，好像还在身边。干活时，一想起来，心里难受得很。这些年不知道哭多少眼泪。

当时老板还很好，把我叫到办公室里，安慰我，说，你还年轻，还能生。我是有阳阳以后才稍好点。原来一直头低着，不想看人。人家都说，你放点笑脸。谁能放着笑脸？回去我姐们都劝我。你五奶奶不让我知道，在家抱养个女子，说是给我养的。人家都说，你亲不亲？我说，咋不亲？回去，那女子也给你端水，倒茶，亲得不得了，知道我是她妈。

2003年我得胆囊炎，拉肚子，心里压力大，拉的都是白东西，一天去厕所几十遍。回老家，看好几回，都说没事，只算是胃炎。我都忧郁着我要死，是鼓症。别人都说我是想出来的。你说，能不想吗？好端端一个娃儿没了，咋能不想？那两年，我和你光亮叔一块儿坐火车从青岛回梁庄，一个座上坐了七八个人，我一看，恁难，我就想哭，想死了算了。有一回正在吃饭，吃着吃着晕过去了，赶紧把我送到镇上医院。打吊针，回去几天进了三天医院。还是宝儿的事，思想压力大。

2004年，怀上了大女子，我都说流了算了，我天天拉肚子，怕对孩子不好，生下来再有个啥问题咋办。一生下来，说是个女子，我眼泪流多长。不是我重男轻女，主要还是想着宝儿。给你五奶奶打电话，她也一直哭啊哭啊，心里不美。生下来只好送给她姨养活，你五奶奶已经养了一个，身体也不行了，到现在，我都没见过我那女子几面。不过，女子身体也行。怀着她的过程，天天胃疼，早晨出去跑跑转转，解解心焦。我要是不会想，早就死了，成天自己劝自己。现在心里还像压个石头,总觉得有个疙瘩。2006年,怀阳阳的时候,我也不想要,主要是身体不好。可心里还想着得有个男娃,算是替宝儿活一场。要是没个男娃,宝儿就真没了。生下阳阳,总算松了一口气。你没看见,阳阳和宝儿像得很。阳阳跟着俺们过,那俩女子都没跟过俺们生活,不是重男轻女,老家是实在找不到人看了,另外,也是怕再出啥事咋办。我就说,我就是啥也不干,也得把阳阳带在身边。

我想着我现在也行,俩女儿一个娃,也怪幸福,我这个人也是争强。我以前身体好得很,从来没有在家坐着,闲不住,一早晨老早起来做饭,地里有活赶紧去干活。就是出个事之后身体才变坏。

成天想想都想死,不想活,想着一死,仨娃可怜。农村人可怜,你说你光河叔是咋死的?还不是忧郁死的。一下子俩娃都没了,叫谁受得了。就这人家还不想赔钱。你大奶奶眼睛都哭瞎了。我回家看她,她跟我说,眼一闭,俩娃就在她眼前。孙女孙娃都是她带大的,连心得很。她也天天不出门,就在家里哭,眼泪流得多得很。

阳阳可听话,有时候也任性,他两三岁时我还打过他。我脾气坏,急得很。原来宝儿也是经常打,调皮捣蛋,没少挨打。你光亮叔说别打了,把娃儿打坏了,再上哪儿找?我一听,眼泪流多长,从那以后,我就不打了。

生阳阳时,一个会看相的人说小孩命硬,要认个干亲压压灾性,还要找个远路的,属虎的。后来一想,传有老婆是安阳的，也算远路的，又属虎，就认给了传有老婆。震住小阳阳的灾性，保佑他长命百岁。

2000∶1的小阳阳，幸运的阳阳，他一个人在活两个人，一个人替那至少两千个小朋友享受父母的关爱。我明白了他幼小的眼神中的忧愁和压力。他替妈妈拿碗、递东西，他撒娇、闹脾气，他好像在讨好妈妈，又像是在反抗妈妈。他感受到了那无处不在的双重眼光和双重情感。当妈妈那悲伤的、含泪的眼睛投向他的时候，一大片阴影立即笼罩着他。他还不明白那是什么，但是，他一下子安静了，他又成了妈妈的乖宝宝。

反抗

我们来到离万家窝子三十多里的一个县城找王家传有，他在这里的一家电镀厂上班。这一群在青岛的梁庄人，传有混得最好。他来得最早，被工厂派到浙江一些地方学习了电镀技术，成为技术员，现在又是工厂里的车间管理，工资比光亮叔高很多。

从上午十来点钟到下午三四点钟，他们三个人一直在聊梁庄。不管到哪个地方，只要几个梁庄人聚到一块儿，说到梁庄的时候最兴奋。通常情况是：坐了一天，喝酒、聊天，滔滔的话，说一个又一个村里的人，一件又一件村里的事，怎么也转不到我的话题上来。到最后，所有的男人都喝醉了，高声吵啊、骂啊、笑啊，女人们一边埋怨着男人，一边窃窃私语着。说的还是梁庄。

传有喝醉了，搂着父亲，叫嚷着："二叔，你说我到底咋样，他凭啥欺负我？他凭啥看不起我？"传有唾沫飞溅，一张大脸红彤彤的，光亮叔的黑脸也变成了红脸关公，跟着传有在一起骂着。在一旁的我实在弄不清楚他们在说梁庄哪一年陈谷子烂芝麻的事儿。

传有身材宽广，结实粗蛮。他的小拇指少了一大截，两个手腕上有几个很大的伤疤，说是刚开始干电镀，不知道深浅，经常受伤，全是氰化物所赐。他说话有点南腔北调，一喝酒，穰县的、安阳的和青岛的，各种声音都出来了，搅在一起，不知道究竟是哪里的口音。说到老婆，一口一个"人家""人家身体不好""人家非要买个电脑"……很娇嗔的样子，这使得肥头大耳、粗鲁直率的传有有一种意外的可爱。我强拉硬拽，才把他拽回到我的话题上。

干的时间长了，都了解这些东西。氰化物是世界上发现的化学物质当中，不算辐射的，最毒的，小米粒似的，一分钟就能把人毒死。你要是在医院急诊门口吃的，未必能救活。毒，吃进去，跟氧气结合的速度，要高出几百倍，人最后是缺氧死的。所以废水都是偷偷排到海里。

镀金厂里面分很多种类，国防里面，也用镀金。炮弹什么，武器都用，工业也用。拿汽车来说，轴承上面镀的全是铬，最毒的是铬，在人体上排泄不出去。人容易得白血病。像我们裤腰带上的金属扣，都是镀金，上面镀的是镍，亚洲人一般不过敏，欧洲人对镍都过敏。

厂里雾气都很大，比呼吸新鲜空气肯定要差一些。从呼吸道进去的，相当于慢性中毒。要是按国家标准来说，根本都不该有这些厂。人家都说造纸厂污染大，就像咱们湍水上游那个厂，坏了一条河，可和这个比起来，差远了。后来，环保局要求，过来检查，其实都是穿一条裤子，拿几个算完了。

韩国人也不容易，靠换工厂的名字来免税。说是免税，还不够交别的。派出所，环保局，村里，消防局，都得上贡。一个厂逢年过节，送多少钱。有些知道能吓死人。以前我们在××区的时候，一个派出所所长，跑到厂里，给老板说，该给民警发福利了。老板明白得很，不用说，那肯定得给，几万几万给。所以，免交国家的税了，国家没得住钱，个人的口袋装满了。

这些工人有保险吗？有合同吗？十年得有多少休假，有吗？有这些事吗？没有。要么，直接下达，监督，来查，一个个办。税务局能不知道假账？我们厂里原来几十个人，报上去的就十五个人，剩下的都写成乱七八糟的补助。

工业园用的药品全是剧毒的和腐蚀性的，是在固定的地方存放，固定的厂家销售，不让在市面上流通。国家是要控制范围的，只要挂牌的电镀厂，必须通过公安局审批。每个月用多少，得到公安局报个案。但是，都是走私的，哪有从正规途径弄的？

专家们只是理论，没有见过有多毒。说要通风，都只是说说。专家来看，一人一千块钱，说，改正改正，好，改正。就算过关了。我参加可多这样的会议。专家说，尽量不用贵金属方面，用柠檬酸金来代替，可以通过代替减少污染度，不含氰化物，但是，柠檬酸金含量比氰化物金低，前者百分之五十，后者百分之六七十，两者价格又一样，所以，厂家选含氰化物金。说得很好，实际运用少，因为出货率太少啊。特别是外国人，都想着，与我啥相干，我又不在这儿生活。我能省钱就省钱。像俺们厂，就买一瓶柠檬酸金，给专家面子，一瓶两万多呢。拿回来扔到那儿，也不用。

每年都有很多安全考试，都是我去考的。卫生方面，安全管理证、消防证，年年考，都是照抄，抄过六十分就行，肯定过关。还有考前串讲，统一学习，专家在上面讲，下面人该干啥干啥。

我在的那个厂最坏。现在是韩国老板的中国情妇在管着这个厂，她千方百计替老板省钱。以前老板还怪好，每个礼拜六给你三百块钱，让员工出去会餐。上夜班，老板还给泡咖啡喝，说辛苦了。有的看见你在干活，还给你鞠躬。

后来这个情妇来了，不让老板请客了，也不让吃大碗面了，更不说咖啡了。啥也没有了，过节费、假期都没有了。老板说礼拜天全天全部人加班，她非要给老板省钱，只用三个人。去年放假放八天，今年假也没有了。韩国人刚来都还行，一来二去，被这些情妇们、翻译们弄坏了。

我现在说起来是个车间管理，啥家儿也不当。以前情妇没来，厂里的钥匙都在我这儿。情妇来之后，想要钥匙。她也没给我说，有一次半夜需要加工原料，我去开门，开不开，一问，她说钥匙换了。我说，换，换罢，我还能多睡会儿觉。她是防我，怕我偷东西。老板说几回，人手不够了赶紧找，这情妇也不说不找，每次有人来应聘，她给人家开工资开得很低，根本都干不成，变相地不让老板招人。

她就是在老板面前献宠，让老板看，你看，我给你弄八个人，叫他们干十六个人的活。十六个人的活，让八个人干，这不是让人疯吗？人肯定要累死。她不管，她只管少进人多干活。所以，我常说，自己人坏起来，比外人要坏得多。好几次我都要走，她不让我走，我一走就剩七个人，没有人懂技术，她连工都开不了。

老板有啥毛病呢？我平常都叫他"鬼子"，老板说我谁都不相信，我亲爹都不相信。他是个两面派。有时候，老板还给我说，有啥事你给我说，不用给她（情妇）说。他的思想是两个管理者互相打报告，达到他的目的，谁有啥问题他都能掌握。

今年夏天，引风机坏了，那个情妇就是不修。天最热的时候，特别是氰化物那个房间，是剧毒。呛得都受不了，热气往上冒。这样情况都有一个月。一般情况下，没进过电镀厂的人，一进去，都捂着鼻子捂着嘴。不敢呼吸，刺激得很。我直接给老板打电话，老板也不管，说让情妇弄。她还是不修。等到发工资时，情妇对我说，这个月电钱省了不少，以往六千多，这个月是四千多。我心里说，你妈那个 ×，都是拿命玩的，你还说省钱了。你说她还是不是人？！

她连水都不让大家喝。以前送水的是一次送十桶，后来她让人家一次送两桶。根本不够喝。有几次，没办法，只好我出去给大家买点瓶装水。就是为了节约。前几天，嫌人家水贵，干脆不让人家送了。妈那个×，一心给老板省，学着坑工人。发工资，老想少算给人家一些。人们都恨她恨死了。

还出了一件事。咱一个小老乡，俺们叫他飞，才不到二十岁。干活时间不长，把铜链子泡在硫酸里面，黄铜架全部坏了，那个链子值一千六百块钱。要说扣个三二百块钱很正常，也算是正常的次品。结果那个情妇谁也没说，到发工资时，直接扣了飞一千块钱。一个月满打满算还不到两千块，等于是那个月的工资没有了。飞眼泪汪汪来找我，问，哥，这咋办？我说，飞啊，既然她工资都已经发了，我去也要不来了。那边的铜版是新换的，该拿拿走算了。既然他事儿做这么绝，咱也没办法。出门打工，出点次品，罚一千啊，那太厉害了。也太不是人了，太不把人当人看了。她不管你有多不容易。

其实，车间里的东西她根本不懂。铜版一个月消耗多少，她根本不知道。客不舍得请，工资也不涨，八个人干十六个人的活，出点不良活一下子就罚一千块钱，太狠了。这几个人干活都挺实在的，虽然人少，也没有给你捣蛋，一个月给你省一万多块钱。她越来越不是人。

你做了初一，我也不得不做初二。既然他事做这么绝，咱也没办法。以前我拿住钥匙的时候，工人都不拿东西。你这么狠，我也管理松一点，也算亏处有补。三十六个铜版总能腾出来六个，活干好，也不显眼。一个铜版也能卖几百块钱。大家拿去卖了，钱分分，也算是发工资了。

　　传有的话里有几个关键词："韩国老板"，"中国情妇"，"翻译"。青岛靠海，离韩国近，坐飞机一小时二十分钟就到了，所以，韩国人多来青岛开厂。韩国人需要翻译，而东北延吉一带朝鲜族很多，大多精通中文和朝鲜语，因此，这些东北人就来到青岛，做翻译，兼外事联络员、工厂监工、特务眼线等任务。这形成了他们的一个职业链条。而中国情妇则是普遍特色，大部分暂时充当老板娘的角色，帮老板管理工厂。工人恨老板，但更恨这些"吃里爬外"的自己人。传有讲到"中国情妇"，充满鄙夷和愤怒，那愤怒远远超过他对韩国"神经"的愤怒。他把那韩国老板叫"神经"，光亮叔管他们老板叫"鬼子"。

　　光亮叔也在一旁激动地插话："我非常恨这种人。俺们厂里有老乡拿厂里的东西，另外的老乡给韩国老板说小话，最后，老板把老乡开除了。都是些坏家伙，硬是给外国人一心，你给他啥门儿。那次新华也受牵连了。我气得不行，那就是汉奸干的事！老板看不见，拿点东西，外国人的东西又咋了。就是中国厂，老板看不见，你拿一点，也不算啥。那不叫偷。咋，咱受的欺负还不够？就不兴反抗一下？

　　"后来，那几个老乡被开除了。他们找着那个告状的老乡，叫他赔钱，叫他下跪。这个老乡赔了人家几千块钱，还请大家吃了一顿饭。后来，夜里，几个人拿棍子在路上候着他，把他头都打烂了，缝了好几针。新华窝囊，没去要钱。我说，新华，你不行，你得去要。他说，咋去要？哭成啥了，就差下跪。我说，他干那坏事，说小话时在干啥？打他不亏，自己人欺负自己人。

　　"你不知道，韩国老板打工人，那可是厉害得很。怀疑工人偷东西，就雇黑社会的人来打河南工人。弄在黑屋里，脸蒙上，打，烟头烧，打晕了用凉水泼，醒过来再接着打。后来都上报纸了，那老板赔了几十万。黑社会一点事儿也没有。就这，有些汉奸还给人家当狗腿子，偷死他都不亏他。"

"汉奸"，光亮叔把这些打小报告的、整治自己人的中国人称为"汉奸"，却全然不觉得工人拿厂里的东西有什么不对。"那不叫偷。"为什么？因为工资太低，因为受欺负，因为有理难伸，因为老板对工人太狠，不把工人当人，还因为，他是外国人。这些因素交织在一起，形成了光亮叔对"正义""汉奸""偷窃"的新理解。

传有讲的则是另外一种状态，"既然你把事做那么绝，咱也没有办法"。这些粗杆子农民工以怠工、偷窃、破坏的方式来弥补损失，以实现他没有得到的"正义"。美国农民政治学家詹姆斯·C·斯科特把这一消极怠工形式称为"农民反抗的日常形式"。[1] 这一日常形式不会成为头条新闻，不会引起剧烈的社会震荡，但是，却是一股强大的暗流，这一暗流以隐蔽的、负面的方式存在，怠工、偷盗、破坏、吵架、装糊涂、装傻卖呆、诽谤等等都是最基本的方式，它阻碍着农民在城市化过程中的心理嬗变。我们通常会把这些归结为农民的劣根性，但其实，这却是一个弱势群体，一个有强烈的被压迫感的群体所唯一拥有的反抗方式。他们的反抗只能以匿名的、不合法的方式进行，或者说，这是一种自救式犯罪。

光亮叔讲到他们在 2005 年进行的一次公开反抗。那一年，他们星期六、星期天经常加班，老板不给钱，说是工资里面就包含着

---

1 [美] 詹姆斯·C·斯科特：《弱者的武器》，译林出版社 2011 年版。

这些钱。有一天，他们几十个工人就打出租车去青岛外资企业管理处告状，管理处说是市劳动局管，他们就跑到劳动局，劳动局消极推托，他们又跑到市政府接待室，也说是劳动局管，他们就又跑回劳动局，站在劳动局门口，说不处理就不走。这样，劳动局才派人去调查，开出一张罚单。

待这些工人回去之后，老板问大家为什么不上班，其中一个老乡说，你星期天让我们上班，不给钱，这不合理。老板说，你先回去，反省反省，等通知你再来上班，明天你先来把工资领了。当天晚上，这个工人就被打了，第二天早晨人们发现他躺在路上，浑身青紫，奄奄一息。过一段时间，又把另外几个他认为挑事的工人打了一顿。都是在夜里，一群人呼啦上去，一顿暴打，就跑了。

光亮叔说："这事都过去一两个月了，老板又找到我，说，老梁，你是老员工，据说是你带的头。我说，我没有，你说'据说'，你把人叫来，咱们对个证。他说，这个人不能给你说，我说你不能说我就是我。他问我，那是谁带的头，我说不知道，乱哄哄的，看不清楚。他说，这个事不再说了，以后好好干活。那天老板找我时，我就想着，完了，这次要干不成，估计要挨打。挨打我不怕，大不了拼命。他要是开除我了，我还舍不得这工作。主要是我干的时间长了，工资涨了一些，这要是走了，到别的厂，又得从头开始。就是到现在，老板还在追这个根。"

我特别想问光亮叔的也是："是谁带的头？""通过什么样的方式大家就商量好，就不上班了，就去坐出租车了？"我希望光亮叔们能够找到一种与老板、工厂对话的方式，这一方式是有组织的、可持续的并且有效的。它不是以"非理性的""匿名的"形象，而是以一个现代公民的理性形象出现。但是，和西安大哥们在交警队门口的抗议一样，这些事件都只是偶然的、个体的事件，不具有连续性和社会性。

无名之死

你说死人的事儿，那可多，光咱们老乡就好几个。李营一个娃儿，叫国子，七窍出血死的，下午干活好好的，晚上十二点，躺在床上，说是上不来气，送到医院里就死了。鼻子、嘴巴都有血，现在想想，肯定是中毒死的。有人就去说，那你厂里得赔偿。"鬼子"非常硬气，说，行，解剖，解剖费我掏，与我有关，我赔，与我无关，解剖费得你掏。国子他老婆领着两个娃儿，带着他爹，从老家赶过来，穿得可烂，他爹头发全白了，看着真是可怜人。"鬼子"说，给你三万块钱，就这么多，你愿解剖就解剖，不愿解剖就拿着钱走。后来也没解剖。听人们说，他老婆害怕万一解剖出来与人家无关，连这三万块钱也没有了，人财两空。就把钱拿住了，人火化了。火化完之后，"鬼子"又假惺惺地给他老婆说，你可以在厂里干，不管你自己挣多少，每月另外给你五百块钱。听着怪诱人，国子他老婆也没有在这儿干。根本干不成，两个孩子呢，没人管，就又回去了。

这种事多得很。另外一个也是咱们那儿的，二十五六岁。他是跟翻译吵架，翻译打他一巴掌。吵完之后，回去自己喝喝酒，睡着睡着死了。那脸的颜色都不正常，有人说，酒与毒混在一起了，加重毒性。咱也不懂得，最后赔两万块钱。老板生的主意，让那个翻译跑了。还有一个咱们那儿万坡的，干完活回家，坐在那儿看电视，看着看着一出溜死了。都与电镀厂有关。有关是有关，你又没有证据，又不是死在厂里，谁管你？

小柱也算一个吧。骑自行车上班呢，走在路上就歪下去了，就再也起不来了。肯定与电镀厂有关。当时人们都说，他要是倒在厂里就好了，就可以要点赔偿。当时俺们也想着找厂里，可是人没死，也没在工厂里倒下，你找人家有啥用？又不敢在这儿治病，那花不起钱啊，就赶紧回家。一回家人家才不管你。梁峰后来为啥不在这儿干了？与这也有关。他小叔死在这上面，他心里能美？另外，他的脸经常过敏，可厉害，整个脸都是红肿的，说明还是有毒。像俺们这样皮糙肉厚的，没事，还能扛着。反正在电镀厂干，就属于慢性自杀。特别是那些舍不得吃、身体不好的人。应该多吃猪血、大蒜，能够过滤一下毒性，不过那也不起啥作用。

我们和光亮叔又到瘫子舅舅家聊天。瘫子舅舅今天的精神不好，表情有些痛苦，我们说的又是死啊死的问题。坐了一会儿后，我们告辞出来。

村庄寂静，阳光和煦，田野平整而宽广，一眼可以望到远方那郁郁树林掩映的另外一个村庄。光亮叔和瘫子舅舅谈着死亡，我们听着死亡，都漠然而随意，仿佛那是别人的事情，仿佛那不是同一场景中的同一人生。在一个院子的门口，看到他们厂里的老门卫，光亮叔站在门口和他聊了会儿天。老头正和老伴收拾院门口的那两间小屋，希望能够出租出去。他们住的也是老院子，房屋低矮、阴暗。过去之后，光亮叔低声对我说："别看这厂都来几年了，当官的发财了，老百姓没有得住多少益处。这老两口子女也长年不回来，去年粉刷院墙，还是我和几个老乡来帮他弄的。老头可感激，弄一大桌子菜。对阳阳可好，阳阳放学到厂里都是在他门卫室里玩。"

关于小柱，他的打工轨迹，他的生活经历，从万国大哥、万立二哥、光亮叔和梁峰等人支离破碎的叙述中，我慢慢理出了一些头绪。

1989年，小柱十六岁，那时他刚到北京，在北京的一个煤场上班。卸煤时因用力过猛，小柱从车上摔了下去，摔到下水井里，把腰给摔伤了，好多天没有起来，后来煤场不让他干了。小柱回梁庄治病。

1991年，在河北铁厂翻砂。那地方污染很重，如万立二哥的叙述，"一堆堆铁在地上烧，铁末子乱飞，我们用铁锨扒拉，又烤又烧，每个人都像鬼娃儿一样，嗓子成天像被烤糊了"；在安阳的刨光厂也干过，也是"铁末子满屋飞，噪音大得很。就是把自行车、手电筒打磨成光哩。声音一直响，刺耳刺心，我听着头都晕"。在那个厂里，小柱一直流鼻血。

这中间，小柱还干过刷漆的活儿，大哥去看他，发现他也没戴口罩。按照北京梁安舅舅的话说，干刷漆和喷漆的活儿，那吐出来的唾沫都是绿颜色的。

1992年到北京。当一段保安，在一家乙炔厂干一段，然后在家具厂上班,抬各种沉重的木材原料。因为打架,被开除,又回梁庄。

1993 年,又回北京,做保安。1995 年人口大普查,小柱被抓到。被送到昌平遣送站,然后遣送到安阳。在安阳一家砖厂干活,有看守看着。小柱逃跑,再也没有回过北京。(这是当年小柱和我聊天时当冒险经历讲的,梁庄的毅志、丰定都有这样的经历。)

1995 年夏天,小柱到青岛电镀厂,在那里工作将近六年时间。2001 年农历二月初五,在去工厂的路上,小柱突然倒地,重病,送回南阳。据二哥的描述:"俺们到南阳车站去接他时,脸都不像样,都黄着,都没劲了,老大峰和光亮搀着他,腿都直不起来了。在医院时,大便都发腥,拉的都是血汤子,最后转成并发症了,内脏全都坏了。"这是小柱刚发病的情景。

短短不到两个月,小柱已经到了后期,医生告知家属,再治下去也于事无补。小柱回到梁庄家里,在镇上开诊所的哥哥和嫂子经常去给他输液。据哥哥和嫂子的描述:"咳嗽一下,血都喷得很高","喷出来的血都有点发臭发腥了。"

百度百科上这样介绍氰化物中毒的征兆:"死亡迅速者,全身各脏器有明显的窒息征象。口服中毒者,消化道各段均可见充血、水肿,胃及十二指肠黏膜充血、糜烂、坏死,胃内及体腔内有苦杏仁味。吸入氰化物中毒死亡者,大脑、海马、纹状体、黑质充血水肿,神经细胞变性坏死,胶质细胞增生,心、肝、肾实质细胞浊肿。"

"消化道各段均可见充血、水肿,胃及十二指肠黏膜充血、糜烂、坏死"等,这些征兆和众人的叙述有相似的地方,即使不能完全断定小柱的病症就是氰化物中毒所致,最起码,也有相当大的关系。但是,谁去认定这些呢?小柱一发病,光亮叔他们就想着要送回梁庄，因为在青岛根本无法也没钱医治。回到南阳，医生也只按照胃病来治，没有检查与氰化物中毒之间的关系。万国大哥和万立二哥没有能力，也找不到门路去告状，厂里也像不知道这些事情一样，装聋作哑。再说，即使是真去告了，闹了，最终也可能是人财两空。因为你没有死在车间里，因为电镀厂的工人，电镀厂氰化物的蒸汽中毒，不是明显伤害，它是一点点入侵，一点点破坏，到真正死亡的时候，很难找出理由。

2001年农历三月十九，小柱在梁庄去世。小柱的打工史也是他的受伤史。从十六岁在煤厂干活起，到铁厂、刨光厂、乙炔厂、家具厂，再到电镀厂，最后到他倒下的那一天，整整十二年，他一直在污浊的工作环境中辗转，他头顶的天空没有晴朗过。

这些无名死亡，这些慢性中毒并没有引起足够的重视。在青岛，在无数个青岛，这些事件都只变为家庭的悲伤，变为一种莫名的消沉，没有在公共层面引起任何的回响。除非像郑州那位矽肺工人那样，开胸验肺。但即使如此，又怎样呢？每年仍有无数的农民工矽肺病人产生，他们已丧失劳动能力，被辞退或无声死亡，又有谁去认真听他们那艰难的呼吸声，去关心他们瘦骨嶙峋的身体和无声无息的死亡？小柱也已经死了十一年，他所在的工厂，从青岛市郊搬到万家窝子，可是，车间的环境改善有多少呢？那蒸腾的、滞重的蒸汽还是如此浓厚地"环抱"着工人们，"环抱"着土壤、空气和不远处的大海。

小柱之死，到最后也原因不明。一个无名农民的无名死亡。无论是李营的国子，万坡的那个娃儿，还是在中国大地各个工厂间流浪并死亡在外的人，所有的死亡都原因不明。

> 离弃村落的人们流浪很久了，
>
> 许多人说不定死在半路上。

四十岁的"老太婆"

在和瘫子舅舅闲聊时，意外得知云姐也在青岛。我一下子非常激动。云姐，二姨家的女儿，她与我妈妈长得特别像。我天然地认为，从她身上，可以找到妈妈的影子。她的善良、温顺，她的笑容、勤劳，都有血缘的传承和流动。

父亲和她通电话时，我隐约听到那边云姐迟疑的、不知道如何表达感情的声音。和父亲约好，我们明天上午去看她。过了二十几分钟，她又打过来电话，和父亲商量，说能不能下午去看她，她想上午去上班，下午不去，这样，工厂就不会扣她的全勤。父亲问她全勤是什么意思，云姐说，就是一个月一天假不请，包括星期六、星期天，这样，一个月多给五十块钱。父亲一听，有点生气，又有点心疼，说："云，别上这个班了，你能一个月不歇一天？那人不累死？明天我给你补这个工资。"云姐嗫嚅着，解释几句，在父亲的坚持下，说那好吧。放下电话，父亲不停地感叹："一个好女子，命咋恁苦？为五十块钱，一个月都不休息一天，那会累成啥啊？"

云姐的丈夫在国庆节期间刚去世。说起云姐夫，其实我模糊记得他白净的面孔，很秀气，和云姐非常般配。那时候，没有人想到，他会成为一个酒鬼，真正的、无可救药的酒鬼。

后来的事情我们知道的都很简单。表姐夫喝酒太多，逐渐影响身体，不能劳动。家里、地里所有的活都只云姐一个人干。父亲给我讲，有一年他经过云姐的村庄，去看云姐，发现表姐夫被用绳子拴在屋子里，他自愿的，他怕自己忍不住去喝酒。云姐一个人在地里挖花生，随身携带着干粮，她三岁多的小女儿就在地头爬着，跟着母亲一起吃干粮。以后，云姐出去打工，大家的联系也就越来越少了。

云姐并没有我想象中的那么老，略带枯黄的头发束在后面，露出她仍然秀丽的脸。看到我们，她一直"嘿嘿"笑着，似乎找不到合适的话语。她十八岁的女儿甜甜，在十四岁时和她一起来青岛，在这里的一家电子厂上班。

坐在房间里的小矮凳上，不可避免要说起刚去世的表姐夫。云姐并没有特别的伤心，也许这是早就意料到的结局。她拿出相册，让我看，说："人长得可不错，也有手艺，都想着我找个好家儿，谁知道，他能成这样？"

俺们是 1991 年结的婚。他人可好，也善良，脾气也好，就是有这个毛病，非要喝。真要弄到啥戒酒所去治，估计也行。咱也穷，啥也不知道。不喝酒可好，一喝酒翻脸不认人。为他喝酒不干活，天天吵架，我是一看见他脸红就生气。再后来，管你干不干，我管不住了，我自己上地干活。后来大家都出去打工，我俩也出去，1992 年，到广州一家电子厂干活。没干多长时间，他就不想干了，也就是因为好喝酒，到处偷偷欠债喝酒，今天一顿，明天一顿。喊他吃饭，老是骗我，说他吃过了，其实是在老乡的一个小饭馆里欠钱喝酒。后来，突然非吵闹着叫我走。原来他已经欠人家一千多块钱，拿啥还人家啊？那时候工资一个月才两百多，俺们俩偷偷走了，丢人死了。后来人家还到咱家里要一次，还是没有。

回来在家里又待了两三年，甜甜八九岁时，家里没钱，指望庄稼收的那点钱还不够他喝酒。想着出来还是会好一点，最起码他不敢乱欠，俺们又到山西运城砖厂去干活，那时候我怀着蛋儿。我都不打算再要娃儿，他闹得不依，非要要，说人家都有个男娃儿。后来我也同意了，想着要是个男娃儿，他可会好了。谁知道还是不行。

我在那儿，一个人要做十几个人的饭。天天挑水，大缸两个，得十来挑水才能挑满；天天还得轧一大盆子面条；天天蒸馍，蒸两次，两大筐。也不知道那时候是咋过来的。也害喜，吃啥都吐，就是吃好的、吃肉不吐，可是又没有。想吃饺子，一块钱一碗，舍不得，一直到最后也没吃上。想吃肉，有一天实在忍不住了，让他用自行车带着我，到那个村头割了半斤卤肉，吃着心里美成啥。还困得不得了，光想睡觉，瞌睡得起不来。那非得起来，一群人等着吃饭。你是不知道，真是瘦得跟那鬼一样，就只剩下个大肚子。不过，生蛋儿时可好生，几个小时就生下来了。

他一喝酒就睡那儿，喊死都不起来。偷偷预支工资，到代销点买酒喝，没有钱了就欠。他一不干活，我就生气。干了一年，就赚了千把块钱，还欠人家代销点几百块钱。俺们又是偷偷跑了。要不是，连生蛋儿那一千块钱都没有。

蛋儿两岁两个月时，我又上温州，都说上那儿行。我说那我也去。种庄稼真不行，累死了也落不来啥钱。那天晚上，车离开的时候，娃儿哭得不得了，他也哭得不行。父子俩都在哭。我走之前，娃儿意识到我要走，前后不离我。我也是哭着走的，想着这一家子咋办？他老喝酒，娃儿谁管？万一娃儿出事了咋办？想着离不了家，谁知道一丢也就丢开了。有好几个春节我都没回来。在温州服装厂，一个月能挣个千把块钱。从温州到家，是一百五十块钱的路费，舍不得回来。我又想家，又生他气。盼一年盼一年，老想着他改变了，不喝酒了，身体也好了，一家人在一块儿，多好。可是到最后落个没人了，啥也不说了。也不知道咋回事，他们那个村里的人都酗酒，前后有好几家的男人都是死在酒上头。

我只要求你不喝酒，身体弄得好好的，我在外面挣钱，你在家里，把俩娃儿拢在一起，像个家，这也行。我累死累活心里高兴。不行，喝到吐血，挂水输液，这几天算不喝了，一好，就又喝。为他喝酒，把我气疯，只差疯。最后，他也可怜，我也可怜。

他死了也好些，活着也是活受罪，就是他没吃个啥。这中间好几年，我气得就不给他钱。有一年回家，看着屋里冰锅冷灶，啥也没有，心里可难受，又气得不行，心里不畅快，年没过完我就走了。娃们可伤心，他也不想让我走。蛋儿对我也没感情，他两岁我出去打工，一年就回去几天，有好几年还没有回去。蛋儿心里也气我，晚上睡觉，俺们在一张床上睡，离得可远，不搂我。我跟他爸吵架，过几天，他给我说，妈，都是你干的事。他是心疼他爸，气我跟他爸吵架了。

2007年放假，回家过年。过完年有老乡来青岛，我就带着甜甜一块儿来，那年甜甜十四岁。来这四年，一开始来发六七百块钱，后来一千多点，都高兴得不得了。一年一涨，一年一涨。我在厂里从来没有过过星期天，一直是满天上。节假日不放也都高兴，加班有钱。俺们那个车间都是我这年龄的，老太婆了，出来都是为家呢，一天都舍不得休息。

我是在干燥剂厂干活。别看那一个个白的圆的颗粒很干净，制作过程可脏得很、累得很，你就想吧，就像在面粉厂一样，一天下来，浑身白，非得天天洗澡。俺们干这个活，一个月比人家多五十块钱灰尘费。一天工作十二个小时，强度很大，至少十个小时是满打满干。你就是不干活，也不让出车间，活干完时，想偷个懒，摊个袋子坐在地上，有时坐在倒胶的桶上。大家都愿意加这个班，单指望长白班，一天就四十八块钱，根本挣不来钱。加班一小时六块钱，这时候最高兴。从早晨七点干到晚上九点，一个月能发到两千七八百块钱。

满勤奖是五十块钱，我今天不去，这个月就没有了。来这四年，从来没有请过假，一个小时都不请。天天上班，礼拜天更要上班，不叫加班要求着加班，全指望星期天加班挣钱。一天五十五块钱，加班都愿意。要是说过个礼拜天，大家还不过呢，没钱，谁舍得过。

干的时间长了，技术是没问题，就是熟能生巧的活儿。知道啥时候加胶粉，滚成球。一边往里加胶，一边兑水，比例得拿准。球的大小是根据眼力。说让弄二到五毫米大小，就可以弄。不会有多大差别。其实也没啥危险，就是脏些。我没有想着到别的厂，怪自由，工资觉得也可以了。生活费二三百块钱就够了，有时候，甜甜回来了，割点肉买点菜，我自己就下碗面条吃点算了。房租一月两百块，卫生费一季度三十块，水费五十块，一个月下来得花去五百多块钱。剩下的都是自己的。

老板也精得很。像我们那个活，同样的量，原来十二个人干，现在变成四个人干。这还不说，现在活又增加了，原来每天定量八袋硅胶原料得干完，现在变为十二袋。都想着赶紧干完，好歇一会儿，可是不行，你要是干哩快了，老板又加量。累得不得了，你先干完了，第二天老板又加量。

俺们的活是厂里最累的，最自由的。干熟练了，十二个小时的活，十个小时都干完了。不敢叫老板知道，老板又要加量。你知道俺们是咋干的，一站就站几个小时，一动不动，只有两只手来回动，加料加水。一上午下来，腿都站肿了。站成习惯了，就想着一口气干完。

为啥不歇着干着？你不干不知道。原因是啥？主要是不想戴口罩，戴几层，太闷气。想着赶紧干完了可以摘下来。这活很脏，非得戴口罩，机器一开，满屋子都是粉屑。领导一般都不往车间进，我在这个厂四年，领导连一次车间都没进去过。后来加到一天干二十五袋，现在可好，又加到五十袋，工资就长了五块钱。是被人家逮住了。直接减我们俩小时加班时间，原来从早七点到晚九点，现在变为从早七点到晚七点，少给我们两个小时加班费。再狠也没有老板狠。

去年我还买了一件衣裳，你看，就是身上这个红毛衣，甜甜非让我买，太红了。我都不敢穿。今年我都打算了，啥也不买了，赶紧攒钱，先把房子盖了。我再恶干几年，甜甜再帮我三两年，估计到时能盖起个房子。

我喜欢干净，收拾得干干净净，买几样家具，也算是个人家，我自己也过两天清气日子。蛋儿这个娃儿机灵，就是不爱说话。等他大了，他有本事了自己盖。不过就是盖了房子，暂时也不会回去。

甜甜真是懂事。我一般不说她。十四岁出来，一直在电子厂干。她不愿在这儿，说冬天太冷了，想到广州去看看。我不行，我离不开她，在这儿，是个亲人。我这个厂还行，我不想走。她在这儿，就是因为我。

我也不花钱，来这些年，就出去吃过一次饭，还是厂里同事请的。我舍不得，想着任务大，原来得花钱给他治病，我是想着他能好，盼一年盼一年，盼个这。死了也好，我也清气一下。

蛋儿今年都十岁了，才上小学二年级，在咱们城里上寄宿班。成绩差得很，就不进教室，不写字。坐不住，在班里发急，都说有多动症。我也不知道是不是。前段时间，寄宿班的老师来电话，说语文、数学考了 30 分。拼音啥也不会。学费贵得很，半年两千六百块。现在一个月才放一次假，我给他奶奶打电话说，多到城里看他几趟，给他买点好吃的。想着没爸了，可怜巴巴的。蛋儿我有亏欠，有几年我都没回去，没有管过他，现在还是管不了他。

今年春节我是不想回去，这十一刚回去过，再回去，太花钱了。又想着蛋儿咋办？我和他姐都不回家，他肯定心里不美。走着说着。

云姐在叙说的时候，甜甜一直坐在云姐旁边，也不说话，就那样听着妈妈讲。我问甜甜，你还记得你妈不在家过年吗？甜甜笑着说，可记得，老觉得她不在家过年，想着叫她回来，她不回来，我那时候都知道她是生我爸的气。

我说："云姐，你得过个星期天，学着逛逛商场什么的，也给自己买件衣服。"

云姐笑起来："我又不出门，穿啥都一样，我是一到商场头都晕。"

"你还年轻，将来还要嫁人呢！"

云姐的脸"腾"一下红了，说："嫁啥人，我是不嫁了，伺候人够了，我就想清气。再说，我都老太婆了。"

"俺们那儿都是我这年龄的，老太婆了。"这是云姐刚才在讲述她们车间情况时随口说出的话，她真的把自己看作是"老太婆"了。云姐，1971 年出生，四十岁，典型的"70 后"。在城市，关于"70 后"的叙事才刚刚开始，刚刚进入历史的视野。

无论做什么，说什么，云姐都还是笑笑的。但是，那不是平和、安静的笑，她的笑有一种懦弱、担心和害怕，她甚至连对自己的哥哥都有一种过分的感激，她觉得她不配兄长的关怀，因为她太过贫穷，因为她的生活不够体面。她现在最高兴的事就是能够加到班。她高兴加班，因为只有加班，她一个月才能挣到两千多块钱。所以，从下午六点下班到晚上九点钟，那三个小时，是她干活最舒畅的时候。

我让云姐带我到她的工厂去参观一下。她说，现在的这个工厂肯定不让进，管理很严，但可以去以前的厂区看一看。沿着村庄外面的一条河，上桥，过一条灰尘漫天的公路，在公路边，一个有着铁门的厂子，那就是干燥剂厂。门口两只大狼狗朝我们狂叫，看见云姐，往后退去，它们还认识云姐。云姐带我走进空荡荡的车间。所谓车间，其实就是一个简陋的敞开式的操作间。一排像搅拌机那样的圆方筒横着，筒旁边有一个像水管一样的弯曲管子，还有一个手柄什么的。旁边是几堆堆得很高的袋子，这袋子就是制作干燥剂的原料。她站在筒面前，给我演示她如何工作。空荡荡的简陋的车间，没有任何意味，没有任何生机，也没有任何色彩。云姐说，这个车间其实还好些，新车间是全封闭式的，人完全被关在里面。我想象着机器开动的时候，瘦小的云姐站在漫天粉屑里面的情景。我无法想象，因为这车间如此敞开，那粉屑是要飞到外面，飞到公路上，飞到天空中去的。

下雨了。大的雨滴"扑扑"地滴落在地面上，把厚厚的灰尘砸起老高。胶州这边的灰尘很厚，很细，这是我没有想到的。想象中的海滨地方，应该是蔚蓝的大海，整洁干净的青石路，没想到和中原的梁庄更相似。坐在小面包车里面，云姐和她的女儿送我，灰色的天空下，云姐的红毛衣鲜亮亮的，格外抢眼。她紧紧靠着女儿，仿佛一个迷失的孩子，从身体到精神，都没有任何力量，完全依赖别人。她的十八岁的女儿勇敢地迎接着妈妈的身体，支撑着她。还好，亲爱的云姐，她有一个女儿。

这村落里最后的房屋

必须承认，我一直都想逃跑。逃跑，赶紧回去，回到明亮的、干净的、温暖的和舒适的城里。在进到光亮叔那低矮阴暗的房间，霉味扑面而来的一瞬间，我就有想逃跑的冲动，这是每到一个地方的第一冲动。我悄悄盘算着回去的日子，原计划待七天，也许四天也可以，甚或，三天、两天也可以？无非就是看看工厂，听光亮哥谈谈，一天不就完成了吗？在这儿住一夜不就行了吗？

其实，每次出行，我都需要鼓起很大的勇气。并且，越到最后，越没有勇气。我越来越拖延出行的时间，害怕出行，害怕行程的开始。我在琢磨，为什么会如此？当然首先有懒惰的成分。并且，走得越多，这种懒惰、躲避的心态越明显，这跟我最初的预期相差很远。我原来以为我会像战士一样，愈战愈勇，愈跑愈带劲。因为我对我所做的事情充满探索和思考的兴趣，因为我看到越来越多我不知道的人生。但是，我却越来越失去勇气，越来越觉得迷惘和厌倦。是的，厌倦。这种厌倦的感觉如此清晰和强大，以至于每次我都需要很大勇气才能再次走出家门。

相同的风景，相同的命运。如果都是在工厂打工，电子厂、鞋厂、服装厂，年轻夫妇多在附近租一个小屋，或在附近农村租一个房子。房间里的风景和生存大同小异。千篇一律的出租屋，除了相对稍好和稍差之外，都是差不多的精神气质。千篇一律的小型的、简陋的企业，几台机器，几个人，就是一个工厂。至于环境、待遇、污染和劳动法，那都是不说也罢的话题。

我不勇敢，甚至很胆怯，很贪图享受。这是一个事实，然而，我竟然并不为这个事实感到悲哀。因为，那的确不是我的生活。我可以安然无恙地逃跑，而不承受任何道义的谴责。这样一种奇怪的人生，每个人都充满着巨大的羞耻感，但我们又非常自然地忽略这种"羞耻"。

在光亮叔的房间坐着，潮气和霉味都很重，只感觉越来越冷，我把放回箱子里的衣服又拿出来，全部披在身上，把围巾也紧紧围在脖子上，还是冷气逼人。我没有想到，10月底的青岛乡村，如此冷。

但是，第二天、第三天，就闻不到霉味了。我跟着他们起床、吃饭、上班，他们进厂，我在外面晃悠，慢慢进入他们的轨道。我意识到，这就是他们的生活，日常的、每天经历的生活，所以，霉味儿、滞重的蒸汽味儿、害怕中毒和想念孩子的痛苦等等，这些情绪都并不强烈。那就是他们的生活。即使死亡，他们也淡然处之。

几天时间，我把这万家窝子也转熟了。

光亮叔住的这一部分都是低矮的趴趴房。另一边是崭新的楼房，万家窝子的居民大多搬到那边居住了。村支部是一座两层的上下二十多间的崭新楼房，前面是宽敞的水泥院子，一座围墙，一个大铁门。光亮叔说："我们来时啥也没有，就几座烂瓦房，现在，多气派，都是电镀厂给的钱。支书家两部车。老百姓还是没得到好处，最多就是租个房子，一年一两千块钱。"

从万家窝子往南走，离村庄不远处，有一个巨大的方形大坑。据说是要进行深水养殖，但是，现在，上面两米的泥，下面九米的沙子，全被卖光了。挖沙机挖完路这边，又开始挖路的另一边。光亮叔告诉我，他们刚来的时候，都是鱼塘，他们闲时还在那儿逮鱼，现在啥也没有，都成干坑了，就这两三年时间。

往远处看，我才注意到，那个小山形状的是一个新的垃圾场，异味在上空弥散，越呼吸，越让人窒息。碾压车在上面一次次来回压，把垃圾堆压实，下面用黑色铁网网住。那几天，我来来回回从那儿经过，碾压车一直在上面来回碾压，这样压起作用吗？垃圾就这样销毁掉吗？

再往前几十米是一条干涸的河道，河道两边是一丛丛的芦苇和灌木林，河上有一座老桥。河边的道路被完全毁掉了，坑坑洼洼，不断有深陷的大坑出现在路中间。

傍晚七点半左右，万家窝子完全黑了。我们去工厂门口转悠，工人三三两两从工厂出来。有的骑着自行车、电动车一闪而过，有的借着昏暗的街灯在路边菜摊买菜。光亮叔跟大家打招呼，然后，不时地把我拉过去，说这是李坡的谁谁谁，他姨家是咱梁庄的；这是胡寨的谁谁谁，他姑夫是咱们梁庄的；这又是谁谁的什么什么。都是穰县老乡，大家好奇、惊喜地和我打招呼，有的热情地邀我去他家坐坐。过去之后，光亮叔会说，就是他，那年兄弟吵架，失手把他兄弟戳死，坐了好多年牢。那个案子轰动很大，在想象中是一个土匪式强悍的人物，没想到，竟然只是一个瘦弱的中年人。就是他，在这里混个女的，他老婆来骂过多少次，今年那个女的自己走了，回家结婚。这万家窝子已经被光亮叔们塑造为另一个梁庄。

我们又遇到厂里的翻译兼车间主管，第一天我去工厂的时候就是他把我赶出来。光亮叔邀请他到家吃饭，没想到他真的来了。矮胖的翻译还不到三十岁，据光亮叔讲，他的月工资有七八千块钱。他已经在县城买了房子，老婆住闲，每天接送女儿上幼儿园。讲起工厂的污染、老板与当地官员的勾结及如何逃避政策的管束，这个翻译也是义愤填膺。当然，他不会讲他和工人之间的矛盾。他走后，光亮叔呸了一口唾沫："说得可美，转过脸就是狗腿子。"

翻译坐到九点多，还谈兴很浓。父亲耷拉着头，已处于朦胧状态，光亮叔、新华小心陪着，防止自己打出呵欠来。阳阳已经熟睡。丽婶在一旁给我使眼色，让我到院子里去。出来后，她悄声对我说，走，咱们到你瘫子舅那儿去。她告诉我，她们几个妇女一起信主，隔几天就在一起祷告，学唱赞美诗。光亮叔对此持反对态度，但也不过分阻止她。

瘫子舅舅在看电视，为了配合舅母她们，他把电视调成了无声，只有颜色在他脸上闪烁着。几位中年妇女，围在小桌子旁，头挨着头，正专心地唱赞美诗：

> 在那寂静漆黑的晚间，
> 主耶稣钉十架以前，
> 他屈膝在客西马尼园，
> 祈祷，"愿父美意成全"。
> 耶稣疲倦伤痛的泪眼，
> 不看环境只望着天，
> 十架苦杯虽然极难饮，
> 然而他说，"你意成全"。

她们唱得走腔撇调，悲苦异常，有河南豫剧苦情戏的味道。看到我们进去，开朗的舅母高声笑着，拉我坐下，说："俺们都是瞎唱，你可别笑话。"她们都是来青岛才开始信主，不会开谱子，也没有人教她们，就凭着听戏听来的腔调唱了起来。我说："让我开个谱子试试吧。"她们很惊喜地看着我。当年的师范生，音乐是必修课。1980年代后期所有的流行歌曲，全部是我自己开谱学唱的。但是二十年过去，我已经成了一个五音不全的人。

这是《父旨成全歌》。我清清嗓子，开了几句谱，非常不准确，"他屈膝在客西马尼园"这一句高音无论如何也唱不出。我找了一首曲调较为简单的赞美诗《慈父上帝歌》：

> 上帝待我有洪恩，
> 真是我慈爱父亲。
> 体贴我软弱，
> 安慰我伤心，
> 昼夜保佑不离我的身。
> ……
> 忧愁变喜乐，
> 患难得安宁，
> 疑是无路自有光明门。
> 哈利路亚！
> 靠着我慈爱父亲，福乐来临。

这应该是中国人自己谱的曲子，旋律熟悉，有点民歌的味道，充满对苦难的倾诉和某种世俗的喜悦。我唱一句，她们跟一句，她们的神情严肃认真，如饥渴的小学生。一会儿，她们就自己唱了起来。这几位中年农村妇女拍着手，在暗淡的灯光下，专注地看着歌词，唱着歌，向上帝祈求安慰和体贴，希望"忧愁变喜乐，患难得安宁"。我的瘫子舅舅，他庞大的身体坐在轮椅上，如一个被囚禁的巨人，默默地垂着头。在赞美诗的歌声中，他睡着了。

唱完歌，已经是十点多钟。丽婶带着我，高一脚浅一脚，顺着村庄里的小巷道，往她那村庄尽头的家里走。遥远的城市朦胧的光，把这村庄衬得更加黑暗、寂寞和安静。

> 这村落里最后的房屋，
> 像世上最后的房屋一样寂寞。

想起小柱，想起那些我不认识的死在异乡的穰县老乡，觉得悲伤，但又自然。在这里住着的人们在经受着和梁庄相同的命运，不只是分离、思念和死亡，而是家园的丧失。这丧失是如此自然，随着时间一点点剥落，没有丝毫觉察，但一经外部眼光的审视，这几近分崩离析的生存立即呈现出它的残酷。

光亮哥、瘫子舅和传有他们，今年春节都不打算回家。他们也会上街割肉、买菜，然后下锅、烹炸各种食品，老乡们相互约着喝酒、串门、打牌、聊天。几个唱赞美诗的妇女也难得空闲，终于可以完整地学一首歌了。大年三十那一天，光亮叔肯定会骑着他的摩托车，带着丽婶和阳阳，"突突突"地开三十里地去传有家走亲戚，因为阳阳认给他们做干儿子，干亲是要在年三十那天走的。然后，他们喝啊，吃啊，聊啊，聊什么呢？聊梁庄。那个他们必须要回去的，也巴不得回去的，但是又不愿回去的，也回不去的家。

在万家窝子住了七天，期间送我来的朋友一直打电话，问我什么时候走。他说，我都担心死了，这咋住啊？我一进门，闻到那霉味儿，就想叫你们走算了。我已经闻不到那霉味了，但却觉得也已忍耐到极限了。是的，忍耐。

沿着来时的路程，我们又上了高速公路，看到了宽阔无边的蔚蓝大海，缓缓低飞的白色水鸟。朋友让我们住进军区的干休所。德国建筑，尖顶、红瓦、白墙，有宽阔的门廊和客厅。花坛里，几朵艳红色的玫瑰花斜伸着，饱满的花朵，精神抖擞，在一丛低矮的草中央，一朵圆绒绒的、白色的、雅致的蒲公英完好无缺地昂然独立着。

我沉沉入睡，没有梦，没有辗转。

第二天清晨起来散步，沿着坡路往下走两三百米，就来到青岛的第一海滨浴场。左边远处，灰色天空的背景下是半圆弧形的两栋高楼，金属灰的，凛然、高尚、动感，充满着对未来的渴望和想象。江面雾气滞重，太阳没有放射出灿烂的万道光芒，而是苍茫遥远，在水天一体处弥漫着灰色朦胧的光。这是洁净、温暖、宽阔的海滨浴场，这是干净、雅致、有历史感的青岛。

有一天，我翻看相片，看到那天站在青岛第一海滨浴场的我。厚厚的眼袋，遮掩不住的疲倦，但是却很安然，是极度思虑后的放松。

我思虑的是什么呢？我又为什么那么如释重负？其实一切已经开始模糊了。

唱赞美诗的妇女

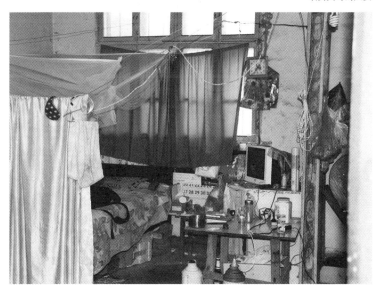

青岛云姐的出租屋

在青岛打工的梁庄人

依在父亲身边的阳阳

云姐在青岛工作过的干燥剂厂

万家窝子的早晨

第九章　梁庄的春节

当生命的最后一刻来临，
我们将长眠在她那苦涩的泥土之中。

——雅罗斯拉夫·塞弗尔特《故乡之歌》

"老党委"

2011 年农历腊月初十的早晨，"老党委"奶奶在梁庄去世。享年 99 岁。

"老党委"是村中人对这位老奶奶传奇般的家庭统治一种戏谑的称呼。在福伯家里，只有一个中心、一个主意、一个思想，那就是"老党委"。福伯对自己的母亲言听计从。梁庄人爱讲一个场景：八十多岁的"老党委"坐在手推车上，让六十多岁的福伯拉着自己上街，颤巍巍地从大褂里面的一个口袋里掏出藏在手帕里的钱，给家里买菜。那时候，她还掌握着家里的财政大权。

"老党委"在梁庄声名赫赫，不只是她的长寿，而是她铁一般的家庭统治力。早年经济困难时期，她安排全家的生产劳动，安排每天的饭食搭配，仔细计划每一分钱的花销，以应付这十来张都要吃饭的嘴。她要求她的五个孙子和两个孙女，走有走相，坐有坐姿，绝对不能出去惹事，绝对不能自己找对象，绝对不能打架。凡在外打架者，回来先向她下跪。

在"老党委"的组织下，福伯家有条不紊，长幼有序，不但安然度过艰难岁月，并且成为那年代村中少有的殷实家庭。"老党委"一家的孙子孙女们，也总有格外的温文、通脱和安稳。

　　但是，她的孙子们对她却爱怨交织。万国大哥对"老党委"奶奶最不满的就是她的"忍"字诀。当年，他们和老老支书吵架，他们家五个儿子，老老支书家三个儿子，如果打架，输赢立见分晓。但是，老党委坚决不许。老老支书在村里大骂福伯，一家人在家里窝着，听着，不能出来。万立二哥认为，奶奶的高压管理束缚了兄弟几个的性情，没有闯劲儿，也不敢冒险。因此，村中其他人都出去做生意，发财了，他们却还在蹬三轮，没有发展。埋怨归埋怨，奶奶在他们心中，依然神圣。提到奶奶或讲奶奶什么事时，他们会肃然一变，敬重异常。

　　九十九岁，几乎一个世纪，是为喜丧。

　　在此前的三天里，福伯的儿女们已陆续从各个城市回到梁庄。西安的万国大哥和万立二哥，北京的三哥万科一家和梁峰一家，内蒙古乌海的四哥万民一家（在乌海市卖水果，已有八年没有回过梁庄），深圳的梁磊一家，郑州的梁平、梁东都回来了。"老党委"的这个大家族，加上媳妇女婿，外孙里孙，如今扩展为四十四人，全部到齐了。

　　一切都已经准备好。柏木棺材一年年地刷漆，颜色已经发沉发亮，棺材的厚度也是农村最高规格，"456棺材"，底4寸厚，侧墙5寸厚，顶盖6寸厚，整个棺材看起来敦厚结实、威严大气。"老党委"的寿衣在她八十岁的时候就已经准备好，七套各色上好棉料和丝绸做的内衣外衣。

　　腊月初十的晚上，报小庙。活着的亲人们到庙里（不管是土地庙、观音庙，只要有神在里面就行）向神报道，这个人要到阴间了。原来梁庄有官庙，全村人共有的一个土地庙，在韩家后面的一座祖屋里。二十世纪五六十年代的时候，庙被拆毁，送葬的人就只好在庙后的河坡上，或十字路口行礼，举行仪式。

万国大哥扶着八十岁的福伯，穿着长袍孝服，戴着长孝巾，走在最前面。福伯显得很衰弱，一生对母亲唯命是从的福伯，他的眼神里，有一种突然失去母亲的小孩那种无依无靠的神情。福伯手举一个麦秸扎成的草耙，草耙上夹一张草纸，草纸上写着"老党委"奶奶的名字：吴芝秀。孝子贤孙们跟在后面，头上裹着长长的白布头巾。每到一个路口，执事都要放一串鞭炮，烧一堆纸钱，又向空中撒大把的冥币。孝子们跪在地上，哭叫着"奶奶，奶奶"。这是在告诉庙里的神，奶奶要到那里了，请神把她收下，也告诉奶奶，这条路可以到达那里。这一次次的跪哭，一直到村外通向公墓的十字路口。草耙放下，众人围着草耙跪哭，然后原路返回。

腊月十一的晚上，报大庙。"老党委"的外孙女、重外孙女请来几盘响器。院子里拉上了几个一百瓦的大灯泡，灯火通明。来自不同地方的响器相互竞赛，你来我往，制造着热闹气氛。

报大庙时的队伍比昨天大得多。报小庙只是直系亲戚参加，报大庙时各地的亲属都已赶来，都要参加报庙队伍。走在前面的福伯嘴巴张着，啊啊哭着，涕泪交流，却没有声音。后面是一群孙辈男孩，再后面是嫂子辈和孙辈儿媳，再后面是一些远房亲戚。整个村庄的人几乎都出动了。沿着昨天的路，来到十字路口，一堆灰烬旁边，那草耙还在，那夹在上面的草纸也还在。众人围着草耙，跪在那里，哭泣，磕头，拿着草耙返回。从此世的家到彼世的家，福伯带领他的子孙，走过这条路，在每一个岔路口，都停下来，烧纸，哭泣，告诉自己的母亲，不要走错路，只有这条路可以到另外一个世界。

五更天，万籁寂静，鸡不鸣狗不叫的时刻，"送路"的时刻到了。众子孙带着草耙，带着"老党委"生前用的枕头、被子、席及其他所有物品再次来到十字路口，把草耙和上面的草纸烧掉，这意味着"老党委"真正到阴间报道了。当天发白发亮的时候，她会看到她的子孙们在哭她，会意识到，她已经死了。她的衣服被子也都烧掉，从此以后，这个人在世间销户了。执事朝空中撒着纸钱，喊着，"捡钱啊，捡钱啊"，这是让一些饿鬼、坏鬼专心捡钱，以防他们打"老党委"，让她能够通畅地到达彼岸。

这位世纪老人，她活着，是一种象征、一种注视，村庄每个人都能感受到她严厉的目光。她死了，一个时代的象征系统结束了。传统的农耕文明、家族模式和伦理关系在梁庄正式宣告结束。

腊月十二，清晨六点半钟，天色微亮。出丧。"老党委"的子孙们亲自抬棺，他们不用假借别人，孙子辈万国万立万科万民，重孙辈梁峰梁东梁磊梁平，再加上四个孙女婿和重孙女婿，完全可以把棺材抬起来，送到墓中。一路缓慢行走，天色大亮。昨晚睡在各家的亲戚都赶来，跟在后面，村庄的人也逐渐出来，跟在后面，走向墓地。

人群稀稀落落地跟着，绵延成一条路线。这是一条古老的路，村庄中的每个人，都会沿着这条路，走向死亡。

一个村庄里，一个人的死亡也是所有人经历的一次死亡。一次葬礼就是一次心灵教育，通过哀哭、跪拜、呼唤，在世的人和去世的人，融为一体，共同完成生命的轮回。在这过程中，观者的悲凉之感会时时涌现，然而也会因熟悉而产生一种温馨感和归属感。沿着这条路，我们可以找到家，可以走向那里的亲人的怀抱。

勾国臣告河神

"老党委"奶奶的葬礼办完，春节也即将来临。在外打工的人们陆续回来，一场场的酒摆起来，寂寞冷清的梁庄开始有点热闹和喜庆的气氛了。

夏天的军哥之死及围绕着军哥之死所产生的闲话，尤其是关于南水北调占地赔偿事件梁庄村民的态度（既愤怒又漠然），我一直非常不解。既然关系到人人的利益，不管大小、多少，都是自己的事自己的钱，为什么大家都那么不在意？这不符合梁庄人日常的性格，为了几十块钱，兄弟打架，妯娌翻脸，不赡养父母，和邻居吵架的事比比皆是。

我决定找一个机会以较为正式的方式让大家谈谈各自的看法。

借着喝酒之机，我把福伯、父亲、万国大哥、万立二哥、万科三哥、万民四哥、万青哥和梁磊、梁时（万青哥的儿子）召集起来，以郑重的态度对他们说："今天咱们关起门来都是自己人，随便说，说自己心里的真实想法。这件事如果是真的，村委会如果真的贪污了公共占地面积的钱，你去不去找他们说，去不去告状？原因是啥？"

"啥'如果'，那清是真的。"万青哥先嚷了起来，"我这两年在家里，啥都知道，我都给他们算过账了。万青哥掰着指头一笔笔算起来，从现在的南水北调一直算到十几年前的老公路砍掉的卖树款。这样算下来，数目还真不小。

"既然账这么清，你为啥不去说，也不去告？"

“我想着我给人家没门儿啊，你就是想整，我一个人也整不犯[1]人家。现在有三个人站起来，就能够说清楚。但这三个人不好找，出头时都不想出那个头。不是怕他，主要是不想得罪人，不想公开、正式地得罪人。在我一个人站起来不起作用的情况下，我是不会站出来的。”

在说到贪污的时候，万青铿锵有力，但是在说到告状时，他的声音立即有点软弱，中气不足了。

父亲带着自我嘲讽的语气说：“说告状，不是逼急了，谁也不会去。人家多抬举咱，今天送酒，明天请吃饭。村委会也不憨，先把我安置好。把好整官儿的这号人先弄住。”

福伯嘲笑父亲：“你看，光正都叫人家贿赂住了，还‘老刺头儿’呢！你可知道了，为啥这两年村委和你走得近了？主要是糊弄住你，不想让你出头。”

“那你咋办？我生病，人家一听说，赶紧往医院去，拿一百块钱看我，我能咋办？让人家把钱拿走？”父亲提高了声音，替自己辩解。

二哥以一种满不在乎的口气说：“只要不捉我都行，但是多了肯定不行。大面过得去就行，三亩五亩无所谓。”

四哥说：“咱成年不在家，分到咱这儿也落不住啥钱，咱也不参与内政。捉哩是大家，吃亏了，每个人都吃亏，就算了。”

一向不参与时政的三哥保持一贯风格：“我对家里没有意见，只要谁不捉我都行了。过个平静、平淡生活。你不欺负我，我不欺

1　整不犯：整不倒。

负你就行了。关系太复杂了，不想参与。"

二嫂在一旁感叹道："农村这些事，都是些感情。三十年河东转河西。咱不想吭声，又落不到咱这儿，得罪那人干啥。"

我说："可是这样大家也吃亏了啊，凭啥吃这亏？钱再少也是自己的钱。钱可以是小事，权利是大事。这是你们应该得的，是你们的权利。再说，你们不去争取，只会使情况越来越差。"

"低头不见抬头见，告不成，还落一身臊。二大不是一辈子不待人见吗？啥也没告成，自己天天挨批斗。"四哥并不同意我的看法，又拿父亲做现成的例子。

二哥说："啥权利？当官的，落一点吃喝，不然饿死了。你不叫人家贪，指望啥？"

父亲说："弄个新官更不好，肚子在空着，还得吃，贪得更很。"

大哥接着父亲的话说："就是。李营（邻村）为啥现在比咱们村富？就是人家没有换过官。爹当完儿子当，三代人都当村支书。都吃饱了吃美了，该为大家办点事了。"

二哥似乎对大哥的话有点迷惑："照你这样说，'世袭'倒是好事了？"

"你想啊，三代人都吃，总有吃饱那一天，就不会恁贪了。"

大哥的观点颇为新奇，大家就此产生了激烈的争论。奇怪的是，大家对干部的贪污都持一种特别理解和接受的态度，虽然也包含着愤怒和鄙视。

在热烈争吵的过程中，梁庄两个年轻的晚辈，梁磊和梁时一直没有发言，并且流露出心不在焉的表情。他们对村庄的这些事不感兴趣。万青哥在那儿详细地算账时，梁时不满地瞪着父亲，低声嘟嚷着："就你能，一辈子爱管闲事。"万青哥对梁时的这种思想也很不满，认为"现在社会在发展，人们的思想在落后。娃们只管挣钱，不管家"。至于梁磊，很显然，他对这种探讨和争论的结果持极端怀疑的态度。

我问道："那就没办法了？大家都不愿出头，不愿争取自己的权利，那就都吃亏。"

万青哥说："那你有啥办法？要我说就去告状，肯定能将他告倒。"

福伯以一个老人的经验式肯定话语说："你也别告，肯定告不赢。背后都有关系。"

大哥的火爆脾气又上来了："告就告，日他妈，咱一个平头老百姓，他也不能把咱吃了。"

二哥反驳说："去去去，就你能，你还想当勾国臣啊？勾国臣可去告玉皇大帝了，最后不还是叫玉皇大帝治住他了。"

"勾国臣咋了？湍水年年淹，就是不敢淹勾国臣，说明它河神也怕了。玉皇大帝拿它也没法。"大哥别着脖子，虚弱地对弟弟表示抗议。

父亲大笑："可别说勾国臣，他能犟过玉皇大帝？玉皇大帝一声令，国臣不国性命丢。"

话题突然转了个弯，跑到了云端里。勾国臣是谁？还有玉皇大帝、河神？什么样的故事？我居然一点儿都不知道。梁时和梁磊也一脸茫然的样子。

福伯惊讶地叫道："咦，你们都不知道？我从小都知道，我给你们讲讲这个故事。"

故事发生在清朝，嘉庆年间吧，只是大约，人们说法不一。吴镇北头，河坡上面，就是现在靠梁庄砖厂的那个地方，住着一个叫勾国臣的人。勾国臣是个落第秀才，平日以给别人写些状子、贺词、家书或墓碑铭文为生，家里很穷，但是脾气火暴，爱打抱不平，好管个闲事，在咱这一片儿还很有点名声。

咱吴镇是依湍水而建，整个镇子就在湍水上面河坡上。河坡地肥得很，适合种西瓜、花生、玉米，这些都是当时老百姓的生活来源。但是，湍水年年涨，百姓年年受灾，种下的庄稼十能落一。老百姓很苦。

有一年夏天，勾国臣给人写结婚喜帖，主家请他喝酒。喝完酒，勾国臣醉醺醺地回来，正碰到邻居一群人在门口大骂河神："狗河神，年年上贡，年年淹，还有没有良心？"湍水那年又淹了，邻居们辛辛苦苦种的庄稼又打了个水漂。听着听着，勾国臣动了气，日他妈，我天天替人写状子，这么大的冤枉事咋就没想起来管呢？回到家里，提笔就写了一张状子，向玉皇大帝状告河神：

"告状人勾国臣，系穰县民籍，告为河神横行事。天地人伦，夫妻之道，各司其职，各有其责。河神管天地河流，百姓常贡不敢懈怠，缘何经年暴厉肆虐，糟蹋百姓庄稼生计，有违神之道。百姓如此艰辛，河神何不开眼。国臣既已糊涂，望帝秉公判断。上告。"

写完之后，勾国臣把状子卷起来，塞到墙上的洞里，就呼呼睡着了。那时候老百姓的房子都是土墙，穷人买不起柜子，就在墙上挖一些洞，放东西。第二天醒了，勾国臣也忘了此事。

过了一段时间，老婆和勾国臣吵架，嫌他多管闲事又不挣钱，一怒之下，把勾国臣写的状子全部烧了。这下可好，勾国臣告河神的状子被送到了玉皇大帝那里。

玉皇大帝看到状子，"扑哧"笑了，"这是哪个国臣，竟敢告河神？！把他捉上来问话。"一群天兵天将就领命而来。

人间的勾国臣突然三魂不附五体，阵阵冰冷。人躺在床上，魂魄已经离开了身体，被天兵天将带到了玉皇大帝面前。

玉皇大帝一看，只是个白面书生，就问："大胆勾国臣，为何告河神？人要告神，是不是想造反？"

勾国臣硬着脖子说："河神年年糟蹋庄稼，你为啥不管？神都这么不讲理，让人咋活？"

玉皇大帝大怒："你既没种地，就没淹你庄稼，那关你何事？你这么多管闲事，拖下去重打四十大板！"

勾国臣转魂回来，五脏剧痛，动弹不得。看到老婆家人在床边哭得死去活来，亲戚邻居围了一圈儿在抹眼泪，知道自己已经死过去一次，再活不成了。他告诉老婆，他死后，一定要把他葬到湍水河边，"玉皇大帝不是说湍水泛滥之事与我无关、不许我告状吗？现在，我埋在河边，河神要是把我淹了，我就可以名正言顺地告状了。"

勾国臣死后，依他嘱托，家里人就把他埋在湍水岸边最靠近水的地方。说也奇怪，湍水仍然年年涨，年年决堤淹岸，却始终绕过勾国臣的坟。几百年过去了，那座坟一直没塌。

解放前，四几年的时候，勾国臣的坟还在。我们这些小孩子去看，那个坟丘只剩个小土包，孤零零的，坟的前后、左右都浸到了水里，坟里面还渗出些黑的东西来，但就是没有塌。坟前立着一个石碑，石碑上写着："义士勾国臣之墓。"那时候，来看他坟的人可多了。每年夏天，都有许多外地口音的人骑着大马，赶着牛车，撑着渡船，从很远的地方来看。后来这坟不知道啥时没有了。

你们可能都不知道，现在，咱们吴镇北头，靠近梁庄的那一片儿，原来都叫"勾国臣"。要是有人问吴镇人或梁庄人"到哪儿去"，他会说，"到勾国臣干活去"。要是有人爱管个闲事、好告个状，吴镇人或梁庄人就会说："咋，你也想当勾国臣啊？"

如此生动有趣的故事，我简直有些惊叹了。一向拙嘴笨舌的福伯突然变为一个说书人，神采飞扬，把故事讲得跌宕起伏。父亲在一旁不时补充些细节，大哥二哥也笑得前仰后合，他们从小都知道这个故事。因此，说起勾国臣和玉皇大帝来，就好像他们仍然活着，仍然是现实生活中大家熟悉的人和事。

我突然想到在西安，当万立二哥听到老乡老婆走失的事情时，他非常轻蔑地回了一句话："管那些闲事干啥？不是咱们这儿的事，不要管那些事。"我似乎明白了二哥的冷漠从何而来。也许在他心里，勾国臣的事情就是现实。不是不能、不愿，而是不敢，那可怕的惩罚一直都搁在他们心里，一代代人消化着，最后，一切都变为了"既与我无关，就不关我事"。

黑女儿

腊月二十一的上午十点多钟，万明嫂子急匆匆地来找嫂子，说出事了。万明嫂子妹妹的女儿，今年九岁，被邻居一个六十多岁的老头给坏了。

前一天下午，奶奶和小孙女出去，看到邻居的那个老头，小孙女很害怕，不愿意往前走。奶奶把小孙女拉回家，盘问了一番，才知道这件事。万明嫂子问做助产士的嫂子能不能鉴定出来，治这个人的罪。

在比比画画说的时候，我看到街对面，站着一老一少，一直往这边张望。嫂子没有资格做这样的鉴定。这种事情必须要到穰县大医院的妇科去做才可以，也才有法律效用。我提出开车把她们送到穰县，帮她们找相关熟人。万明嫂子喜出望外，向那祖孙俩招手，示意她们过来。

奶奶拉着孙女，畏畏缩缩走过来。小女孩儿很艰难地向前挪动着，每走一步，嘴唇都抽动一下，很痛苦的样子。还没有上车，就拉着奶奶说要上厕所，她老想小便。一会儿，厕所里就传出小女孩儿的呻吟声。坐在车里，透过后视镜，我看到奶奶那张脸，那是世界上所有的愁苦都集中在这里的一张脸。她的呼吸好似一直没有顺畅地进入过她的胃和胸腔，就吊在嘴巴和脖颈处，下不去，又出不来，哽在那里，极为痛苦的样子。

我们到穰县医院的妇产科，找到一位医生朋友，大致说了情况。朋友让小女孩儿把裤子脱下来，让奶奶抱着小女孩，她戴上手套，仔细地查看。女孩儿的会阴部已经红肿和糜烂，每触动一个地方，她就"啊啊"地叫着。朋友神色凝重，回头把奶奶批评了一通，又问小女孩小便是否疼痛，小女孩点点头。诊断结果是"会阴部严重撕裂，宫颈受伤，泌尿系统感染，已有合并症"。她仔细地给小女孩儿清洗了一番，又涂上一些药。奶奶把小女孩儿的衣服穿上，让她坐起来。朋友开始问小女孩儿。

妹妹别着急，我问你话，你慢慢想，慢慢说。给我讲讲是咋回事，回头咱们把他关起来。

……

那个人咋找你的？

他拿了一盒奶，还有糖，让我吃。

他碰你了没？

碰了。他用手抠我那儿。

用手抠你？

后来用身上的东西。他碰我六下，然后，他又把他裤子脱了，把我裤子也脱了，塞到我这里面。

流血了没有？

流了，我自己撕点纸擦擦。

纸呢？纸弄哪儿了？

扔茅坑里了。

他以前碰过你没有？

碰了。

他都是啥时候找你的？

以前是我奶奶上午去上街了，我在院子里看门。大凳子在院子里搁着，我坐在凳子里看门，他又来了。他把我叫到屋里。

你为啥不给你奶说？你咋不骂他？

以前是我不敢告诉我奶奶。

为啥？

……

怕你奶奶打你？

不是，我是怕我奶奶知道，我奶奶又要气。

你怕你奶奶气？

是哩。每回我哥哥惹她，我奶奶都不高兴。我不想叫奶奶伤心。

你不想叫奶奶伤心？

是哩。

……

九岁的小女孩儿始终以缓慢、平板和迟钝的声音回答，这迟钝在小小的房间里回响，像钝刀在人的肉体上来回割，让人浑身哆嗦。愤怒逐渐滋生、涨大，充斥着胸腔和整个房屋。我听到自己的心脏在"通通"地跳，感觉到眼泪流到嘴角的咸味。九岁的小妹，她还不明白这样的问话的残酷性，还不明白这件事对她作为一个女性生命的影响。但从她恐慌的、怯生生的眼神里，她已经明白，她犯错了。她不停地往奶奶身上靠，在说话时，也时时看着奶奶，仿佛在根据奶奶的神情来判断她的话会对奶奶产生什么反应。

奶奶僵硬地坐在那里，一直流着眼泪，那花白头发重重地扣在她头上，压着细弱衰老的脖子。她身上的"气"似乎被抽走了，无法撑起她极瘦的身体。在听到小女孩儿那突然转折的话时，她拿手背使劲擦了一把眼泪，身体稍微放松了一点，让小女孩儿依住了她。奶奶先说起了她的孙儿。

　　俺们那个孙娃儿犟得很，一回家把书包扔了就跑，不学习就算了，成天和别的娃儿打架，咋打他都不行。成天把我气得心口疼。孙娃儿是一岁多的时候留在家里的，今年都十三了。他出手重，没个准头，你说，万一把人家谁打伤了，可咋办？有时候偷我的钱，偷偷上街打游戏，一天都不见人影。黑女儿两个多月的时候，她妈们就出门打工了。也笨得很，都九岁了，还在上一年级，老师留的题都不会做。

　　我是咋知道的，今儿早，我俩出门，她看见那个老头，一看见就吓成啥了，拉着我要往回跑，说奶奶，奶奶，就是他把我裤子脱了。一会儿，她又催着我，说，你去找他事儿，你去找他事儿。现在想想，昨晚上回家，我发现她裤衩上有血，没有往那儿想，就给洗了。她还叫着她身上疼，她没说是咋回事，也没说清楚是哪儿，我也没在意，想着是胡叫的。我胃疼得很，回来又到处去找她哥，没顾得着管她。他们俩在家里，我成天都没顾上管，我自己身体也不好，地里还有点儿活，她哥也不听话。我是想着，我一个老婆子也不容易，能顾住他们吃喝就行。

以前那个人就坏，碰人家年轻媳妇。他当民办老师的时候，骑自行车上街，在路上碰到俺村里的一个媳妇，他让人家坐上，说带人家上街。走到路上，他让那个女的用手摸他那个地方，那个女的回来给她男的说了。我记得可清，是大年初一，那家男的拿着刀在村里到处追他要杀他。后来，不让他干民办老师了。

他今年都有六十五岁了吧，也在家和老婆看孙娃儿。俺们两家挨着呢。平时俺们两家关系也不错，经常来往。我今年五十四岁了，她爷在她爸十几岁的时候就死了。我守寡这二十几年了，也没出啥事。我是真没想起来，他都恁老了。

村里还有个年轻娃儿，也坏，智力差，脸上带傻样，成天把他那东西露在裤子外面，见女的就胡弄。那个傻子在家，我很小心。天天出门都带着黑女儿。这段时间公安局把那个坏娃儿关起来了，我就放松了。我上街，就是两三个钟头就回来了。昨天上街主要是去包药，我肠胃不好，成天拉肚子，胃疼。一星期去包一回中药。我早晨去得早，七点多去，十来点就回来了。我出去老是说，黑女儿，你在屋里照顾门，我去一下就回来了。都是在门口说的，声音比较大，他可能就在偷偷听，听我走了，他就来了。

才开始一听黑女儿说，我拿着刀想出去跟他拼命，恁老了，还害人，我拼着自己不活了。黑女儿吓得哭得不行，抱住我腿不让我去。娃们可怜，我真要是有啥事，这俩娃咋办？我还怕他哥知道，他平时可横，不懂事。就是一条，知道稀罕他妹。谁欺负他妹，他都跟人家打架。

咱也不懂得法律，要说他应该有罪。按娃儿说的这个样，能治他罪吗？我不想给她妈说，我就想自己治他罪。我意思是我在屋里照顾着，我必须得给她妈有交代，只要能治他罪，咋都行。我还怕黑女儿受影响。咱想着，咋着以别的理由把他抓起来，要是别人说了，就说他是因为其他事被抓的。

她妈后天都回来了，今年可说回来过年。她去年都没回来，今年说早点回来。可咋办？说啥也不能告诉她妈。一来她妈是个没文化人，我怕她非拼命不可。她对我不满，我不怕。她妈脾气坏，一两年回来一次，看他们兄妹俩学习不好，成天打。能起啥作用？

小女孩儿叫黑女儿，农村小姑娘最常见的小名。奶奶的眼泪顺着脸颊不断往下流，她语无伦次地说着。有一点她表述得很清楚，她不希望她的儿媳妇和村里人知道这件事，她想治那个人的罪，又希望最好以别的名义把他抓起来。但是，小黑女儿的妈妈后天就要到家，那怎么可能？

朋友给黑女儿挂上吊瓶，输液消炎。我给一位认识的派出所所长打电话。热情的寒暄之后，说到案子，就犹豫起来。他说那就看你们了，如果你们坚决要告，那就让孩子公开作证，应该可以。但是，这样一来，就会闹得满城风雨，所有人都会知道，你们得做好承受的准备。说以别的罪行把那人抓起来，那肯定不可能。

我转过身去问奶奶，奶奶捂着脸又哭起来。万明嫂子也没有了开始的那种坚决。朋友告诉我，她这几年做过好几起这样的检查，最后都没见报案，主要还是怕丢人，怕女孩子以后受影响。说实话，就我自己而言，从一开始，在内心深处我就有隐约的焦虑，我害怕去报案，虽然理性上我并不同意我这一想法。报案，意味着公开化，公开的羞辱、围观、议论和鄙弃。这些事情人们不会忘记，一旦到了婚嫁年龄，一个闲言碎语和传说就足以毁了她。

商量了一个多小时，没有任何结果，甚至连报不报案都没能确定。大家呆坐着，不知道该怎么办。黑女儿躺在那里，先是抽泣着，一会儿就忘记了，依着奶奶，好奇地看着我。输完液，她站起来，动动身体，想要去看、去摸房间的其他物品。在我给她照相时，她露出了笑容。我教她拍照，她拿着相机给我拍了几张，自己看了看，开心又得意地笑了。

已是午后四点多钟，没有方案，没有办法。朋友开了一些清洗的冲剂和药，嘱咐奶奶记着每天给小黑女儿清洗、涂药，每天输液。我开车重又把祖孙俩送回到吴镇。

在通过村庄的路口，她们下了车。奶奶佝偻着背，顶着那头花白头发，拉着小女孩，走在被车辙压出一道道深痕的、泥泞的土路上。黑女儿被奶奶扯着，慢慢往前走，又不时地挣过身子回头看我。

道路左边就是高高的河坡。一排排枯树，遥远的地平线，构成苍茫的河岸。湍水沿岸，已经被挖得面目全非，一排大树下面，是一个巨深的沙坑。那扎在地下的树根裸露出来，四处蔓延的根须显示出不顾一切的生命力。这些根须如今被架在空中，它们竭力汲取养分的沙土已经被挖走，没有力量再往下延伸，再次扎根。树干正在倾斜，生命在远离这些大树。

　　落日镕金，四野寂静。深冬的落日，竟是如此的红，如此的暖。我目送着那一大一小的身影慢慢消失在这红色的原野和世界深处。

　　天暗了下去。后天就是腊月二十三，中国的小年夜。零星的鞭炮声在天空不断炸响，有些性急的人已经开始放烟花了。那盛大的烟花，在黄昏的天空中，仍然绽放出艳丽的色彩。盛世的色彩和光芒，整个天地都被这盛世所笼罩。

　　重又返回穰县。早已和朋友约好去听穰县大调。穰县人喜欢听戏，尤其是坐茶馆喝茶时，如有戏相伴，是一大乐事。当然，现在听戏的人大多都是五十岁以上的老人。穰县大调原为鼓子曲，由明清流行的小曲、民歌演变而来。大调乐器由古筝、琵琶和三弦组成。作为古乐器的三弦即将失传，在穰县，只有为数不多的人会弹。

　　这是穰县文化茶馆一角。一间长形的门面房，门口摆几张矮凳子，围着桌子坐着十几个老人，下棋的、聊天的、喝茶的都有，屋里面靠墙向外坐的是乐队。驳杂的青色水泥地面，闪着暗沉的光，墙上那个黑色小座钟歪垂着头，停在四点十五分上，欲掉未掉的样子，很让人焦虑。

　　弹琵琶的和古筝的两个中年人表情并不丰富，甚至有点过于呆板。他们两个原来都是穰县剧团的，剧团倒闭，成员就组成演出队，去做各种婚庆、开业等的表演嘉宾，挣一些外快。那个中年人一直带着羞涩的笑容，轻声地、拘谨地给我讲他的经历。

　　一个面容白净的老人走到一个凳子前，侧对着听众，坐了下来。他向弹古筝的中年人示意一下，弹古筝者拨出一长串清越、悠长的音调。正在说着、笑着、下棋和吃着瓜子的人立刻静了下来，转向了乐队。

演唱开始了，曲目是《吉庆辞》，一首祝寿曲：

　　一门五福三多九如，七子八婿满窗呼，胜似文王百子图；寿星老祖云端坐，左边仙鹤右边鹿；仙鹤口嗷灵芝草，麋鹿身背万卷书；韩湘子，何仙姑，铁拐李身背药葫芦，葫芦里面有宝物；童儿打开葫芦看，吐噜噜，吐噜噜，直飞出九千九百九十九只燕蝙蝠；童儿身背八个字，上写着金玉满堂富禄财富。

　　这是一段明快的唱腔，曲调简单，全场人都跟着老人哼唱着，按着节拍上下晃着脑袋，神情陶然。几位弹者随着弹奏的快慢、强弱仰俯着身体，手指在弦上飞快地拨动着。三弦的雅致，古筝的清越，琵琶的婉柔，三者配合出的不是《渔舟唱晚》那样典雅脱俗的幽空意境，却是民间的喧闹的喜乐人生，透着踏实的烟火味儿来。

　　一个肤色黝黑的老年农民坐了过去。手掌糙厚，关节粗大，是一个长期在田地劳作的人。咳了几咳，他示意乐队开始。他闭上眼睛，一只手拿着牙板打拍子，一只手放在腿上，紧紧攥着拳头，唱岳飞的《满江红》：

　　怒发冲冠，凭栏处、潇潇雨歇。抬望眼、仰天长啸，壮怀激烈。三十功名尘与土，八千里路云和月。莫等闲、白了少年头，空悲切。

　　靖康耻，犹未雪；臣子憾，何时灭。驾长车踏破、贺兰山缺。壮志饥餐胡虏肉，笑谈渴饮匈奴血。待从头、收拾旧山河，朝天阙！

铿锵，有力，又悲凉宛转。唱者的嗓音嘶哑着，没有任何技巧，只是拼力从心里喊出来的。而他也似乎根本不在乎那唱词是什么，眼睛一直闭着，完全沉浸在其中。到了最后，一阵舒缓的曲调之后，开始了抑扬顿挫、完全无词的尾曲。他持续哼唱着，脖子下端鼓出一个大气团，上端是憋得红红粗粗的筋，这筋在脖颈上不断地颤动，又保持着那僵硬的鼓起，好似正在拨动的琴弦，发出强力的挣扎。不断地顿挫、起伏，啊、呀、唉，咿咿呀呀，没有尽头。唱者闭着眼睛，不顾一切、无休无止地吟唱着，那无词的旋律不断拉长、回旋、呼喊、诉求，莫名地生出一种哀愁来。

这个沉浸在自创的调子中的老农在诉说什么？在祈求什么？那无尽的命运，无休无止的悲伤，还是无穷的忍受之后那天大地阔、悠远安静？一时间，我有点迷失：这是怎样的中国，如此欢乐又有着哀愁的中国？

一个中年汉子的脸涨红着，看样子是喝醉了。他坐在一张低矮的小桌前，弓着腰，闭着脸，晃着头，跟随着旋律，手指在桌面上敲打着节拍，一下，一下，一下，"梆、梆、梆"，简短、斩钉截铁地敲着，好像要把手指敲断，要把自己的心敲进去，浑然忘记了时间和外部的存在。我仿佛也被他敲了进去，眼角有点潮湿，很想流泪。这吟唱声把我压抑了一天的情绪给释放了出来。我无法忘掉奶奶朝我看时的神情和黑女儿的迟钝与天真。我知道，和大家一样，我是把那祖孙俩抛弃了的。我努力了一下，没有办法，也就算了。不久之后，我会把她们忘记。

面对奶奶滔滔的泪水和期待的眼神，我甚至有些烦躁。我想逃跑。不只是无力感所致，也有对这种生活本身和所看到的镜像的厌倦。我不知道该怎么办，不知道该做哪一种选择，不知道那正在赶着回家过年的妈妈会如何面对她被伤害的女儿。

我只想离开。只想沉浸在这悲凉的曲调之中，以逃避我心中的悲凉和清晰的漠然。就像我和小柱，就像我对待小柱那样，我们血肉相连，却又冷漠异常。

我终将离梁庄而去。

春节跳皮筋的小女孩

姑姑的新年全家福

梁庄的百岁老人

后　记

　　土耳其的当代作家帕慕克在凝视他的城市——土耳其的伊斯坦布尔时，他说他的内心充满了"呼愁"(huzn)。"呼愁"，在土耳其语中，有宗教的含义。"呼愁"不是某个孤独之人的忧郁，而是数百万人共有的阴暗情绪。用中文来翻译，"呼愁"或可以用"忧伤"来对应。"忧伤"，忧郁、伤感、郁结、凝聚、怀念，与真实的事物和情绪本身已稍有距离，有间隔，有审视的意味。它是一种集体情绪和某种共同氛围，蕴藏在这个时代的每一处废墟之中。并且，我们越是决心清除这一废墟，"忧伤"就越是清晰地存在于生活在这个时代的每个人心中。

　　是的，忧伤，当奔波于大地上各个城市和城市的阴暗角落时，当看到那一个个人时，我的心充满忧伤，不是因为个体孤独或疲惫而产生的忧伤，而是因为那数千万人共同的命运、共同的场景和共同的凝视而产生的忧伤。忧伤不只来自于这一场景中所蕴含的深刻矛盾、制度与个人、城市与乡村等等，也来自于它逐渐成为我们这个国度最正常的风景的一部分，成为现代化追求中必须的代价和牺牲。它成为一种象征存在于我们每个人的心灵中。我们按照这一象征分类、区别、排除、驱逐，并试图建构一个摒除这一切的新的自我的堡垒。

然而，如何能够真正呈现出"农民工"的生活，如何能够呈现出这一生活背后所蕴含的我们这一国度的制度逻辑、文明冲突和性格特征，却是一件非常困难的事情。并非因为没有人描述过或关注过他们，恰恰相反，而是因为被谈论过多。大量的新闻、图片和电视不断强化，要么是呼天抢地的悲剧、灰尘满面的麻木，要么是挣到钱的幸福、满意和感恩，还有那在中国历史中不断闪现的"下跪"风景，仿佛这便是他们存在形象的全部。"农民工"，已经成为一个包含着诸多社会问题，歧视、不平等、对立等复杂含义的词语，它包含着一种社会成规和认知惯性，会阻碍我们去理解这一词语背后更复杂的社会结构和生命存在。

复杂性还远不止这些。农村与城市在当代社会中的结构性矛盾被大量地简化，简化为传统与现代、贫穷与富裕、愚昧与文明的冲突，简化为一个线性的、替代的发展，简化为一个民族的新生和一个国度的兴起的必然性。我们对农村、农民和传统的想象越来越狭窄，对幸福、新生活和现代的理解力也越来越一元化。实际上，在这一思维观念下，"农民工"非但没有成为市民，没有接受到公民教育，反而更加"农民化"。

一个词语越被喧嚣着强化使用，越是意义不明。与其说它是一个社会问题，倒不如说它是一个符号，被不同层面、不同阶层的人拿来说事儿。人们抱着面对"奇观"的态度去观看，既泪流满面、感叹万分，又事不关己、冷漠无情，"只有轰动，而没有真正的事件"。[1]

我们缺乏一种真正的自我参与进去的哀痛。"当遭遇现代性时，我们失去了'哀痛'（mourning）的能力。"印度的当代思想家亚西斯·南地认为，"现代性的语言是一种精于算术的语言，我们学会了计量得和失，但是却忘掉了怎样去缅怀和表达我们的哀痛。"哀痛，就是自我，就是历史和传统，就是在面对未来时过去的影子。

用哀痛的语言来传达忧伤，那共同风景中每一生活所蕴藏的点滴忧伤。哀痛和忧伤不是为了倾诉和哭泣，而是为了对抗遗忘。我试图发现梁庄的哀痛，哀痛的自我。说得更确切一些，我想知道，我的福伯、五奶奶，我的堂叔堂婶、堂哥堂弟和堂侄，我的吴镇老乡，那一家家人，一个个人，他们怎么生活？我想细致而具体地去观察、体验和感受他们的所思所做。我想把他们眼睛的每一次跳动，他们表情的每一次变化，他们躯体的每一次摇晃，他们呼吸的每一次震颤，他们在城市的居住地、工作地、日常所走过的路和所度过的每一分一秒都记录下来。我想让他们说，让梁庄说。梁庄在说，那也将意味着我们每个人都在说。从那些新闻和画面里，我看不到这些。我们不知道梁庄发生了什么。

他们欢乐、大笑、热情、自制，他们打架、示威、反抗、忍受，他们哭泣、冷淡、自嘲。这一切都源于那条河流，几千年以来它一直默默流淌。静水深流，形成这个民族共同的哀痛，如此地源远流长。

每个生存共同体、每个民族都有这样的哀痛。这一哀痛与具体

---

1 汉娜·阿伦特 1961 年 8 月 16 日给勃鲁门·费尔特的回信，就耶路撒冷对纳粹艾希曼审判过程中，记者的报道倾向和听众的心理特性所产生的感叹。《〈耶路撒冷的艾希曼〉：伦理的现代困境》，吉林人民出版社，2011 年版，第 123 页。

的政治、制度有关，但却又超越于这些，成为一个人内在的自我，是时间、记忆和历史的积聚。温柔的、哀伤的、卑微的、高尚的、逝去的、活着的，那棵树、那间屋、那把椅子，它们汇合在一起，形成那样一双黑眼睛，那样一种哀愁的眼神，那样站立的、坐的、行走的姿势。

"忘掉哀痛的语言，就等于失去了原本的自我的一些重要成分。"哀痛不是供否定所用，而是为了重新认识自我，重新回到"人"的层面——不是"革命""国家""发展"的层面——去发现这个共同体的存在样态。哀痛能让我们避免用那些抽象的、概念的大词语去思考这个时代的诸多问题，会使我们意识到在电视新闻上、报纸上、网络上看到读到的那些事情不是抽象的风景，而是真实的人和人生，会使我们感受到个体生命真实的哀痛和那些哀痛的意义。

与此同时，必须承认，对于我这样一个并不坚定的调查者而言，每每离开他们的打工场地和出租屋，我都夹杂着一种略带卑劣的如释重负感，无法掩饰的轻松。任务终于完成了，然后，既无限羞愧又心安理得地开始城市的生活。这种多重的矛盾是我必须面对的问题，必须解决的心理障碍。还有羞耻，你无法不感到羞耻。一个特别清晰的事实是，我们每个人都是这一羞耻的塑造者和承受者。它不只是制度、政治的问题，它是每个人心灵黑洞的赤裸裸呈现。它是同一场景的阴暗面。

责备制度、批判他人是我们最普遍的反应，但却唯独忘记，我们还应该责备自己。我们也是这样的风景和这样的羞耻的塑造者。我们应该负担起这样一个共有的责任，以重建我们的伦理。路边倒下的那个老人，超市里的问题牛奶，马路上突然下陷的大坑，被拆掉的房屋，都不是与"我"无关的事物。它们需要我们共同承担起来，否则，我们的"自我"将彻底地失落。

如果不能对"自我"提出要求，那么，这样的生活还将继续。我们也不可能拥有真正的情感和深沉的哀痛。

我听说，为了改变村庄的落后面貌，许多地区正在大规模地推行新型农村社区建设。我也听说，梁庄，可能将和邻近两个村合并到一起，政府盖几栋高层建筑，把梁庄村民迁到楼上，腾出耕地，把村庄化为良田。实际上，中国大地上许多个"梁庄"正在被拆解并重新组装。

那么，梁庄原来的房屋、道路、坑塘、沟沟坎坎和一些公共空间将彻底消失；那在每家院子里和村头沟边的树——枣树、苦楝树、杨树、椿树、榆树、槐花树、杏树、梨树、核桃树，它们生长在村庄的角角落落，把梁庄掩映在大地之中——都将消失；那种在院子里的各色花草，花婶家的刺槐花、大丽花、月季花，玉花家的向日葵、指甲花、牡丹花，也都将消失；那原野上孤独的坟头和坟头上那孤独而郁郁葱葱的松柏也将消失。梁庄的人，将与泥土、植物、原野再无关系，他们将进入高楼，变为大地的寄居者。梁庄也将变成一个陌生人社会，将对面不相识，将永远被困在高楼。是这样吗？想到这些时，疼痛慢慢淹没我的整个身心。

这并非只是一种缅怀和感伤，而是对这一合并、打破、重建本身的质疑和忧伤。"并村"真的可以"还地"吗？这"地"是还给谁的？如何重建？在什么基础和前提下重建？谁做的论证？农民是否愿意？为什么愿意？为什么不愿意？这一切，都是在语焉不详的情势下进行的。冠冕堂皇的理由可以遮蔽权力欲望、资本推进和更为复杂的利益博弈，也为"拆""建"等中国当代生活中最常见的粗暴词语找到遮羞布。我尤其担心的是，以"发展"为名，农民又一次成为牺牲品。在这其中，每一个人都被绑架。

我们所要思考的不是简单地让村庄变为城市，而是，我们的村庄为什么会变为如此？我们的文化、道德和我们的生存状况为什么会变为如此？反过来说，难道农民搬到楼上，或被迫进入城市，一切就都改变了吗？农民就获得了权利，他就有了居住的地方，就有了很好的工作，就没有恶势力的压迫，就老有所依，就可以保护自己的孩子了吗？社会就更加文明、更加安全和更加公平了吗？形式的改变不能代表什么。否则，一切都仍然是换汤不换药，换来换去，农民连那一点点的立锥之地也被换没了。

有许多人说我们现在走的路正是台湾当年走过的路。台湾的工业化比我们早二十几年，但是，在已经完成工业化了的台湾，村庄及传统文化仍然活在大地的角角落落。那里的村民、民众活在大大小小的庙里，他们有种类繁多的祖佛、妈祖、大道公、关帝爷、财神爷、玄天大帝、观音菩萨、土地公，他们祈求祖先的保佑，在庙里祈祷、许愿、玩耍、聊天、学习、商量村事。传统文化和传统生活以积极的方式影响他们的心灵。在台江一个村庄的庙里，主人带我们到大道公像面前，让大家拜一拜。然后他开始向大道公禀报，说，大道公啊，今天是大陆那边过来的人参观，我给你说一下，希望你能保佑他们平安健康。他如此自然地向大道公诉说，就好像大道公还活着，还在关注着、庇佑着他的生活。那一刻，我感觉到他的幸福、安稳和踏实。至少，在这个村庄，在这座庙里，他是有根基的、被庇护的人。

不是直接地否定和放弃，而是努力去开掘新的、但又不脱离自我的生存之道。他们在努力以自己的形象去建构一种生活方式，实际上，也是在建构自己的文明方式。中国的文化传统和存在方式，显示出它巨大的容纳力、活力及独特性。

如果过去和未来，传统与现代，都只被作为"现在"的附庸和符号而利用（就像不断被拆掉的老城区、古建筑和不断再建的仿古建筑和仿古景点，崭新的"古代"，让人悲怆的滑稽），那么，我们的"当代"将被悬置在半空中，无法对抗并生成新的历史洪流。如此单薄而脆弱的当代,怎么可以建构开明、敦厚、合理的社会和人生?

我喜欢梁庄在的感觉，我为我能站在母亲的坟头思念她而感到深刻的幸福，因为它使我感觉我生活在自己的大地上，是我自身，它是独一无二的，那里有属于我的、一直流淌着的河流。我还曾经幻想着，我能够把在台湾找到的苦楝树的种子，种到梁庄老屋前的院子里。如果它能够生根、发芽、成长，那么，春天来的时候，我将再次看到那淡紫色的束束小花，再次闻到那渺远的清香。

"我那耸立在平原上的故乡,它像是扑满一样保存着我们的回忆。"

然而，一切都将永远的失落。

我要衷心感谢梁庄的亲人们，感谢我所访问的所有打工者。他们误工误时，想办法给老板请假，他们到处打电话联系，陪着我去找其他老乡和伙伴。他们发自内心的热情和对我的支持，使我感觉到，梁庄，还是他们心中的神圣家园。因为有了梁庄，我们才有根本的亲近和亲情。我无以回报。

感谢穰县的朋友们和在各地帮助过我的朋友们。不管各自的生活轨迹如何不同，在这样一个公共的交叉点上，我们为共同的事物奔走，为可能的美好激动、感叹。这意味着，我们的生活、我们的社会还有希望。因为我们还没有使自己完全熄灭。

必须说明的是，书中城市里面所涉及的部分地名、人名和人物关系都作了技术性处理，除了一些显而易见的原因之外，我不希望大家进行绝对的对位。梁庄里的中国，只是我所看到的和我所理解的梁庄和中国，我不希望引起不必要的误解和争论。

感谢我的家人们，他们一如既往地、全身心地支持我。我要特别郑重地感谢我的父亲，这本书有他的劳动和汗水。

谢谢。

附录 书中主要人物 [1]

姓名	年龄	曾打工城市	现打工城市	曾从事工种和职业	现职业	外出打工时间
梁红伟	38	广州、深圳	梁庄	保安、工人	个体运输、务农	20 年
赵丰定	36	安阳、北京、广州、中山	梁庄	砖厂、养鸡厂工人、翻砂厂工人、鞋厂工人	个体运输、务农	23 年
赵丰树	38	穰县、安阳、北京、广州、中山	梁庄	砖厂、养鸡厂工人、铁厂工人、鞋厂工人	病人	24 年
梁书明	42	曲靖	梁庄	校油泵	病人	20 年
梁万青	48	穰县、山西、信阳、汕头	梁庄	砖厂工人、三轮车夫、电子厂工人	砖厂工人、带孙女	28 年
梁万国（大哥）	53	北京、河北、广州、东莞、新疆	西安	保安、翻砂厂工人、煤厂工人、摘棉花、炼油厂工人	三轮车夫	21 年
梁万立（二哥）	51	北京、广州、新疆	西安	保安	三轮车夫	19 年
梁正容	50	西安	西安	开熟肉店、小摊贩、卖菜、开店铺	店铺老板	15 年
韩虎子	43	西安	西安	卖菜	卖菜	20 年
王二年	51	西安	西安	三轮车夫	三轮车夫	20 年

---

1 此列表中所涉时段以 2012 年为基准。

民中	18	广州、内蒙古、西安	西安	工人、汽修厂学徒	三轮车夫	2 年
梁贤生（已故）	49	南阳	南阳	工厂工人、个体户、出租车司机、单位领导	单位领导	32 年
梁贤义	46	南阳	南阳	建筑工人、工厂工人、人力三轮车夫、小摊贩等	算命者	30 年
梁梅兰	48	南阳	南阳	工厂工人	街道办事处	32 年
韩小海	45	北京、北海、广州、南阳	南阳	保安、蛋糕店老板、建筑工头、传销	客车老板	28 年
东子	35	山西、天津	天津	传销、开拉面馆	拉面馆老板	12 年
小山	40	山西、穰县、天津、福建	福建	煤矿工人、收废品、开拉面馆、传销	传销	20 年
梁峰（大哥的大儿子）	31	西安、内蒙古、新疆	北京	保安、三轮车夫、学徒	玻璃厂工人	11 年
梁光龙（龙叔）	50	北京	北京	零工	零工	5 年
梁安（龙叔的儿子）	25	北京	北京	建筑工人、小包工头、小老板	小老板	11 年
梁万科（三哥）	44	新疆、北京	北京	保安、油井工人	玻璃厂工人	22 年
王福	53	北京	北京	收废品、打零工	零工	20 年
正林	28	北京	北京	设计师	设计师	8 年
青哥	44	南阳、广州、信阳、北京	北京	建筑工、室内装修工	装修工	18 年
李秀中	42	北京	北京	校油泵	校油泵	16 年
韩建升	42	西安、北京	北京	工人、保安	保安公司老板	25 年
梁时	34	广州	板芙镇	鞋厂工人	服装厂工人	20 年

梁清	28	广州、厦门、青岛、郑州	板芙镇	电子厂、镀金厂、服装厂、塑胶厂工人	服装厂车间主任	10 年
梁万敏	45	广西、广州	东莞	开小饭馆、书摊、服装批发	服装厂小老板	15 年
钱保义	9	湖南	东莞	剪线	剪线	1 年
金（已故）	42	荆州、郑州、广州、东莞	东莞	卖饼、工地绿化员、服装厂工人	工人	22 年
梁磊（二哥的儿子）	28	安阳、北京、成都、上海	深圳	机械制造、认证公司职员	公司职员	4 年
梁静（二哥的女儿）	23	南阳、深圳	深圳	保健品促销员、会计、网售人员	电话推销员	1 年
梁清明	41	北京、西安、新疆、西藏	西宁	保安、苗圃工人、大理石厂工人	校油泵	15 年
梁一荣	55	西安、新疆	甘肃	建筑工人、卖菜、三轮车夫	校油泵	15 年
向学	28	郑州、芜湖、北京、内蒙古	内蒙古	工人、修车厂学徒、修传动带	修传动带	8 年
韩恒文	44	北京、新疆、内蒙古	内蒙古	小摊贩、校油泵	校油泵	20 年
韩恒武	42	北京、内蒙古	内蒙古	保安、小生意人、校油泵	校油泵	21 年
韩朝侠	46	广州、内蒙古	内蒙古	工人、小摊贩、小生意人、服务员	卖调料	20 年
梁平（三哥的儿子）	24	广州、观澜、郑州	郑州	富士康工人、施工员	施工员	2 年
梁东（大哥的二儿子）	28	郑州	郑州	工程监理	监理	4 年
梁光亮（五奶奶的三儿子）	47	青岛	青岛	工人	镀金厂工人	14 年
王传有	42	青岛	青岛	工人	镀金厂工人	15 年

图书在版编目（CIP）数据

出梁庄记 / 梁鸿著 . -- 北京：台海出版社 , 2016.6 （2023.1 重印）

ISBN 978-7-5168-0997-6

Ⅰ . ①出… Ⅱ . ①梁… Ⅲ . ①纪实文学－作品集－中

国－当代 Ⅳ . ① I25

中国版本图书馆 CIP 数据核字 (2016) 第 149538 号

出梁庄记

著　　者：梁　鸿	
责任编辑：刘　峰	特约编辑：魏　阳　罗丹妮
装帧设计：陆智昌	内文制作：龚碧函
责任印制：蔡　旭	

出版发行：台海出版社

地　　址：北京市朝阳区劲松南路 1 号，邮政编码：100021

电　　话：010-64041652（发行，邮购）

传　　真：010-84045799（总编室）

网　　址：www.taimeng.org.cn/thcbs/default.htm

　　　E-mail：thcbs@126.com

经　　销：全国各地新华书店

印　　刷：山东韵杰文化科技有限公司

本书如有破损、缺页、装订错误，请与本社联系调换

开　　本：880mm×1230mm　　1/32	
字　　数：250 千字	印　　张：13.5
版　　次：2016 年 9 月第 1 版	印　　次：2023 年 1 月第 2 次印刷
书　　号：ISBN 978-7-5168-0997-6	
定　　价：72.00 元	

目 录

出梁庄，见中国

杨庆祥

一

梁鸿的新作《出梁庄记》毫无疑问是《中国在梁庄》的自然延伸：
2010 年，梁鸿将目光和笔触聚焦于她的家乡——河南省穰县梁庄，用
口述实录和田野调查的方式完成了一组对中国农民生存现状的描述，
这就是《中国在梁庄》。2013 年，梁鸿将视野延展开来，追踪采访走
出乡村的梁庄人，记录他们在现代城市中的挣扎与困惑，以及身份的
转换与重塑，这便是《出梁庄记》。这一创作路径基本上是一个必选之
题：对于梁庄的乡愁式的描写只是中国这一巨大"现代神话"的半张脸，
而另外半张，则在梁庄之外，在那里，无数的人群和无数的故事构成
了奇怪的沉默之脸。至少我们默认了这张脸的表面性的存在，而把可
怜的疑问，转化为酒足饭饱后的谈资。

但梁鸿与众不同。作为她的朋友，早在《中国在梁庄》还没有出
版之前，在一次餐后的交流中，她偶然提到她正在书写的梁庄，语气
与神态别有一种关切和凝重。我当时意识到，这会是一部特殊的作品，
甚至不仅仅是一部作品，而更是一种特殊的关于我们此时代的存在方
式的追问。《出梁庄记》再次证明了这一点，证明了梁鸿有一种特别的
坚韧和勇气，她走得比我们都要远，远离高谈阔论的知识分子腔，远
离不痛不痒的所谓学术和讲台；她走得远是为了走得近，她一步步走
近一种更真实的、有血有肉的世界。在这个世界里，她看到了她的兄

弟姐妹，她的亲人们——也是我的兄弟姐妹和亲人们——在他们巨大的沉默和失语中，有一种东西在击打着我们的心。

《出梁庄记》的版图浩渺广阔，梁庄人"西到阿克苏、阿勒泰，西南到日喀则、曲靖、中越边界，南达广州、深圳，北到内蒙古锡林浩特。"梁鸿前后历时两年，走访十余个省市，采访了三百多人。梁鸿的叙述具体而开阔，几乎每个被记录的故事都关联着广泛的现实社会问题：身份歧视、户籍管控、留守儿童、非法传销、环境污染等等。要强调的是，梁鸿没有像中国当下一些肤浅的知识分子那样，停留在简单的同情和批评的表层。在中国当下最流行的批评方式就是，以一种先在的理念为标准，不符合这些标准的，则被判定为非法或者是邪恶。梁鸿的优势恰好在于，她始终立足于本土的经验，而不是盲从于那些所谓的普遍真理，比如自由、民主、公平和正义。毫无疑问，和所有有良知的知识分子一样，对于这些真理的追求构成了我们生命价值的一部分，但这并不意味着我们可以罔顾现实的复杂，以一种非历史化的普遍性来书写和解释中国的当下。事实是，中国的问题远比这些概念复杂生动，梁鸿意识到了这种困难和可能性，她在《出梁庄记》的后记中说：

> 如何能够真正呈现出"农民工"的生活，如何能够呈现出这一生活背后所蕴含的我们这一国度的制度逻辑、文明冲突和性格特征，却是一件非常困难的事情。并非因为没有人描述过或关注过他们，恰恰相反，而是因为被谈论过多。大量的新闻、图片和电视不断强化，要么是呼天抢地的悲剧、灰尘满面的麻木，要么是挣到钱的幸福、满意和感恩，还有那不断在中国历史中闪现的"下跪"风景，仿佛这便是他们存在形象的全部。"农民

工"，已经成为一个包含着诸多社会问题，歧视、不平等、对立等复杂含义的词语，它包含着一种社会成规和认知惯性，会阻碍我们去理解这一词语背后更复杂的社会结构和生命存在。

出于对这种既有成规和想象的规避，梁鸿的着力之处在于"做好对生命本身的一种叙事，这种叙事具有无限的开放性，它不是结论，每个人都会以不同的角度去思考"。这恰好是梁鸿的叙述的独特之处，这并非是一部社会学的著作，指向某种解决的方案或者现实的答案，比如"南水北调工程"与农民之间的矛盾，显然没有一个"合理"的解决问题的方式。在另外一个故事中，大学生梁磊既不能在深圳找到满意的工作和奋斗的目标，又不能回到梁庄重新做一个农民。梁磊找不到解决困境的方法，梁鸿也找不到，在这些结构性的社会矛盾面前，梁鸿和梁磊其实是完全平等的，他们同样困惑，同样无能为力。因此，她停留在叙事的本身，至于"叙事"将带来何种阅读的效果，那是另外一回事。在这个意义上，即使梁鸿的著作被很多读者作为调查报告甚至是社会学著作来阅读，但在最本质上，它是文学的，它展示的是一幅广阔生动的生命图景。正如李敬泽所指出的：

> 《出梁庄记》具有"人间"气象。众生离家，大军般、大战般向"人间"而去，迁徙、流散、悲欢离合，构成了中国经验的浩大画卷。在小说力竭的边界之外，这部非虚构作品展现了"史诗"般的精神品质。

梁庄是这一生命史诗的起源。中国大地上有多少个这样的梁庄，有多少这样的梁庄人，他们从一个个微如细点、在地图上无法标识的小村庄涌入城市，改变着自己同时改变着中国甚至世界。可以找到一个词来形容这人类史上都少见的大流动和大迁徙吗？"漫游"显然已不合适，它太过于浪漫主义的诗情画意；"盲流"更不合适，它带有奇怪的偏见和有产者的自高自大。也许只能这么说，他们遵循着让人惊讶的强大的生命本能去完成自我和历史，即使被冰冷的历史搅拌机搅成一堆肉末，即使在我们的理论词典里找不到一个词来予以命名。

二

梁庄不过是一个小小的范本。但正是在这个小小的范本中，我们得以窥见一个"看不见的阶层"。在中国的景观世界中，遍布着高楼大厦，CBD 购物中心，灯红酒绿车水马龙，我们看不见那些具体的劳动和具体的劳动者，他们为这些景观所包围。这造成的后果是，我们生活在一种并不真实的生活世界中，这个世界以高度的现代化为其形式，却罔顾其肌理的血肉内容。从这最后一点来看，《出梁庄记》是一种反景观式的写作，也是一种突围式的写作。不仅要突破景观之围，更重要的是，要突破一种人心之"围"，在这一"人心之围"中，我们出于安全的考虑——安全的生活和安全的意识——而拒绝去看见"景观"之内的东西，去看见真实的世界和真实的生存。而我们这个时代最基本的写作伦理，恰好是应该去看那些"他者"，那些在我们的日常生活中缺席者的存在。从这一点看来，《出梁庄记》中的"出"有一种"反包围"的意义，仅仅从字面意义上看，这很容易让我们想起伟大的《出埃及记》，摩西带领以色列人走出异教徒的包围，寻找真理和幸福。但是从《出梁庄记》的内容来看，它显然不是一个圣经式的拯救故事，甚至可以说它恰好是《出埃及记》的"反故事"，因为摩西缺席了，只有藐视人类的历史本身在引导这一切。除此之外，更有意思的也许是来自中国现代史的启示，早在1930年代，中国就提出了农村包围城市的革命战略，并通过这一战略获得了革命的成功，在这一历史过程中，农民作为一个阶级获得了前所未有的文化主体地位。这是中国极其独特的历史语境，这一语境恰好构成了《中国在梁庄》《出梁庄记》等一系列以农民为书写对象的作品的潜在背景，正是因为农民阶级一度在中国当代史上的主体地位，当历史在1990年代发生转变之时，当城市开始包围农村之时，农村和农民的命运尤其显得富有戏剧性和悲剧感。今日社会，群体和群体之间，甚至是个人与个人之间已经产生巨大的隔阂，这是另外一种意义上的"围"，我们彼此自动区隔，拒绝去观察、记录、对话，最终拒绝理解彼此。

对于今日中国的观察要求我们有一种摄像机般的冷静和客观，去记录和呈现那些看不见的阶层和那些被过滤掉了的生活。他们毫无疑问是这个时代庞大的失语症患者群，但恰好是这群失语者的背后，有着丰富而庞杂的故事空间。当镜头打开，哪怕是像梁鸿这样一种朴素的采访式的扫视，单一的历史也变得丰富和生动起来。在此时刻，梁鸿不仅仅是一个记录员，她更是一个倾听者，她要放弃自己的成见和经验，不仅要以一种全新的方式去看，更要以一种全新的方式去听。德国哲学家瓦尔特·本雅明在论及现代之时，特别强调"讲故事的人"，但本雅明却没有意识到，在现代之后，在今日的中国，"听故事的人"和"讲故事的人"同样重要。只有在这种平等的"讲"与"听"之间，历史才不会被知识、观念、理论所阻隔。历史原来就是我们的父母先人，历史原来就是我们的兄弟姐妹，历史原来就是亲人啊，只要我们放弃了姿态，他们就变得清晰可见，他们就变成了真正的人，在我们身边发出虽微弱却温暖的呼吸。原来他们并非失语了，他们只是被一种语言所阉割——那种所谓现代的、文明的语言,他们一直在以自己的语言,同时也是以自己的血肉之躯在创造并讲述着历史。

《出梁庄记》在叙述上的最大特色就是多种叙述声音的并置交错,这里面,首先有一个典型的叙述者,这个叙述者既是梁鸿,又高于梁鸿,也就是说,通过《出梁庄记》中的叙述,梁鸿实现了其自我的一种超越。更多的叙述者由此纷至沓来,讲述其个人故事,这里面既有像梁军这样开场就陷入永恒沉默的亡灵,也有像梁磊这样接受过高等教育能够叙述并反思自我的个体,更多的人,如大哥、二哥,他们凭借某种语言的本能来勾勒自我的生活。他们意识到他们的失败和屈辱了吗?更进一步,这种失败和屈辱是否是一种语言的强盗般的指认,根源不过在于知识分子冷冰冰的启蒙逻辑?在《中国在梁庄》出版之后,就有评论指出梁鸿的叙述视角过于知识分子化,但是如果没有这种知识分子的视角,梁庄这一"风景"会被自动呈现出来吗?显然不会,梁鸿不可能活在现代的"身份政治"之外,即使她万般克制,她依然不得不服从于与其身份相一致的生理性反应。在《出梁庄记》的开篇有两个细节值得一提。一是她在农民工聚集的城中村德仁寨看到的生活环境:"挨着二哥房间左边,是一个公用厕所……房间约有十五平米大小,地面是灰得发黑的老水泥地。进门左首是一张下面带橱的黝黑旧桌子,橱门已经掉了,能够看到里面的碗、筷子、炒锅、干面条、蒜头、作料等零散东西。桌面上放着一个木头案板,案板上放着一大块红白相间的五花猪肉。"一是对其下榻的"如意旅社"的叙述:"如意旅社不如意:房间积尘满地,鞋子走过,能劈开地上的灰尘。床上可疑的物品、拉不上的窗帘不说,到卫生间,那水池里的污垢让人气馁。小心翼翼上完厕所,一拉水箱的绳子,绳子断了。转而庆幸,幸亏还有个热水器,虽然面目可疑,但总算还可以洗澡。"如果梁鸿没有一种先在的生活经验，她能感觉到这环境的肮脏和不洁吗？或者将主体置换一下，在那些农民工，在梁鸿所采访的对象中，他们会觉得他们的生活环境肮脏或者不洁吗？或许也有，但他们肯定没有梁鸿这么敏感，因为对于他们来说，这就是日常生活最结实的一部分。这里出现了一种典型的断裂，一种生活和另一种生活的断裂，一种经验和另一种经验的断裂。

在《出梁庄记》中，她尽量克制对其采访对象生活的厌恶和反感，她知道如果不首先克制这种生理性的反应，她就无法在精神的层面和他们进行有效的勾连。因此在我看来，以《出梁庄记》为代表的这种非虚构写作，在更大的层面上应该是实践性的。它暗示了当下中国因为匮乏而尤其需要倡导的一种实践态度，一种生活和工作的方式：一个人不仅应该写，还应该像他写的那样去生活。或许没人能真正做到这后一点，但即使我们不能像我们写的那样去生活，那么至少，我们应该在情感的层面上和我们的对象保持必要的血肉相连吧。从这个角度看，《出梁庄记》有某种"和解"的意味。城市和农村之间的和解，知识分子和农民阶级之间的和解，更具体一点，一个出身农民阶级的知识分子与她背叛了的阶级之间的和解，或者更大一点，我们和他们之间的和解——归根结底，也是人与人之间的和解。和解需要一个契机，一个结点，一个合适的舞台和故事，这是和解的密道。梁鸿找到这个密道了吗？我不知道。就在我读到《出梁庄记》的一个下午，我办公所在地的大楼正在进行维修，我在大楼前的工地上遭遇了一个男孩，他大约十六七岁，正光着上身，坐在一架小型挖掘机的驾驶窗里，非常娴熟地操控着机器。当我走过他前面时，他突然停止，目光直直地盯着我，带有某种挑衅的色彩。那一刻我们四目相对，我觉得我不能理解他，就好像他也不能理解我一样。那一刻我强烈感受到了一种割裂，虽然我们近在咫尺。我想起福斯特《印度之行》中的一句话："因为走了不同的路，要和解，还不是此时，也不是此地。"

　　《出梁庄记》究竟想要表达什么？是法国社会学家孟德拉斯所谓的
"农民的终结"，带有那么一点迟疑和审慎？是重新看见那"看不见的
阶层"和看不见的资本的"手"？是中国现代化的寓言，带着我们爱
憎交织的情结？全部都是，也全都不是。梁鸿或许会被这些概念和理
论绑架，并被胁迫进各种社会学、历史学的微言大义中，但是好在她
有一个作家的敏感，她以一种直接性——他者的语言和他者的故事——
突破了这种种桎梏，在这个意义上，她不过是在写人——这亘古不变的，
不服从于任何观念的动物——普遍的求生的欲望意志。在《出梁庄记》
中有一幅"他们在西安"的照片，照片中的九个男性建筑工人笑容灿
烂地面对镜头，他们背后，是高大的脚手架和尚未完成的景观楼体——
是的，他们在笑，这笑容感动了我，历史在此刻依然残忍，生活在此
刻依然艰难，但是我们——这些活在历史和此时此刻的人——可以笑！
这笑，似乎有一丝嘲弄和反讽；这笑，却又有更多的生生不息；这笑，
如寓言一般蕴含着中国当下的种种复杂和神秘。

如何让乡村说出自己的声音

贺仲明

——读梁鸿《中国在梁庄》、《出梁庄记》有感

一

在这么些年对乡土文学（乡村题材文学）的关注和思考中，有一个经常困惑我的问题，就是如何能够让乡村自己说话，让乡村表达出其真实的意愿和深层的诉求？因为我以为，作为文学书写，无论是从对书写对象的尊重角度出发，还是立足于文学创作的艺术角度考虑，反映出书写对象的生存状貌，传达出它的真实声音，都是一个很重要的目标。这一点，对于一直处于边缘地位和失言状态的乡村来说更是如此。然而，在中国的现代语境中，乡村书写遭遇到多方面的困境，牵系的问题更是方方面面，它们对乡村书写产生了严重的制约。

首先，从乡村的主体——农民角度来说，由于文化水平、表达能力的局限，更由于社会提供给他们发言场所和机会的限制，他们很难直接开口说话，也难以清晰、准确地传达出乡村的声音——尽管他们对乡村生活的感受是最直接，也是最深入的。而且，即使他们（或者是他们在"文化人"中找到的代言人）有机会开口，因为受视野限制、表达能力等原因影响，比较容易囿限于相对封闭的视角，难以全面、客观地表现乡村——在文学史上，特别是近年来出现的一些由农民作家书写的作品，就普遍存在这样的局限。它们拥有生活的本色和质感，但在表述的深度和视野的广度上却有较大缺憾。所以，尽管中国的乡

9

村一直处于社会底层和边缘，深受各种压榨和欺凌，也形成了自己独特的历史和文化态度，但在漫长的文学史（包括传统文学和新文学）上，除了少数民歌、曲艺文学作品传达出乡村的部分心声，它更丰富、更深层的内涵一直处在农民自身的叙述之外，远远没得到应有的体现。

其次，从乡村的主要书写者们——乡土小说作家们来说，也存在着两个重要的障碍。一方面，虽然乡土作家们基本上都是从乡村走出去的，对乡村有着较深的感情，也有一定的乡村生活经验，但由于中国差异巨大的城乡生活对立格局，作家们一般都只拥有短暂的童年和少年乡村生活经验，等到他们成年、有独立思维能力时，已经离开了乡村。此后，最多只是在节假日时，走马观花般"回乡村看看"。这样，他们所拥有的乡村生活经验往往会与现实乡村脱节，特别是游子思乡般的情绪会使他们的乡村记忆染上浓郁的感伤和怀旧色彩，现实本身的沉重感却被滤去，影响他们乡村叙述的真实性和真切性；另一方面，也是更重要的，在20世纪中国，以城市为中心的现代性文化占据绝对优势，在其视野里，乡村文化被蒙上了传统和落伍的衣衫，处于待启蒙和待拯救的边缘位置。作家们都在这种文化环境中成长，又长期生活在这种文化氛围中，因此，他们既容易感受到来自乡村的身份自卑，更普遍被城市文化彻底同化，对乡村文化持完全的否定和贬斥态度。这使作家们很容易陷入感性与理性之间的内在冲突，也难以自如地传达乡村自我的声音。

就总体而言，中国的乡土小说虽然有了近一个世纪的历史，却与乡村始终有着较远的距离，乡村的真实状况没有得到充分的表现，乡村的内在欲求没得到深入的表达。这一点更典型地体现在当前文学中——由于近年来中国乡村社会的变化迅速，乡村伦理文化发生了巨大变异，在情感与理性冲突下的乡土作家们，创作心态普遍呈现复杂而不稳定的状态，对乡村的表达颇为表面和混乱。

以对"农民工"的书写为例。"农民工"的出现已有二十余年的历史，其人数更已达到了几亿人之多，但是，由于不熟悉"农民工"生活等原因，当前文学对"农民工"的叙述虽然很多，却普遍存在简单化和模式化的缺陷，基本上没有脱离苦难、仇恨、炫富的故事模式。"农民工"们的真实生活在很大程度上处于被遮蔽和扭曲的状态，严重影响了人们对他们的认知。

二

对于以虚构为基本特征的乡土小说，过于要求它真实传达乡村声音，也许存在某些苛求之嫌（反过来说，虚构的小说不管怎么说还是与现实隔了一层，在乡村声音传达的直接性上也存在一定限制），但是对于写实类文学，人们就会有更高的期待。对于处于巨大变异中的当前中国乡村社会，对于乡村和农民（特别是进入城市多年、已经成为城市生活不可忽略一部分的"农民工"）的生活状况，人们更存有了解其真实面貌的强烈愿望。也许正是由于这一阅读需求的推动，近年来开始兴起了"非虚构文学"潮流，其中以乡村和"农民工"为书写对象的作品占据了主要部分。

梁鸿的《中国在梁庄》和《出梁庄记》就是其中值得特别提出的两部。它们叙述的是作者梁鸿家乡河南省一个叫梁庄的地方的乡村故事，记叙了留守乡村的农民和在城市中奔波的"农民工"的现实生活。它们最与众不同之处，就是通过对乡村农民和"农民工"生活的书写，让乡村说出了自己的声音。

《出梁庄记》让乡村说话的意图是很明确的。首先，也是最直接的，它充分给予了农民自己说话的机会，让农民在作品中亲自倾诉心声。就篇幅而言，这些来自梁庄的"农民工"们所说的话几乎占了全书的一半，而且还不包括那些直接记录他们生活场景的诸多图像。而且，作品对他们的叙述基本上保持原貌，很少做出删减和剪裁，语气、方言都原汁原味；其次，作者在给予"农民工"说话机会、与他们交流时，没有丝毫的俯视姿态，而是站在与农民平等而切近的位置上，保持着对他们的尊重、真诚和亲切，以及充分的关怀。作者对待他们，就如同对待自己的亲人（事实上这些说话者中有相当一部分就是她或远或近的亲人，至少是关系密切的邻居），其中蕴含着真诚、爱、理解和认同。在这样的态度下，"农民工"们说起话来就会比较自如，少有掩饰和顾忌，说出的话也真实可信。

作品让"农民工"们自己说话，直接传达出乡村的声音，这是一个方面。与之相关联的另一方面，作品让作者也参与到对乡村的叙述中，成为乡村自我声音的一部分。作者梁鸿是一个现代知识分子，在作品中，她始终保持着较强的理性和客观的高度，以现代的理性眼光来打量和审视他们。这就如作者阐述她对乡村所持有的感情，"不是因为个体孤独或疲惫而产生的忧伤，而是因为那数千万人共同的命运、共同的场景和共同的凝视而产生的忧伤。忧伤不只来自这一场景中所蕴含的深刻矛盾、制度与个人、城市与乡村等等，也来自它逐渐成为我们这个国度最正常的风景的一部分，成为现代化追求中必需的代价和牺牲。"作品虽然蕴含着对"农民工"生存和生命状态的深切关怀，但它不是对现实中某一具体人或事的简单同情或谴责，而是在思考乡村的命运，思考农民和乡村文化的命运，思考着不可避免的乡村城市化进程以及它的代价问题。

这两个方面的叙述，从表面看似乎有矛盾之处，梁鸿的知识分子话语与"农民工"们的讲述似乎构成了一定程度上的张力。但实际上，它们更构成了一种互补关系，从不同侧面共同构成了乡村的声音。梁鸿的立场虽然以现代理性为中心，但又始终保持对乡村和乡村文化某种程度的认同和维护，也就是说，她对乡村进行的思考中虽然包含着否定、批判和反思，但它是以乡村的关怀为前提，她不是立足于乡村之外，而是建立于乡村之内。所以，就像它更宽宏的视野是对单一乡村立场的补充和完善，她的批判所代表着的是乡村的自我反思和深层忧虑，所说出的是那些文化水平比较低的农民说不出、实际上却在思考和忧虑着的话语。正因如此，梁鸿的声音与"农民工"的声音一道构成了乡村声音的双声道，层次有所差异，实质却完全一致。

依靠着这样的叙述方式，《出梁庄记》超出了我们常见的对乡村和"农民工"们的叙述模式，实现了对"农民工"和乡村世界更深层也更真实的讲述。

表现之一，是揭示了农民（"农民工"的）深层生活和精神世界。与访问者梁鸿之间的亲切关系和梁鸿本人的平等态度，让梁庄的"农民工"们坦率自如地讲述了他们进入城市后的种种生活经历和遭遇，细致地表达了他们对城市的复杂感受。"农民工"们的话语非常质朴，在他们的讲述中，没有我们经常看到的传奇故事，没有着意的渲染和夸张，只是真实地展现了这些在城市中挣扎着的农民们的生活面貌，道出了他们的真实心声。由于作品中发言的"农民工"涵盖老中青不同的年龄层次，囊括了从企业家到公司职员，以及最底层的搬运工、传销者等几乎所有的工作范围，他们来城市打工的时间有长有短，与城市的关系有深有浅，可以说，作品中"农民工"们所讲述的这一段段生活，以一个个鲜活的姿态，从一个侧面展现了近年来"农民工"在城市的生活过程，是"农民工"们的生活史和心灵史。

其中值得特别提出的，是作品对农民心灵世界的展示。作品中，"农民工"们不只是讲述了他们的生活故事，更展现了他们曲折隐秘的内心世界。其中有青年"农民工"在面对城市时难以祛除的自卑和羞涩感（第二章"羞耻"部分），有老年"农民工"对于生活的无助和无奈，有他们在城市中艰难挣扎过程中强烈的挫败感、压抑感和孤独感，以及在面对文化冲突和困境时的迷茫和困惑。其中最常见、也是最复杂的，是他们与乡村、与城市之间的复杂关系。对于城市，他们充满着向往，却又始终无法融入；对于乡村，他们情感上难以割舍，又不愿意长期留驻——由于长期处于社会底层的历史和受压抑的现实，中国的农民们一般都不太擅长说话，更不愿意袒露自己深层的心理世界。在一般情况下，我们很难听到农民（农民工）倾诉自己的心声。只是在梁鸿这样的亲人面前，他们才放纵了自己，让我们体会到了那些在城市中漂泊、与我们日夜相伴、却为我们严重忽略的"农民工"们的内在心灵世界。

表现之二，是对乡村文化世界的深度思考。作品写的虽然是城市中的打工农民，但通过这些"农民工"的生活和心灵叙述，让我们真切地体会到了乡村文化在现实中的变异和发展。"农民工"的生活是复杂的，从空间来说，他们在城市生活，应该属于城市人，但在精神上，他们又与乡村有着不可分割的关系。他们是当前社会文化从传统向现代转型中最直接的承受者和体现者，因此，在他们生活的世界中，乡村文化、乡村伦理发生了很复杂的变迁，他们的身上，更深刻地折射着文化变迁的轨迹和脉络。这其中有与农耕文明有密切关系的传统仪式的无奈变异（比如对"葬礼"和"算命"两部分的叙述），也有在现代文明熏染下，农民们在文化选择上的困惑、迷茫，甚至扭曲与堕落（比如"恩怨""打官司"部分的叙述），更有在失去乡村家园之后、难以找到自己生命归宿和信仰的茫然和无奈（比如"孤独症患者""这村落中最后的房屋"等部分的叙述）。应该说，在城市化不可逆转的今天，乡村文化的变化和发展是必然趋势。作品所展现的这些盘桓在城乡之间的独特群体的变迁状况，很能够让我们感受到乡村文化的命运和发展方向。应该说，尽管《出梁庄记》并不是一本以思想为主要特色的作品，但其思考确实是敏锐、深刻而富有启迪性的。作品能够对那些看来很简单的事物如此敏感，如此准确地捕捉到背后的文化内涵、感知其中的文化变迁，作者的思绪沉重而复杂，都充分反映也得益于作者饱含强烈乡村关爱的知识分子精神。

三

也许有人会说，梁鸿《中国在梁庄》、《出梁庄记》的成功与其写实的文体有关——因为只有这种文体，才可能让农民有更多直接说话的机会。这确实有一定道理，但却绝非说其成功来得容易。因为要真正深入地反映乡村和农民（农民工），传达出乡村的真实声音，较之虚构文学，写实文学有着同样的难度，甚至还有特别的挑战。简单地说，写实文体要求作者生活感受更切实丰富，要有更具体的调查、统计和数据，其中难免会遇到某些限制和困境。而且，在当下的文学和教育体制中，写实文学既非学术、也不是主流的文学创作，但实际上，它对作者的要求也许更高，它要求写作者既要有生活体验，又要有思想，还要有写作能力，绝不是一般人可以驾驭的。

在这个意义上说，梁鸿的书写梁庄，既是一种个体行为方式，也具有某种方法学的意义。或者换句话说，梁鸿的两部作品能够获得成功，是主观和客观多种因素的结合，既是一种机缘，也蕴含着必然因素。

就客观方面说，首先是梁鸿所生存的乡村地域，也是她的书写对象——梁庄。从两部作品的介绍看，这是一个乡村文化传统色彩比较浓郁，或者说传统乡村文化保存得比较好的地方。大的家族，相对封闭的环境和文化，赋予了它较多传统乡村伦理的温馨。梁鸿在这样的文化环境中长大，会对乡村社会有更深的感情，对乡村文化的内涵有很深的体会，也就能更敏锐地感受到当前乡村社会发生的剧烈变化；二是梁鸿的乡村之根扎得很深。也许正因为受到其所在地域文化的影响，梁鸿虽然通过上大学的方式离开了乡村，进入到大都市生活和工作，但她始终与故乡的关系密切，对乡村的情感依然深厚，与乡村的亲人几乎没有间断联系，对乡村生活的变化也相当熟悉。也就是说，她虽然是一个都市人，但也几乎同时（至少在精神上）依然是一个梁庄人；三是梁鸿长期从事乡土文学研究，谙熟中国乡村社会的历史和文化，熟悉相关的理论知识，对乡村问题有持续深入的思考和研究。当然更重要的，是她在这样的年龄，成长在多元文化兴起的 1990 年代的文化背景下，既接受了现代启蒙文化的洗礼，但又不至于被某种文化完全限制，而是能够更独立、清醒地思想，更客观、平等地关注乡村和书写乡村。

当然，说上述因素是客观，其实它们与作者的主观精神紧密结合在一起，或者说，客观环境造就了作者的许多主观质素。正因为这样，梁鸿才能够不甘于做一个固守书斋的学者，愿意深入到乡村和"农民工"当中，花费巨大的心力来描画她的梁庄世界，给梁庄一次自我叙述的机会。从这个角度看，《中国在梁庄》和《出梁庄记》也可以说是乡村借梁鸿这个乡村之子对自我声音的传达。对于梁鸿来说，它们也应该是一个心灵愿望的完成，是对自己的一个精神慰藉，是一件送给自己的珍贵礼物。

个人和社会共同造就了梁鸿的写作，这一写作也同时具有社会和个人的双重意味。它对我们文学创作上的启示，也是两方面的。

首先是文学的观念或标准问题。梁鸿的写作方式，在中国现代文学中并非没有沿承。如出版于上世纪 40 年代的林耀华的《金翼——中国家族制度的社会学研究》，以及它的追随者庄孔韶于上世纪末出版的《银翅——中国的地方社会与文化变迁》。它们都是实证性极强，既是社会学、又超出社会学范围的著名作品，也是很富感染力的优秀文学作品。但是，我们的文学史都集体将它们排斥在外，完全忽视了它们的文学意义。其实，这些作品中，既有对人、对社会的深切关注，又有对人性的深入揭示，无论是对生活细节描绘的真实、细腻，还是语言的准确和优美，它们都达到了相当高的水准，可以说将对真实生活记叙与文学性的笔法做了非常巧妙的结合。更重要的是，它们蕴含着对乡村和农民的真诚关注，有尊重乡村的朴素感情。我以为，对于乡村书写，乃至对于任何文学作品来说，这种感情都是弥足珍贵的，也是构成优秀文学的基本品质。我们将它们排斥于文学之外，绝对是文学自身的损失，也反映了我们文学观念某些方面的缺失。

其次，是作家创作观问题。《讲话》之后，不少人否认世界观、创作立场对于文学创作的影响，甚至从根本上否认作家的世界观存在差异乃至怀疑作家世界观是否存在。确实，这些因素被加上"改造"的严酷枷锁，对作家们的生存和创作都产生了负面影响。但是，我们因此而否定世界观（当然我们也可以用"价值立场"之类的词汇来代替）的存在及其对文学的影响，显然有脱离实际之嫌，也会导致我们对文学认知的偏差。

事实上，我们每个人都有自己对世界的基本态度，有我们看待事物的基本价值立场，它们对我们的生活方式、文学方式和审美方式起着非常重要的作用。在我们今天的文学世界中，如同其他领域一样，其实严重地存在着由价值立场差异而形成的巨大文学偏向，只不过我们为宏大的"人类立场"所限，对此视而不见而已。其实，关键不在于我们有没有价值立场、有没有因此而形成的文学偏向，关键在于我们有什么样的立场和文学偏向。我们是偏向普通大众，偏向对柔弱生命的人性关怀，还是偏向权力、金钱和利益集团？而这，将直接决定我们文学创作的价值、高度和意义，也决定我们如何对待身边的生活。就乡村书写而言，正如梁鸿所说："其实许多时候，生活就在我们身边，只是，我们从来不愿正视它。"生活始终在那，关键是我们作家对待生活的态度，对待乡村、农民和所从事的文学事业的态度，有没有对它们的热爱，以及为之付出努力的决心。有了热爱和决心，我们才可能放下身段，放弃自己的生活和文化优越感，去真正直面和接近农民（"农民工"）的生活，让他们的生活和心灵世界真正进入到文学中。

所以，对于我们的乡村书写者而言，思想立场确实是个重要、严峻而且无法回避的问题。当然，我们不主张以外在改造的方式来改变作家立场，作家立场主要依靠的是作家的文学素养、精神追求和道德自律。个人的思想和文学创作都是作家的一种选择，选择是一种自由，也是一种责任。我相信当梁鸿有了更多的后继者，中国的乡村书写会有更大的成就。

梁鸿对话《年代访》文字实录（节选）

梁鸿 × 徐鹏远（凤凰网文化记者）

做教师，她不安于校园的平静；当作家，她不耽于文字的美好。重回家乡，她用双脚丈量土地，借梁庄观察农民的命运并发掘隐蔽的中国。她说，那些说农民天生爱土地的话都是虚妄的，农民是不得不爱，因为那是他唯一的归属。

梁鸿独家对话凤凰网文化《年代访》，讲述她所看到的"看不见"的中国。

写作的最初冲动是个人情感先于社会责任

凤凰网文化（以下简称"凤凰"） 梁老师您好，我知道您最近各种采访包括领奖都特别多，因为一本新书——《出梁庄记》。因为上一本《中国在梁庄》，这本《出梁庄记》还未面市就获得了很多的关注。我第一个想问您的问题就是，比起上一本书来讲，在写作《出梁庄记》的时候，结构、内容、表达力度等等方面，您的思路是否更清晰了一些？

梁鸿 你这个问题问得非常重要，我觉得不是更清楚了，反而是更复杂了。因为《中国在梁庄》实际上是突然被放大的一个文本，它会有什么样的社会功效、社会反响，最开始是一点没有考虑到的。因为做学问一般很少考虑到市场的因素，写《中国在梁庄》时，我没有想写成市场的，但是也没有想写成学术的，就是想到我要回家，我要去写这样的一个东西。后来《中国在梁庄》被放大，我也获得了很多关注，领了不少奖，当我再萌生念头写《出梁庄记》的时候，其实我心里非常非常担忧，尤其是一部分朋友替我担忧，说续集一般是很难写的，万一写失败了多不好，《中国在梁庄》已经证明了你还行就可以了，你还是老老实实搞你的学术去吧。但是对于我来说，我觉得不管怎么样艰难，我特别想把这个事情写完。把这个事情做完，我的里程才能够完整，才能完成一个完整的当代叙述。

所以在写《出梁庄记》的时候实际上我非常非常谨慎。第一，我要避免上一本的很多缺点，比如说情感上过于泛滥。但是第二本书我并没有放弃情感，毕竟梁庄是私人史的梁庄、是个人史的梁庄，它不是一个普通的社会学意义上的村庄，所以它依然保持情感的一面；但是作者可能要稍微内敛一点、冷静一些，或者说推远一点点。所以情感结构上怎么来把控是特别考验我的方面。我在写第一章的时候，其实写了好多个开头，最后才成这样一个"闲话"开头的梁庄。你可以看到书里第一章就写到"军哥之死"，军哥他是作为一个无名尸在湍水里面淹死了，我觉得这略带一点点遥远的味道，就如同我既回到家里面同时也是一个外在的，我就想给读者一种既推开但又进来这样一种双向的感觉。

另外一层内容的处理上也是不太一样的，《中国在梁庄》可能更多的是梁庄人在梁庄的生活。但是《出梁庄记》面对的是一个广泛的、广阔的中国大地，因为梁庄人的足迹实在太远了，远到西藏新疆，南到广州，这个是特别让我害怕的，一开始我都不知道怎么办，所以只有重回梁庄去找电话。我在租的书房里贴了一张地图，画线，发现以梁庄为圆点，梁庄人踏遍了中国的各大城市。最后我第一是按照职业的大致形象，第二是按照以城市为中心，在这个城市里面这一拨亲人在做一个大致类似的工作，以这样的大体一致的工作来带动其他职业。

比如说我到西安，我的大堂哥二堂哥是蹬三轮车的，然后带动其他老乡，比如说是卖菜的，然后做小生意的，就以这个为圆点来辐射其他老乡，这样结构稍微变得集中；比如到内蒙古，我重点写的是校油泵的群体，而郑州重点写的是工人群体，到了青岛又是以这个电镀厂的老乡为核心带动其他的老乡，那么这样在操作上稍微容易一点，因为我觉得结构更加清晰一点，也便于读者的考察。

在人物上其实我也做了一个（规划），因为人物非常多，梁庄那么多姓，你不可能重现所有的；另外你写作必须得有线索，所以我是以梁庄的福伯家、五奶奶家、还有韩家，这三大家族为一个基本的圆点来辐射梁庄其他的人群。这也是我写的过程中反复琢磨出来的，在这之前全是一大堆模糊的材料，到最后才形成一种以城市、以工种为基本的点来带动进行的文本。

凤凰　您刚才说到《出梁庄记》在情感上要更内敛一点，因为前一本书出来之后很多的读者包括批评家对这种抒情性提出了一些批评，那么内敛是您面对这些批评的有意为之，还是说因为"出梁庄"不像"梁庄"对您来讲有那么多个人经历、个人回忆和情感共鸣？

梁鸿　两个层面都有一些。我在之前写作的时候是无意识的写作，对这个情感层面我没有特别去把控，出来之后以别人的眼光再来看《中国在梁庄》，可能也会觉得有的地方过于情感化。当然我是觉得首先《出梁庄记》面对的主题是不一样的。你回到梁庄，一草一木都是你非常熟悉的，不由自主地会产生一个叠加的空间，你看到那棵树、那个人马上就会想到童年。《出梁庄记》也有，因为毕竟都是你的亲人，但是你所面临的背景是不一样的，那不再是梁庄的背景了，它是一个陌生的城市的背景，在这个意义上你也会有所拘泥，就是你不得不冷静。

另外，《出梁庄记》所处理的问题确实更加复杂了，它是中国的农民与城市的关系，是个非常宏大的核心的话题，所以我也是在反复的琢磨之后才决定既有情、但又稍微带出一点点，就是稍微出来一点点。

《出梁庄记》里面依然还是有很大的情感结构的，毕竟现在也有人说你这不是个标准的非虚构的作品，但是我觉得如果说梁庄没有情了，那肯定就不是梁庄了。如果说《中国在梁庄》和《出梁庄记》没有情感的这个层面，我想它也就不是我们大家心目中的那个梁庄，也不是我所写的梁庄。所以我觉得不管从哪个层面来衡量，对我来说这个情感结构一定是得有的，它是梁庄深层的、埋藏在我内心深处的，必须得有，否则的话可能我就没有那么大的动力去写梁庄了，比如说我到一个李庄、到一个王庄，可能我写不出来了，因为我不是社会学家，我可能很难从客观层面、数据层面、科学层面来考察那个村庄。只是因为梁庄是我的家，我写我最初的冲动。对一个写作者来说最初的冲动特别重要，最初的那个情感是基于个人情感，不是一个什么大的社会责任感，我觉得那个反而是靠后边的一个东西。

梁庄始终是轴心 "出梁庄记"有双重含义

凤凰　很多报道当中提到说"出梁庄记"这四个字是化用了圣经里的《出埃及记》，是这样吗？您本来的构想是怎样的？

梁鸿　其实《出梁庄记》原来名字叫《梁庄在中国》，这和《中国在梁庄》是完全呼应的，中国的梁庄是什么样子？梁庄在中国又是什么样子？我自己当时特别得意。但是实际上后来也非常简单，就是出版社觉得在营销上有困难。一开始我非常坚持，但是在反复的叙说过程中，我自己也绕进去了。所以就想新书名，跟朋友商量，自己再一个个划掉，起了至少十几个吧。后来还是李敬泽老师——因为他对梁庄也是全程参与的，最起码他都有一些指导性意见——有一天他说还不如叫"出梁庄记"。我当时一听就愣了，有点反应不过来，我说是否太庄严了，因为有《出埃及记》，你自然会想到那样一个原典。李敬泽老师就说不妨是一个反讽的存在，我觉得豁然开朗。所以《出梁庄记》它确实是有双重含义的，它既有《出埃及记》这样一个原典在那儿，但同时它又有中国现实的生活在那儿。《出埃及记》写的是以色列人出去寻找上帝的应许之地，寻找那个奶和蜜的流淌之地，那么一种美好之地，显然梁庄人想进城也是想找幸福生活，想找美好的所在地，那他们找到了什么？那种迁徙、流散、尘土飞扬的感觉，可能在这个名词里面能够特别清晰地呈现出来。同时我们每个人都会想，出梁庄之后他们到底找到了什么，我们都会怀着一种探寻的情感、目光去看梁庄人的足迹，然后再跟现实之间形成某种呼应。所以到最后我觉得《出梁庄记》还是挺好的，也觉得它能够体现出中国当代农民的那种命运感，一种幸福的期许，当然也包括某种破碎之后的失落。你读完这本书可能有某种感觉，会形成某种本意的呼应。

凤凰　《中国在梁庄》其实可以简单概括为一部当代中国的乡村史，其实它是乘上我们近几年对于基层社会、细节中国、乡村生活的一个书写热潮，但是《出梁庄记》不同，它写的是农民工——就是进城谋生的这些梁庄人；其实农民工这个话题已经不能算是一个新的话题了，讨论热潮已经过去有几年了，那您为什么还要选择书写这么一个已经不那么热点的话题？

梁鸿　对，你刚才说的这点也是我一直在想的，可能我还没有想到特别多的一些其他层面的问题，比如说利益、热点。我觉得对我来说，梁庄是我的轴心，这个轴心就是我情感的来源，同时也是我理性思考的一个出发点。我希望梁庄既成为我一个情感梳理的出发点，同时也是我学术的出发点，围绕梁庄我想要探索清楚乡土中国、乡村社会在这个时代的样貌、样态以及它内部逻辑发生的变化。所以我没有考虑到其他外部因素，写梁庄的进城农民或者你说的农民工，对我来说是非常自然的选择。至于它过不过时，还能不能引起关注，其实在当时我是完全没有考虑过的。

我觉得《出梁庄记》可能并不仅仅是写农民工本身人在城市的东西，我觉得背后还有一维是"梁庄"。我写的不光是他们进城之后的那种状态，我每次都要问到梁庄，"你怎么想梁庄？你想不想回梁庄？"始终是一个双重的空间，是一个多维的空间。我所写的并不仅仅是进城农民怎么样拼搏、奋斗，还包含他生命结构里边另外的一层——梁庄这一层。所以说梁庄是打开的，朝着那个城镇打开。"如何打开"可能是这本书里特别重要的一维。

乡村已被抛弃　说农民天生爱土地是虚妄的

凤凰　您说您写的时候其实它们是相连的，我们把您这两本书放到一起读也能看到其中很多的人物、故事都是连在一起的，他们的命运、悲喜其实都是紧紧互相联系的。我不知道如果他们不出梁庄，那么无论是对于这些已经出了梁庄的人，还是说留在村里的那些人以至于整个梁庄，情况会是怎么样？会不会比现在要好一些？

梁鸿　肯定不会。首先如果进城的人都回到梁庄，他们肯定生活得非常非常差，出梁庄是他们唯一的出路，是他们唯一可以获得一些金钱、获得一些更好的可能的一条路。在当代社会，乡村整个是一种被抛弃的状态，我们的制度抛弃了它，我们的所有资源都把它抽空了，人力资源没有了，河流的资源、沙没有了——沙被拿来盖房子，泥也没有了，路也没有了，树也被砍了，整个乡村是一种空虚的状态，或者说是一种废墟的状态。在这种情况下你怎么能叫一个农民回到乡村？回到乡村是找不到什么资源的。

尤其是北方的村庄，它很早就被抽空了。像南方比如说有郊区化，有些城郊是个特殊区域，不是纯粹的乡村，它可以向城市扩展，扩张这个地方它可以挣一些钱，通过拆迁来补偿。但是对于北方村庄来说可能它很早就变成一个被抽空的状态。它就像我们一样，我们从小就被告知要好好上学，上学之后考上大学才能吃上商品粮，当年每一个孩子在他的脑海里就是"你要上学，你要离开这个地方"，非常自然，这个地方你不能待的，为什么呢？因为你没有任何的出路。所以在这样一个前提下农民回到梁庄，他的生活肯定不如他进城的这种生活，但是他进城之后面临的又是什么？

比如说我在《出梁庄记》里面写的很多农民他不是说没有挣到钱，他都挣到一年两三万、一两万，有的甚至是几十万，还有上百万，还有千万富翁，但是他们付出了什么呢？他们跟城市之间，当他遭遇城市的时候他遭遇了什么？我觉得这是一个我想重点考察的问题。他失去了什么？他的身份，他的尊严，他的家的完整，他的所有作为人的完整性的一部分，他都怎么样了？

凤凰　您刚才说到乡村是被抛弃，我觉得您说得还算客气的，《时代周报》给您做的人物专访取了一个特别耸人听闻的题目叫"中国村庄：物质到精神全面崩盘"，您觉得真的到这一步了吗？

梁鸿　我觉得可能在北方村庄里是这样一个层面。这个崩盘它指的是物理形态的崩盘和精神结构的崩盘，物理结构指的是比如说村庄要消失，一家一个独院的那种状况慢慢要被取缔，要变成楼房，然后都把你丢到楼上去，这是物理形态的崩盘；那么精神状态来看，首先因为物理形态的变化必然导致你生活方式的变化，生活方式变化之后肯定是精神结构发生变化。原来我们那一套所有的结构、道德结构、文化结构以及我们的心理结构，都随着这种物理形态的变化发生了巨大的变化，所以崩盘也是很正常的，也是必然的。

你想想这一家人本来是在一个院子里边，他有树、有泥地、有一口井，这和他住在公寓里面你觉得一样吗？他的整个精神结构是完全不一样的。但是新的结构还没有准备好，他们就已经被弄上去了，这个时候那种崩盘、那种虚空、那种黑洞状态可能特别明显。利益一下子变成最前沿的东西，整个道德处于一个让人担忧的状态。生存共同体的那种心理基础突然一下抽掉了，所以大家都觉得摇摇欲坠的，特别不安全都特别焦虑。

凤凰　但是这种焦虑往往是来自于已经过了那个阶段的人的一种回眸，其实处在那个进程当中，包括这些乡村中的村民，他们其实并不留恋那个村庄，他们一直在往前奔，甚至愿意把乡村变成城市，或者说把自己变成城市人，这样的人在整个社会当中是占大多数的。那我不知道既然是这样，乡村对于中国的意义在哪里？

梁鸿　这里面有两个问题，第一个问题就说农民他也想变成市民，农民当然想进城了，那么多资源全部倾斜给城里，城里的孩子可以好好上学，可以获得各种教育资源，城里的道路又那么宽敞，城里面有那么多高级商场，他也向往拥有。所以刚才我也说，当整个社会都抛弃乡村生活时，你不能指望一个农民让他返回乡村，这是不公平的，你没有理由这样要求他，那么反过来，当整个社会都在朝着城市飞奔的时候，农民自然也就被挟裹在其中。所以我们说农民爱村庄，农民他想回到梁庄，都是胡扯，农民不爱梁庄；所以我今天说从来没有乡村让农民去爱，只不过是因为他不得不爱，因为那是他唯一的归属，他在城里面没有找到他的归属感。他就不像我，今天，我有一个房子在这边，有比较安定的工作，我可能想到梁庄是我的故乡，我爱我的故乡，但是那种爱是可以分离的爱，是可以分开的，我可以不回去，我可以在心里想它。但是对人们来说梁庄是唯一的身份的存在和象征，他只能在那个地方找到他的归属，所以那只好说爱了，他不爱也不行，这跟那种自由的爱、对故乡的爱是完全不一样的，他是被迫的单一的一种存在。所以我觉得农民进城是我们社会塑造出来的必然的一个结果和逻辑，而不是说农民天生地热爱土地，这是一种虚妄的说法。

刚才提到乡村之于中国到底意味着什么？我觉得乡村之于中国，可能从一个更久远的意义来说是我们经验的一个象征，是我们中国古老的民族性的象征、精神性的象征。至于今天，在这样一个飞奔的城市化进程中，乡村可能代表着我们的历史、我们的过去、我们的历史的河流。如果我们把历史的河流完全截断了，变成一个崭新的存在，我想我们是非常可怜的，我们不知道生活在一条什么样的河流里边，也不知道我们的精神来源在哪里，中国人可能会变得像孤儿一样，孤零零地被压在沙滩上，没有过去，没有历史。只有现在的民族是最浅薄的民族、是最没有希望的民族，因为你没有办法找到过去，你也没有办法从中吸取各种经验和教训。所以在今天我觉得，乡村它并不是一个古典的、怀旧的存在，也不是那种古典的乡愁的存在，我们没有故乡多么可怜，不是那个意思，它一定是一个迫切的现实，它是一个现实结构里面的东西，它不是一个古典结构里即将消亡的东西，在这个意义上我觉得乡村对我们是非常重要的。

梁庄是我的孤岛　城市是梁庄老乡的孤岛

凤凰　现在有一句话是说"回不去的故乡，进不去的城"，正如您刚才所说，其中的原因很复杂，有宏观政策层面的，也有具体个人层面的原因，那么抛开这些不谈，我想问的是针对您个人，您也是从梁庄走出来的人，您现在在这边获得了成功，那将来比如说有一天，您从教职岗位退休，您的孩子也成家立业，等于是这边您所有的事业、家庭都已经完满之后，我想知道您会不会选择回到梁庄去生活？

梁鸿　就今天这样一个乡村结构的状态来看，我觉得我是不敢回去的，因为我可能被抛掷到一个荒凉的孤岛之上，没有氛围。首先梁庄可能没有了，其次如果它还在，它是不是你最熟悉的那个梁庄？最重要的在于如果没有一种氛围，你怎么回去呢？原来我们都有告老还乡一说。宰相告老还乡，回到家里办私学，广交朋友，因为老的那一代都在乡村里边，然后重新兴学，去教育当地的孩子，修路，各种人的来回、络绎不绝的交往，它是一个相当活跃的精神结构。那么今天比如说我回去了，我一个人被扔到那个地方我怎么办？所以就现在来讲我是不敢说我会回去的，我可能也没有勇气回去。

凤凰　您说现在乡村对于您来讲是一个孤岛，您的这种感受可能和那些您笔下的老乡们是相反的，城市对于他们来讲是一个孤岛。我不知道您刚从梁庄走出来到城市的时候有没有过和您的老乡、您笔下那些人物一些相似的经历，或者说情感上的共同体验呢？

梁鸿　可能我的状况好一点，因为我一进城里就是读书，我算是在一个相对封闭的安静的空间里边学习，学习和生活是不一样的。你要在城市里边挣钱和你在学校学习是完全不一样的，虽然你可能也比较艰难，但毕竟还有人在支撑着你去安静地学习。所以对于我来说城市还是一个不断打开的过程，你不断地进入，随着你的学识的增多，你的学历的提高，你的可能性就越来越大。其实并没有那么艰难，这背后是有知识体系支撑着你的，你考上了大学，所以你可能稍微好一点。

但是对于梁庄的进城农民来说，他跟我面临的境遇可能完全不一样。对于他来说，这是一个好像打开了但又不断碰壁的过程。我的堂哥在西安蹬三轮，他都在那儿待了二十年，但是他每天都在碰壁，他每天都怀着被抓的惴惴不安的心情在路上奔走，一不留神可能交警就来了，一不留神可能就弄错道了，或者就跟别人发生冲突打架了，所以他每天是在这样一个状态下生活的，就是不断地打开，但是同时不断地被反弹回来。最终他并没有变成一个真正的市民，反而成为一个孤岛。这种孤岛感我觉得是一种结构上的孤岛感。

我也经常说农民很愚昧，你看他的家里那么大房子不知道去投资；但是反过来再想，如果他没有那个房子，他去哪里找到身份的象征呢？他既没有单位，也没有社会结构给予他一个组织，只有在梁庄这个房子里面他是主人，他可以招待亲朋好友，非常骄傲，"我们这个带抽水马桶"，"这个装修怎么怎么样"，他非常自豪，所以他必须还是在梁庄盖了房子他才找到他自己。在这个意义上，其实我们在说农民到底进城了没有？他显然是一个错位的存在，在身体上、在物质上他必须进城才能够找到，但是精神上，城市始终没有敞开大门。这种封闭程度之深，可能是我们外在的人想象不出来的。

农民被当作符号存在 漂泊状态会产生疏离

凤凰 而且您还提出过一个概念，就是进城农民的风景化。

梁鸿 对，我们经常会在电视里面看到各种各样的塑造，我对这个感觉是特别深切的。比如说矿难，呼天抢地地呼喊，然后发钱的赶紧下跪道谢，要么就是开胸验肺，但是当我们这样看的时候，其实我们是把它看作一个符号般的存在，我们并没有把他们当作活生生的、血淋淋的一个人的存在。我们总是感叹一番，甚至流两滴眼泪，然后走了，因为跟我们没有关系，那是另外一个风景的人，我们好像隔着玻璃在看那一段人生、那一种人生，跟我们毫无关系，那种痛感是不真切的。所以我就特别想通过我的"进梁庄"，通过这样一种书写让你感知到他们是那样的痛、那样的乐、那样的悲，就是让你真真切切地感觉到最个体的、最细微的部分，你看的不是风景，你看的是活生生的人。是人不是农民工，因为农民工我们已经把它阶层化了、已经把它符号化了。而事实上，打破这种成见非常难，因为我们的生活确实存在这一种差距、这种分裂，中国生活的分裂是非常大的，我们确实是对面不相识的，你一点都不知道他的状况，你一点不了解他的内心，我们也不愿意去了解，因为跟我们没有关系。

数百万人的阴暗情绪 每个个体都不能脱责

凤凰 我感觉您以"自己人"的身份去看梁庄、去做梁庄，当然会有很多便利的条件，包括可能在寻找受访对象的时候，包括您对于整个梁庄、梁庄人的命运的理解，会很便利，但同时，是不是也会存在一种可能，因为您是"自己人"，在写梁庄、写梁庄人的时候会有一种片面或者说美化的现象？

梁鸿　我觉得这种情况可能会有，首先你自己特别理解他，但是理解是否就是片面，就是美化呢？这也是值得我们思考的。这实际上是两个层面的话题。难道你理解的话你就把它美化了吗？也许因为你理解它，恰恰它本来的面目呈现出来了，这是双向的，因为我们不理解它，所以我们会概念化它、会符号化它。而当你理解它，它会变得立体丰满。当然可能去维护，你肯定会去维护他，这有辩解的成分在里边。但同时我觉得把他生命内部的逻辑更加丰满地呈现出来了，因为你看到了它内在的存在样态。比如说我在西安采访的是我的大堂哥，他的车被抓了，如果我只把他作为一个跟我没有关系的人来看待，他挺可怜的，我可能简单地发一个感叹就完了。但正因为他是我的亲人，所以我产生了巨大的兴趣，我要去问一问，我要去考察到底这个车为什么被抓，被抓之后他遇到了什么。我在他吃饭的地方，我看到了那个厕所的时候，我会产生一种巨大的不适和对这种不适的反思、审视、批判，我觉得这可能是你理解他之后才会有的种种更加细致的情感。如果你就是来看一个风景画的话，可能就没有这种多层次地不断地进入、不断地反思。然后我耐心地去倾听，反复地问他具体的细节。这些细节呈现出来的时候可能就两三千字，但是因为背后有你这种耐心、倾听，有理解和辨别在里边，这种理解是非常重要的，是一个基本前提。不可避免它有很多其他的问题，但我觉得这种理解对我来说极其重要。

凤凰　在《出梁庄记》的后记当中，和您在接受华语传媒文学大奖发表感言的时候都提到两个关键词，就是"忧伤"和"哀痛"。想问您的是为什么选择这两个词？

梁鸿　其实当初我因为在写作，不停地写，两年的时间几乎都在做一件事情，可能有非常非常多复杂的情绪和难以叙说的东西。

这两个词其实是反复思量的结果。在我行走的过程中其实有很多难以叙说的思绪，比如你的羞愧，你的软弱，你个体的感受，你在逃跑的那种感觉，但是最根本的机缘、最根本的情绪在于你内在的那样一种、确实是一种忧伤的东西。我为什么提到帕慕克的"呼愁"这个词呢，因为在帕慕克的土耳其语境里"呼愁"是具有宗教的意味的，它对应的是数百万人共有的阴暗情绪。这种阴暗情绪是在心底里边流淌着的。在日常生活中，可能我们也笑，我们欢乐，比如说三轮车夫他并不是每天痛哭的，我们在讲打架时都是大笑着在讲的，非常痛快地在讲怎么打架；我在青岛跟堂叔们在一块聊天，他们也是非常快乐、非常正常的，这是一个生活的表层的流动，是正常的一个流动，有日常的喜怒哀乐，有日常的各种状态。但是潜流在心底里的是什么呢？当夜深人静的时候，一个普通的农户讲的是他大儿子的去世，他突然讲这样一个话题，你觉得那一刹那他心里的流动一直在那儿，只不过是被遮蔽的，自我意识遮蔽起来。所以我觉得用个什么词来表达这种共同的东西呢，可能只有这样一个词会比较恰当，当然只是个比较。这种忧伤它是数百万共有的阴暗的抑郁的、灰暗的暗淡的情绪，它若隐若现的，甚至它是非常清晰地在我们心底流动；这情绪背后包含的是非常具体的一种制度的设置、人的分化、城市的乡村的分化等等各种各样的问题，当然也包括我们对"农民工"这个词本身的概念化的处理。它背后包含了这个社会的常规，包含着很多偏见，就是我们把这个情绪再学理化一点。

那么当然比如说还有"哀痛"这个词，印度思想家说现代性的语言是一种精于算术的语言，我们学会了计量得和失，但是却忘掉了怎样去缅怀和表达我们的哀痛。一个没有民族传统的语言是失去哀痛的语言。我想什么是哀痛呢，哀痛就是我们的历史、我们的记忆、我们的过去，是未曾看见的那一部分，所以我在书里面写，有一句话我还专门用黑体把它写了出来，就是"我们哀痛不是为了倾诉和哭泣，而为了对抗遗忘"，我特别注重"对抗遗忘"这个词，就是我们要记住他们。我想做的就是把我们看不见的中国，把我们遗忘了的那个中国重新提请出来，让我们看到那个活生生的在、一个个的在。

当然还有一个更重要的层面，我觉得我们要自我反省，这个自我包含历史的自我和现在的自我。农民工的生活并不是跟我们没有关系的，他就是我们这个社会的一部分，他就是我们作为这个共同体里面的一部分，只不过是你的另一面。我觉得中国人有一个非常重要的特点，就是我们都特别擅长脱责，我们把一切都归咎于制度，一切都是制度不好，就是当官的不好，把自己撇得干干净净的，但其实不是这样的。我为什么在书里面，有一个层面就是我的这种情绪的展现，其实一开始我说实话我想更冷静一点，但为什么我后来又加了这个层面呢？就是因为我觉得我不能脱责，你没有那么勇敢，你时时想逃跑，你时时想赶紧离开，回到家里面洗个热水澡赶紧跑了算了，你为什么要回避这一点？你不能回避，这可能是我们很多很多人都有的这样一个情绪，你面对你的家人时并没有那么勇敢，面临小柱的时候你并没有真的去看他，你没有去看他这就是事实，这就是你的羞耻所在，但是我们把这个羞耻遗忘掉了，我们觉得那没有关系，跟自己没有关系。所以我觉得哀痛也在于唤醒每个人的这样一种共在的感觉，我觉得这种共在感可能是我们特别缺乏的。

我们血肉相连 但是又冷漠异常

凤凰　在您的字里行间，包括您刚才对于"忧伤"和"哀痛"这两个词的解释当中，我其实还找到两个关键词，就是"对抗"和"自责"。那两本书写了很多人物，每个人物都有自己的一段故事，但我想还有很多的读者还没有看过您这两本书，我想从中拎出三个就我个人来讲印象特别深刻的人物，简单地聊一下。第一个人物是光亮叔，为什么对他印象深刻呢，在读到您写他讲他死去的那个大儿子（就是宝儿）的时候，我不由地想起了《活着》当中死去儿子有庆的福贵，我觉得在某种程度上很像。

梁鸿　在青岛那几天，其实我和我父亲都没有提起这个，就很少提起他的大儿子，跟立婶就更不能提了，但是光亮叔，他会比如说"我们宝儿如果在的话都二十一岁了，我就不会在这儿打工了"；另外还有一点，因为那章里面写了很多死亡，无名死亡，小柱的死，就是这种死亡，离开村庄走到半路就死掉了，他永远没有归宿，永远不被人所知，他永远就是无名的存在，这里面我觉得确实是你刚才说的《活着》那本书里的那样，有时候想想真的是有这样一种"命如贱土"。但是这些人还在活着，这里面确实是一个复杂交织的东西。我的立婶经过了艰难的调养，她又一次试图获得生的能力，她把那种悲痛、想念投射在她的小儿子身上，所以我觉得活着像牲畜一样但依然在活着，这种坚韧、这种悲伤，甚至这种乐观——我的光亮叔依然穿着平整，把皮鞋打得亮亮的，然后穿衣也是我们梁庄著名的"光棍"，我们讲的光棍就是面子上的人，在青岛郊区那个小工厂他依然是一个面子上的人，他们家经常是来来往往的吃啊喝啊玩啊，挣的钱经常会花掉一大部分——但这是他尊严的支撑，他依然在活着，这种坚韧和这种屈辱以及这样一种悲伤是共在的，我觉得可能是这种活着给了我们复杂的意味。

凤凰 第二个人其实刚才您也已经提到了，就是小柱。可能这是您最不愿提起的一个人，他是您儿时的玩伴，然后就是在他去世的时候其实您正好在梁庄，但是您没有去见他最后一面，为什么？

梁鸿 对呀，其实这个话题现在我也不太愿意提，说实话我说不清楚，今天我用这样一种语气来谈这个人、这个朋友、这个亲人，好像非常有负罪感，但当时非常自然，我就是没有去看他。那么为什么呢？在生活中有很多选择可能都是非常无意识的，你就是没有去看他，你没有负罪感。今天当我重新有意识地再次走进梁庄的时候我突然产生一种负罪感，那是因为我在反观我的生活，我在重新思考。但当时为什么呢？我其实一直在想当时为什么呢，是因为我觉得他可能暂时不会死吗，暂时不会去世吗，还是因为我不想看到那种悲伤的场景，还是因为我跟他没有任何感情？好像都不是。并且当时我也并不是匆匆忙忙要急着走，因为我们经常在村庄里面走来走去的，可能那一刹那就是想走回家了，回到我哥哥家，回到县城了我就走了。所以到底为什么没有回去，我觉得这里面实际上包含了一个非常残酷的话题，最后我说的一句话是"我们血肉相连，但又冷漠异常"，其实就是这样子的？虽然血肉相连，但是你对他漠不关心，因为毕竟是另外风景里的人物了，你跟他好像不在一个平面上，两个生命越离越远，越离越远，最后双方就看不见了，尤其是你看不见他；你可能越来越高，你不断求学，最终在京城教书，过得也还不错，而他越来越低，最后跌到尘埃里面，你看不见他了。这种看不见，今天我经过了梳理，层面变得清晰化；其实这种看不见就蕴藏在我们每个人的心里面，我们对很多东西都是看不见的，并且我们从来不知道我们看不见，这就是它非常残酷的一个地方。

我现在也不太愿意提小柱的死，好像我在忏悔一样，其实我没有那么高尚，如果今天还有另外一个小柱在那儿，可能我还是没有去看他，我没有那么高尚的。这也是另外一层残酷，你写了梁庄，你对你自己的精神进行一个极大的批判，但是真正有另外一个小柱以另外一种面目出现的时候，可能你还是不会去看他，这才是一个最根本的残酷所在。我觉得人和人性有很多内核被包裹起来，你自己都难以觉察，可能我所做的只是把其中一点点掀开来看看，而那个更深远的自己，也许我还没有看到。

凤凰　其实还有第三个人物，这个人物就比较好玩了，就是那个"算命仙儿"贤义。用现在最流行的话来讲我觉得他简直就是神一般的存在，就是特别的混搭，而且我在您的描述当中感觉您对他的看法和感觉似乎与别人都不太一样。

梁鸿　对，说实话其实我一开始跟你一模一样的感觉，觉得他特别混搭，特别后现代，特别支离破碎。我在书里面写他那个砖木的房间中间是一个大大的金光闪闪的毛泽东像，毛泽东像上面是四个字"佛光普照"，然后再上面是一个菩萨；毛泽东像两边是各种佛学的话语；下面的条几上摆的是财神爷、观音、菩萨、关公，各种各样的神都在那儿摆着，既混搭又冲突，但同时也特别和谐，就这种感觉非常怪。

一开始他手里拿着个念珠，我忍不住想嘲笑他，因为在我们的心里面都有一个算命仙儿原来的形象，腐朽的、干瘦的，戴着瓜皮帽，我原来是这样想他的。但是我觉得在那儿待了两三天之后，我真的是慢慢改变了一些看法，当然并不是完全地去肯定他的存在，而是说在他身上看到有某种遥远的光亮，他冲破了重重的障碍来到我们面前，依然在闪光，依然能够慰藉我们的心灵，这是让我特别震惊的。他脸上的表情真的是非常开阔的，特别清明的，就好像拥有某种宗教一样的那种清明感，我们是没有的，我们少了一种空间。但是同时他会自称是个算命者，通过他的很多测字、五行八卦，至少能看出他不是一个高深的有修炼的人，而是相当浅层次的。但就是他这样一个浅层次的算命者，能够通过他的学习，通过对传统知识的某种揣摩来获得一种内心的空间，并且他把他这种空间传达给别人，比如那个寡妇——一个农妇她有困难的时候，她有过不去的坎儿的时候她没有去找政府，她要找这个算命仙儿，为什么呢？因为她的精神还需要某种信仰，那是跟制度没有关系的，是另外一层空间。所以我觉得贤义的存在可能在这样一层空间，而这层空间它被重重地遮蔽，尤其是今天当很多传统的话语重又回到我们生活之中的时候，它依然是被污名化了。我们没有真正去恢复某些本真的东西。所以我为什么花一章专门写传统呢，它确实是一个非常复杂的存在。但不管怎么样我觉得贤义他真正是有某种开阔的东西，我觉得他是值得尊重的。我们的传统里边还包含着某种能够慰藉我们心灵的东西，但是今天我们都把它污名化了、把它遗忘掉了、把它遮蔽了，我也希望通过这个人物来传达一点点这种思考，但是也不能把它过于拔高了。

凤凰　其实他这种信仰上的世俗性和可笑的地方，也很可以理解，因为中国的这种宗教信仰自始至终都是带有一种功利性的，而且是泛神的这样一种信仰。

梁鸿　对，泛神，确实功利得比较明显，比如说我来求神就是为了发财，消灾等等。但即使有一点功利，我想也并不是完全不好的。我为什么讲这个，在这里我其实花了特别大的工夫，因为这是个理论话题，在写这个传统这一章时，我也试图把它梳理得相对清晰一点；我是2012年的4月底去了一趟台湾，启发非常大。我是去考察台湾农村，台湾村镇里面摆的是各种各样的神，每一家可能就有一个小神，什么大道公、妈祖、观音菩萨，但是他们非常自在，非常自在地在信这个东西。我在后记里面提到一个例子，就是我到一个叫台江的地方，那个村庄的主人带我去庙里面拜一拜，就说这个大道公啊，就是大陆来的几个人希望你保佑他们平安，保佑他们这趟旅程能够顺利，然后让我们也拜了三拜。我当时在听他说话，看这个庙里面各种各样的人在活动，都是老人在那儿跳舞、聊天，还有一个傻子窜来窜去的，非常安稳非常自在。我当时就在想，他们是一群幸福的人，因为他们是被庇护的，他们心里面知道他们是被庇护的，他们是有根基的。但是我们呢，我们都是破掉的，我们破四旧破掉的，全部成了封建迷信，实际上把自己的传统贬低化了，没有让它得到一个正常的生长空间，所以当现在它再重新出现的时候也是以一个扭曲的形象出现的，这个需要特别加以甄别，尤其是在某种大的话语体系下更应当警惕。

　　传统本身里面有很多好的东西，但是今天我们没有很好地把握，我们也失去了它重新在现代生活打开的可能性，这是我在台湾感到的特别真切的一点：我觉得人家信那个神是非常自在的，也并不见得就一定比基督教比其他宗教低层次的，因为他们是信，因为这个信所以他们觉得我要对人好、我要求善、我要获得另外一层空间，我觉得这同样是很好的。所以信是可以非常纯粹的，非常纯洁的，如果我们让它很好地生长的话——但现在显然比较艰难，这也是我反复思考的东西。

非虚构不排除情感 是暧昧多元说不清的

凤凰　那随着您的抒写，我想现在梁庄恐怕已经成了中国最有名的村庄了，有人甚至说它已经和费孝通的江村、梁漱溟的邹平、晏阳初的定县，还有陶行知的晓庄一起，成为中国乡村研究的样本了。但是好像梁庄其实是一个虚构的名字是吧？

梁鸿　对，还是有很大不一样的。当然我很高兴别人这样来说，因为它毕竟也可能具有某种典型性和普遍性，但我是觉得它还是有很大的不同的。首先，它不是一个社会学文本，不是一个社会学的理论考察，像费孝通的《乡土中国》、《乡村经济》，它都是一个非常纯粹的好的社会学文本，包括晏阳初的这个定县，还有邹平，它们都是乡村建设中一个非常具体的实践的东西。但是你要知道社会学很多考察也是化名的，这个虚构不虚构本身可能还不是非常重要的，社会学有个约定俗成的规则就是它会写成比如 L 县、L 村，不会用一个真正的村庄名字。最关键的在于我觉得梁庄它是有文学的叙述在里边，它不是一个科学的文本，不是一个学科内的科学的学术的文本，它是一个交叉的文本，它是纯文学的。但是我觉得可能对大家来说，有一点非常宝贵，那就是在于梁庄这样一个现实性的描述，可能更多地在于梁庄的非虚构性，从这个意义上来讲梁庄跟那些村庄之间有相通的地方，但是我觉得它们之间的差异也是很大的。

凤凰　谈到了非虚构，这个概念在这两年挺火的。这个概念比较新颖而且也很贴切，但是也总让人有点弄不清楚，就是这样非虚构的写作作为文学作品来讲，我不知道它跟我们之前一直都有的纪实文学、报告文学有什么不一样的地方，它为什么要叫非虚构呢？

梁鸿 非虚构确实是比较新的一个名词，它跟报告文学到底有什么不一样的地方这也值得细细考察，我想可能有一个最根本的不同——就从我自己的创作实践来讲（我不能说其他的）我觉得报告文学可能是一个比较大的宏观的叙述，它是在告诉别人这个事情是这样子的，在告诉你某种确定的道理，或者某个人物确定的描述，但是非虚构或者说梁庄它可能是个人的，是个人视角的，是我的梁庄我走进去了。我不是在告诉你一个确定无疑的梁庄是这样的一个存在，我只是在试图挖掘、寻找梁庄的存在，是一个不断挖掘的过程。可能我自己都非常迷茫，可能我自己也有很多的怀疑、犹疑我也说不清楚，我只是试图把这样一个复杂性呈现出来，甚至它是暧昧的、它是多元的、它不是确定无疑的，这是我认为可能是最大的一个差异。到底为什么要离开梁庄最终我到现在也说不清楚，我就想把这种说不清道不明的复杂的存在传达给你，通过我的人物、故事的形象来让你尽可能细微地体察到，然后你来思考，让你加入思考，开放性的，我觉得这是一个最根本的规定。

"我"的在场是双刃剑 感性和理性很难融合

凤凰 我下面可能要请您回应一个质疑。有位专栏作家对您有过一个批评："梁鸿的问题在于叙事不分轻重缓急"，然后我个人一个阅读的感受也是觉得，虽然您笔下的每个人物有自己的故事，每个故事又有不同的细节，但是总体读下来，似乎感觉每个人每个故事之间其实同质性还是很强的，容易产生一种阅读疲劳。我不知道您对这个问题怎么回应？而且不光您的作品，好像这类非虚构的东西都面临着这么一种同质性的问题，就是会产生阅读疲劳。

梁鸿 我觉得他说的可能有一定道理，但是我并不是完全认同。什么叫"不分轻重缓急"？我觉得这个词有点过于笼统。我觉得文学是有节奏的，《出梁庄记》也是有节奏的。比如说我一开始重回梁庄，然后我到了西安，在西安我写出了三个群体，进行重点考察——当然因为他说的是《中国在梁庄》，他说的不是《出梁庄记》；我先说《出梁庄记》——我考察的是一个三轮车夫的群体，重点考察城市制度跟他们之间的关系；然后我到了南阳，我选择的是算命者，这是另外一个崭新的话题；然后传销者。传销和算命恰恰是中国民间生活里面特别诡异、特别神秘的东西，我想通过这两个个案来达到某种理解力吧。

在《出梁庄记》中，比如我写那个传销者，我没有先让他出场，而是通过我对其他人的采访，三个人互补的叙说，最后再让他出场，作为一个互文的补充性的描述。但是最终你看他也没告诉我，他不承认他是一个传销者。但不管他承认不承认，我想通过多个层面的叙述来完成他的形象的一个塑造，我觉得我还是比较有意识地去力求做到鲜明、清晰。最后我又回到了梁庄，因为进城农民他最终一定是要回到土地上的。所以在《出梁庄记》里面我觉得我还是相对做了一些节奏上和结构上的处理，也是比较在意的。

那么反过来说《中国在梁庄》，《中国在梁庄》我觉得一开始确实不是很清晰，就是自己对这个问题的把握其实没有做到像《出梁庄记》里这么谨慎，所以我刚才说他的批评有些道理。我就沿着一个自然的线索，我回到梁庄，我看到什么看到什么，有一种铺开的感觉。但是同时我在想，就假设说我特别分轻重缓急，我也不知道会是什么样子。一开始我在想，"我"到底怎么出现——这引号的"我"——到底怎么出现呢？怎么样在这个梁庄的文本里边，在梁庄的大地上呈现出来呢？我曾经想过完全不要"我"，只要自述，只要一个个人物的自述，就像周同宾，他写《皇天后土》，完全是人物的自述，但是我又觉得少了另外一个非常重要的一块，就是在场的感觉。所以其实最后我放弃了那个东西。然后我让"我"也出来，"我"带着大家进入梁庄，有一种在场感。但问题就在于你的引导性太强了，你过于引导别人了，你偶尔抒发的东西可能太多轻清、太过浅薄，所以会让人觉得有点肤浅，但当时我也没有思考那么多。这是个双刃剑，《中国在梁庄》这个结构是双刃剑，你想达到这种效果，它成就了你，但同时也破坏了这本书一个总体的面貌。假设《出梁庄记》完全是人物自述，"我"一点也不出现，别人就说这本书写得文学性太强了，你看各种各样的故事都出来了，多么好的一个文本。但是我又想我为什么要舍弃这个东西呢，我想增加那样一种田野调查的感觉，让读者也能够有在场感，能够进到这个人物里边。

凤凰 还有一个疑问，我知道您在写这两本书之前翻阅了很多理论书籍，刚才我在架子上也看到了好几本，但是在这两本书当中却很少看到理论，可能您是把它当作文学作品来操作？哪怕是在记录、叙事和抒情之外的那些思考和议论当中，我好像也没怎么看到这些理论的应用？

梁鸿 还是有一些吧，可能因为我是把它融进去了。我在《出梁庄记》里面还做了一些引述，《中国在梁庄》里面我几乎没有引述。《出梁庄记》触及的层面比较复杂，该引述的还是要引述的，但总体来说还是非常少。我觉得一方面它有结构上的困难，文学以叙述为主，而引述过于理性，你在写作具体过程中会有这种困难，很难把两者协调一致，太过理性会觉得跟这个文本是冲突的，你很难将充分的理性融入到感性之中。当然也因为我没有那么高的文学才华，所以有的时候我很是谨慎地去用一些东西，包括像孔飞力的《叫魂》，其实我曾经想把它删掉，我觉得有点太过学术了，这种想删的思维过程就说明是有冲突的，很难把这样一种文学叙事和社会学、政治学那种理性的东西真正融入到这个文本里边。

梁庄是依靠亲情来完成的　父亲是我的队员

凤凰　我知道您身在高校，应该有这种课题研究项目立项的可能性，但是写《中国在梁庄》的时候，这样一个题材、一种呈现的文字方式肯定是不能立项的，不知道您在调研时间和调研经费上怎么办？这种社会调研其实很多时候是需要一个团队去完成的，我不知道您有没有这么一个团队，还是就您自己单打独斗？

梁鸿　我有团队，我父亲是我的队员。

其实写《中国在梁庄》是非常自然的一个过程，它也不是科研成果，就因为想写然后回去了，不会考虑到钱。对于我来说我可能从来不会去考虑钱的问题，因为首先你自己还是可以支撑的，其次这个不是钱的问题，是自己想要去做，人面对自己想做的事情是不惜代价的，所以在这个时候愿望会超过其他考虑。不管它是不是科研，不管你花这个钱有没有回报，你都要去做。

我一直觉得从 2008 年到现在，几乎五年时间，我能够在我人生中最美好的年华，35 到 40 岁之间写这两本书，我觉得是特别幸运的一件事情，也很幸福。因为我选择了一个我喜欢做的，我还能够做的，最终还做成了的这样一件事情，我觉得太幸运了。很多人可能终其一生都没有找到自己愿意做的喜欢做的事情，我找到了，我觉得这已经够幸运了，上帝已经垂青了你，你就不要再多说什么其他东西了。

写完这本书以后也有一些出版社来聊，就说跟一个团队带着摄像机什么的，我当时就说可能不行，为什么呢？因为这是个人的体验，它一定是个人化的书写，一旦有别人就变成了公共的东西了，我觉得这肯定不行的。当一群人跟你走的时候那种体验一定是不完整的；尤其是一群人在另外一个状态下，和你父亲跟着你是不一样的，所以我一丝一毫都没有想到要搞一个团队去操作这个事情。我最终还是选择了我自己，我自己来做这件事情。当然可能面临的困难非常多，因为走这么多城市确实会非常艰辛，这是肯定的。

我现在写完这个，考察完这个梁庄，走完之后，我出去再也不背相机了。我好多次出差，几乎快半年时间我到哪都不背相机，我实在是伤了。考察的时候，我自己要背相机，还有摄像机，就是小的那种DV，还要拿笔记本电脑，我自己背着一个双肩背，然后挎着一个大包，非常沉，累坏了，所以现在我连照都不拍，除非别人给我拍几张。我自己不拍，太累太累了，确实非常艰辛，后遗症特别严重。但是我觉得最终的完成还是非常欣慰，我觉得我完成了，不管怎么样，退缩也罢，软弱也罢，最终你把它走完了。

在这其中我当然还要感谢我父亲，我的父亲是一个非常像豌豆一样的，砸不烂的那个豌豆一样的，特别乐观的村庄老人，也算是在村庄里略微有一点点见识的人。他觉得我在做好的事情，一件正义的事情，他就觉得那没有他不行，人家非常拽，说："没有我不行，你一定得带着我，你得把我带上。"但显然也是这样，比如很多时候我跟我的堂叔、堂哥十几年不见，走的时候可能就是小姑娘，这么多年有很大变化，我也不会拉家常；但是我父亲一去，因为他又是叔叔辈、爷爷辈什么的，二叔、二爷、二哥来了一定要喝酒的，一喝酒之后一下就放松了，马上这个视野就打开了，各种各样的话语、故事都出来了，水到渠成。

所以你会发现，非常有意思的是其实我完成梁庄是依靠亲情来完成的，我依靠的不是现代的很多关系，我依靠的是中国熟人社会里边最基本的一个关系——亲情，它帮我完成梁庄，其实这是很有意味的。我也是梁庄的一分子，最终我的选择可能也是梁庄的选择。当然还有一些资助，但我觉得并不重要，最终是你写完了，你人生中最重要的一个要求，情感的要求和理性的要求完成了，这是让我感觉特别好的事情。

我没有真理似的坚定　写梁庄不是为民请命

凤凰　因为我是学社会学的，所以我对社会调研很多细节非常清楚，我想知道的是在您的调查当中，您的那些老乡们，是不是有过把您当作北京来的救星？而当他们知道了好像您不能给他们提供什么实际的帮助之后，会不会对您的这种询问、采访表现出一种无所谓，甚至说一种不太热情、不怎么理睬的态度？

梁鸿　我觉得这时候我父亲起了很好的作用，如果只有我自己，可能我就不太确定了。不过因为写《出梁庄记》我是直接打字的，我们在一块聊天我是边听边打的，我就直接告诉他们我要写一本书，至于写成什么样他们也是不太清楚的，完了他们就说终于有人来写农民的事了，还是我妹子，他会带着我到处转，"这是我妹子，在北京教书非常拽"，我觉得这时候他其实没有多大功利的，因为他知道我在大学教书，不是个官员。如果我是个官员去了那，一定不一样，但因为我的身份是教师，所以他们希求得到救助、帮助的愿望就小了一点，在大部分的时候还是非常非常热情的。

当然事后也有一些具体的问题来找我，很多问题确实也没办法解决，但是我觉得他们并没有怪我，也没有说有多么失望，因为他们知道我能力有限。包括我到北京，我的那个三堂哥可能不太愿意见我，我觉得也不是因为他不喜欢我们，而是因为他确实孤独，他有点封闭，这个空间领域他无所适从，不知道怎么处理，所以他不想见人。所以这个时候就回到前面的话，理解就发生了所用，如果我不理解他，我会非常责怪他，说你看我们是非常近的关系，我们是不出五服的亲属关系，我都跑到你家门口找你了你还不见我，但是我没有怪他，当时我一看到他，我马上就明白了，他因为常年出去打工，原来在新疆打工，然后到北京也是，实际上他特别孤独，他不知道怎么跟我打交道，不知道跟我说什么，所以他干脆避而不见。所以我觉得我特别理解他内在那样一种情感的发生，这是我采访这么多唯一一个对我不热情的老乡，但是我觉得我真的是不能怪他，对他的理解反而有助于我对他生命的复杂性做出更深的考察；我觉得对我来说虽然可能会袒护他，但真的是更深地进入他的生命内部。

凤凰 您还特别强调您反而担心您的作品成为一种谏言？

梁鸿 对，这是我最近这段时间特别重要的体会，我觉得有种旋涡在裹着我往前走。我是特别警惕的，我觉得我还是要保持独立性，保持学术的或者说某种自我的东西。我在郑州做一个讲座，有一个老人家就说，"你看你啰啰嗦嗦地说那么多，一句话就是制度不好，然后你干吗不去……"，他说了很多，我也耐心地听他说完，然后我就跟他说，如果你读完《出梁庄记》之后你只恨这个制度，我觉得我是完全失败了；如果你读完是五味杂陈，觉得有很多东西纠结在那个地方，读完你会反复思考琢磨，作者是否把它梳理开来找到了内部的逻辑和复杂性，你对这个社会的内在逻辑忽然发生了兴趣、产生了疑问，如果你有这样的想法，那么我觉得它的目的可能就达到了。我希望它是一个文本，是一种探索、一种呈现、一种挖掘，它一定不是一个为民请命的直接的控诉的东西。如果这样，那我真的觉得可能还不如不写呢。

凤凰　但大众容易对知识分子产生这样一种期待。

梁鸿　他有这种需求，他需要把你归类，我对这种东西还是抱着一种本能的警惕的，我觉得还是要基于我的眼睛和思考来写出我想表达的东西。我自己都没搞清楚，我自己都在不断犹疑、不断挖掘，我还在路上，我怎么可能告诉别人一个确定无疑的东西呢？我觉得如果是这样，我是不负责任的。所以《南方人物周刊》颁"2013年青年领袖"，他们问我"你认为什么样的人具有领袖气质"，我就说，我肯定不是一个青年领袖，因为我觉得我会很犹疑，怀疑很多东西，我特别害怕那种坚定无疑的声音、真理似的发声，我会偷偷地怀疑，我自己是不敢那样的，但有些人有那样的坚定性，而我是没有的。

写乡土有很多陷阱　说农民没改变是不负责

凤凰　学术方面，乡土文学其实一直是您重点研究的领域，但是我感觉好像中国的乡土文学从一开始就不是特别把乡土本身当作关注和描写的重点。在那个时代或者是被当作一个对旧时代的讨伐，或者是被当作对新民的启蒙，或者又可以说它变成了一种对历史的追根溯源等等；而且也没有办法满足很多读者希望通过作品看到中国乡村、乡土真实现状的这样一种阅读期待。我不知道我对于这种乡土文学的感觉是不是准确？中国的这个乡土文学自它产生开始是不是有这么一种现象？

梁鸿　我觉得你说的还是有一定道理，就是文学里面的乡土到底意味着什么，到底有什么样的象征性，这可能是文学界一直以来不断探讨的问题。但是有一点我们也需要关注，那就是乡土它是多个层面的乡土，文学也是多个层面的文学，我们一定要知道它是有它的虚构性、塑造性，作家写乡土并不应该完全局限在反映现实上，这只是一个层面。就像我这样写作是可以的，但是另外一种方法写作也是完全可以的。有些是完全虚构的乡土中国，那么那种狂欢的、荒诞的，像莫言像阎连科的作品，那是另一个层面的乡土。文学是有多个通道的。那反过来再说今天的乡土文学，如果说所有的乡土文学都完全是一个虚构意义的，完全是一个借乡土来说话的，像刚才你说的，那我想它是缺失的，它缺失的一个特别重要的层面，那就是我们每个人都是这个中国生活经验的一部分，你没有把你的经验最大程度地书写出来，没有把经验背后的那样一种逻辑最大程度地书写出来，那么你作为文学家的任务是没有完成的。在这个意义上、这个层面的一些书写可能一直被忽略掉了，但是并不能由此而否定比如说像鲁迅他们那一代以来的乡土书写，不能把它二元对立化，我们只能说这样一个层面可能一直没有被完全地呈现出来，大多还停留在象征性的启蒙的一个视角。这样一个视角居多一些，农民可能也是被拿来作为一种层面的解释，有可能这样的。

凤凰 对，这是现代文学一直传承下来的一种启蒙传统。那在当下的这种乡村书写、乡土书写当中其实还有另外一种倾向就是要么彻底被忽略掉，要么就是把书写当成一个当代社会问题的解毒剂，变成了一个想象，就是把一个原本可以很真实、非常有质感的乡土变成了一个田园乌托邦的美梦，这其实变成了当下写作新出现的一个现象。

梁鸿 对，就是要么是把它作为田园乌托邦的美梦，要么就像刚才我们说的谏言般的存在，这两个都是陷阱，特别大的陷阱。所以乡土书写其实面临非常多的陷阱，因为它有很强烈的现实需求，你会被挟裹在其中。比如说田园诗般的乡土书写，《南方人物周刊》的那个标题就是"从来没有田园式的村庄"。当然我们在文学里边把这种田园式的村庄作为一个人类乌托邦的理想，这是完全可以的，像沈从文他要建构一个希腊小庙，这就是跟现实无关的一种理想的人性最高的存在，它是另外一个层面的乡土书写。但是很多人明明是在写现实，却要搞成像美的乌托邦的书写，我觉得就是虚假的。这是两个层面，沈从文那是一个审美的人性的书写，是另外一个层面的，而现在我们很多现实的乡土书写也变成了美丽的乌托邦，这肯定是有很大问题的。

另一方面，如果它完全成为攻击现实政策的一个猛药，这也是一个特别大的误区。实际上《中国在梁庄》《出梁庄记》也都面临这样的陷阱，当然这可能是我写作本身的问题，这就是我反复强调它是文学性的原因，就是不希望人们过于去关注这方面，认为作者是通过这个来抨击什么，我还是在努力把这种复杂性写出来。但是你会发现人们往往会忽略这一点，往往会去看另外一些东西。我觉得这都是时代给你的涂抹，这是很正常的，各种各样的解读也都很正常。不管怎么样你要保持你自己的核心："我是这样子的，我要从这个角度进入"，你不要被他们忽悠，不要被他们诱惑。我最近真的是感觉有种旋涡，我一直在这个旋涡里面打转，各种各样的力量都在拉扯，能够做到倾情、独立其实还是相当艰难的，但我说过，你要抱着很大的敬畏之心来读梁庄。

凤凰　现代文学中的乡土文学有一个启蒙的传统，那启蒙了这么多年，一个世纪了，就您对梁庄（包括中国的其他乡村、在中国城市当中谋生的农村人）有了一个比较全面的观察之后，您觉得像鲁迅他们所写的中国农民当年的那种精神状态在现代的中国农民身上还存在吗？

梁鸿　依然存在，并且依然牢固存在着。我写《出梁庄记》时我特别警惕，因为一下笔我发现有点像鲁迅的那个，我不是说跟鲁迅一样，而是说有那种启蒙的感觉，所以我就赶紧收回来。那么为什么我这么警惕呢？因为我在想一百年之后，我如果还是沿着鲁迅的这个路子来写，如果我呈现的还是一模一样的农民、一模一样的生活，那么是不是我有偏颇，我有被遮蔽的地方呢？所以刚才我为什么说依然存在呢？当我们用一种普遍的视野来看农民的时候，农民工坐在公交车上，农民工坐在地铁里面，农民工在建筑工地上他依然是麻木的，依然是沉默的、肮脏的，是这个社会屹立的风景的一部分。如果从这个角度来看，他依然是这样子的。但是他是否就真的是这样子呢？如果一百年之后我们依然这样去理解农民的存在，那么我想我们的理解是有问题的，这是一个方面。

反过来一百年之后农民到底有没有质的变化，这是一个更大的、我们需要质疑的问题。一百年之后，农民依然没有主体性，依然是被动的命运，不管他身在城市，不管他挣了一百万，可能他的命运还是没有改变的。但是我想说的是尽管是这样，我还是希望把农民内部的丰富性更多地呈现出来，因为有丰富才有可能。比如说我在书里面写了很多反抗，光亮叔他们到劳动局去告状，比如他偷了一个铜板，这都是农民的一种反抗方式，并不是铁板一块的，这个内部的冲突在不断地发生，我希望把这种冲突展示出来，虽然它比较微弱，但是它是在的、是有的，他并不是完全沉默、完全认命。他在不断反抗，我觉得这样不断地反抗、认命、反抗，总是会带来某些松动的，我觉得这也是我对一个特别确定的判断有所警惕的原因。所以一开始你问我这个问题，我虽然那样回答但我是特别警惕的，我们不应该从这个角度来做大判断，说农民没有任何的改变，这种判断我觉得是不太负责任的。

凤凰 也就是说我们今天的写作在某种程度上其实是接续和重新完成五四以来的那种乡土文学的使命？

梁鸿 对，以另外一种方式在接续完成它。

学科分工给了我们逃避公共责任的可能

凤凰 我记得您在《中国在梁庄》的前言当中写过时下知识分子书写所面临的一种尴尬，就是他要表现一种知识分子的良知，就往往会带上某些具有明显倾向性的激愤式的话语表达；他要是想表现出一种相对的客观、冷静、温良的学术式的思辨，又可能会被当作是对主流意识形态的一种妥协或者说被同化，那我不知道在您完成了两本书之后，找没找到克服或者避免这种尴尬的方式？

梁鸿 还是非常难的，我觉得当代的知识分子确实是非常艰难。没有一个被称为知识分子的人是不愿意独立思考的，是不愿意承担某种更大的责任的，但是现在我们有逃避的可能，就在于学科分得非常细，我们可以成为学科知识分子；我们有岗位意识，我们只要把专业搞好就算完成了任务，实际上是有了某种逃避的空间和可能。但如果你再从中挣脱出来，你作为一个社会的完整的人来看你自己的时候，你是不满足的，你觉得我不能这样，我是这个社会的一分子，我还要完成某些公共空间里面的一些东西。但是一旦你发声，就会有来自于方方面面的阻力，比如外部的阻力，那是毫无疑问的；内部的阻力会说你不好好做学问你干吗呢？当然还有另外一个层面，你怎么来发声？经过这么多年的一种探索，我觉得其实还是非常艰难，就算我现在发声了，以这种方式可能是不满足的。你这不行，你这太不大胆，你这怎么怎么，也有人认为你看你这么不专业。但是我觉得如果你认为你找到了你自己恰切的方式，你还是要坚持。不管做一个学者、一个知识分子，还是一个作家，你都不能够放弃某一个层面的东西。

授奖辞

2012年国家图书馆第七届"文津图书奖"授奖辞

《中国在梁庄》所呈现的不是一般意义上的田野调查，严谨、客观在这里似乎让位于细腻与千丝万缕的情感纠葛；通常在田野调查中处于主体位置的客观描述，在这里只是每一段落的导读，鲜活的文学描述与作者的主观思绪跃为文本的主体。

但是，这一切，并没有改变文本存在的价值："对于中国来说，梁庄不为人所知，因为它是中国无数个相似的村庄之一，并无特殊之处。但是，从梁庄出发，你却可以清晰地看到中国的形象。"

梁鸿文本中让我常常陷于无法自拔境地的，是作者每每从具体事件幡然而及的叩问。作者似乎是在有意地铺设场景，却在读者深陷其中后施之叩问。这时，我们的思索与结论已经无处逃遁。因为，这叩问，因作者对梁庄历史的深刻体恤而深邃，因其身体走出梁庄，而精神始终没有须臾离开而充满切肤之感，因在梁庄中国之外有北京中国的参照而富于时代气息，更由于一个学者、文学工作者长时间思考的磨砺而一针见血。（庄建）

2012年第二届"朱自清散文奖"授奖辞

梁鸿的《梁庄》以乡村人和离乡者的双重视角观察着乡村现实、

回顾着乡村历史、瞻望着乡村未来，娓娓的讲述中流淌出不尽的忧伤，而叶落归根的决意更加重着忧伤的分量。梁鸿既入乎其内又出乎其外的讲述，让我们反思改造乡村的理念与方式，让我们思考那些古老的乡村秩序和乡村景观是否还有恢复的可能。梁鸿文章的可贵之处，在于故事和情感的真实。梁鸿以真实的力量引起我们的共鸣，让我们也同样地顾后和瞻前，忧虑和悲伤，困惑和迷茫。在心系母土的真实表述中，有着值得珍视的精神担当。

2010年度《人民文学》奖授奖辞

作为一位年轻学者，梁鸿走出书斋、走向故乡是为了使学术与言说回到坚实的土地与活的人生。现代背景中的故乡书写，是五四以来中国文学的焦点之一，但《梁庄》在新的时代条件下仍显出迫切的意义。梁鸿以复杂多端的角色和角度，呈现当下的、具体的村庄，在忠直而谨慎的描述中，梁庄成为了认识中国乡土之现在与未来的醒目标本。

新京报2010年度文学好书授奖辞

文学既是想象的艺术，更是现实的映射。《中国在梁庄》以非虚构的优美文本，再现中国乡村的转型之痛，让一部田野调查式的文学作品同时具备感动的力量和思考的深度。我们致敬梁鸿，因为她记录的不仅仅是河南故乡，甚至也不仅仅是人们想象中的中国。她的写作代表的是，转型一代的中国作家以非虚构方式重建家国形象的努力。

第十一届华语文学传媒大奖年度散文家奖

梁鸿的批评文字诚恳、谨严,散文写作厚实、凝重。她的忧思与执着,来自对故乡这一精神原点的长久注视,她的爱与痛,植根于此,她对时代真相的追问,对个体生命的逼视,亦从此出发。她发表于2012年度的《梁庄在中国》(即《出梁庄记》),以一个村庄为样态,调查、考证、深思,让无声者发声。这既是对他人肉身痛苦、精神流离境遇的观察与同情,也是对自我的审视与警醒。她对时代之不公、不义的揭发,践行的是知识分子的责任,她对渺小人群之乡愁与苦难的体认、书写,也为文学写作重新成为一种实学、重返生活世界提供了可靠的路径。

获奖感言

很高兴能够获得第十一届华语文学传媒大奖年度散文家奖。感谢组委会、各位评委及《南方都市报》。这个奖与其说是嘉奖我个人,倒不是说是在嘉奖梁庄。在这个光鲜华丽却又尘土飞扬的时代,梁庄的农民,从梁庄出发,在中国大地上迁徙、流转、离散,去寻找那“奶与蜜的流淌之地”,寻找幸福、公平和正义,宛如“出埃及记”。但是,梁庄人却成为一种反讽的存在。他们没有找到“奶与蜜”,却在城市的边缘和阴影处挣扎、流浪,被歧视、被遗忘、被驱赶,身陷困顿。对他们而言,律法时代还远未来临。他们仍是被遗弃的子民。他们承受着这个时代最深的重压,但同时,却又那么坚韧、乐观,永远不放弃内心的渴望,不放弃对温暖、尊严、团圆和救赎的渴望。我愿意因这个重要的奖项而让更多的人去感受梁庄。我要感谢梁庄和梁庄人。我从那里得到的,将永远无以回报。

帕慕克在凝视伊斯坦布尔时,他说他的内心充满了"呼愁"(huzn)。用中文来翻译,"呼愁"或可以用"忧伤"来对应。"忧伤",是一种集体情绪和某种共同氛围,蕴藏在这个时代的每一处废墟之中。并且,我们越是决心清除这一废墟,"忧伤"就越是清晰地存在于生活在这个时代的每个人心中。

　　是的,忧伤,当奔波于大地上各个城市和城市的阴暗角落时,当看到梁庄的乡亲们时,我的心充满忧伤,不是因为个体孤独或疲惫而产生的忧伤,而是因为那数千万人共同的命运、共同的场景和共同的凝视而产生的忧伤。忧伤不只来自于这一场景中所蕴含的深刻矛盾,制度与个人,城市与乡村等等,也来自于它逐渐成为我们这个国度最正常的风景的一部分,成为现代化追求中的代价和牺牲。它成为一种象征存在于我们每个人的心灵中。我们按照这一象征分类、区别、排除、驱逐,并试图建构一个摒除这一切的新的自我的堡垒。

　　然而,如何能够真正呈现出"农民工"的生活,如何能够呈现出这一生活背后所蕴含的我们这一国度的制度逻辑、文明冲突和性格特征,却是一件非常困难的事情。并非因为没有人描述过或关注过他们,恰恰相反,而是因为被谈论得过多。大量的新闻、图片和电视不断强化,要么是呼天抢地的悲剧、灰尘满面的麻木,要么是挣到钱的幸福、满意和感恩,还有那在中国历史中不断闪现的"下跪"风景,仿佛这便是他们存在形象的全部。"农民工",已经成为一个包含着诸多社会问题,歧视、不平等、对立等复杂含义的词语,它包含着一种社会成规和认知惯性,会阻碍我们去理解这一词语背后更复杂的社会结构和生命存在。

　　农村与城市在当代社会中的结构性矛盾被大量地简化,简化为传统与现代、贫穷与富裕、愚昧与文明的冲突,简化为一个线性的、替代的发展。我们对农村、农民和传统的想象越来越狭窄,对幸福、新生活和现代的理解力也越来越一元化。实际上，在这一思维观念下，"农民工"非但没有成为市民，没有接受到公民教育，反而更加"农民化"。

我们缺乏一种真正的自我参与进去的哀痛。哀痛，就是自我，就是历史和传统，就是在面对未来时过去的影子。用哀痛的语言来传达忧伤，那共同风景中每一生活所蕴藏的点滴忧伤。哀痛和忧伤不是为了倾诉和哭泣，而是为了对抗遗忘。

我将永远站在大地的尽头，卑微而又热忱地倾听来自故乡的、大地深处的喃喃低语。

最后，衷心感谢我的家人。尤其感谢我的父亲。《中国在梁庄》和《出梁庄记》，都有他的劳动和智慧。

梁鸿，文学博士，中国人民大学文学院教授。致力于中国现当代文学研究，乡土文学与乡土中国关系研究。著有文学代表作《出梁庄记》《中国在梁庄》《神圣家族》等；学术著作《黄花苔与皂角树——中原五作家论》《新启蒙话语建构：〈受活〉与 1990 年代以来的文学与社会》《外省笔记：20 世纪河南文学》《"灵光"的消逝：当代文学叙事美学的嬗变》等。曾获第十一届华语文学传媒大奖"年度散文家"、首届青年作家以及《南方人物周刊》2013 年度"中国娇子青年领袖"等。

聂震宁

如果说《中国在梁庄》更像是一部长诗的序曲，那么，《出梁庄记》则更像是史诗的转折和展开。其转折和展开的不只是梁庄之外更广阔的地域——南阳、郑州、内蒙古、西安、北京、青岛、南方，而是更为复杂更为震撼更为广阔的现实生活场景，展现的是转型期中国应运而来的纷繁浩大的画卷，正由于其纷繁浩大，这部长诗便获得了史诗般的品质。

郝誉翔

我特别喜欢这两本书的书名：《中国在梁庄》以及《出梁庄记》，以"在"：在地和"出"：移动出走，梁教授简短有力地道出了当代中国的生命之根其实仍在农村——以"梁庄"作为缩影，以及人们又如何为了谋生存，而不得不走出"梁庄"——从农村流浪到各地去打工，因此无数真实而且动人的故事，就在这样的在地与移动出走之间悄悄诞生了。

阎连科

说《出梁庄记》是《中国在梁庄》的深续，不如直言它是《中国在梁庄》更为深刻的扩展和掘进。一个村庄遍布在一个国家，其足迹是一个民族命运的当代画影，其诉说的眼泪，是今日中国澎湃的浊浪。梁鸿不再是一个独具目光的文学批评家，也不再是一个极具个性的作家写作者，她就是梁庄的一员，是梁庄站在中国各处的含泪而倔强的农人，是站在城市血汗河边的梁庄淘洗者。

袁　凌

当触及真实，写作者一定是走到了最远。《中国在梁庄》把方死方生的生身村庄带到了我们眼前，让人触及到乡土中国当下促迫的呼吸。追随父老乡亲打工轨迹的《出梁庄记》，则让人想见《旧约》中的古老迁徙，提示今天的农民工处境有似在埃及的犹太人，但他们迁徙的路径上方并无上帝指引，只有一个不可靠的城镇化路牌，而在前方的城市里，也没有应许之地。